사람의
목소리는 빛난다
멀리 간다

十個詞彙中的中國(China in Ten Words)
by Yu Hua(余華)

Copyright ⓒ Yu Hua(余華)
Korean Translation Copyright ⓒ MUNHAKDONGNE Publishing Corp., 2012
This translation is published by arrangement with
Yu Hua, China through Carrot Korea Agency, Seoul.
All rights reserved.

이 도서의 국립중앙도서관 출판시도서목록(CIP)은 e-CIP 홈페이지(http://www.nl.go.kr/ecip)와
국가자료공동목록 시스템(http://www.nl.go.kr/kolisnet)에서 이용하실 수 있습니다.
(CIP제어번호: CIP2012003808)

위화, 열 개의 단어로 중국을 말하다

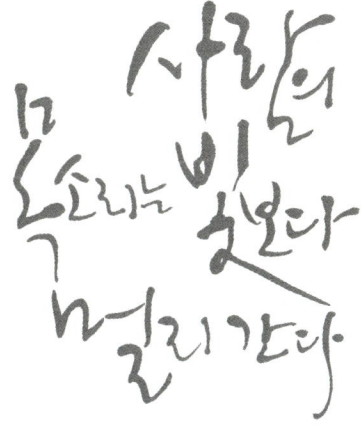

위화 지음 | 김태성 옮김

문학동네

| 일러두기 |

* 이 책은 余華, 『十個詞彙裡的中國』, 臺北: 麥田出版, 2011을 저본으로 번역하였다.
* 중국어에서 고유명사와 일반명사가 결합된 단어의 경우 고유명사는 중국어 발음으로, 일반명사는 우리말로 표기했다.
  예) 톈안먼(天安門)→톈안문, 쯔진청(紫禁城)→쯔진성, 댜오위다오(釣魚島)→댜오위도
* 중국 인명 중 '자오쯔양(趙紫陽)'은 원 발음에 가깝게 '자오즈양'으로 표기했다.

이 책은 작년(2009년)에 단속적으로 계속 써내려온 비허구성 글을 모은 것이다. 그중 일부는 과거에 썼던 몇 편의 산문에서 부분적으로 인용했다. 2010년 9월, 프랑스의 악트 쉬드ACTES SUD에서 출간된 불어판이 이 책의 첫 해외판이다. 내년부터는 미국과 유럽, 아시아, 남아메리카의 여러 나라에서도 계속 번역본이 출판될 예정이다. 미국 랜덤하우스 편집부의 건의에 따라 나는 이 책에서 언급된 일부 수치 자료를 업데이트했다. 하지만 내년(2011년) 9월에 출판될 영문판의 수치 자료도 이미 시기가 지난 진부한 것이 되고 말 것이다. 중국 대륙의 변화 속도가 너무 빠르기 때문이다.

2010년 10월
위화

5월 35일

 이것은 허구의 날짜일까? 아니다. 진실이다. 이 날짜는 1989년 6월 4일의 톈안문 사건을 가리킨다. 6월 4일은 중국의 인터넷에서는 금지된 날짜다. 사람들은 이날을 기념하면서 교묘하게 '5월 35일'이라는 가상의 날짜를 만들어 정부 당국의 인터넷 검열을 피하고 있는 것이다.

 문학동네에서 이 책의 한국어판을 출판하게 된 데 대해 깊은 감사의 뜻을 전한다. 중국어판은 2011년 1월 타이완에서 출판되었고 중국 대륙에서는 아직 출판이 불가능한 실정이다. 타이완의 한 기자가 내게 물었다. "『형제』와 이 책 두 권 모두 상당한 비판정신을 담고 있는 작품인데 어째서 전자는 중국에서 출판이 가능하고 후자는 불가능한 건가요?"

 나는 허구와 비허구의 차이 때문이라고 대답했다. 주제가 둘 다 오늘날의 중국이긴 하지만 『형제』는 허구 작품이라 서술에서 우회적 표현이 가능하기 때문에 쉽게 출판할 수 있었지만, 이 책은 비허구 작품이라 서술에서 단도직입적으로 표현할 수밖에 없기 때문에 출판이 불가능하다. 비유하여 말하자면 『형제』는 5월 35일이고, 이 책은 6월 4일인 셈이다.

'5월 35일'식의 표현은 중국에서 이미 크게 성행하고 있고 오늘날 중국 인터넷 정치를 구성하는 주요 콘텐츠가 되고 있다. CNNIC중국인터넷정보센터가 2012년 1월에 발표한 통계에 따르면 중국의 네티즌 규모는 이미 4억 5,700만 명에 달하고, 휴대전화를 통해 인터넷에 접속하는 사람들의 수도 3억 300만 명에 달한다고 한다. 이처럼 거대한 인터넷 인구에 대응하는 중국 정부의 관리감독 조치들 가운데 가장 직접적이고 효과적인 것이 민감 어휘를 설정하여 모든 인터넷 회사의 서버가 자동적으로 이런 어휘들을 삭제하도록 명령하는 것이었다. 이에 따라 인터넷에 접속하여 개인의 독립적인 견해를 표현하려는 사람들은 자신의 언어를 자유롭게 표현할 수 없게 되었다. 인터넷 회사 서버들을 나는 기계 검열관이라고 부른다. 이들은 업무에 대단히 충실하여 모든 민감 어휘들을 철저히 걸러낸다.

한번은 이런 일이 있었다. 내가 인터넷에 문학에 관한 글을 발표했는데 정치적인 내용이 전혀 없고 그런 암시조차 없었는데도 인터넷 서버, 즉 기계 검열관이 이를 금지해버린 것이다. 여러 번 다시 시도해봤지만 인터넷 서버의 차단 이유 설명에는 '잘못된 부호'라고만 떴다. 처음에는 너무나 순진하게도 내 글에 오자가 있어서 그런 것으로 알고는 인터넷 서버가 발표하려는 글의 오자까지 찾아낼 정도로 선진화 단계에 도달했다는 사실에 감탄을 금치 못했다. 하지만 몇 차례 자세히 검사하여 몇 개의 단어를 고쳤는데도 여전히 글을 발표할 수 없었다. 인터넷 서버, 즉 우리의 기계 검열관께서는 시종 냉담하게 '잘못된 부호'라는 표시만 반복하고 있었다.

나중에서야 문학에 관한 이 글 속에 몇 개의 민감 어휘가 들어 있었다는 사실을 알게 되었다. 이 어휘들은 서로 다른 단락에 분산되어 있었는데도 기계 검열관에게는 정치적 이견을 담은 글로 간주되었던 것이다.

우리는 민감 어휘로 분류된 단어들이 얼마나 되는지, 어떤 민감 어휘들이 해금되고 또 어떤 단어들이 새롭게 민감 어휘로 분류되었는지 알 길이 없다(이 모든 것들을 정세의 변화에 따라 정부 당국에서 결정하기 때문이다). 때로는 우회적으로 이런 민감 어휘들을 피하는 데 성공했다 해도 글에 '6월 4일'식의 적나라한 대목이 나올 경우에는 발표된 뒤 곧장 삭제되기 십상이다. 때문에 '5월 35일'식의 표현은 나뿐만 아니라 수많은 중국인들이 인터넷에 접속하여 자신들의 생각과 의견을 발표하는 자유 방식이 되고 있다.

재스민 혁명이 북아프리카를 휩쓸고 있을 때는 '혁명'이라는 단어도 민감 어휘로 분류되는 바람에 네티즌들은 '꽃이 피다花開'라는 단어로 이를 대용해야 했다. 중국 정부는 조화和諧사회를 제창하고 있지만 똑똑한 네티즌들은 '조화'라는 단어를 이용하여 인터넷상에서 "조화당하는 것을 조심하라小心被和諧"고 경고하기도 한다. 그 의미는 '봉쇄당해 죽거나' '체포당하지 않도록' 조심하라는 뜻이다. '조화'야말로 '5월 35일'의 정신을 가장 잘 나타내는 단어인 셈이다. 물론 중국 정부의 관리들도 지금은 이 단어가 인터넷상에서 진정으로 의미하는 것이 무엇인지 잘 알고 있다. 하지만 그들은 그것을 가리지 못할 것이다. 만일 이를 가려버린다면 동시에 자신들이 적극 제창하는 '조화사회'를 함께 가려버릴 수 있기 때문이다. '조화'라는 이 단어는 네티즌들에게 납치당한 셈이다.

이것이 바로 오늘날 중국의 인터넷 정치다. 거의 모든 사람들이 따로 배우지 않고도 '5월 35일'식의 표현에 익숙해져 있다. 물론 나도 이 분야에 통달해 있다. 나는 일찍이 중국의 언론자유에 관해 이렇게 쓴 적이 있다. "내가 독일의 뮌헨문학관에서 강연할 때 독일의 한 독자가 중국에도 언론의 자유가 있느냐는 민감한 질문을 던졌다. 나는 당연히 있다고 대답했다. 그러고는 얘기를 계속했다. '어느 국가든 간에 언론의 자유는 상대적인 것입니다. 독일에서는 국민들이 총리를 욕할 수 있지만 이웃 사람을 욕해선 안 될 겁니다. 중국에서는 총리를 욕해선 안 되지만 이웃은 욕할 수 있지요.'"

중국의 중앙집권적 정치체제에 관해 나는 또 이렇게 썼다. "내가 타이완의 기자들에게 말했다. '여러분은 정치인들과 악수할 때 가급적 장갑을 끼는 것이 좋습니다. 정치인들은 선거에서 표를 얻기 위해 어디를 가든지 사람들과 악수를 하는데, 손에는 세균이 아주 많기 때문입니다.' 또 이런 말도 했다. '중국 대륙의 정치인과 악수를 하게 된다면 굳이 장갑을 끼지 않아도 됩니다. 중국 대륙의 정치인들은 선거에서 표를 얻으려고 발버둥 칠 필요가 없고 도처에서 사람들과 악수할 필요도 없기 때문에 그들의 손에는 세균이 많지 않거든요.'"

앞의 구절은 언론의 자유가 상대적이라는 것을 강조하는 것 같고 뒤의 구절은 건강 문제를 논하고 있는 것처럼 보인다. 뽕나무를 가리키면서 회나무를 욕하듯 교묘하게 에둘러 쓴 이 글은 안전하게 발표되어 아직도 인터넷에 안전하게 살아 있다. 나의 독자들은 그 속에 담긴 말뜻을 다 알아듣고 앞다투어 퍼 나르거나 그에 대한 논평을 제시하고 있다. 독자들도 나와 마찬가지로 '5월 35일'식 자유 안에서 생활한 지 이미 오래이기 때문이다. 게다가 그들이 제시하는 평론들을 나도 충분히 이해하고 있다. 한 네티즌 친구는 '언론의 자유'에 관해 얘기하면서 "나는 자유가 무엇인지 모릅니다. 하지만 부자유가 어떤 것인지는 압니다"라고 말했고, 또 다른 네티즌은 '정치인들과의 악수'에 관해 언급하면서 "중국 대륙 정치인들의 손은 표결기에서 동의를 표하는 단추만 누를 줄 알기 때문에 동의를 표하는 단추는 색이 바래 있지만 반대를 표하는 단추에는 먼지만 두껍게 쌓여 있다"라고 말했다.

지난 일들을 돌이켜보면 나는 줄곧 '5월 35일'의 방식으로 자유롭게 글을 써왔던 것 같다. 이 점에서는 소설이라는 장르에 감사해야 할 것이다. 소설은 정치의 격문檄文이 아니기 때문에 그 자체 '5월 35일'식의 표현방식을 지니고 있는 것이다. 물론 내게는 '6월 4일'식 글쓰기도 있다. 바로 이 책이 그것이다. 내게는 이것이 한 차례 뜻밖의 경력일 뿐이다. 지금은 이미 소설 쓰기로 돌아와 '5월 35일'식 자유를 충분히 이용하고 있다.

이 책의 중국어판이 타이완에서 출판된 직후 내가 타이완에서 가장 자주 부딪쳤던 질문은 이것이었다. "열한번째 단어에 관해 쓰시게 된다면 어떤 단어를 선택하실 건가요?"

나는 서슴없이 대답했다. "자유요."

나는 타이완 기자들에게 중국 대륙의 인터넷에 유행하고 있는 유머 대화 한 가지를 전해주었다. 한 미국인이 중국인에게 말했다. "나는 감히 오바마를 욕할 수 있어요." 그러고는 이 중국인의 얼굴을 쳐다보았다. 그러자 중국인이 말했다. "나도 오바마를 욕할 수 있어요."

내가 말했다. "이것이 바로 제가 쓰고 싶어하는 자유입니다."

내 의도는 아주 분명하다. 만일 '자유'가 열한번째 단어가 된다면 내가 말하고자 하는 것은 여러분이 잘 알고 있는 '6월 4일'이 아니라 여러분에게 낯선 '5월 35일'일 것이다.

'5월 35일'식 자유는 일종의 예술이다. 인터넷에서 자유를 추구하며 독립적인 사상을 표현할 때 정부의 심사를 피하기 위해 사람들은 언어의 수사修辭 작용을 충분히 활용하여 암시와 비유, 풍자와 조소, 과장과 연상 등을 극대화하여 발휘한다. 그리하여 차가운 조롱과 뜨거운 풍자, 겉으로 잘 드러나지 않는 비난, 뽕나무를 가리키면서 회나무를 욕하거나 빙빙 돌려서 말하는 어구 등이 하나같이 절묘하고 뛰어나다. 우리의 중국어가 오늘날처럼 풍부하고 다채로우며 생기발랄한 모습을 보인 적은 한 번도 없었을 것이다. 이 모든 것들이 '5월 35일'식 자유 덕분이다. 이러한 방식의 표현이 오늘날 중국 사회의 정치활동에 이미 절정의 수준을 나타내고 있다. 그래서인지 나는 때때로 언젠가 '6월 4일'의 자유가 도래한 뒤에도 우리의 표현이 지금처럼 풍부한 상상력을 유지할 수 있을까, 이처럼 말로 형용할 수 없이 절묘한 상태를 유지할 수 있을까 생각하곤 한다.

어쩌면 쥐와 고양이로 오늘날 중국의 인터넷 정치를 비유할 수도 있을지 모른다. 네티즌들은 쥐가 고양이를 대하는 것처럼 정부 관원들을 대하고 있다. 하지만 우리 네티즌 쥐들을 월트 디즈니 만화영화에 나오는 것처럼 강대한 쥐로 상상하는 것은 절대 금물이다. 중국 정부 고양이도 미국 MGM사의 애니메이션에 나오는 고양이처럼 그렇게 멍청하지 않다. 우리 네티즌 쥐들은 정부 고양이를 조소할 때 반드시 뒤에 도망칠 구멍을 마련해놓고 있다. 이 구멍이 바로 '5월 35일'이다. 오늘날의 중국에는 진실한 얘기를 듣고 싶어하는 사람들이 갈수록 많아지고 있다. 때문에 행위게임이 아니라 지능게임에 불과하더라도 인터넷에서 우리 네티즌 쥐들과 정부 고양이의 게임은 사람들에게 커다란 위안을 주기에 충분하다. 지금 우리에겐 '6월 4일'의 자유는 없고 '5월 35일'의 자유만 있기 때문이다.

위화

　　고대 그리스의 맹인 시인 호메로스는 "신은 후대 사람들이 노래할 소재가 부족하지 않도록 불행을 만들었다"라고 말한 바 있다. 몇백 년이 지난 뒤 중국의 선철先哲 맹자는 "우환에 살고 안락에 죽는다生於憂患, 死於安樂"라고 말했다. 호메로스가 신을 빌려 자신을 현실 밖에 두는 태도를 보이면서 서술자의 신분으로 예측하기 어려운 세상사와 인간 세상의 불행을 노래했다면, 맹자는 인생의 경험을 통해 때로는 우환이 사람들을 생존하게 만들고 안일과 향락이 오히려 인간을 죽음에 이르게 한다는 점을 설명한다. 호메로스와 맹자는 서로 다른 시공時空과 시각에서 출발하여 똑같이 적극적이고 낙관적인 태도로 오늘날 우리가 경험하는 불행과 우환 속으로 함께 걸어 들어오고 있다.

　　나는 이 책이 앞에서 언급한 두 가지 성질을 두루 갖추기를 바란다. 그리하여 초연한 서술과 절실한 삶이 책 속에서 걸어가는 길은 서로 다르지만 결국 같은 곳에 도착할 수 있기를 바란다. 나는 또한 이 열 개의 단어 속에서 호메로스와 맹자의 적극적이고 낙관적인 태도를 계승할 수 있기를 바란다.

이 책과 관련하여 앨런 바Allan Barr 교수에게 감사의 뜻을 전하고 싶다. 2009년 3월, 내가 미국에 있는 동안 앨런 교수는 나를 퍼모나 대학Pomona College으로 초청하여 당대 중국에 관해 강연할 수 있는 기회를 주었다. 이 오랜 친구는 또 내 강연 제목을 '한 작가의 중국'으로 정해주기도 했다. 그 강연 원고를 준비하면서 나는 이 책을 쓰게 되었다. 함께 차를 몰고 로스앤젤레스 고속도로를 달리면서 나는 앨런 교수에게 이 책을 쓰겠다는 계획을 말했고 앨런 교수는 그 자리에서 이 책의 영문판 번역을 맡겠다고 약속했다.

아주 오래전 이탈리아의 시인 단테는 "목표를 맞히자 화살이 시위를 떠났네"라는 아주 소박한 시구를 하나 남긴 바 있다. 단테는 인과관계를 가볍게 뒤집음으로써 우리에게 속도감을 느끼게 해주었다. 지난 30여 년 동안 중국 사회가 경험한 대단히 빠른 변화가 우리에게 보여주는 것 역시 인과관계가 전도된 발전 과정이었다고 할 수 있다. 우리는 매일 벌떼처럼 모여드는 결과 속에서 살아가지만 이러한 결과를 만들어낸 원인을 찾는 일에는 무척 소극적이다. 그래서 지난 30여 년 동안 잡초처럼 무성하게 자란 각종 사회갈등과 사회문제가 초고속 경제발전이 가져다준 낙관적인 정서에 가려 겉으로 드러나지 않는 것이다. 내가 지금 하고 있는 작업은 지금까지의 길을 되돌아가는 것이다. 휘황찬란해 보이는 오늘의 결과에서 출발하여 어쩌면 오늘의 불안이 되고 있는지도 모를 원인을 찾고자 하는 것이다. 뿌리와 근원을 찾아가는 이 여정에서 나는 호메로스가 말한 불행과 맹자가 말한 우환을 정면으로 맞이할 것이다.

당대 중국의 모든 면을 구체적으로 서술하려면 끝이 없을 것이고 분량이 『아라비안나이트』보다도 많아질 것이다. 이것이 바로 내가 열 개의 단어를 선택한 이유이다. 열 개의 단어가 내게 열 쌍의 눈을 주어 열 개의 방향에서 당대 중국을 응시할 수 있게 해줄 것이다.

나는 간단명료한 작업을 위해 우리에게 익숙한 일상생활에서부터 여행을 시작하려 한다. 일상생활은 평범하고 사소한 것처럼 보이지만 사실은 삼라만상을 담고 있다. 일상생활이야말로 사람들의 마음을 격동시키기에 충분할 만큼 풍부하고 넉넉하다. 정치와 역사, 경제, 사회, 문화, 기억, 감정, 욕망, 사삿일 등이 모두 우리의 일상생활 속에서 자신의 소리를 낸다. 일상생활은 광활한 숲과 같다. 중국의 속담에서 말하는 것처럼 숲이 크면 어떤 새든 다 그 속에 사는 법이다.

내가 이 책을 쓰는 것은 일정 구간을 왕복하는 버스기사와 마찬가지로 출발점과 종점을 왕복하는 일에 비유할 수 있다. 이야기를 가득 실은 버스를 몰고 중국인들의 일상생활에서 출발하여 정치와 역사, 경제, 사회, 문화, 기억, 감정, 욕망, 사삿일 등의 정거장을 거쳐 지명을 알 수 없는 어느 시골로 가려는 것이다. 어떤 이야기들은 도중에 차에서 내릴 것이고 또 다른 이야기들이 중간에 차에 오를 것이다. 이렇게 타고 내리기를 반복하며 장거리를 달린 다음에는 버스를 몰고 다시 중국인의 일상생활 속으로 돌아갈 것이다.

나는 이 책에서 끊이지 않고 도도하게 흘러가는 당대 중국의 삶의 모습을 열 개의 단어 속에 축약하고자 한다. 시공을 가로지르는 나의 글이 이성적인 분석과 감성적인 경험, 그리고 진실한 이야기를 하나로 녹여낸 것이기를 기대한다. 이 힘든 작업이 당대 중국의 엄청난 변화와 복잡하고 어지러운 사회 분위기 속에서 선명하고 사실적인 서사의 길을 열어줄 수 있기를 바란다.

범속을 초월한 호메로스의 탈속과 살을 저미는 맹자의 고통스러운 모습이 내가 목표를 향해 가는 길 내내 내 귀에 울려준다면 나는 마음속으로 크게 감격할 것이다.

인민 人民

'인민'은 내가 가장 먼저 인식하고 가장 먼저 쓴 단어였지만 살아가면서 연이어 망각하고 배신했던 단어다. 내 눈앞에 무수히 나타났고 내 귀에 무수히 울렸던 이 단어가 진정으로 내 마음속에 들어온 적은 한 번도 없었다. 그러다가 스물아홉 살이 되던 해에 아주 깊은 밤의 경험 덕분에 마침내 이 위대한 단어를 진정으로 이해할 수 있었다. 내가 이 단어를 거짓이 아니라 진실한 마음으로 만났다고 할 때, 내가 말하고자 하는 것은 언어학 또는 사회학, 또는 인류학적인 의미에서의 만남이 아니다. 그건 인생의 경험 속에서 얻은 진실한 만남, 모든 이론과 정의를 제거하고 난 뒤 생생하게 살아 숨 쉬는 만남이었다. 그러고 나서야 나는 비로소 나 자신에게 '인민'이라는 단어가 절대로 공허한 단어가 아니라고 말할 수 있었다. 나는 이미 피와 살을 갖춘 '인민'의 모습을 보았기 때문이다. '인민'의 심장이 강렬하게 요동치는 모습을 보았기 때문이다.

나는 이 단어를 쓸 때마다 항상 글자를 잘못 쓴 것이 아닌가 하는 생각을 갖게 된다. 혹자는 내가 쓴 것이 '인민' 같지 않다고 말하기도 한다. 눈을 감고 잠시 쉬었다가 다시 눈을 뜨면 '인민'이 다소 그럴듯하게 느껴지기도 한다. 하지만 다시 눈을 감았다가 뜨면 결국 내가 이 단어를 잘못 썼다는 사실을 확실히 인정하게 된다. 이 단어는 원래 그렇다. 때로는 낯설게 느껴지다가도 때로는 무척 친숙하게 다가오는 것이 바로 이 '인민'이라는 단어다.

오늘날 중국어에 '인민'처럼 처지가 이상한 단어가 또 있는지 모르겠다. 인민은 없는 곳이 없으면서도 동시에 사람들에게 거의 존재하지 않는 것으로 인식된다. 오늘날의 중국에서는 관료들만 '인민' 운운하지, 정작 인민들은 이 단어를 입에 올리는 경우가 거의 없다. 어쩌면 모두 이 단어를 잊어가고 있는 것인지도 모른다. 다행히 관료들이 침을 튀겨

가며 떠벌리는 덕분에 이 단어는 우리에게 자신이 여전히 존재한다는 사실을 항변하고 있는 것이다.

과거에는 이 단어가 무척 눈부셨던 적이 있었다. 중국의 정식 국호는 '중화인민공화국'이고 마오毛 주석께서는 "인민을 위해 복무하라"라고 말씀하신 바 있다. 당시 가장 중요한 신문은 『인민일보』였고 우리 인민들 개개인도 "1949년 이후로 인민이 나라의 주인이 되었다"라고 말하곤 한다.

나의 유년 시절만 해도 '인민'과 '마오 주석'은 똑같이 대단한 어휘였다. 내가 막 글을 배우기 시작했을 때 가장 먼저 배운 것이 바로 이 두 단어였고, 그런 다음에야 나의 이름과 부모님의 이름을 배워서 쓸 수 있었다. 당시 아직 어렸던 나는 인민이 바로 마오 주석님이고 마오 주석님이 바로 인민이라고 생각했다.

당시는 한창 문화대혁명이 진행되던 때라 나는 어딜 가든지 득의양양하게 내가 발명해낸 사실을 선포했고 그럴 때마다 의혹 어린 무수한 표정과 마주쳐야 했다. 그들은 나의 발명이 토론을 좀 거쳐야 한다고 생각하는 것 같았지만 어느 누구도 분명하게 반대의 뜻을 나타내진 않았다. 당시에는 모든 사람들이 몹시 조심스러웠고 사소한 일에도 대단히 신중했다. 말 한마디 잘못했다가는 반혁명분자가 되고 그때부터 개인은 물론, 가정이 완전히 파괴될 수 있기 때문이었다. 우리 부모님도 남들과 같은 표정을 짓고 계셨다. 두 분은 조심스럽게 나를 쳐다보시더니 한쪽으로 나를 끌고 가 내 말에 잘못된 것은 없지만 가급적 그런 말은 입 밖에 내지 않는 것이 바람직하다고 말씀하셨다.

이는 내 유년 시절에서 가장 중요한 발명이었기 때문에 아까워서라도 떠벌리고 다니지 않을 수 없었다. 나는 계속 이 이야기를 입에 달고 다녔다. 하루는 갑자기 내 발명에 대한 증거를 찾게 되었다. 당시에는 "마오 주석님은 우리의 마음속에 계신다"라는 말이 유행했다. 나는 이 말을 근거로 '모든 사람들의 마음속에 마오 주석님이 계시다면 마오 주석님의 마음속에는 무엇이 있는 것인가? 우리 인민이 들어 있을 것이다'라고 생각했다. 따라서 "인민은 바로 마오 주석님이고, 마오 주석님은 바로 인민인 것이다"라고 자신 있게 말했다.

이때 이후로 내 말에 의혹 어린 표정을 보이는 사람들은 점차 사라졌고 일부는 고개를 끄덕이며 동의를 나타냈다. 내 말을 그대로 따라 하는 사람들도 있었다. 처음에는 내 또래 아이들이 내 말을 따라 하더니 이어서 어른들도 똑같은 주장을 하기 시작했다.

많은 사람들이 인민이 바로 마오 주석님이고 마오 주석님이 바로 인민이라고 말하고 있을 때 내게 위기감이 찾아왔다. 혁명의 시대에는 전매특허라는 것이 없었다. 나는 발명자라는 나의 신분이 빠르게 모호해지는 것을 인식했다. 나는 가는 곳마다 해명하기 시작했다.

"이 말을 처음 한 사람은 바로 저라고요."

그러나 누구도 내 주장에 관심을 보이지 않았고 결국 내 주위에 있는 또래 아이들조차도 이 말이 내가 발명해낸 것이라는 사실을 인정하려 하지 않았다. 내가 온 힘을 다해 항변하거나 불쌍한 표정으로 애원해도 아이들은 하나같이 고개를 가로저으며 말했다.

"모두 그렇게 말하는걸 뭐."

나는 상심하기 시작했다. 심지어 후회막급하기까지 했다. 나의 이런 발명을 공공연하게 드러낸 것을 후회했다. 이 발명을 영원히 내 마음속

에 담아둔 채 아무에게도 말하지 말고 평생 혼자서만 누려야 했다고 생
각했다.

　최근에 서방세계는 중국의 거대한 변화에 경악하고 있다. 중국의 역
사는 마치 쓰촨四川 지방극에 나오는 변검變臉, 고개를 한 번 돌릴 때마다 얼굴의
가면, 즉 검보臉譜를 바꾸는 기술과도 같은 양상이다. 고작 30년이라는 짧은 기
간에 정치지상주의의 중국은 몸을 한 번 떠는 사이 금전지상주의의 중
국으로 변했다.
　역사가 변화할 때는 어떤 의미 있는 사건이 일어나기 마련이다. 1989
년의 톈안문 사건이 바로 그런 사건이었다. 교문을 박차고 나온 베이징
의 대학생들은 톈안문 광장에 운집하여 민주와 자유를 요구하는 동시
에 관료들의 부패와 전횡에 반대하고 나섰다. 정부가 학생들과의 대화
를 거부하는 강경한 입장을 취하자 학생들은 단식에 돌입했고 시민들
도 거리에 나와 단식투쟁을 하는 학생들에게 지지와 성원을 보냈다. 사
실 당시 자유와 민주에 대한 시민들의 관심은 그다지 크지 않았다. 그
들을 대규모로 시위에 끌어들인 것은 오히려 이 학생운동에서 터져나
온 '관도官倒, 국가 기관이나 단체, 기업 등이 공상관리 법규를 위반하고 투기를 통한 폭리를
취하는 활동을 말한다. 또한 이중가격제도하에서 관리들이 권력을 이용하여 부당한 이익을 취
하는 것도 속칭 관도라고 한다에 반대한다'는 구호였다. 당시는 덩샤오핑鄧小平
이 제창한 개혁개방이 11년째로 접어든 때였다. 개혁이 물가 상승을 가
져오긴 했지만 안정적인 경제성장이 지속되었고 생활수준도 나날이 향
상되었으며 농민들도 개혁개방의 혜택을 누리고 있었다. 수많은 공장
이 대규모로 도산하여 문을 닫는 1990년대의 상황은 아직 일어나기 전

이었고 노동자들이 피해자가 되는 일도 없었다. 당시에는 오늘날처럼 사회 전체에 분노의 불길이 타오를 만큼 사회적 갈등이 돌출되지도 않았다. 당시 사회는 그저 불만이 팽배한 상태에 머물러 있었다. 일부 고관 자녀들이 국가의 자원을 이용하여 치부하는 행태에 대한 불만이 있을 뿐이었고, 이러한 불만 정서는 관도에 반대한다는 구호 속에 모여들고 있었다. 지금 돌이켜 생각하면 당시의 극소수 '관도'의 부패는 사실 오늘날의 다양한 방식을 동원한 대규모 부패에 비하면 별것 아니었다. 1990년 이후부터 중국 사회의 부패 증가 속도는 경제성장 속도와 마찬가지로 놀라운 수준으로 빨라졌다.

중국 전역을 휩쓸었던 이 군중운동은 6월 4일 새벽의 총성 속에서 재빨리 진압되었다. 같은 해 10월, 우리가 다시 베이징 대학을 찾았을 때는 이미 전과는 전혀 다른 모습이었다. 날이 어두워지면 웨이밍호未名湖 호반에는 젊은 연인들의 그림자가 여기저기 나타났고 학생 기숙사 안에서는 마작을 하는 소리와 함께 영어 단어를 암기하는 소리가 흘러나왔다. 여름이 한 번 지나갔을 뿐인데 그사이에 모든 것이 변해버렸다. 마치 지난봄에 아무 일도 일어나지 않은 것 같았다. 이처럼 거대한 대비는 한 가지 사실을 여실히 설명해주었다. 바로 톈안문 사건이 중국인들의 정치적 열정이 한차례 집중되어 폭발한 것이라는 점이다. 어쩌면 문화대혁명 이래로 누적되어온 정치적 열정이 마침내 깨끗이 발산되었다고 말할 수도 있을 것이다. 그 뒤로는 부富에 대한 열정이 이러한 정치적 열정을 대신했고, 모든 사람들이 한마음으로 돈을 버는 데 집착하는 과정에서 자연스럽게 1990년대의 경제적 번영이 찾아왔다고 할 수 있다.

그 뒤를 이어서 아주 참신한 단어들이 연이어 나타나 사방을 뒤덮었다. 항상 인터넷에 들어가는 망민網民, 네티즌이나 주식투자에 열중하는 고민股民, 미친 듯이 펀드를 사들이는 기민基民, 스타들의 일거수일투족에 열광하는 펀스粉絲, 'fans'의 음역어로 팬 또는 열광적인 지지자를 의미한다, 실직 노동자, 농민공農民工, 산업화와 도시화의 영향으로 농촌을 떠나 도시에서 하층노동자로 생활하는 사람들 등이 바로 그것이다. 이미 퇴색해버린 단어 '인민'은 이렇게 해서 여러 갈래로 분해되었다. 문화대혁명 시기에는 '인민'이라는 단어의 정의가 매우 간단했다. '노동자工, 농민農, 군인兵, 학생學, 상업 종사자商' 등이 전부 인민이었다. 여기서 말하는 상업 종사자는 상인이나 기업가를 말하는 것이 아니라 상점의 점원처럼 상업활동에 종사하는 민중을 의미한다. 내 생각에는 1989년의 톈안문 사건이 바로 '인민'의 내용을 환골탈태하게 만든 분수령이었던 것 같다. 이에 관해 혹자는 톈안문 사건이 '인민'으로 하여금 자산조정을 진행하여 기존의 내용을 삭제하고 새로운 내용으로 바꾸어 넣게 했다고 평가하기도 한다.

문화대혁명의 시작에서 오늘날에 이르기까지 약 40여 년의 세월이 흐르는 동안 '인민'이라는 단어는 중국의 현실 속에서 일종의 공허한 개념으로 전락해 있는 것 같다. 현재 중국에서 유행하고 있는 경제학 용어로 말하자면 '인민'은 단지 하나의 껍데기 자원殼資源, 주식회사의 주식이 상장되지 못하고 장외시장에서 유통될 수 있는 자격을 갖춘 것을 말한다이라고 할 수 있다. 시대가 달라졌으니 내용을 바꾼 다음 누군가의 껍데기를 빌려 시장에 내놓아야 하는 것이다.

1989년 봄의 베이징은 무정부주의자들의 천국이었다. 갑자기 경찰이 사라지고 대학생들과 시민들이 자발적으로 경찰의 책임을 대신 떠맡았다. 내 생각으로는 이런 베이징이 다시는 나타날 수 없을 것 같다. 공동의 목표와 공동의 소망이 경찰 없는 도시를 질서 정연하게 만들었다. 거리에 나서기만 하면 누구나 친절하고 다정한 숨결을 느낄 수 있었다. 표를 살 필요도 없이 지하철이나 버스를 탈 수 있었고 모든 사람들이 서로 환한 미소를 주고받았으며 사람과 사람 사이에 낯선 느낌도 전혀 없었다. 우리가 항상 보아왔던 거리 시위도 없었고 평소 근근이 먹고살던 소규모 상인들이 시위하는 군중에게 공짜로 물과 음식물을 나눠주었다. 은퇴한 노인들은 자신들의 얄팍한 은행 잔고에서 현금을 꺼내 광장에서 단식하고 있는 학생들을 위해 써달라고 맡겨왔고 좀도둑들마저도 도둑협회의 명의로 학생들의 단식투쟁을 지지하기 위해 당분간 모든 절도행위를 중지한다는 내용의 성명서를 내다붙였다. 당시의 베이징은 이른바 '온 세상 모든 사람들이 형제인'공자가 『논어』 「안연顔淵」 편에서 '四海之內皆兄弟'라고 한 말을 인용한 것이다 도시라고 할 수 있었다.

중국의 도시에서 살다보면 받게 되는 강렬한 느낌 가운데 하나가 바로 사람이 너무 많다는 것이다. 하지만 톈안문 광장에서 수백만 군중이 시위하는 상황을 경험해보아야 중국이 정말로 세계에서 인구가 가장 많은 나라라는 사실을 실감할 수 있을 것이다. 당시 톈안문 광장은 매일 인산인해의 장관을 연출했다. 외지에서 온 일부 대학생들은 광장 한 귀퉁이나 거리에 서서 매일같이 연설을 하다가 목이 쉬었다. 심지어 입으로 소리를 낼 수 없을 정도로 목이 망가졌는데도 여전히 고집스럽게 소리를 지르는 사람도 있었다. 주위를 둘러싸고 구경하는 사람들 중에는 남녀노소가 두루 섞여 있었다. 온갖 풍상을 다 겪은 노인들이나 어린아이를 품에 안고 있는 어머니들 할 것 없이 젊은 학생들의 치기 어린 얼굴을 보고 치기 어린 말을 들으면서도 하나같이 몹시 존경하는 듯한 표정으로 연신 고개를 끄덕이고 박수를 쳐주었다.

좀 우습다고 느껴지는 일도 있었다. 어느 날 오후, 나는 수도首都 지식계의 연합 집회에 참석하기 위해 젠궈문建國門 근처에 있는 중국사회과학원의 어두침침한 건물 안으로 들어갔다. 자오즈양趙紫陽의 참모진 가운데 하나인 옌자치嚴家其가 나타나기를 기다리고 있는데 몇몇 사람들이 한 신문의 부주간에게 손가락질을 하며 그를 질책하기 시작했다. 이 신문에 수도 지식계의 연합 성명서가 발표된 직후였다. 이들이 불만을 토로한 이유는 발표된 성명서에 자신들의 이름이 상대적으로 뒤에 있고 자신들보다 앞에 있는 사람들 가운데 자신들보다 지명도가 높지 않은 사람들이 끼어 있기 때문이었다. 그들은 왜 지명도가 낮은 사람들의 이름이 자기 이름보다 앞에 나열되어 있는지를 따져 물었다. 운이 없는 부주간이 그것은 자신의 책임이 아니라고 해명하고 심지어 사과하는 말까지 했는데도 이들의 분노는 가라앉지 않았다. 그러다가 옌자치가 나타나서야 이 소란한 연극은 막을 내릴 수 있었다.

내가 옌자치를 처음 만난 것은 이런 자리에서였고 그 뒤로는 그를 다시 볼 수 없었다. 나는 그날 오후의 상황을 또렷이 기억한다. 당시 수시로 자오즈양을 만날 수 있는 유명한 학자였던 그가 몹시 무거운 표정으로 이 어두침침한 건물에 들어서자 사람들은 금세 조용해졌다. 옌자치는 나쁜 소식을 갖고 온 것이었다. 그가 낮은 목소리로 말했다.

"자오즈양이 입원했습니다."

당시의 정치환경에서 정치인이 병을 이유로 병원에 입원하는 것은

권력 상실을 의미했다. 때로는 도피를 의미하기도 했다. 엔자치가 자오
즈양이 입원했다는 소식을 전하자 그 방 안에 있던 지식인들은 즉시 무
슨 일이 생긴 것인지 알아차렸다. 일부 사람들이 조용히 방을 빠져나가
기 시작했고, 이어서 방 안에 있던 나머지 사람들 모두 가을바람에 흩
날리는 낙엽처럼 흩어져 돌아갔다.

　톈안문 사건 이후 자오즈양은 종적을 감췄다. 2005년 그가 세상을 떠
나고 나서야 신화사新華社 통신은 이 중요한 정치인에 관한 간단한 소식
을 전했다. "자오즈양 동지는 장기간 호흡계통과 심혈관계통 질병을 앓
으면서 여러 차례 병원에 입원해 치료를 받았습니다. 그러다 최근에 병
세가 악화되었고, 응급치료가 효과를 보지 못해 1월 17일 베이징에서
향년 85세로 서거했습니다."

　중국에서는 퇴직한 부장우리나라의 장관에 해당한다이 세상을 떠나도 정부
측 보도가 이런 뉴스보다 훨씬 요란하고 풍부한 법이다. 하지만 이 뉴
스에는 당과 국가의 지도자로서 반평생을 보낸 자오즈양에 관한 간단
한 소개도 없었고 유해에 작별을 고하는 장례 날짜조차 밝혀져 있지 않
았다. 그러나 베이징 남부역 근처에서 생활하는 상방자上訪者, 상방이란 국
가의 하층 관련기구를 건너뛰어 상급 기관을 찾아 문제를 설명하고 해법을 찾는 방법을 말한
다. 이는 하급 정부에 대한 불신과 상급 정부에 대한 신뢰를 반영하는 중국 특유의 정치 표현
방식으로서 유구한 역사적 배경을 갖고 있다들은 자오즈양의 유해와 작별하는 날
짜를 잘 알고 있었다. 나는 중국 사회에서 가장 약세인 '인민'이 어떤
루트를 통해 이런 소식을 알게 되었는지 궁금하기만 했다. 그들은 자발
적으로 조문단을 조직하여 자오즈양의 장례에 참석하려 했지만 당연히
경찰이 나서서 그들이 집 안으로 들어가지 못하도록 막았다. 그들에게

는 집에 들어가 조문할 수 있는 출입증이 발부되지 않았기 때문에 그들은 밖에서 플래카드를 펼쳐 들고 자오즈양에 대한 그리움과 애도의 뜻을 표하는 수밖에 없었다.

사회의 하층에 속하는 이들 상방자들은 중국 사회 부패의 희생자들이다. 그들은 갖가지 억울한 굴욕과 기만, 탄압에 시달렸고 그럴 때마다 희망을 잃지 않고 법률에 호소하면서 법관들이 자신들에게 공정한 판결을 내려주기를 기대했지만 중국 사법의 부패에 완전히 절망하고 말았다. 이들은 베이징으로 올라와 보다 높은 지위에 있는 간부들이 자신들을 위해 정의를 신장해주기를 기대했다. 이들을 중국에서는 '사법난민'이라 부른다.

중국에는 법률체계 밖에 세워진 이른바 신방제도信訪制度, 구 위원회나 구 정부를 대표하여 인민들이 편지나 전화, 방문 등의 방식으로 제기하는 민원에 대해 조사와 상담을 통해 적절한 조치를 내리는 제도라는 것이 있다. 이는 다양한 유형의 억울함을 당한 사람들에게 일말의 희망을 갖게 하고 부패와 불공정한 사법 행위의 피해자들로 하여금 그래도 아직은 청렴한 관료가 존재한다는 환상에 빠지게 하는 제도에 지나지 않는다. 이는 중국의 오랜 역사를 관통하여 흐르고 있는 인치人治 전통의 영향일 뿐이다. 청렴한 관료에 대한 사람들의 기대는 법률에 대한 믿음을 훨씬 능가한다. 자신들의 처지를 하소연하기 위해 찾아온 상방자들은 가세가 기울어 재산을 전부 잃은 상태에서 동분서주하다가 어느 날 청렴한 관료가 나타나 자신들을 위해 정의를 실현해주기를 꿈꾼다. 2004년에 중국 정부는 이런 상방 건수가 천만 건을 넘어섰다고 발표한 바 있다. 이들 상방자들의 어려운 생활은 보통 사람들의 상상을 초월한다. 그들은 굶주림을 참아가며 길거리에서 노숙을 하고 거지처럼 경찰에 의해 이리저리 쫓겨 다니기 일쑤다. 심지어 일부 생활형편이 좋은 지식인들로부터 정신병자로 간주되기도 한다.

바로 이런 취약한 '인민'이 2005년 1월에 자오즈양의 유해에 작별을 고하려 찾아왔던 것이다. 그들은 자오즈양이 '중국에서 가장 억울한 사람'으로서 자신들보다도 더 억울하다고 생각했다. 자신들은 질리도록 많이 억울함을 당해왔지만 그래도 상방의 기회가 있는 데 비해 자오즈양에게는 '상방할 곳마저 없다'는 것이 그들의 생각이었다.

5월 말에 나는 고향인 저장浙江으로 가서 집안일을 처리하고 6월 3일 오후에 기차를 타고 다시 베이징으로 돌아왔다. 나는 경와硬臥, 당시 중국의 열차는 딱딱한 의자에 앉아서 가는 경좌硬坐와 약간 푹신한 의자에 앉아서 가는 연좌軟坐, 딱딱한 침대에 누워서 가는 경와, 푹신한 침대에 누워서 가는 연와軟臥 등 네 가지로 분류되었다. 침대칸에 누워 기차 바퀴가 철로를 스치면서 내는 요란한 소리에 귀를 기울이고 있었다. 갑자기 객차 안에 환하게 불이 켜졌고, 나는 어두운 밤이 오고 있다는 사실을 알았다. 그때 나는 이 기나긴 학생운동이 마치 마라톤 같다는 생각이 들었다. 언제쯤 끝날지 알 수가 없었다. 이른 아침 내가 잠에서 깼을 때쯤 기차는 베이징에 가까이 와 있었고 열차 안에 안내방송이 울렸다. 방송원의 격앙된 목소리에서 나는 이미 군대가 톈안문 광장에 진입했음을 직감했다.

6월 4일의 총소리 이후, 베이징의 대학생뿐만 아니라 외지에서 온 대학생들도 빠르게 흩어지기 시작했다. 그날 이른 아침 베이징역을 나설 때 보았던 인산인해가 지금도 생생하게 기억난다. 사람들이 대규모로 베이징을 떠날 때, 나는 오히려 시의적절하지 못하게 베이징으로 돌아온 것이었다. 나는 여행용 배낭을 메고 황급히 기차역 앞 광장을 빠져나가면서 벌떼처럼 몰려드는 인파와 수없이 몸을 부딪쳤다. 문득 나도 당장 그곳을 떠나야 한다는 사실을 깨달았다.

결국 나는 6월 7일에 베이징을 떠났다. 당시 상하이에서 열차가 불에 타는 사건이 일어나 징후선京滬線, 베이징과 상하이 간 철로 통행이 잠시 중단된 상태였다. 나는 기차를 타고 먼저 우한武漢으로 갔다가 거기서 배를 타고 저장의 고향으로 갈 생각이었다. 우리는 몇 명이 공동으로 빌린 평판차平板車, 승용차나 트럭에 연결하여 짐을 싣는 소형 트레일러에 올라 창안가長安街를 따라 베이징역으로 달렸다. 며칠 전까지만 해도 엄청난 인파로 들끓던 베이징이 불과 며칠 사이에 썰렁해져 있었다. 거리에는 행인들이 거의 없었고 불에 탄 자동차 몇 대만 아직 희미한 검은 연기를 내뿜고 있었다. 젠궈문 입체교차로를 지날 때는 다리 위에 주둔하고 있는 탱크도 눈에 띄었다. 위풍당당한 포신이 바람조차 이겨낼 힘이 없는 우리를 향하고 있었다. 베이징역에 도착하니 비좁은 매표구에 수많은 사람들이 몰려 서로 먼저 표를 사려고 마구 밀쳐대며 아우성을 치고 있었다. 나도 온 힘을 다 쓴 끝에 간신히 입석표를 한 장 샀다. 좌석표는 이미 다 팔리고 없었다. 개찰구를 통과할 때는 군인들의 엄격한 검문을 받아야 했다. 내 얼굴이 수배자 명단에 있는 사람들과 닮지 않았다는 것이 확인되어야만 안으로 들어갈 수 있었다.

나는 그렇게 사람이 많은 기차는 타본 적이 없었다. 객차 안이 베이징을 떠나려는 대학생들로 가득 차 있었고 사람과 사람 사이에 틈이 조금도 없었다. 문제는 열차가 베이징을 벗어나 한 시간쯤 지나자 화장실에 가고 싶어졌다는 것이었다. 나는 있는 힘을 다해 사람들 틈을 비집고 객차 내 화장실을 향해 가기 시작했다. 반쯤 가서야 나는 화장실까지 가도 아무 소용이 없다는 걸 깨달았다. 누군가 있는 힘을 다해 화장실 문을 두드리고 있었지만 화장실 안은 이미 사람들로 가득 차 있었다. 안에 있는 사람들도 큰 소리로 문을 열 방법이 없다고 말했다. 하는 수 없이 세 시간이나 소변을 참아야 했다. 열차가 스자좡石家莊에 도착해서야 나는 황급히 기차에서 내려 역을 빠져나온 다음 곧장 화장실로 달려갔다. 그러고 나서 공중전화를 찾아 당시 스자좡에 있던 한 문학잡지 주간에게 전화를 걸어 도움을 청했다. 전화로 내 얘기를 다 듣고 나서 주간이 말했다.

"지금처럼 어지러울 때는 아무 데도 가지 않는 게 좋아. 가만히 앉아서 우리 잡지에 소설이나 써주게."

나는 스자좡에서 한 달 넘게 체류하며 이런저런 생각들을 소설로 쓰기 시작했다. 처음에는 텔레비전에서 매일 수배령이 떨어진 대학생들의 얼굴이 방영되었다. 그것도 롤링 형식으로 반복해서 소개되고 있었다. 이처럼 집중적인 방송 방식은 나중에 올림픽에서 중국 선수가 금메달을 딸 때가 되어서야 다시 텔레비전에 나타났다. 나는 타향의 낯선 여관방에서 텔레비전을 통해 체포된 대학생들의 망연자실한 표정을 보고 아나운서의 격앙된 목소리를 들으며 야릇한 두려움을 느꼈다.

그러던 어느 날 갑자기 텔레비전의 화면이 완전히 바뀌었다. 체포된 수배 학생들의 모습을 반복적으로 보여주던 화면도 없어졌고 득의양양한 해설도 사라졌다. 체포행위는 여전히 진행되고 있었지만 텔레비전에서는 다시 익숙한 화면을 방영하기 시작했다. 우리 조국의 방방곡곡이 번영을 구가하는 광경이었다. 아나운서들은 하루 전만 해도 몹시 격앙된 목소리로 체포된 학생들의 갖가지 죄상을 열거하고 설명했지만 하루가 지난 이날부터는 환한 표정과 목소리로 빠르게 발전하는 조국을 노래했다. 바로 이날부터 톈안문 사건은 중국의 모든 매체에서 흔적도 없이 사라졌다. 자오즈양이 사라진 것과 마찬가지였다. 그 후로 나는 톈안문 사건과 관련된 아주 작은 소식조차도 보고 들을 수 없었다. 이 사건은 아예 아무 일도 일어나지 않은 것처럼 철저하게 은폐되었다. 1989년 봄과 여름의 가두시위를 경험한 사람들조차도 이 사건을 까맣게 잊어버린 것 같았다. 아마도 그 뒤에 이어진 삶의 압박 때문에 지난 일을 회고할 틈이 없었던 것인지도 몰랐다. 그로부터 20년의 세월이 지나 사람들을 불안에 떨게 할 상황이 나타났다. 오늘날 중국의 젊은 세대 가운데 1989년의 톈안문 사건에 관해 아는 사람이 거의 없어진 것이다. 설사 아는 사람이 있다 해도 아주 모호한 반문만 던질 뿐이었다.

"많은 사람들이 가두시위에 나섰었다면서요?"

20년이란 세월이 정말 눈 깜짝할 사이에 지나갔다. 하지만 역사의 기억은 결코 눈 깜짝할 사이에 사라지지 않는다는 사실을 나는 굳게 믿고 있다. 나는 1989년의 톈안문 시위에 참가했던 모든 사람들이 오늘 어떤 입장에 서 있건 간에, 어느 날 갑자기 지난 일들을 회고하게 될 때 자신의 가슴과 뼈에 깊이 새겨진 감정을 다시 느낄 수 있으리라고 믿는다.

내 가슴과 뼈에도 깊이 새겨진 바로 그 느낌이 나로 하여금 '인민'이라는 단어를 제대로 이해할 수 있게 해주었다.

한 사람과 한 단어의 진정한 만남에 기회가 필요할 때도 있다. 내 말뜻은, 모든 사람이 자신의 일생에서 수많은 단어를 만나지만 어떤 단어들은 한눈에 이해할 수 있는 데 비해 어떤 단어는 평생을 함께 지내도 여전히 이해하지 못할 수 있다는 것이다.

내게는 '인민'이 바로 이처럼 어려운 문제였다. '인민'은 내가 가장 먼저 인식하고 가장 먼저 쓴 단어였지만 살아가면서 연이어 망각하고 배신했던 단어다. 내 눈앞에 무수히 나타났고 내 귀에 무수히 울렸던 이 단어가 진정으로 내 마음속에 들어온 적은 한 번도 없었다. 그러다가 스물아홉 살이 되던 해에 아주 깊은 밤의 경험 덕분에 마침내 이 위대한 단어를 진정으로 이해할 수 있었다. 내가 이 단어를 거짓이 아니라 진실한 마음으로 만났다고 할 때, 내가 말하고자 하는 것은 언어학 또는 사회학, 또는 인류학적인 의미에서의 만남이 아니다. 그건 인생의 경험 속에서 얻은 진실한 만남, 모든 이론과 정의를 제거하고 난 뒤 생생하게 살아 숨 쉬는 만남이었다. 그러고 나서야 나는 비로소 나 자신에게 '인민'이라는 단어가 절대로 공허한 단어가 아니라고 말할 수 있었다. 나는 이미 피와 살을 갖춘 '인민'의 모습을 보았기 때문이다. '인민'의 심장이 강렬하게 요동치는 모습을 보았기 때문이다.

'인민'에 대한 내 견해는 톈안문 광장의 백만 인파가 보여준 대규모 시위가 아니라 5월 하순 깊은 밤의 아주 작은 경험에서 왔다. 당시의 베이징은 이미 계엄 상태였지만 학생과 시민 들이 자발적으로 베이징의 주요 교통 요지들과 모든 입체교차로 및 지하철 입구를 지키면서 무장한 군인들이 톈안문 광장에 진입하지 못하도록 저지하고 있었다.

그때 나는 베이징 동쪽 스리푸+里鋪의 루쉰문학원에 거주하고 있었다. 나는 거의 매일 정오마다 모든 부위에서 삐거덕 소리가 나지만 경적 소리가 나지 않는 자전거를 타고 톈안문 광장으로 갔다가 깊은 밤이 나 새벽이 되어서야 다시 문학원으로 돌아오곤 했다.

1989년 5월 하순의 베이징은 낮에는 몹시 더웠지만 한밤중에는 추위가 느껴질 정도로 서늘했다. 어느 날인가 정오에 문학원을 출발할 때 날이 너무 덥다보니 반팔 셔츠만 하나 달랑 입고 길을 나섰던 것이 기억난다. 깊은 밤이 되자 나는 추위를 느끼기 시작했고 자전거를 타고 광장을 떠나 문학원으로 돌아오는 길에는 온몸으로 차가운 바람을 받아야 했다. 내 몸의 모든 부위와 망가진 자전거 부위가 함께 떨고 있었다. 내가 가로등이 꺼진 거리를 달릴 때면 달빛이 대신 길을 인도해주었다. 앞으로 달려나갈수록 추위는 더해만 갔다. 내가 후자러우呼家樓 근처에 점점 다가가고 있을 때쯤 갑자기 뜨거운 물결이 어둠 속에서 용솟음치는 것을 느낄 수 있었다. 내가 계속 앞으로 나아갈수록 이 뜨거운 열기는 더욱 강렬해졌다. 이어서 아주 멀리서 노랫소리가 들려왔다. 곧이어 아주 멀리서 수많은 등불이 반짝이는 모습이 보였다. 그리고 다시 놀라운 광경이 펼쳐졌다. 뜨거운 물결이 빠른 속도로 다가오더니 후자러우 입체교차로가 등불 빛으로 환해졌다. 다리 위는 물론 다리 아래까지 만 명이 넘는 사람들이 모여 그곳을 지키고 있었던 것이다. 그들은 가슴 가득 격정을 품은 채 밤하늘 아래서 소리 높여 국가를 부르고 있었다.

"우리의 피와 살로 새로운 만리장성을 세우자! 중화민족에게 가장 위험한 시기가 찾아왔을 때, 억압받는 모든 사람이 마지막 함성을 외친다. 일어나라! 일어나라! 일어나라! 우리의 하나같은 마음으로 적군의 포화를 용감히 뚫고 전진하자……"

그들은 손에 아무 무기도 들고 있지 않았지만 신념만은 대단히 확고했다. 그들은 자신들의 피와 살이 움직이면 군대와 탱크도 막아낼 수 있다고 굳게 믿었다. 그들이 한데 뭉쳐 있으니 거센 열기가 솟아올랐다. 모든 사람이 활활 타오르는 횃불 같았다.

이는 내 삶에서 가장 중요한 순간이었다. 그 전까지 나는 빛이 사람들의 목소리보다 더 멀리 전달된다고, 또 사람의 목소리는 사람의 몸보다 에너지를 더 멀리 전달한다고 믿고 있었다. 그러나 스물아홉 살이던 그 밤에 나는 내가 잘못 알고 있었다는 것을 깨달았다. 인민이 단결할 때 그들의 목소리는 빛보다 더 멀리 전달되고 그들 몸의 에너지가 그들의 목소리보다 더 멀리 전달되는 것이다. 마침내 나는 '인민'이라는 단어를 진정으로 이해할 수 있었다.

영수領袖

영수가 서거했다는 소식에 우리는 미친 듯이 눈물을 쏟았다. 천여 명의 사람들이 한꺼번에 쏟아내는 울음소리 속에서 나도 울고 있었다. 하늘을 향해 울부짖는 소리가 들렸다. 숨이 끊어질 듯한 울음소리가 들렸다. 곧 숨이 막혀 죽을 것처럼 심하게 기침을 하면서 우는 소리도 들렸다. 문득 나의 사유가 방향을 틀기 시작했다. 더이상 비통함이 나를 어쩌지는 못했다. 이상한 울음소리가 나를 이끌기 시작했다. 몇몇 사람들이 소리 내어 울고 있을 때, 내가 느꼈던 것은 틀림없는 슬픔이었다. 하지만 천 명이 넘는 사람들이 거대한 공간에서 한꺼번에 울부짖을 때, 내가 느낀 것은 유머였다.

내가 여기에서 말하고자 하는 영수領袖에게는 특권이 하나 있다. 바로 톈안문 성루에서 국경절 퍼레이드를 사열하면서 오직 혼자서만 행진하는 군중을 향해 손을 흔들 수 있는 특권이다. 다른 지도자들에게는 손을 흔들 수 있는 권력이 없다. 그저 영수의 신변에 서서 박수를 칠 수 있을 뿐이다. 두말할 것도 없이 이 영수는 마오쩌둥毛澤東이다.

　문화대혁명 시기에 마오쩌둥은 군복 차림으로 톈안문 성루에 올랐다. 날이 너무 더워서인지 아니면 너무 기뻐서인지 모르겠지만 그는 항상 군모를 벗어 들고 행진하는 군중을 향해 손에 든 군모를 흔들어댔다. 마오쩌둥이 손을 흔드는 장면 가운데 가장 매력적이었던 것은 그가 창강長江을 수영으로 건너고 난 뒤 목욕 가운을 입은 채 뱃머리에 올라서서 강 양안의 군중을 향해 손을 흔들며 인사를 건넨 장면이라 할 수 있다.

이 영수는 때와 흐름을 살필 줄 아는 정치인의 소양과 시인의 고집을 한몸에 지니고 있었다. 그의 주도면밀한 계획은 항상 즉흥적인 방식으로 표출되곤 했다.

문화대혁명이 시작되면서 대자보가 출현했다. 거리의 담벼락에 내다 붙이는 이 대자보는 크기가 중국 전통건축물의 창문 정도인데, 작은 것은 전지 두 장을 위아래로 이어놓은 것만 했고 큰 것은 전지 대여섯 장을 한데 이어붙인 것만 했다. 이는 아마도 중국 유사 이래 가장 규모가 큰 서예 전시였을 것이다. 거칠고 조악한 서체가 모든 도시와 마을의 크고 작은 거리와 골목을 뒤덮었다. 가끔 아름다운 서체가 등장하기도 했다. 사람들은 거리와 골목 입구에 서서 흥미진진한 표정으로 이들 대자보를 읽었다. 대자보에 쓰인 것은 대동소이한 혁명의 언어였지만 평소에 대단한 위세를 보이던 간부들을 거명하면서 비판하는 대자보가 나타나면 이를 읽는 군중은 몹시 흥분하기 시작했다.

대자보의 출현은 약자인 군중이 강자인 간부들에게 도전하는 최초의 행위였을 것이다. 이런 행위가 나타난 것은 그들이 중국공산당 중앙과 베이징에 있는 일부 고관들의 압제를 받은 이후의 일이었다. 마오쩌둥이라는 절대권력자는 자신이 가진 지고지상의 권위를 이용하여 뭔가를 바로잡지 않고 항상 약세인 군중과 똑같은 방법을 사용했다. 그 역시 '사령부를 포격하라'라는 제목의 대자보를 써붙인 것이었다. 그는 자신의 대자보에서 중국공산당 안에 두 개의 사령부가 존재한다고 지적했다. 하나는 프롤레타리아 사령부이고 다른 하나는 부르주아 사령부라는 것이다. 당시 군중의 광기 어린 열정을 생각하면 위대한 영수 마오쩌둥이 쓴 이 대자보가 무엇을 의미하는지는 충분히 상상할 수 있을 것이다. 다름 아니라 마오쩌둥 주석도 보통 사람들과 똑같은 상황에 처해 있다는 뜻이었다. 프롤레타리아 문화대혁명이 이글거리며 타오르는 불꽃처럼 중국 전체를 집어삼켜야 한다는 것은 굳이 말로 표현할 필요도 없었다.

중국의 역사를 종합해보면 귀족 출신이건 풀뿌리 출신이건 일단 황제가 됐다 하면 하나같이 약속이라도 한 듯 황제의 입과 얼굴, 언행을 재현했다. 마오쩌둥만이 유일한 예외였다. 영수가 된 뒤에도 항상 영수의 방식으로 통치술을 발휘하지 않고 수시로 주변 공산당 지도자들의 손을 빌려 행동을 취했다. 마오쩌둥은 어떻게 군중 사이에 바람을 일으키고 불을 붙이는지 아주 잘 알고 있었다. 문화대혁명 초기에 그는 빈번하게 톈안문 성루에 올라 광기에 젖은 혁명학생들과 혁명군중을 접견함으로써 문화대혁명의 조수에 거센 파도를 일으켰다.

수영으로 창강을 횡단하는 것도 영수의 독특한 풍격을 드러내기 위한 행위였다. 1966년 7월 16일, 마오쩌둥은 갑자기 우한 혁명군중 창강 도하활동 현장에 나타났다. 강 양안에 운집한 군중의 뜨거운 환호성과 높은 음으로 울려 퍼지는 〈동방홍東方紅〉 속에서 73세의 고령인 마오쩌둥은 5천여 명의 군중과 함께 바람을 타고 물결을 헤치며 수영으로 창강을 건넜다. 마오쩌둥과 함께 창강을 건넌 군중들은 감격과 흥분을 금치 못했다. 수영을 하는 사람들은 거센 물결 속에서 "마오쩌둥 만세"를 외쳤다. 더러운 강물이 입을 통해 위 속까지 들어갔지만 수영을 마치고 강가에 오른 군중은 이구동성으로 "강물이 너무나 달콤했다"라고 말했다. 마오쩌둥은 창강을 헤엄쳐 건넌 다음 증기선에 올라 목욕 가운을 입은 채 근엄하고 위풍당당한 모습으로 강 양안을 까맣게 메우고 있는 군중을 향해 손을 흔들었다. 마오쩌둥은 아주 잠시 손을 흔들어주다가 이내 선창으로 들어가 옷을 갈아입었다. 나중에 뉴스 다큐멘터리 영화에서는 마오쩌둥이 손을 흔들던 장면을 편집하여 그가 인민들을 향해 아주 오래 손을 흔들었던 것처럼 조작했다. 질리지도 않았던 걸까? 마오쩌둥이 인민을 향해 손을 흔들던 장면은 선전용 그림에서 10년이 넘도록 반복 사용되었다.

다음 날 『인민일보』에서는 "우리의 경애하는 지도자 마오 주석께서는 이처럼 건강하다. 이는 중국 인민 전체의 커다란 행복이자 전 세계 혁명 인민들의 커다란 행복이 아닐 수 없다!"라고 보도했다. 자신이 수영으로 창강을 건넌 데 대해 마오쩌둥은 '수조가두水調歌頭'라는 제목의 시사詩詞에서 "아무리 바람이 불고 물결이 거세도 한가하게 집 안 마당을 걷듯이 믿음을 갖고 걸음을 내딛으리라"라고 노래했다. 이것이 바로 내가 말하는 영수다. 그는 이렇듯 손쉽게 문화대혁명을 광풍의 경지로 몰아갔다.

마오쩌둥이 창강을 헤엄쳐 건너는 장면은 다큐멘터리 영화로 제작되어 중국 및 중국 이외의 지역에서 반복적으로 상영되었고 선전 그림으로도 제작되어 도시와 농촌을 불문한 중국 전역의 담벼락을 장식했다. 선전 그림에서 목욕 가운 차림의 마오쩌둥은 노동자, 농민, 해방군, 학생, 상공업 종사자 들에게 둘러싸인 채 빙긋이 웃으면서 손을 흔든다. 노동자, 농민, 해방군, 학생, 상공업 종사자 들은 행복한 표정으로 용감하게 앞으로 나아가려 한다. 생각해보라. 세상에 또 어떤 정치인이 목욕 가운 차림으로 인민들을 향해 손을 흔들 수 있겠는가? 마오쩌둥만이 이처럼 비범하고 탁월한 풍모를 내보일 수 있었던 것이다.

사실 그는 항전 시기에 이미 이런 풍모를 지니고 있었다. 당시 그는 아직 중국의 영수가 아니었고 옌안延安의 야오둥窯洞, 과거 중국의 산시陝西, 간쑤甘肅, 허난河南 등지의 황토 고원지대에서 기후와 지형에 맞게 땅을 파고 그 안에 굴을 내서 지은 집에서 힘든 나날을 보내고 있었다. 사람들이 어떻게 말하든 자신의 뜻대로 하던 마오쩌둥은 미국 기자와 인터뷰를 하는 내내 한편으로는 손을 바지춤에 넣고 이를 잡으면서 한편으로는 중국의 항일전쟁이 반드시 승리할 것이라고 호언장담했다.

문화대혁명이 시작된 뒤로는 마오쩌둥이 손을 흔들면서 나타날 때마다 곧이어 성루에 오른 중국공산당 간부들이 더이상 박수를 치지 않았다. 그들도 오른손을 가볍게 흔들어야 했다. 바로 그 오른손에 『마오 주석 어록』이 들려 있었기 때문이다. 당시에는 이 책을 홍보서紅寶書라고 불렀다. 홍보서가 그들에게도 손을 흔들 수 있는 기회를 가져다주었다. 물론 그들은 손을 마오쩌둥보다 높이 들 수 없었고 마오쩌둥만큼 크게 흔들 수 없었다.

문화대혁명 시기에 마오쩌둥이 성루에 오르지 않으면 이 지도자들이 오른손에 홍보서를 들고 가볍게 흔들어댐으로써 혁명군중에게 인사를 건넸다. 오늘날의 여성 스타들이 화장을 하지 않은 얼굴로는 절대로 대중이 모인 곳에 모습을 드러내지 않는 것처럼 당시의 공산당 지도자들은 손에 홍보서가 들려 있지 않으면 절대 공개적으로 모습을 드러내지 않았다. 홍보서가 그들의 정치적 화장품인 셈이었다.

오늘날의 중국은 이미 집단 영도체제로 운영되고 있어 아홉 개의 정치국 상무위원회가 함께 뉴스 발표회에 참석해 기자들을 향해 손을 흔든다. 그들은 손을 드는 높이도 똑같고 흔드는 폭도 똑같다. 이런 모습을 볼 때마다 나는 톈안문 성루 위에서 손을 흔들던 마오쩌둥이 생각나곤 한다. 옆에 있는 사람들 모두 박수를 치고 그 혼자서만 손을 흔들던 모습은 무척이나 독특했다. 현재의 상황을 마주하면서 과거를 돌이켜 보면 오늘날의 중국에는 이미 국가 영수가 사라지고 지도자들만 존재하는 듯한 느낌이 들기도 한다.

진짜 영수가 서거하고 여러 해가 지나 중국에서는 산채山寨. 가짜 혹은 모조품. 어떤 사물이나 현상에 대한 모방이나 표절, 조롱 등의 방법이 발전하여 반권위反權威 및 반주류反主流의 성격을 나타내고, 한 걸음 더 나아가 광기와 해체, 반지성反知性, 포스트모던의 표상으로 자리 잡게 되는 중국의 대중문화 현상 영수들이 우후죽순처럼 줄줄이 흙을 뚫고 솟아나왔다. 1990년대 이후로는 미인선발대회가 한 시대를 풍미했고, 동시에 영수를 선발하는 대회도 끊임없이 거행되었다. 패션의 영수와 풍채風采의 영수, 미녀 영수 등 다양한 영수 선발과 경선이 경쟁적으로 벌어졌다. 미인선발대회는 새로운 형식을 취한다 해도 그 평가기준이 시종 '아름다움'에 그칠 수밖에 없었다. 예컨대 60세 이상의 여성들만 참가할 수 있는 '은銀미인대회'나 젊고 아름다운 여성들이 미친 듯이 술을 마셔대는 '취醉미인대회', 성형수술을 한 사람들만 참가할 수 있는 '인조미인대회' 등등이 있었지만 하나같이 아름다움을 기준으로 삼았다.

반면에 영수선발대회에는 제한도 없고 경계도 없었다. 때문에 거의 모든 영역에서 다양한 유형의 영수들이 만들어졌다. 청년 영수가 있는가 하면 소년 영수도 있고 미래의 영수도 있었다. 창신創新의 영수가 있는가 하면 부동산의 영수도 있고, IT의 영수, 매스컴의 영수, 비즈니스계의 영수, 기업의 영수도 있다. 이처럼 다양한 영수들은 사람들의 눈을 어지럽히기에 충분하다. 영수가 많다보니 자연스럽게 영수들의 정상회담도 많아졌다. 비즈니스계 영수들의 정상포럼을 비롯하여 기업 영수들의 정상포럼, 매스컴 영수들의 정상포럼 등 그 종류도 다양하다. 이런 산채 영수들의 정상포럼은 그 규모와 정도가 G8 정상회담보다 화려하고 근사하다. 이와 동시에 영수 선발은 지리와 물질의 영역에까지 파급됐다. 예컨대 풍경의 영수와 엘리베이터의 영수 같은 것들이다. 이처럼 엘리베이터조차도 자신들의 영수를 갖고 있는 것이 바로 마오쩌둥 이후 오늘날 중국의 현실이다. 내일 아침 날이 밝으면 이 나라 어느 구석에서 또 한 무리의 신선한 영수들이 나타날지 알 수 없다.

지난 30년 동안 중국에서 가치폄하의 속도가 가장 빠르고 그 폭도 가장 큰 단어를 뽑는 경선을 벌인다면 두말할 것도 없이 '영수'가 당선될 것이다.

문화대혁명 시기에는 '영수'가 대단히 신성하고 위대한 단어였고 마오쩌둥의 대명사였다. 혹자는 이 단어를 마오쩌둥의 사유재산이라고 말하기도 했다. 감히 어떤 수식어를 붙여 자신을 '영수'라고 말하는 사람은 한 명도 없었다. 꿈속에서라도 이런 담력을 발휘하는 사람이 없었다. '영수'라는 단어는 마오쩌둥을 제외한 모든 중국인들에게 금지구역이었다. 당시에는 "조국은 신성하여 침범할 수 없다"라는 말이 유행했고 그 뒤로는 '신성불가침'이라는 말이 항상 우리의 입에 붙어 다녔다. '영수'는 이처럼 신성불가침의 단어였다. '영수' 외에 '마오'라는 성씨 역시 신성불가침이었다.

내 아내가 내게 이런 얘기를 했다. 아내가 전에 살던 작은 마을에 성이 '마오'인 노동조합 주석이 있었다. 마을 사람들은 그를 마오 주석이라고 부를 수밖에 없었고 그도 자연스럽게 그들이 부르는 말에 대답했다. 그러나 문화대혁명이 시작되자 그는 타도 대상이 되고 말았다. 그의 죄명은 세상에 두 명의 마오 주석이 있게 만들었다는 것이었다. 성이 '마오'인 이 노동조합 주석은 정말 운이 없었다. 너무나 억울했던 그는 눈물을 쏟으며 자신이 그렇게 부르라고 한 것이 아니라고 해명했다. 그러자 그를 비판했던 혁명 군중이 말했다.

"남들이 당신을 그렇게 부를 수는 있지. 그래도 당신은 대답하지 말았어야 했소. 그런 호칭에 응했기 때문에 당신이 반혁명분자인 것이오."

어렸을 때는 나도 나의 성이 '마오'가 아니라 '위余'인 것을 크게 유감으로 생각했던 적이 있다. 마음속으로는 항상 우리 부모님의 친척 중에는 왜 '마오'씨가 없는지 원망하곤 했다. 당시에는 평민 백성들에게 '마오'가 대단히 위대하고 신성한 성씨인 동시에 매우 위험한 성씨라는 사실을 알지 못했다.

당시에 유행하던 비유가 있다. 공산당을 인민의 어머니로 비유하는 것이었다. 나는 마음속으로 어머니가 있다면 반드시 아버지도 있어야 할 텐데, 대체 누가 인민의 아버지일까 하는 생각을 해보았다. 당연히 마오쩌둥이었다. 어린 시절 나의 논리에 따르면 중국공산당은 마오쩌둥의 부인이었다. 그렇다면 마오쩌둥의 정식 부인인 장칭江青은 어떻게 되는 것일까? 당시 나는 문화대혁명의 홍위병紅衛兵이었기 때문에 남녀평등과 일부일처제만 알았지 과거 중국의 남자들이 여러 명의 부인을 거느렸다는 사실은 몰랐다. 게다가 오늘날의 중국 남성들에게 첩이나 애인이 있다는 것은 더더욱 몰랐다. 아직 어렸던 나는 이런저런 생각에 머리만 아팠고, 합리적이고 바람직한 해답은 떠오르지 않았다.

어릴 적 내 마음속에는 마오쩌둥 말고도 네 명의 외국 영수들이 더 있었다. 초등학교 1학년 때 우리 반 교실 앞쪽 칠판 위에는 마오쩌둥의 초상이 걸려 있고 뒤쪽 벽면에는 마르크스와 엥겔스, 레닌, 스탈린의 초상이 나란히 걸려 있었다. 마르크스와 엥겔스, 레닌, 스탈린은 내가 맨 처음 본 외국인들이었다. 우리는 마르크스와 엥겔스의 긴 머리를 호기심 어린 눈으로 바라보곤 했다. 그들의 머리는 우리 마을 여자들보다 더 길었다. 당시 중국 여성들은 하나같이 가지런한 단발머리를 하고 다녔다. 우리 눈에는 레닌과 스탈린의 머리가 더 정상적인 남성의 머리였다. 어린 시절에 우리는 머리칼의 길이로 남성과 여성을 구분하곤 했다. 때문에 마르크스와 엥겔스의 머리 모양은 호기심을 유발하기에 충분했다. 특히 마르크스는 마구 말리고 엉킨 머리칼이 귀를 거의 뒤덮고 있었다. 우리 마을 여자들의 머리도 마르크스처럼 귀가 보일락 말락 하는 정도였다. 다행히 마르크스는 얼굴 가득 수염이 자라 있어 성별을 알아맞히느라 한참 고심할 필요가 없었다. 하지만 뜻밖에도 우리 반 친구 하나는 마르크스의 얼굴을 가득 뒤덮고 있는 수염의 존재를 완전히 무시하면서 마르크스가 여자라고 공공연하게 우기기도 했다.

이 친구는 그 일 때문에 하마터면 '어린 반혁명분자'로 몰릴 뻔했다. 그 무렵 문화대혁명이 시작됐다. 우리 초등학교 2학년 여학생 하나가 마오쩌둥의 초상을 접는 바람에 마오쩌둥의 얼굴에 십자가 표시를 만들고 말았다. 이런 사소한 실수 때문에 그 여학생은 타도 대상이 되었다. 우리는 그 아이를 '어린 반혁명분자'라고 불렀다. 그 아이는 전교 비판대회에서 엉엉 울면서 눈물을 쏟았고 영문도 모른 채 자신의 반혁명 죄상을 자백해야 했다.

비판대회가 끝나고 우리 1학년 학생들은 전부 선생님에게 소집되어 학우들 사이에 숨어 있는 반혁명분자들을 색출해내라는 요구를 받았다. 그 결과 두 친구가 학우들의 고자질 대상이 되었다. 첫번째 아이는 이름도 잘 몰랐다. 선생님의 오랜 추궁이 이어지자 한 학우가 고발했는데, 바로 그 학우의 이웃에 사는 세 살밖에 안 된 사내아이였다. 이 아이의 죄상은 단 한마디 반혁명적인 말을 했다는 것이었다. 어느 날 해질 무렵에 "해가 지네"라고 말한 것이 전부였다. 당시에는 마오쩌둥을 '붉은 태양'에 비유하는 것이 유행이었다. 때문에 우리는 함부로 '태양'이라는 단어를 입에 올릴 수 없었다. 황혼 무렵에도 해가 진다는 말 대신 "날이 곧 어두워지겠군"이라고 말해야 했다. 이 사내아이가 해가 진다고 말한 것은 마오쩌둥이 권좌에서 내려올 거라고 말한 것이나 다름없었다.

고발 대상이 된 두번째 아이는 마르크스가 여자라고 주장했던 우리 반 친구였다. 그는 놀라고 두려운 나머지 얼굴이 백지장처럼 창백해졌다. 선생님이 그런 반혁명적인 말을 한 적이 있느냐고 따져 묻자 그는 그만 으앙 하고 울음을 터뜨리고 말았다. 눈물과 콧물을 동시에 흘리며 기침을 해대고 말을 더듬기까지 했다.

"그랬던 것 같아요."

우리 선생님이 그를 구제해줄 요량으로 다시 물었다. "그런 말을 한 것 같다는 거야, 안 한 것 같다는 거야?"

이 친구는 두려움에 떨면서 말에 갈피를 잡지 못했다. 그런 말을 한 것 같다고 했다가 또 금세 안 한 것 같다고 말을 바꿨다. 고발대회가 끝날 무렵까지도 확실한 대답을 하지 못했다. 다행히 그런 애매한 태도가 그를 구했다. 사건이 아무런 결과 없이 대충 마무리된 것이다.

나는 어렸을 때 마오 주석이 바로 이 영수의 이름인 줄 알았었다. 그 시대에는 모든 사람들의 입에 '마오 주석'이라는 말이 붙어 있었다. 이 단어를 내뱉는 것이 할아버지나 아버지를 부르는 것보다 더 편하고 친숙했다. 하지만 누구든지 직접 그 이름을 부르는 것은 대단히 불경스러운 일로 취급했다. 다행히 당시 사람들은 "마오쩌둥 사상 만세!"를 소리 높여 외치고 항상 "동쪽이 붉어지고 태양이 솟아 중국에는 마오쩌둥이 나타났네"라는 노래를 소리 높여 불러댔다. 그래서 나는 '마오 주석'은 성에다 직함을 붙인 것이고 마오쩌둥이 진짜 이름이라는 사실을 모르지 않았다.

2009년 단오절 무렵, 중국에는 한 가지 우스갯소리를 전파하는 휴대전화 문자서비스가 유행하고 있었다. "5월 28일 신화사 보도. 중국과학원이 마오쩌둥을 생물학적으로 복제Clone하는 데 성공했다. 각 항목의 생리지수 기준이 전성기 마오쩌둥의 수준에 육박했다. 뉴스가 전해지자 세계 각지에서 뜨거운 반향이 일었고 미국 대통령 오바마는 즉시 성명을 발표하여 미국에서 사흘 이내에 타이완관계법을 폐지하고 아시아에 배치된 모든 미군 병력을 철수할 것이라고 밝혔다. 일본 수상도 그날로 야스쿠니 신사의 철거를 명령하는 동시에 댜오위도釣魚島가 중국 영토임을 인정하고 그동안 중국 영토를 침범한 데 대해 13조 달러에 달하는 손해배상을 하기로 결정했다. 유럽연합도 성명을 발표하여 중국에 대한 무기 판매 금지를 해제한다고 밝혔다. 제3대 러시아 대통령 메드베데프는 대싱안령大興安嶺 북쪽 3백만 킬로미터의 땅을 중국에 귀속시킨다는 내용의 선언문에 서명했다. 또한 몽골도 유엔에 성명서를 제출하여 몽골과 중국이 대로 한 나라였음을 인정했고 타이완 총통 마잉주馬英九도 중국 대륙의 모든 결정을 존중한다는 뜻을 밝히면서 자발적으로 국가문사관國家文史館의 연구원이 되겠다고 신청했다. 북한의 김정일은 정식으로 6자회담 대표에게 전화통지문을 보내 모든 일을 마오 주석의 지시에 따라 실행하겠다고 밝혔다. 이와 동시에 국내 정세도 빠르게 변화하고 있다. 24시간 만에 현급縣級 이상 간부들이 뇌물로 받은 돈 980조 위안을 반납했고 사영기업들도 자발적으로 공기업체제로 전환했으며 2천 5백만에 달하는 삼배녀三陪女, 남자 손님과 함께 식사를 하고 말벗이 되어주며 술집에 가서 함께 노래하고 춤을 춰주는 여자들이 하룻밤 사이에 요조숙녀로 되돌아갔다. 전국의 증시는 뜨겁게 달아올랐고 부동산 가격은 60퍼센트 하락했다. 13억 중국 인민이 다시금 시대의 가장 강력한 음악인 〈동방홍〉과 〈태양이 솟아오른다〉 같은 노래를 부르기 시작했다. 중국이 또다시 마오쩌둥을 배출한 것이다."

"중국이 마오쩌둥을 배출했다"라는 말이 "중국이 또다시 마오쩌둥을 배출했다"라는 말로 바뀌면서 민간의 유머가 30여 년 전에 세상을 떠난 이 영수를 인간 세상으로 귀환시켰다. 그러자 전 세계가 겁을 먹었고 중국의 부패한 관료들은 더더욱 두려움에 떨면서 가벼운 바람 소리에도 가슴을 쓸어내렸다. 그들은 오늘날 중국이 안고 있는 역사문제와 외교문제, 국내문제 들이 전부 사정司正의 칼날을 피하지 못할 것이라고 생각했다. 이런 광상곡 같은 유머가 의미하는 것은 무엇일까? 현실에 대한 수많은 중국인들의 불만을 표현하고 있는 것은 아닐까? 새로운 민족주의의 광기를 암시하는 것은 아닐까? 어쩌면 그저 유머일 뿐이라고, 오늘 우리가 처한 생존환경에 대한 자기 조롱 같은 유머에 지나지 않는다고 말할 수 있을지도 모른다. 나는 이런 유머가 앞서 열거한 모든 것을 의미하며, 심지어 이보다 훨씬 많은 의미들을 내포하고 있을 것이라고 생각한다.

중국은 마오쩌둥이 세상을 떠나고 30여 년의 세월이 지나는 동안 놀라운 경제기적을 만들어냈지만 이를 위해 지불한 대가 역시 대단히 놀라운 수준이었다. 2010년 7월 초 월드컵 폐막 직전, 내가 남아공을 떠날 때 요하네스버그 국제공항의 출국장 면세점에는 부부젤라매우 시끄러운 소리를 내는 길이 1미터 정도의 긴 호각가 가득 꽂혀 있었다. 가격은 인민폐 백 위안 정도였다. 나는 귀국한 뒤에야 이 부부젤라 역시 중국제품으로서 수출 가격이 겨우 2위안 6쟈오角, 10쟈오가 1위안이다에 불과하다는 사실을 알게 되었다. 이 불쌍한 가격 안에는 환경오염 등 갖가지 문제가 담겨 있었다. 중국 저장의 한 중소기업은 천만 개가 넘는 부부젤라를 생산했지만 이윤이 겨우 10만 위안 남짓에 불과했다. 내가 무척 존경하는 한 원로 학자는 중국이 백 위안을 지출하여 10위안의 국내총생산을 늘리는 시스템을 유지하고 있다고 지적한 바 있다. 뿐만 아니라 환경 파괴와 도덕 상실, 빈부격차 증가, 부패현상 만연 등이 오늘날 중국 사회의 갈등을 갈수록 격화시키고 있다. 수백 수천, 심지어 수만 명의 군중이 정부기관과 충돌하여 자동차를 부수고 건물에 불을 지르는 등 집단행동도 끊이지 않고 일어나고 있다.

수많은 사람들이 지나간 마오쩌둥 시대를 그리워하기 시작했다. 나는 이런 사람들 대부분이 막연한 그리움 때문에 그렇게 느낄 뿐, 정말로 그 시대로 돌아가고 싶은 것은 아닐 것이라고 생각한다. 그들에게 마오쩌둥 시대는 비록 생활이 궁핍하고 인간 본성에 대한 압박이 심했지만 보편적인 잔혹함이나 생존경쟁은 없었다. 단지 공허한 계급투쟁이 있었을 뿐이었다. 사실 당시의 중국에는 계급이 존재하지 않았다. 때문에 이런 투쟁은 그저 구호로 그칠 수밖에 없었다. 그 시대 사람들은 의식주를 절약하면서 함께 어울리며 무난하게 지냈다. 모두 조심스러워하긴 했지만 대체로 평안하게 일생을 보낼 수 있었다.

　하지만 오늘날의 중국은 완전히 다르다. 극심한 경쟁과 거대한 압력이 수많은 중국인의 생활과 생존을 전쟁으로 만들고 있다. 이러한 사회환경에서는 자연스레 약육강식의 논리와 함께 호화스러운 사치 추구와 온갖 부당한 속임수가 유행한다. 따라서 자신의 본분에 만족하면서 소박하게 사는 사람들은 항상 도태되고 담이 큰 사람들만 성공한다. 가치관의 변화와 재화의 재분배가 사회분열을 조성하고 사회분열은 사회충돌을 가져온다. 오늘날의 중국이야말로 계급과 계급투쟁이 만연한 상태라고 할 수 있다.

　마오쩌둥 이후에 덩샤오핑은 그 개인적 위망威望을 바탕으로 중국의 개혁개방을 제창했다. 하지만 이 노인은 삶의 마지막 몇 년 동안 깊이 생각한 결과, 발전 이후에 나타날 문제들이 발전하기 전보다 훨씬 더 많을 것이라는 사실을 발견했다.

　어쩌면 중국이 발전한 이후에 너무 많은 사회문제가 발생했기 때문에 오래전에 세상을 떠난 마오쩌둥이 끊임없이 '부활'하고 있는 것인지도 모른다. 얼마 전에 중국의 인터넷에서 '오늘 마오쩌둥이 다시 깨어난다면'이라는 주제로 소규모 여론조사가 이루어졌다. 그 결과 85퍼센트에 달하는 사람들이 이를 좋은 일이라고 생각하고 10퍼센트에 해당하는 사람들이 안 좋은 일이라고 생각하는 것으로 나타났다. 나머지 5퍼센트의 사람들은 그가 더이상 세계와 중국에 영향을 미치지 못할 것이라고 생각했다.

나는 이 인터넷 여론조사에 참여한 사람들의 인적 구성을 알지 못한다. 중국 네티즌의 인적 구성에 근거해 따져본다면 아마도 젊은이들의 비중이 컸을 것이다. 오늘날 중국의 젊은 세대는 마오쩌둥에 관해 아는 바가 거의 없는데도 '마오쩌둥 부활'의 대열에 대거 가세하고 있다. 어쩌면 이런 현상이 '마오쩌둥의 부활'이 이미 넓은 의미에서의 사회심리 표현이라는 사실을 의미하는 것인지도 모른다. 이러한 사회심리는 매우 복잡하게 얽혀 있다. 서로 다른 계층과 지위, 서로 다른 관념과 처지에 놓인 사람들이 이런 사회심리 속에서 서로 다른 불만을 가지고 진지하면서도 장난스럽게 시신을 빌려 혼을 부르는 의식을 거행하고 있는 것이다.

'오늘 마오쩌둥이 다시 깨어난다면'이라는 제목의 인터넷 토론에서 어떤 사람은 무척 해학적인 발상으로 이렇게 썼다. "마오쩌둥이 수정관 밖으로 기어 나온 뒤 첫 태양이 떠오를 때, 마오 주석 기념관의 대문을 나선 마오쩌둥은 계단에 서서 낯익으면서도 생소한 톈안문 광장을 바라본다. 이때 어떤 여행객이 마오쩌둥을 발견하고는 그를 향해 소리를 지른다. '구웨古月, 사인 좀 해주세요.'"

구웨는 각종 영화에서 항상 마오쩌둥 역을 연기하는 유명한 배우다.

막 초등학교에 입학했을 때, 나는 자랑스럽게 중국이 이 세계에서 가장 위대한 나라라고 믿었다. 나의 논거는 두 가지였다. 첫째는 우리 중국에는 위대한 영수 마오쩌둥이 있는 데 반해 마르크스와 엥겔스, 레닌, 스탈린 등 네 명의 외국 영수는 전부 이미 세상을 떠났다는 것이었고, 둘째는 우리 중국에 인구가 가장 많다는 사실이었다. 마오 주석은 사람이 많으면 그만큼 힘도 커진다고 강조한 바 있다.

하지만 매일 신문과 방송에서 마오 주석의 제3세계론이 쏟아져 나올 때 나는 속으로 몹시 상심하고 있었다. 미국 제국주의와 소련 수정주의는 제1세계이고 일본과 유럽 국가가 제2세계이며 우리 위대한 중국이 뜻밖에도 아시아와 아프리카, 라틴아메리카의 작은 나라들과 함께 제3세계를 이루고 있다는 주장이 마음에 들지 않았기 때문이다.

아직 나이가 어려 아무것도 몰랐던 내가 어떻게 마오쩌둥의 속마음을 이해할 수 있었겠는가? 중국혁명이 승리한 이후에도 마오쩌둥은 굳이 자신의 옛날 방식에 집착하지 않았다. 그는 중국 인민의 영수가 되는 것으로 만족하지 않았다. 그는 압제와 탄압에 시달리는 전 세계 모든 사람들의 영수가 되고 싶었다. 그는 호기 가득한 심정으로 말했다. "착취가 있는 곳에는 반드시 갈등이 있기 마련이고, 압박이 있는 곳에는 반항이 있기 마련이다." 그는 세계혁명을 사유하기 시작했다. 그는 전 세계 프롤레타리아를 해방시키고 싶었던 것이다. 그리고 이를 행동으로 옮겨 혁명을 수출하기 시작했다. 오랜 세월이 지나면서 중국에 대한 마오쩌둥의 공과와 시비를 따지는 일은 거의 없어졌지만 한 가지 사실은 갈수록 더 분명해지고 있다. 마오쩌둥 사상이 그의 죽음과 함께 사라지지 않고 오히려 전 세계에 갈수록 그 영향력을 높이고 있다는 것이다. 나는 전 세계 수많은 지역의 수많은 사람들에게서 마오쩌둥이 중국에서 어떤 일을 했는지는 이미 중요하지 않다는 것을 확인했다. 중요한 것은 그의 사상이 유구한 역사를 바탕으로 새롭게 창조되고 있고, 마치 씨앗처럼 세계 각지에서 '뿌리를 내리고 꽃을 피우며 열매를 맺고 있다는' 것이다.

2009년 5월 1일, 오스트리아 국민들이 빈에서 성대한 가두행진을 벌였다. 그들은 손에 마르크스와 엥겔스, 레닌, 스탈린, 마오쩌둥의 대형 초상화를 높이 들고 있었다. 이와 유사한 광경이 유럽의 다른 도시에서도 끊임없이 벌어졌다. 어쩌면 '마오쩌둥의 부활'이 중국 본토화의 사회심리일 뿐만 아니라 지구화의 사회심리인 건 아닐까 하는 생각이 들기도 한다. 만일 그렇다면 그것이 의미하는 바는 무엇일까? 내가 생각할 수 있는 가장 간단한 해답은 세계가 병들어 혁명을 필요로 한다는 것이다. 인체에 병이 나면 염증이 나타나는 것과 마찬가지다.

2008년 11월, 나는 민간지식인 대표단의 일원으로 네팔을 방문했다. 네팔공산당(마오이스트)이 의회선거에서 승리를 거둔 뒤였다. 네팔공산당의 당수였던 기리자 프라사드 코이랄라Girija Prasad Koirala는 새로운 정부의 총리가 되기도 했다. 그러나 내가 이 글을 쓸 무렵 프라사드는 네팔 총리직을 사임했다. 내 눈앞에는 다시 프라사드 총리가 총리 공관의 응접실에 앉아 있는 모습이 재현되었다. 그는 몸을 옆으로 비스듬히 기울여 앉은 채 우리에게 강경한 어조로 말했다. "1만 9천 명에 달하는 네팔 해방군 장병들의 생활과 업무에 반드시 공정한 해결책을 보장해 줘야 합니다."

아마도 네팔 해방군과 정부군을 합병하는 문제가 어려움에 봉착했기 때문인지 이 강인한 성격의 지도자는 끝내 총리의 보좌를 떠나고 말았다.

네팔에 머무는 동안 우리는 네팔공산당 해방군의 군영을 방문하기도 했다. 유엔 평화유지군의 군영을 지나야 해방군의 군영에 도착할 수 있었다. 네팔공산당 해방군의 군영은 보잘것없고 총과 탄약도 없었다. 하지만 앞길을 기대하고 있는 이 무기 없는 군대의 기율은 대단히 엄정하고 확실했다. 우리가 군영 안으로 들어서자마자 아주 생기발랄한 광경이 펼쳐졌다. 군영 안으로 들어서는 순간, 내 어린 시절 초등학교 교실의 광경이 펼쳐진 것이다. 벽에는 마르크스와 엥겔스, 레닌, 스탈린 등의 초상이 걸려 있었고, 물론 프라사드의 초상도 걸려 있었다. 문화대혁명 시기에 마르크스와 엥겔스, 레닌, 스탈린의 초상이 중국에 들어와 하나의 풍속으로 자리 잡으면서 마오쩌둥의 초상과 함께 한방에 나란히 걸렸던 것과 같았다. 마르크스와 엥겔스, 레닌, 스탈린, 마오쩌둥의 초상이 네팔공산당 해방군 군영에 들어와 하나의 풍속으로 자리 잡으면서 프라사드의 초상과 함께 나란히 웃고 있었다. 다섯 개의 초상이 여섯 개로 늘어나면서 우리에게 혁명이 왜 사라지지 않고 끊임없이 생겨나는지를 말해주는 것 같았다.

저녁이 되자 네팔공산당 해방군 군관들과의 술자리가 벌어졌다. 술이 얼큰해지자 우리는 전부 일어나 문화대혁명 시기 마오쩌둥의 시사를 가사로 하여 만든 노래 〈장정長征〉을 소리 높여 합창했다. 우리는 중국어로 노래를 부르고 네팔공산당 해방군들은 네팔어로 함께 노래했다. 두 가지 언어로 불렀는데도 마치 한 가지 언어로 된 노래 같았다.

문화대혁명 시기에는 마오쩌둥의 시사뿐만 아니라 그의 어록에도 곡을 붙여 노래로 만들곤 했다. 어른들이 이런 노래를 부르면 아이들도 따라 불렀다. 학식이 깊은 사람들이 이런 노래를 부르면 문맹자들도 따라 부를 수 있었다. 인민 군중이 이런 노래를 부르면 지주와 부농, 반혁명분자, 불량분자, 우파 들도 모두 따라 불렀다. 이런 각도에서 보자면 마오쩌둥은 유사 이래 중국에서 가장 영향력 있는 작사가인 셈이다.

뿐만 아니라 마오쩌둥의 시사와 어록은 우리 생활 속 어디든지 들어와 있었다. 도시에서 농촌까지, 벽돌담에서 토담까지, 집 안에서 집 밖까지 마오쩌둥의 시사와 어록이 도처에 나붙었다. 이와 동시에 붉은 태양처럼 눈부신 황금빛의 마오쩌둥 두상도 어디서나 볼 수 있었다. 밥 먹을 때 사용하는 밥그릇에도 마오쩌둥의 어록에 나오는 "혁명은 결코 손님을 불러 음식을 대접하는 일이 아니다"라는 구절이 인쇄되어 있었고, 물을 마실 때 사용하는 컵에도 마오쩌둥의 시사 가운데 "창사長沙, 마오쩌둥의 고향의 물을 마시고, 우창武昌, 1911년 10월 10일 신해혁명의 시발점이 된 봉기가 일어난 곳의 물고기를 먹네"라는 구절이 인쇄되어 있었다. 마오쩌둥의 시사와 어록은 이처럼 우리의 일상생활에서 시시각각으로 감흥의 대상이 되었다. 잠을 잘 때도 우리는 "절대로 계급투쟁을 잊어선 안 된다"라는 구절이 새겨진 베개를 베고 잤다. 침대보에도 "거대한 풍랑 속에서도 용감하게 앞으로 전진하자"라는 문구가 인쇄되어 있었다.

화장실 담벼락에도 마오쩌둥의 두상이 그려져 있었고 담우痰盂, 가래를 받아놓는 그릇에도 마오쩌둥 어록이 인쇄되어 있었다. 오늘날의 시각에서 보면 이 둘에는 마오쩌둥의 모습이 출현하지 말았어야 했지만 뜻밖에도 당시에는 이런 문제를 지적하는 사람이 아무도 없었다. 당시에는 모든 사람들이 이구동성으로 이렇게 말했다.

"'마오 주석님께서는 항상 우리 곁에 계신다."

나도 한때는 마오쩌둥이 항상 내 곁에 있다고 믿었다. 내가 좋은 일을 하면 그 어른도 즐거워하실 것이고 내가 나쁜 짓을 하면 그 어른이 실망하실 거라고 믿었다. 나의 어린 시절에서 가장 행복했던 순간은 밤에 꿈속에서 마오쩌둥을 만나는 때였다. 내가 꿈에서 마오쩌둥을 만난 것은 모두 세 번이었다. 그 가운데 한 번은 그가 내게 가까이 다가와 친절하게 머리를 쓰다듬어주면서 몇 마디 말을 건네기도 했다.

이 때문에 나는 무한한 감동과 감격을 느꼈고 신이 나서 친구들에게 자랑하며 꿈에서 마오 주석을 만났다고 말했다. 마오 주석께서 내 머리를 쓰다듬어주시면서 몇 마디 말을 건넸다고 말했다. 그러나 내가 꿈속에서 마오 주석을 만났다는 사실을 믿어주는 친구가 하나도 없어 몹시 마음이 상했다. 아이들은 하나같이 내가 허풍을 떨고 있다고 생각했다. 아이들이 말했다.

"네가 어떻게 마오 주석님을 만날 수 있겠어? 마오 주석님께서 무엇 때문에 네 꿈에 나타나셔서 네게 말을 건네신단 말이야?"

지금 돌이켜봐도 내 친구들의 말이 그렇게 잘못된 것은 아니었다. "마오 주석님께서는 항상 우리 곁에 계신다"라는 말은 그저 문화대혁명의 현실일 뿐이고, 금빛으로 반짝이는 마오 주석의 두상과 붉은 글씨체의 마오 주석 어록이 어느 곳에든 항상 존재함으로써 이러한 초현실을 만들어냈던 것이다. 진정한 현실 속에서의 마오쩌둥은 멀리 떨어진 환영으로서 어떤 상징 속에서만 존재했다. 나와 마오쩌둥 사이의 실질적인 거리는 내 유년 시절의 친구들이 말했던 것처럼 꿈속에서도 만날 수 없는 그런 것이었다.

문화대혁명 시기에 우리 마을에도 베이징에 한 번 다녀온 사람이 있었다. 그는 고향으로 돌아와 자신이 마오쩌둥과 악수를 했다고 자랑하고 다녔다. 그는 뜨거운 눈물을 흘리며 우리 마을의 군중을 향해 마오 주석님께서 아주 친절하게 자신의 손을 잡아주었을 뿐만 아니라 다정하게 자신의 이름을 물어보기까지 하셨다고 말했다. 무려 4초나 마오 주석의 손을 잡고 있다가 다른 사람의 손이 마오 주석의 손을 빼앗아갔다고 말했다. 그는 몹시 안타깝다는 표정으로 말을 마무리했다.

"잘만 하면 5초 동안 마오 주석님의 손을 잡을 수 있었는데 말이야."

당연히 이 사람은 우리 마을의 영웅이 되었다. 나도 그가 황록색 군용 책가방을 메고 거리를 의기양양한 표정으로 지나가는 모습을 자주 볼 수 있었다. 그의 오른손은 마오쩌둥의 오른손과 닿았다는 이유로 1년 내내 한 번도 씻지 않아 왼손보다 훨씬 커 보였고, 검고 더러운 것이 마치 곰발바닥 같아 보였다. 우리 마을에서 그를 아는 사람들은 전부 그의 곰발바닥과 악수를 했다. 그런 다음 신이 난 얼굴로 서로에게 말했다.

"나도 마오 주석님께서 잡았던 손을 잡았단 말이야."

성인이 된 뒤로 가끔 중국의 다른 지역에서 온 친구들과 함께 문화대혁명 시기를 회상하는 자리를 갖게 될 때마다 나는 항상 이 얘기를 들려주곤 한다. 그리고 친구들이 살았던 다른 지역에도 이런 사람이 있었다는 사실을 알게 된다. 어떤 지역에는 이런 사람이 한둘로 그치지 않았다. 나는 혹시 과거의 그 영웅이 허풍을 떤 것이 아닌가 하고 의심하기 시작했다. 마오쩌둥의 손이 그렇게 악수하기 쉬운 손일 리 없었다. 나는 속으로 그가 톈안먼 광장에 새까맣게 모인 사람들 가운데 함께 섞여 마오쩌둥의 사열을 받으면서 저 멀리 톈안먼 성루에서 손을 흔들고 있는 마오쩌둥의 모습을 희미하게 본 것에 불과하리라고 생각했다. 그는 멀리서나마 마오쩌둥의 손을 보고 나서 그때부터 자신이 마오쩌둥과 악수를 했다는 이야기를 지어냈을 것이다. 우리 마을 사람들이 모두 자신의 말을 굳게 믿어주자 그 역시 자신이 지어낸 얘기를 진실로 믿게 되었을 것이다.

당시에는 태양처럼 금빛으로 반짝이는 마오쩌둥의 두상이 항상 톈안먼 성루에 걸려 있었고 그 크기도 톈안먼 성루보다 확실히 컸다. 나는 이처럼 위풍당당한 두상을 거의 매일 볼 수 있었다. 이런 모습은 우리 마을의 모든 담벼락에서도 볼 수 있었다. 우리는 거의 매일 이런 노래를 불렀다.

"나는 베이징의 톈안먼을 사랑하네. 톈안먼 위로는 태양이 솟아오르네. 위대한 영수 마오 주석님께서 우리의 앞길을 인도하신다네."

내게는 사진도 한 장 있었다. 그 사진 속 나의 나이는 열다섯 살 전후였다. 나는 광장 한가운데 서 있었고 배경은 톈안먼 성루였다. 사진 속에서는 마오쩌둥의 거대한 초상화도 희미하게 볼 수 있었다. 하지만 이 사진은 베이징 톈안먼 광장에서 찍은 것이 아니라 베이징에서 천 리나 떨어진 우리 마을 사진관에서 찍은 것이었다. 사실 당시 내가 서 있던 공간은 4.5평에 지나지 않았고 톈안먼 광장은 벽에 걸어놓은 걸개그림이었다. 하지만 사진에서는 내가 정말로 톈안먼 광장에 서 있는 것처럼 보인다. 한 가지 흠이 있다면 내 뒤로 광장에 사람이 하나도 없다는 것이었다.

이 사진은 나의 유년 시절과 소년 시절의 꿈 전체를 응축하고 있다. 어쩌면 이는 베이징 이외의 지역에 사는 모든 중국 아이들의 꿈이었는지도 모른다. 그 시대에는 중국의 거의 모든 도시와 시골의 사진관마다 톈안문 광장의 걸개그림을 걸고 떡을 그려 굶주림을 달래려는 사람들의 소원을 만족시켜주었다. 베이징 이외의 지역에 사는 수많은 사람들에게 톈안문 성루는 마오쩌둥의 집으로 간주되었다. 나도 가짜 마오쩌둥의 집 앞에서 사진을 찍은 셈이었지만 애석하게도 나중에 이 사진을 잃어버리고 말았다.

사실 톈안문 성루에 대한 나의 애정은 마오쩌둥에 대한 애정의 확장이었다. 문화대혁명 시기에는 매년 국경절마다 마오쩌둥과 톈안문에 관한 다큐멘터리 영화가 제작되었는데, 그해의 다큐멘터리 영화가 우리 마을에서 방영되는 것은 이미 겨울로 접어든 뒤일 때가 많았다. 나는 두꺼운 솜옷을 입고 한밤의 차가운 바람을 맞으면서 영화관으로 갔다. 난방이 되지 않는 영화관 안에 앉아 은막에 펼쳐지는 가을날의 톈안문 광장을 구경했다. 마오쩌둥이 성루에 서서 국경절을 기념하는 시가행진 행렬에 손을 흔들어 인사를 건네고 있었다.

가장 인상 깊었던 것은 막 어둠이 내리고 있을 때 마오쩌둥을 비롯한 지도자들이 톈안문 성루에 앉아 있고 탁자 위에는 침을 질질 흘리게 만드는 과일과 케이크가 놓여 있던 장면이다. 광장 위 하늘에는 무수한 불꽃놀이 폭죽이 꽃무늬를 수놓으며 환하게 빛나고 있었다. 이것이 바로 내가 소년 시절에 가장 신비하게 느꼈던 풍경이다. 당시에는 설을 비롯한 다른 명절을 쇨 때도 볜파오鞭炮. 여러 개의 폭죽을 줄에 꿴 것으로 주로 설이나 혼례 때 터뜨린다 몇 개 터뜨리는 것이 전부였다. 이처럼 하늘을 장시간 수놓는 불꽃놀이는 은막에서 보는 것만으로도 눈이 휘둥그레지고 몸이 뜨거워지기에 충분했다.

그 뒤로 본 국경절에 관한 다큐멘터리 영화에서는 마오쩌둥 옆에 왕위를 박탈당한 캄보디아 국왕 시아누크Norodom Sihanouk가 함께 있는 장면이 나왔다. 그 옆에는 그의 수상인 펜 노우스Penn Nouth 친왕도 있었다. 시아누크는 웃는 얼굴이 그런대로 괜찮았지만 펜 노우스 친왕은 머리가 비스듬하게 기울어진 것이 마치 쉬지 않고 고개를 끄덕이고 있는 것 같았다. 이때 나는 이미 매일 기상천외한 꿈을 꾸는 소년 시절로 접어들었고 시아누크와 펜 노우스 친왕의 두 아름다운 부인들에게 마음이 끌렸다. 그 뒤로 이 두 여인이 국경절 다큐멘터리 영화에 모습을 나타낼 때마다 나는 이미 그 영화의 주제를 찾아낸 것 같았다. 대낮의 거리 퍼레이드와 한밤의 불꽃놀이는 이제 더이상 중요하게 느껴지지 않았다. 내게는 시아누크와 펜 노우스가 이 세상에서 가장 부러운 두 남자였다. 특히 펜 노우스 친왕은 그렇게 늙은 데다 머리도 제대로 들지 못하는 반면, 그의 부인은 꽃처럼 아름다워 두 사람이 잘 어울리지 않는다는 생각이 들었다.

마오쩌둥에 관한 가장 오래된 기억은 우리 집 천장에서 시작되었다. 우리 아버지는 매년 천장의 낡은 신문을 새것으로 갈곤 하셨다. 지붕에서 먼지가 떨어지는 것을 방지하는 동시에 한편으로는 천장의 미관을 고려한 조치이기도 했다. 당시 우리가 살던 집은 지붕의 기와가 훤히 들여다보이는 구조였다. 때문에 우리 아버지는 천장에 신문지 한 층을 두껍게 붙여 지붕 기와로부터 확실하게 떨어진 느낌을 주려고 하셨다. 나의 유년 시절과 소년 시절은 이 낡은 신문지 밑에서 지나갔다. 침대에 누워 잠을 청할 때면 낡은 신문지 위의 기사 제목을 전부 읽을 수 있었지만 너무 높아서 그런지 기사는 잘 보이지 않았다. 매년 국경절에 간행된 신문 제1면에는 마오쩌둥이 톈안문 성루에 서 있는 커다란 사진이 실렸다. 마오쩌둥이 우리 집 천장에 처음 모습을 나타냈을 때는 그의 옆에 류사오치劉少奇가 서 있었다. 얼마 지나지 않아 류사오치는 사라지고 린뱌오林彪가 대신 마오쩌둥 옆에 서기 시작했다. 또 얼마 지나지 않아 린뱌오도 사라졌다. 그 뒤로는 왕훙원王洪文이라는 문화대혁명 조반파造反派, 문화대혁명 초기에 홍위병의 뒤를 이어 이른바 보황파保皇派에 반대하여 나타난 군중조직으로 당시의 영도체제에 대해 반항적이고 비판적인 태도와 행동을 보였다 인물이 마오쩌둥 옆에 모습을 나타내기 시작했다. 마오쩌둥 신변의 인물들은 끊임없이 교체되었다. 매년 국경절 신문 제1면의 전면 사진에서 유일하게 교체되지 않는 인물은 마오쩌둥 한 사람뿐이었다. 내 방 천장의 신문지가 교체되는 동안 나는 마오쩌둥의 형상이 점점 노쇠해가는 것을 느낄 수 있었다. 나중에는 국경절 신문 제1면에 더이상 실제로 촬영한 마오쩌둥의 사진이 실리지 않았고, 대신 당시 전국 도처에 걸렸던 마오쩌둥의 표준 초상이 실렸다. 그러자 마오쩌둥도 내 방 천장에서의 노화를 멈출 수 있었다.

1976년 9월의 어느 날 아침, 우리는 평소와 마찬가지로 수업을 시작하기 전에 전원이 기립하여 칠판 위쪽에 걸린 마오쩌둥의 표준 초상을 향해 한목소리로 외쳤다. 당시 나는 고등학교 2학년이었다.

"위대한 영수 마오 주석님의 만수무강을 기원합니다!"

그런 다음 국어 교과서에 있는 마오쩌둥에 관한 문단을 낭독했다. 당시에는 마오쩌둥의 형상을 묘사하는 모든 글에 일률적으로 "얼굴에 붉은빛이 가득하고 풍채가 늠름하다"라는 구절이 꼭 들어가야 했다.

이 구절은 초등학교 1학년 교과서부터 고등학교 2학년 교과서까지 한 번도 빠지지 않고 유지되었고, 시종 아무런 변화도 없었다. 그런데 우리가 막 "마오 주석님은 얼굴에 붉은빛이 가득하고 풍채가 늠름하다"라는 대목을 낭독하는 순간, 갑자기 학교의 고성능 스피커가 울리더니 낭독을 중지시키고 교사와 학생 전원에게 곧장 강당으로 집합하라는 지시를 내렸다. 아홉시 정각에 중요한 방송이 있을 예정이라는 내용이었다.

우리는 각자 자기 의자를 들고 학교 강당으로 몰려갔다. 천여 명의 교사와 학생 들이 거의 반 시간 가까이 기다려 아홉시 정각이 되자 방송에서 구슬픈 음악이 흘러나오기 시작했다. 순간적으로 불길한 예감이 몰려왔다. 이에 앞서 두 명의 중국공산당 지도자 저우언라이周恩來와 주더朱德가 각각 세상을 떠났다. 그해에 우리는 빈번하게 방송에서 흘러나오는 구슬픈 음악을 들어야 했다.

긴 음악이 끝나자 아나운서가 침통한 목소리로 천천히 입을 열었다. "중국공산당 중앙위원회, 중국공산당 중앙군사위원회, 중화인민공화국 국무원, 전국인민대표대회, 전국정치협상회의……"

우리는 한참을 기다려서야 다섯 개 최고 권력기구의 공동명의로 발표되는 '부고'를 들을 수 있었다. 아나운서의 목소리는 여전히 느리고 침울하게 울려 퍼졌다. "우리의 위대한 영수, 위대한 스승, 위대한 통수, 위대한 조타수⋯⋯" 우리는 또 한참을 기다려서야 마오쩌둥 주석이 불행하게도 지병으로 서거했다는 소식을 들을 수 있었다. 아나운서의 침통한 목소리가 "향년 83세였다"라는 사실을 미처 밝히기 전에 강당은 이미 울음바다가 되었다.

영수가 서거했다는 소식에 우리는 미친 듯이 눈물을 쏟았다. 천여 명의 사람들이 한꺼번에 쏟아내는 울음소리 속에서 나도 울고 있었다. 하늘을 향해 울부짖는 소리가 들렸다. 숨이 끊어질 듯한 울음소리가 들렸다. 곧 숨이 막혀 죽을 것처럼 심하게 기침을 하면서 우는 소리도 들렸다. 문득 나의 사유가 방향을 틀기 시작했다. 더이상 비통함이 나를 어쩌지는 못했다. 이상한 울음소리가 나를 이끌기 시작했다. 몇몇 사람들이 소리 내어 울고 있을 때, 내가 느꼈던 것은 틀림없는 슬픔이었다. 하지만 천 명이 넘는 사람들이 거대한 공간에서 한꺼번에 울부짖을 때, 내가 느낀 것은 유머였다. 나는 이처럼 풍부하고 다채로운 소리를 들어본 적이 없었다. 나는 마음속으로 전 세계 모든 품종의 동물들이 자신들의 대표를 보내 우리 학교 강당에서 함께 소리 지르기 경연을 벌이는 게 아닌가 하는 생각이 들었다. 천여 명의 사람들이 동시에 내는 울음소리만큼 희귀하고 괴상한 소리는 없을 것이다.

이런 시의적절하지 못한 생각이 하마터면 내 목숨을 앗아갈 뻔했다. 더 참지 못하고 몰래 웃기 시작한 것이다. 나는 가슴속에서 솟아 나오는 웃음을 재빨리 눌러 삼켰다. 당시에 내가 웃는 모습을 누군가 보았다면 나는 당장 반혁명분자로 몰렸을 테고 내 인생은 그것으로 끝났을 것이다. 나는 애써 웃음을 억눌렀지만 웃음이 내 몸속에서 빠른 속도로 커지는 것을 막을 수는 없었다. 웃음이 곧 큰 소리로 터져 나올 것만 같았다. 나는 더이상 웃음을 참을 수 없다는 것을 깨달았다. 극도로 두려웠던 나는 두 팔을 교차해 앞에 앉은 친구의 의자에 기댄 다음 머리를 두 팔 깊숙이 파묻었다. 이렇게 머리를 감춘 채 나는 천 명이 넘는 사람들이 내는 울음소리 속에서 대담하게 웃고 있었다. 억제하려고 애쓸수록 웃음은 더 참을 수 없이 터져 나왔다.

내 등 뒤에서 눈물을 흘리며 울고 있던 친구들 몇 명이 눈물 때문에 뿌예진 눈으로 내가 앞에 앉은 친구의 의자에 몸을 기댄 채 어깨를 들썩이며 웃어대는 모습을 보았다. 이 친구들은 내가 마오쩌둥에 대해 남달리 깊은 감정을 갖고 있는 것으로 오해했다. 나중에 그들은 이렇게 말했다.

"위화가 가장 슬프게 울더군. 너무 격하게 울어서 어깨까지 심하게 떨리더라니까."

독서閱讀

결말이 없는 이야기들은 나를 훈련시켰다. 누구도 나를 도와주지 못했다. 마침내 나는 스스로 이야기의 결말을 상상하기 시작했다. 매일 밤 전등을 끄고 잠자리에 들면 나의 눈동자는 어둠 속에서 부지런히 깜빡거리기 시작했다. 상상의 세계로 들어가 이야기의 결말을 지어내고 이렇게 내가 지어낸 이야기에 감동하여 뜨거운 눈물을 흘리곤 했다. 처음부터 나의 상상력이 훈련되어 있었는지는 알 수 없지만 어쨌든 나는 시작도 끝도 없는 소설에 감사해야 했다. 비로 이 소설들이 처음으로 나의 창작 열정에 불을 붙여주었고, 내가 여러 해가 지나 작가가 될 수 있게 도와주었기 때문이다.

나는 책이 없는 시대에 성장했다. 때문에 내 독서가 어떻게 시작되었는지 모른다. 이 문제를 풀기 위해 내 기억을 정리하다보면 뜻밖에도 서로 다른 이야기 네 개가 내 최초의 독서에 관해 말해주는 것을 발견하게 된다.

첫번째 이야기는 내가 초등학교를 졸업하던 그해 여름방학의 일에서 시작된다. 아마도 1973년이었을 것이다. 문화대혁명이 7년째로 접어들고 있었고 우리에게 이미 익숙해져 일상적인 일이 되어 있던 무투武鬪, 문화대혁명 당시 서로 다른 조반파 사이에 벌어졌던 무장충돌와 야만적인 가택수색이 지나간 지도 여러 해가 되었다. 혁명의 이름으로 자행된 이 잔혹한 행위들도 이제 지친 모양이었다. 내가 살던 시골의 작은 마을은 질식할 것처럼 억눌린 안정과 정돈의 상태에 진입해 있었고 사람들은 더욱더 조심스럽게 근신하고 있었다. 광고와 신문에서는 여전히 매일 대대적인 계급투쟁을 떠들어댔지만 나는 이미 아주 오랫동안 계급의 적을 만나지 못했다는 생각이 들었다.

바로 이 무렵 우리 마을 도서관이 다시 문을 열었고 우리 아버지는 나와 우리 형을 위해 도서대출증을 만들어주셨다. 이리하여 나는 무료하기만 한 여름방학에 할 일이 생겼고, 이때부터 소설을 즐겨 읽기 시작했다. 당시 중국에서는 거의 모든 문학작품이 독초毒草였다. 셰익스피어나 톨스토이, 발자크 같은 외국 작가들의 작품도 독초였고, 바진巴金이나 라오서老舍, 선충원沈從文 같은 중국 작가들의 작품도 독초였다. 마오쩌둥과 흐루쇼프가 서로 적이 되어 대치하는 바람에 소비에트연방 시기의 혁명문학도 독초가 되었다. 대량의 장서들이 독초로 간주되어 사라지고 난 뒤에 다시 문을 연 도서관에는 책이라고 할 만한 것이 별로 없었다. 서가에 꽂혀 있는 소설이라고는 20여 종 남짓이었고, 하나같이 국내의 이른바 사회주의 혁명문학이었다. 나는 이런 작품들을 전부 한 번씩 통독했다. 『화창한 날艶陽天』을 비롯하여 『금광대도金光大道』 『우전양牛田洋』 『홍남작전사虹南作戰史』 『새 다리新橋』 『광산풍운礦山風雲』 『흩날리는 눈 속의 봄맞이飛雪迎春』 『반짝반짝 빛나는 붉은 별閃閃的紅星』 같은 작품이 전부 이런 혁명문학에 속했다. 당시 가장 내 마음에 들었던 책은 『반짝반짝 빛나는 붉은 별』과 『광산풍운』이었다. 이유는 간단했다. 이 두 소설의 주인공이 어린아이이기 때문이었다.

이런 독서는 그 이후의 내 생활에 아무런 흔적도 남기지 못했다. 나는 감정을 읽지도 못했고 인물을 읽어내지도 못했다. 이야기도 제대로 읽어내지 못했던 것 같다. 내가 읽어낸 것이라고는 무미건조한 방식으로 서술되는 계급투쟁뿐이었다. 하지만 뜻밖에도 나는 이 모든 소설을 아주 진지하게 독파했다. 이는 당시의 내 삶이 소설보다 더 무미건조했기 때문일 것이다. 중국의 속담에 배가 고프면 먹을 것을 가리지 않는다는 말이 있다. 당시의 내 독서가 바로 이런 식이었다. 소설책을 구할 수 있고 그 안에 글이 담겨 있기만 하면 나는 무조건 읽어나갈 수 있었다.

2002년 가을, 독일 베를린에 있을 때 은퇴한 한학漢學 교수 두 분을 만났다. 두 분은 내게 1960년대 초기 중국의 대기근에 관해 얘기해주었다. 이 교수 부부는 자신들이 직접 겪었던 일들을 얘기하고 있었다. 당시 두 사람은 베이징 대학에 유학하고 있었는데, 남편이 급한 일이 있어서 먼저 고국으로 돌아가고 두 달 뒤에 아내의 편지를 받았다고 했다. 아내는 편지에서 이렇게 썼다. "정말 대단해요. 중국 학생들이 베이징 대학 교정에 있는 나뭇잎을 전부 먹어버렸어요."

베이징 대학 학생들이 교정에 있는 나뭇잎을 전부 먹어치웠던 것처럼 나의 독서는 우리 마을 도서관에 있는 나뭇잎보다 더 먹기 거북한 소설들을 전부 먹어치웠다.

도서관 직원은 중년 여성이었던 것으로 기억한다. 그녀는 자신의 일에 아주 충실한 사람이었는지 나와 형이 다 읽은 소설을 반납할 때마다 책을 훼손하지 않았는지 자세히 검사하곤 했다. 아무런 흠이 발견되지 않아야 책을 받은 다음, 다른 소설들을 대출해주었다. 한번은 그녀가 우리가 반납한 책 표지에서 작은 먹물 자국을 하나 발견했다. 그녀는 우리가 책을 훼손한 것이라고 단정했고, 우리는 그 먹물 자국이 책을 빌릴 때부터 있던 것이라고 해명했다. 하지만 그녀는 막무가내로 먹물 자국이 우리의 소행이라고 우겼다. 반납하는 책을 받을 때마다 철저하게 검사를 하기 때문에 그렇게 분명한 먹물 자국을 자기가 발견하지 못했을 리 없다는 것이었다. 우리는 그녀와 말다툼을 벌이기 시작했다. 당시에는 말다툼이 문투文鬪에 속했다. 우리 형은 홍위병이었기 때문에 문투에는 그다지 흥미가 없었다. 무투라야 홍위병의 본색을 드러낼 수 있기 때문이었다. 형은 책을 들어 그녀의 얼굴 쪽으로 냅다 집어던졌다. 그러고는 곧장 그녀에게 달려들어 손으로 따귀를 한 대 세게 후려갈겼다.

그런 다음 우리는 함께 마을 파출소로 갔다. 파출소에 온 그녀는 쭈그려 앉아 몹시 상심한 표정으로 한참을 울어댔고 우리 형은 아무 일도 없었다는 듯이 파출소 안을 왔다 갔다 했다. 파출소장은 좋은 말로 그녀를 위로하는 한편, 산만하고 자유분방하게 몸을 가만두지 못하는 우리 형을 나무라면서 얌전히 앉아 있으라고 말했다. 우리 형은 자리에 앉기는 했지만 여전히 기세등등한 표정으로 다리를 꼬고 있었다.

파출소장은 우리 아버지 친구로서 언젠가 내게 싸우는 법을 가르쳐준 적도 있었다. 당시 그분은 아직 어린 나를 한참 쳐다보시다가 한 가지 기술을 가르쳐주었다. 다름이 아니라 상대방이 미처 방비하고 있지 못할 때 재빨리 발로 고환을 걷어차라는 것이었다.

내가 물었다. "상대가 여자일 때는 어떻게 하나요?"

그분이 엄숙한 어조로 말했다. "남자라면 절대 여자랑 싸워선 안 되지."

우리 형의 홍위병 무투 행위로 결국 우리는 도서관 대출증을 잃었지만 나는 아무런 유감도 없었다. 이미 도서관에 있는 소설을 다 읽은 뒤였기 때문이다. 문제는 여름방학이 아직 끝나지 않았는데 독서에 대한 나의 흥미와 열정은 이제 막 본격적으로 생겨나기 시작했다는 것이었다. 나는 독서를 갈망했지만 읽을 만한 책이 없었다.

당시 우리 집에는 부모님의 전문 직업에 필요한 의학 분야의 책 10여 권을 제외하면 네 권짜리 『마오쩌둥 선집』과 홍보서라 불리는 『마오 주석 어록』 한 권이 전부였다. 홍보서는 『마오쩌둥 선집』에서 발췌한 어록 모음집이었다. 나는 아무런 흥미도 없이 이런 책들을 뒤적거리면서 독서의 화학반응이 일어나기를 기대해보았다. 하지만 아무리 뒤적거려도 독서에 관한 흥미는 회복되지 않았다.

결국 나는 집 밖으로 나서는 수밖에 없었다. 배가 고파 꼬르륵 소리가 나는 사람이 음식을 찾듯이 사방으로 책을 찾아다니기 시작한 것이다. 나는 몸에 반바지와 민소매 티셔츠를 입고 발에는 슬리퍼를 신고 있었다. 한여름 햇볕이 뜨겁게 내리쬐는 작은 마을을 돌아다니다가 잘 알고 지내던 같은 또래의 사내아이를 발견한 나는 큰 소리로 그를 불러 세웠다.

"야, 너희 집에 책 좀 없니?"

나처럼 반바지에 민소매 티셔츠를 입고 발에는 슬리퍼를 신고 있던 그 녀석은 내 물음에 어안이 벙벙한 표정이었다. 아마도 이런 질문을 한 번도 받아본 적이 없는 모양이었다. 잠시 후 아이들은 하나같이 고개를 끄덕이며 집에 책이 있다고 말했다. 하지만 내가 신이 나서 그 아이들 집에 따라가 보니 집집마다 서가에 네 권짜리 『마오쩌둥 선집』이 꽂혀 있었다. 게다가 전부 한 번도 펼쳐보지 않은 새 책이었다. 이 때문에 나는 확실한 경험을 얻었다. 그 뒤로 내가 집에 책이 있느냐고 물을 때 아이들이 없다고 대답하면 나는 손가락 네 개를 펴 보이며 되묻곤 했다.

"네 권은 있겠지?"

친구들이 책이 있다는 뜻으로 고개를 끄덕이면 나는 손을 내리면서 한마디 더 물었다. "새 책이야?"

친구가 또다시 고개를 끄덕이면 나는 실망 어린 목소리로 중얼거렸다. "그래 봤자 『마오쩌둥 선집』이겠지 뭐."

나중에 나는 묻는 방식을 바꾸기로 했다. 집에 오래된 책이 있는지를 먼저 묻는 것이었다.

만나는 친구들마다 전부 고개를 가로저었다. 단 한 명만이 예외였는데, 그는 나를 향해 눈을 찡그려 보이더니 고개를 끄덕이면서 집에 오래된 책들이 있는 것 같다고 말했다. 나는 그에게 네 권짜리 책이 아니냐고 되물었다. 그는 고개를 가로저으며 한 권인 것 같다고 말했다. 나는 틀림없이 한 권짜리 홍보서일 거라고 생각하고는 표지가 무슨 색이냐고 되물었다. 그는 잠시 생각해보더니 회색인 것 같다고 대답했다.

뜻밖의 희열이 밀려왔다. 그의 '……인 것 같다'는 세 번의 대답에 내 감정은 극도로 격앙되었고 나는 땀에 젖은 손을 역시 땀에 젖은 그의 어깨에 얹고는 그의 집을 향해 걸으면서 가는 길 내내 그에게 기분 좋은 말만 했다. 집에 도착하자 친구는 아주 힘들게 의자를 옷장 앞으로 옮겨다놓고 의자 위로 올라섰다. 그러고는 잠시 옷장 위를 더듬어 먼지가 가득 앉은 책을 한 권 꺼내더니 내게 내밀었다. 책을 받아 드는 순간 나는 심장이 마구 뛰면서 불안한 마음을 감출 수 없었다. 판형이 보통 책보다 작은 이 책은 홍보서와 무척 흡사했다. 손으로 책 위에 두껍게 앉은 먼지를 걷어낸 나는 몹시 실망한 눈으로 붉은 가죽으로 장정한 표지를 바라보았다. 예상했던 대로 홍보서였다.

집 밖에서의 모든 노력이 아무런 소득도 없이 끝나자 집으로 돌아와 잠재력을 개발하는 수밖에 없었다. 지금 유행하는 말로 표현하자면 '내수內需 끌어올리기'라고 할 수 있었다. 나는 우선 집 안에 있는 의학서적을 대충 한 번 훑어보고 도로 서가에 꽂아놓았다. 당시 나는 성격이 그다지 세심하지 못해서 의학서적 안에 놀라운 내용이 감춰져 있다는 사실을 발견하지 못했고, 그로부터 2년이 지나서야 이런 비밀을 발견했다. 의학서적을 포기하고 나서 내가 선택할 수 있는 책이라고는 새로 나온 『마오쩌둥 선집』과 아주 오래 뒤적여온 홍보서뿐이었다. 이는 당시 거의 모든 가정의 공통된 상황이었다. 네 권짜리 『마오쩌둥 선집』은 각 가정에 놓인 정치적 진열품일 뿐이었고, 평소에 사상학습을 할 때는 주로 홍보서를 이용했다.

나는 홍보서를 선택하지 않고 『마오쩌둥 선집』 제1권을 집어 들었다. 이번에는 이 책을 아주 자세하게 읽기 시작했다. 책을 다 읽고 난 나는 독서의 신대륙을 발견했다. 『마오쩌둥 선집』의 주석에 큰 관심을 갖게 된 것이다. 이때부터 나는 『마오쩌둥 선집』을 다 읽을 때까지 손에서 놓지 않았다.

당시에는 여름이면 집 밖에서 저녁을 먹는 것이 풍습이었다. 식사를 하기 전에는 먼저 땅바닥에 차가운 물을 좀 뿌리곤 했다. 지면 온도를 낮추는 동시에 흙먼지를 가라앉히기 위해서였다. 그런 다음 탁자와 의자를 들고 나왔다. 식사가 시작되면 아이들은 밥그릇을 손에 받쳐 들고 이리저리 돌아다니면서 눈으로는 다른 집 탁자 위의 반찬을 살피고 입으로는 자기 밥그릇의 밥을 먹었다. 나는 항상 재빨리 저녁을 먹고 밥그릇과 젓가락을 내려놓은 다음 곧장 『마오쩌둥 선집』을 들고 저녁노을 속에서 목마르고 굶주린 아이처럼 읽어내려갔다.

이웃 사람들은 내가 책을 읽는 모습을 보고 찬탄을 금치 못하면서 어린 나이에도 불구하고 이처럼 힘들게 마오쩌둥 사상을 공부한다며 지나친 칭찬을 늘어놓았다. 우리 부모님은 이처럼 과장된 칭찬을 들으시면 말투와 표정에 뿌듯한 기운이 넘쳤다. 두 분은 남몰래 나의 앞길에 관해 얘기하시면서 문화대혁명이 내게서 공부할 기회를 빼앗아가지만 않았다면 당신들의 아들이 장차 대학교수가 되고도 남았을 것이라고 말씀하셨다.

사실 나는 마오쩌둥 사상을 학습한 것이 아니었다. 내가 읽은 것은 『마오쩌둥 선집』에 있는 주석이었다. 역사적 사건과 역사적 인물에 관한 이 주석은 마을 도서관에서 빌려 보던 소설보다 훨씬 더 재미있었다. 이 주석에서 감정을 느낄 수는 없었지만 거기에는 이야기가 있고 인물들이 있었다.

독서에 관한 두번째 이야기는 중학교 시절에 시작된다. 당시 나는 이른바 독초라 불리는 소설을 읽기 시작했다. 다행히 불에 타 없어지는 운명을 피한 이 문학의 생존자들이 우리 중학생들 사이에 은밀하게 유통되기 시작했다. 나는 진정으로 문학을 뜨겁게 사랑한 사람들이 이런 책을 조심스럽게 보존하고 있었고, 나중에 사람들이 대규모로 몰래 돌려 읽기 시작한 것이라고 생각했다. 모든 책들이 수천 개의 손을 거쳐서인지 내 손에 들어왔을 때는 이미 심하게 낡은 상태였다. 앞부분의 10여 쪽 정도가 찢겨 나간 책도 있었다. 당시에 내가 읽었던 이들 독초 소설들 가운데 상태가 온전한 것은 단 한 권도 없었다. 나는 책 제목도

몰랐고 작가가 누구인지도 알지 못했다. 이야기가 어떻게 시작되는지
도 몰랐고 어떻게 끝나는지도 몰랐다.

이야기의 시작을 알 수 없는 것은 그런대로 참을 수 있었다. 하지만
이야기가 어떻게 끝나는지 모르는 것은 정말로 고통스러웠다. 시작도
끝도 없는 이야기를 읽을 때마다 나는 뜨겁게 달궈진 솥 위의 개미떼가
이리저리 구멍을 찾는 것처럼 이 사람 저 사람 찾아다니며 이 이야기에
이어지는 결말을 알아내려 애썼다. 이야기의 결말을 아는 사람은 아무
도 없었다. 다른 사람들이 읽은 소설들도 똑같이 시작과 끝이 없었기
때문이다. 어쩌다 나보다 몇 페이지 더 읽은 사람들이 내게 그 몇 페이
지에 담긴 이야기를 들려주긴 했지만 여전히 이야기의 결말은 알 수 없
었다. 이것이 바로 당시의 책 읽기 상황이었다. 우리는 이처럼 끊임없
는 책의 파손 속에서 독서를 해나가야 했다. 책 한 권이 몇 명 또는 몇
십 명의 손을 거치다보면 한두 쪽씩 떨어져 나가는 것은 아주 당연한
일이었다.

나는 이런 상황이 너무도 슬펐고 나보다 앞서 그 책을 읽은 사람들에
게 도덕성이 결여되어 있다고 생각했다. 하지만 나 자신도 소설을 다
읽고 난 뒤에 곧 떨어져 나갈 것 같은 책장을 잘 붙여서 다음 사람에게
넘겨주지는 않았다.

결말이 없는 이야기들은 나를 훈련시켰다. 누구도 나를 도와주지 못
했다. 마침내 나는 스스로 이야기의 결말을 상상하기 시작했다. 〈인터
내셔널가〉에는 "애당초 구세주는 없고 신선이나 황제에게 의지할 수도
없다. 인류의 행복을 창조하는 것은 완전히 자기 자신의 몫이다"라는
구절이 있다. 이 노랫말처럼 매일 밤 전등을 끄고 잠자리에 들면 나의

눈동자는 어둠 속에서 부지런히 깜빡거리기 시작했다. 상상의 세계로 들어가 이야기의 결말을 지어내고 이렇게 내가 지어낸 이야기에 감동하여 뜨거운 눈물을 흘리곤 했다.

처음부터 나의 상상력이 훈련되어 있었는지는 알 수 없지만 어쨌든 나는 시작도 끝도 없는 소설에 감사해야 했다. 바로 이 소설들이 처음으로 나의 창작 열정에 불을 붙여주었고, 내가 여러 해가 지나 작가가 될 수 있게 도와주었기 때문이다.

내가 처음으로 읽은 외국 소설도 역시 시작과 끝이 없었다. 나는 그 책의 제목이 무엇인지도 몰랐고 저자가 누구인지도 알지 못했다. 이야기의 시작도 몰랐고 결말도 알지 못했다. 처음으로 성애를 묘사한 대목을 읽었을 때는 마음이 몹시 불안했고, 동시에 가슴이 심하게 쿵쾅거렸다. 성애 묘사 부분을 읽을 때면 너무 긴장한 나머지 고개를 들고 사방을 둘러본 다음 주위에 나를 감시하는 사람이 없다는 것을 확인하고서야 쿵쾅거리는 가슴을 애써 진정시키며 계속 읽어내려갔다.

문화대혁명이 끝나자 문학이 돌아왔다. 서점에는 참신한 문학작품들이 가득했다. 그 시기에 나는 아주 많은 외국 소설을 사서 읽었다. 그 가운데는 『여자의 일생』이라는 소설도 있었다. 프랑스 소설가 모파상의 작품이었다. 어느 날 저녁, 나는 침대에 엎드려 『여자의 일생』을 읽기 시작했다. 3분의 1쯤 읽었을 때 나는 너무 놀라 소리를 지르고 말았다. 알고 보니 바로 이 책이었다!

내가 여러 해 전에 가슴을 졸이며 읽었던 시작도 끝도 없었던 첫번째 외국 소설이 바로 모파상의 『여자의 일생』이었던 것이다.

당시 내가 읽었던 독초 소설 가운데 유일하게 뜯겨 나가지 않았던 책은 프랑스 작가 알렉상드르 뒤마의 『춘희』였다. 당시는 문화대혁명이 거의 끝나가던 때로서 나는 고등학교 2학년이었다. 『춘희』는 필사본의 형태로 내 손에 들어왔다. 나중에 정식으로 출판된 『춘희』를 보고 나서야 내가 읽은 것이 축약본이었다는 사실을 알게 되었다.

당시는 위대한 영수 마오쩌둥이 막 세상을 떠난 뒤였다. 우리는 그가 생전에 후계자로 지명한 화궈펑華國鋒을 영명하신 영수라고 불렀다. 당시 화궈펑은 잠시 전성기를 맞았으나 나중에 덩샤오핑이 복권하면서 중국의 정치 무대에서 희미하게 사라졌다. 그 무렵 친구 하나가 나를 한쪽으로 불러내서는 온 세상이 읽고 있는 좋은 책을 한 권 빌렸다고 말했다. 그는 사방을 둘러보고 나서 아무도 없는 것을 확인하고는 비밀스러운 표정으로 말했다.

"사랑에 관한 책이야."

사랑이라는 말을 듣자마자 나는 곧장 피가 끓기 시작했다. 우리는 내내 뛰다시피 하여 『춘희』 필사본을 갖고 있다는 친구의 집으로 갔다. 숨이 채 가라앉기도 전에 이 친구는 책가방에서 아트지로 싼 필사본을 한 권 꺼냈다. 아트지를 벗겨 앞면을 본 나는 놀라움을 금치 못했다. 뜻밖에도 그는 영명하신 영수 화궈펑의 표준 초상화로 『춘희』를 쌌던 것이다. 내가 버럭 소리를 질렀다.

"이 반혁명분자 같으니라고!"

놀라기는 그도 마찬가지였다. 그도 『춘희』를 싼 종이가 화궈펑의 사진이라는 사실을 몰랐던 것이다. 그는 책을 화궈펑의 초상화로 싼 것은 또 다른 반혁명분자라고 말했다. 우리에게 『춘희』를 빌려준 친구가 바로 그 반혁명분자라는 것이었다. 나중에 우리는 이미 다 구겨진 이 화귀평 사진을 처리하는 방법을 놓고 오래도록 상의했다. 마침내 그가 집 밖 강물에 던져버리자고 제안했다. 나는 그러지 말고 차라리 태워버리자고 했다.

우리는 화귀평의 사진을 흔적도 없이 처리한 다음 필사본 『춘희』를 조심스럽게 손에 받쳐 들었다. 아주 깔끔한 필체로 누런 포장지 위에 쓴 필사본이었다. 이 친구는 하루밖에 빌려줄 수 없다고 했다. 내일이면 책 주인에게 돌려줘야 한다는 것이었다. 우리 둘은 서로 머리를 맞대고 함께 읽기 시작했다. 정말로 열정적이고 감동적인 독서였다. 3분의 1쯤 읽었을 때 우리 두 사람은 이미 감탄을 금치 못하고 있었다. 세상에 이렇게 훌륭한 소설이 있으리라고는 생각도 하지 못했다. 우리는 이 소설을 잃는 일이 걱정되기 시작했다. 우리는 이 소설을 영원히 점유하고 싶었다. 보아하니 필사본 『춘희』는 분량이 엄청난 거작은 아니었다. 우리는 일단 읽기를 중지하고 책을 베끼기 시작했다. 다음 날 책을 돌려주기 전에 어떻게든 필사 작업을 다 끝낼 작정이었다.

이 친구는 오래 사용하지 않은 아버지의 공책을 한 권 찾아왔다. 역시 표지가 누런 포장지로 된 것이었다. 우리는 온 힘을 다해 책을 베끼기 시작했다. 내가 먼저 베끼다가 지치면 친구가 재빨리 이어서 베끼고 친구가 한참을 베끼다 지치면 내가 다시 이어받는 식이었다. 친구의 부모님이 퇴근하여 집에 돌아오실 시간이 되자 우리는 그곳을 떠나 좀더 안전한 장소를 찾기로 했다. 잠시 상의한 끝에 우리는 학교 교실로 돌아가기로 마음먹었다.

당시 우리 학교는 고등학생들이 건물 2층을 사용하고 중학생들이 1층을 사용했다. 모든 교실에 자물쇠가 채워져 있긴 했지만 항상 철제 잠금장치가 채워져 있지 않은 창문이 몇 개쯤 있었다. 우리는 1층에 있는 중학교 교실의 창문을 일일이 검사하면서 지나가다가 잠금장치가 없는 창문을 발견하고는 그곳을 통해 교실 안으로 들어갔다. 이렇게 우리는 남의 교실에서 있는 힘을 다해 책을 베끼기 시작했다. 날이 어두워지자 전등의 전선을 끌어다가 교실의 백열등을 켜놓고 베끼는 작업을 계속했다.

배가 너무 고파 배 속에서 꼬르륵 소리가 요란하게 울리고 몸이 극도로 피곤해졌다. 우리는 책상 몇 개를 붙여서 침대를 만들었다. 한 사람이 베끼는 동안 한 사람은 책상을 이어 만든 침대 위에 누워 휴식을 취했다. 아침이 될 때까지 이런 식으로 번갈아가며 한 사람이 책을 베낄 때 한 사람은 책상 위에서 잠시 눈을 붙였다. 서로 교대하는 횟수가 갈수록 많아졌다. 처음에는 한 사람이 반 시간 이상 베끼다가 교대를 했는데 나중에는 5분마다 교대했다. 친구가 엎드려 자면서 코를 골기라도 하면 내가 얼른 다가가 툭툭 치며 일어나라고 재촉했다.

"야, 일어나. 네 차례야!"

내가 막 잠이 들면 그가 어김없이 다가와 몸을 툭툭 치며 깨웠다. "야, 일어나."

이렇게 우리는 끊임없이 상대방을 깨워가면서 마침내 우리 인생의 가장 위대한 과업인 필사 작업을 마쳤다. 우리는 다시 교실 창문을 타고 넘어 이른 새벽에 계속 하품을 해대면서 학교를 빠져나왔다. 헤어질 때 그는 우리 둘이 합작한 새 필사본을 내게 건네주었다. 아쉽지만 내가 먼저 읽을 수 있도록 양보한 것이었다. 그는 깨끗한 글씨로 쓰인 원래의 필사본을 들고서 동쪽 하늘에 붉은 햇무리가 솟아오르는 것을 바라보며 『춘희』 필사본 원본을 돌려줘야겠다고 말하고는 집으로 돌아가 잤다.

집으로 돌아가보니 우리 부모님은 여전히 꿈속을 헤매고 계셨다. 나는 재빨리 어제 먹다 남긴 식탁 위의 찬밥과 반찬을 먹어치우고 침대로 가서 잤다. 얼마 자지도 않았는데 아버지께서 호통을 치시면서 나를 깨우더니 어제 어디를 가서 집에 돌아오지 않았느냐고 따져 물으셨다. 나는 잠이 덜 깬 척하며 대답을 하는 둥 마는 둥 하고는 다시 엎드려 깊은 잠에 빠졌다.

나는 점심때까지 계속 잤다. 이날은 학교에도 가지 않고 집에서 직접 만든 필사본 『춘희』를 읽었다. 우리가 필사를 막 시작했을 때는 글씨가 그런대로 반듯한 편이었지만 뒤로 갈수록 휘갈겨 쓴 글씨가 많았다. 내가 갈겨 쓴 글씨는 그나마 알아볼 수 있었지만 친구가 갈겨 쓴 글씨는 도무지 알아볼 수 없었다. 읽는 내내 화가 치민 나는 더는 참을 수 없어 필사본을 옷 속으로 집어넣어 옆구리에 끼고 문을 나섰다. 그 친구를 찾기 위해서였다.

다행히 학교 농구장에서 그 친구를 찾을 수 있었다. 친구는 마침 공을 골대 가까이 몰고 가다가 내가 화난 목소리로 자기 이름을 부르자 깜짝 놀라 몸을 돌려 나를 바라보았다. 나는 계속 화난 표정으로 소리를 질렀다.

"야, 이리 와! 이리 와보라고!"

아마도 내가 당장 싸움이라도 하려는 듯한 태도였는지 그 역시 화를 내면서 농구공을 땅바닥에 세게 내던지고 주먹을 불끈 쥔 채 머리 가득 땀을 흘리면서 다가와 거친 목소리로 물었다.

"너 지금 뭐 하자는 거야?"

나는 슬그머니 옷 속에서 필사본 『춘희』를 꺼내 그에게 살짝 보여주고 나서 얼른 도로 거둬들였다. 그러면서 화난 목소리로 말했다.

"이 형님이 네가 쓴 글씨를 알아보지 못하겠단 말이다."

그제야 그는 어떻게 된 일인지 알아차리고는 얼굴 가득 흐르는 땀을 닦아내고 히히 웃으면서 학교 안의 작은 숲으로 나를 따라 들어왔다. 숲으로 들어선 다음 나는 우리의 필사본을 꺼내 독서를 계속했다. 친구를 옆에 앉혀놓고 책을 읽어내려가다가 알아보기 어려운 부분이 나올 때마다 화난 목소리로 물었다.

"이거 대체 무슨 글자야?"

나의 독서는 마치 입으로 음식을 먹는 것 같아서, 더듬더듬 간신히 『춘희』를 다 읽을 수 있었다. 그래도 이 소설에 담긴 이야기와 인물들은 내 마음을 충분히 자극하고도 남았다. 나는 눈물을 훔치면서 여운이 채 가시지 않은 기분으로 필사본을 친구에게 넘겨주었다. 이제 그가 읽을 차례였다.

그날 밤 내가 침대에서 자고 있을 때 그 친구가 우리 집 문밖에 와서 노기등등한 목소리로 내 이름을 불러냈다. 그 역시 내가 갈겨쓴 글씨를 알아보지 못한 것이었다. 나는 하는 수 없이 침대에서 일어나 그와 함께 가로등 밑으로 갔다. 그는 깊은 밤 인적이 드문 가운데 감정에 북받쳐 이 소설을 읽었다. 나는 연신 하품을 해대며 전봇대에 몸을 기대고 앉아 충실하게 그의 독서 현장에 함께했다. 이따금 휘갈겨 쓴 글씨를 알아볼 수 있도록 그의 부름에 응하는 서비스도 제공해야 했다.

세번째 이야기는 길거리 독서에서 시작된다. 내가 말하고자 하는 것은 다름 아닌 대자보다. 이는 문화대혁명이 우리 마을에 남긴 독특한 풍경이었다. 당시에는 벽에 붙은 대자보를 찢는 것은 반혁명 행위에 속했다. 새 대자보는 기존의 대자보 위에만 붙일 수 있었기 때문에 담벼락은 갈수록 두꺼워졌다. 우리 마을 대자보는 두꺼운 솜저고리를 입은 것 같았다.

나는 문화대혁명 시기의 대자보를 읽어보지 못했다. 그 당시에 나는 막 초등학교에 입학한 상태였고 나이는 일곱 살쯤 되었다. 아는 한자도 별로 없어, 기껏해야 대자보의 제목을 읽을 수 있는 정도였다. 당시 내가 가장 흥미를 느꼈던 것은 거리에서 벌어지는 격렬한 무투였다. 나는 전전긍긍하면서 우리 마을 어른들이 서로 심하게 싸우는 모습을 지켜보곤 했다. 어른들은 손에 몽둥이를 들고 입으로는 "위대한 영수 마오 주석을 목숨 바쳐 보위하자"라는 구호를 외치면서 머리가 깨지도록 피를 질질 흘리며 싸웠다. 어렸던 나는 이런 광경을 아무래도 이해할 수 없었다. 모두 마오 주석을 보위한다면서 왜 죽자 살자 싸우는 것인지 알 수 없었다.

몹시 겁이 많았던 나는 항상 멀찌감치 떨어져서 싸우는 광경을 지켜보다가 무투 행렬이 가까이 다가오면 재빨리 멀리 달아나 일정한 거리를 유지하면서 사정거리 밖에 서 있곤 했다. 나보다 두 살 위인 형은 남달리 겁이 없었다. 형은 매번 가까이에서 무투를 지켜보았고 그것도 두 손으로 허리를 짚고 여유 있는 모습으로 구경했다.

당시 우리는 매일 거리를 쏘다니면서 영화관에서 흑백영화를 보듯이 길거리에서 수시로 공연되는 무투 장면을 관람했다. 우리 아이들 사이에서는 거리에 나가 무투를 구경하는 것을 두고 '영화를 본다'고 말하는 게 마치 구두선口頭禪처럼 되어 있었다. 몇 년 후 영화관에 컬러 시네마스코프 영화가 등장하기 시작하자 우리의 구두선도 바뀌었다. 한 아이가 "어디 가?" 하고 물으면 막 거리에 나서려는 아이는 "시네마스코프 영화 보러 간다"라고 대답하곤 했다.

내가 대자보를 읽는 데 심취한 것은 이미 중학생이 된 뒤였다. 때는 1975년 전후로 문화대혁명이 후기로 접어들었을 무렵이었다. 질식할 것처럼 꽉 막힌 사회가 피비린내 나는 무투사회를 대체하고 있었다. 마을 거리는 줄곧 아무런 변화도 없었지만 거리 위의 내용은 점차 변해가고 있었다. 우리도 '흑백영화'를 보다가 이제 '시네마스코프 영화'를 보게 되었다. 우리 같은 길거리 아이들에게는 '시네마스코프 영화'가 '흑백영화'보다 훨씬 재미가 없었다. 문화대혁명 시기에 우리 마을 거리는 항상 요란하고 시끌벅적하여 할리우드의 액션영화에 비유할 만했다. 하지만 문화대혁명 후기에 이르러서는 거리가 평안하고 적막하기만 한 것이 유럽의 모더니즘 예술영화 같았다. 우리는 길거리 아동에서 점차 길거리 소년으로 성장했고 우리의 생활도 액션영화에서 예술영화 단계로 진입해 있었다. 예술영화 속에서 본 정지된 화면과 느리게 진행되는 롱 테이크 기법은 문화대혁명 후기에 우리가 보낸 세월의 리듬을 방불케 했다.

지금도 두 눈을 감으면 이런 장면이 눈앞에 펼쳐지곤 한다. 30여 년 전의 나는 학교를 파하고 집으로 돌아가는 중학생이다. 여기저기 기운 옷을 입고 발에는 닳고 닳아 하얗게 속이 드러난 누런 운동화를 신고서 낡은 책보를 어깨에 멘 채 대자보가 다닥다닥 붙어 있는 거리를 따라 아무 일도 없는 듯이 편안하게 걸어간다.

이처럼 낡고 바랜 화면 속에서 나는 대자보를 읽는 재미를 느끼기 시작했다. 예술영화를 감상할 때 어느 정도의 심미적 인내심이 있어야 하듯이 문화대혁명 후기의 생활에도 세세한 분별력이 필요했다. 그래야만 어떤 평범하고 담담한 사물의 이면에 놀라움이 감춰져 있다는 사실을 발견할 수 있기 때문이었다.

1975년 무렵에 사람들은 이미 대자보에 대해 아무런 자극이나 느낌도 갖지 못했다. 끊임없이 새로운 대자보가 붙긴 했지만 이를 읽기 위해 발길을 멈추는 사람은 찾아보기 힘들었다. 이 시기의 대자보는 그 자체의 의미를 상실하여 담벼락의 내용물로만 머물러 있었다. 사람들은 대자보를 보고도 못 본 척하고 지나치는 데 너무도 익숙해져 있었다. 나도 대자보를 못 본 척 지나치는 사람들 가운데 하나였다. 그러던 어느 날, 나는 대자보에 그려진 한 폭의 만화에 관심을 가졌고, 이때 이후로 『마오쩌둥 선집』의 주석에 이어 또 다른 글 읽기의 신천지를 발견했다.

내 기억에 따르면 그 만화에는 아주 거친 터치로 침대가 하나 그려져 있었고 침대 위에는 남녀 두 사람이 앉아 있었다. 그리고 아주 화려한 색깔이 칠해져 있었다. 이 신기한 만화를 본 내 마음은 곧장 평형을 잃고 흔들리기 시작했다. 당시 나는 남녀 혁명 군중이 고개를 쳐든 채 가슴을 앞으로 불쑥 내밀고 있는 선전 그림 속의 사람들에게만 익숙해져 있었다. 남녀 사이에 침대가 하나 놓여 있는 그림은 생전 처음 보는 것이었다. 침대는 삐뚤삐뚤 대충 그려져 있었고 뜻밖에도 혁명적인 의미로 가득 찬 대자보 위에 그려진 이 만화의 두 남녀 주인공도 삐뚤삐뚤

일그러진 형상이었다. 침대에는 색정적인 함의가 가득했다. 나는 허무맹랑한 기분으로 이 대자보를 읽어내려가기 시작했다.

이것은 내가 처음으로 아주 진지하게 읽은 대자보였다. 대자보에 집중적으로 나타나는 마오 주석 어록의 구절과 구호 같은 혁명 언어 사이에서 나는 사람들의 마음을 사로잡는 몇 구절을 발견할 수 있었다. 이 한두 마디의 글은 우리 마을에서 몰래 사랑을 주고받았던 두 남녀의 이야기를 대략적으로 서술하고 있었다. 직접적으로 성애를 묘사하는 부분은 없었지만 성적인 연상이 내 머릿속 바다에서 일엽편주처럼 바람을 타고 물결을 일으키기 시작했다.

몰래 사랑을 나눈 이 두 남녀의 실명이 화려한 만화 위에 그대로 기록되어 있었다. 나는 이 대략적인 이야기를 과장하고 약간 윤색하여 당시 나와 사이가 좋았던 친구 몇 명에게 들려주었다. 친구들은 내 얘기를 듣자마자 눈이 휘둥그레졌다. 흥분을 잠재우지 못한 우리는 각자 흩어져 이 두 남녀의 주소와 직장을 수소문하기 시작했다.

며칠 후 우리는 성공적으로 두 사람의 이름과 실제 상황을 대조할 수 있었다. 남자는 우리 마을 서쪽의 작은 골목에 사는 사람이었다. 나와 친구들은 그의 집 앞에서 오랜 시간 잠복하여 기다린 끝에 퇴근해서 집으로 돌아오는 그를 만날 수 있었다. 침대 위에서 음탕한 짓을 하다가 붙잡힌 이 사내는 얼굴 가득 침울한 표정이었다. 그는 우리를 한 번 힐끗 쳐다보고는 곧장 몸을 돌려 집 안으로 들어가버렸다. 여자는 우리 마을에서 6~7킬로미터쯤 떨어진 마을의 백화점에서 일했다. 우리 몇몇은 어느 일요일에 한데 모이기로 약속하고 먼 길을 가야 하는 수고도 마다하지 않고 그 마을을 찾아가 크기가 15평 정도밖에 안 되는 작은 백화점을 찾아냈다. 백화점 안에는 여직원 세 명이 일하고 있었지만 우리는 그 가운데 어느 여자가 만화 속의 주인공인지 알 수 없었다. 우리는 상점 입구에 서서 귓속말로 어느 여자가 용모가 가장 뛰어난지 상의한 결과 셋 다 예쁘지 않다는 결론을 내렸다. 우리는 큰 소리로 대자보에 적힌 이름을 불렀다. 세 여자 가운데 한 명이 대답하면서 고개를 돌려 의아하다는 듯한 눈빛으로 우리를 쳐다보았다. 우리는 한바탕 큰 소리로 깔깔대며 웃고 나서 곧장 걸음을 돌려 도망쳐 나왔다.

이것이 당시 우리의 침울하고 무미건조한 생활을 진실하게 반영해준다. 우리는 몰래 사랑을 나누다가 들켜 대자보에 적힌 인물들의 실제 모습을 보았다는 흥분에 사로잡혀 여러 날 동안 신바람이 나 있었다.

문화대혁명 후기의 대자보는 여전히 마오쩌둥 어록과 루쉰 선생님의 말씀, 그리고 신문에서 발췌한 혁명의 언어로 넘쳐났다. 하지만 대자보의 내용은 조금씩 변하고 있었다. 조반造反 과정에서 드러난 서로 다른 파벌들 사이의 갈등과 생활 속에서 발생하는 충돌이 유언비어와 욕설, 사생활 폭로 등의 형태로 문화대혁명 후기 대자보의 새로운 총아로 자리 잡았다. 이러다보니 그 안에는 때때로 성과 관련된 구절도 종종 나타났다. 떳떳하지 못한 남녀관계는 당시 사람들의 상호 공격과 비방에서 가장 뜨거운 무기로 작용했다. 나도 바로 이런 것 때문에 대자보 읽기에 푹 빠졌다. 나는 매일 오후 학교가 파하고 집으로 가는 길에 혹시 새로운 대자보가 나붙지 않았는지, 새로운 성 관련 이야기가 나타나지 않았는지 유심히 살펴보곤 했다.

이는 모래 속에서 금을 캐는 것과 같은 글 읽기여서 며칠간 계속 성 관련 문구를 발견하지 못할 때가 많았다. 학교 친구들도 처음에는 신이 나서 함께 대자보를 읽다가 며칠 안 가서 포기하고 말았다. 그들은 이런 글 읽기를 밑지는 장사라고 생각했다. 눈을 까뒤집고 대자보를 샅샅이 뒤져도 그럴듯하지만 사실은 아무것도 아닌 내용만 눈에 들어올 뿐이었다. 그들은 차라리 내가 말을 보태 그다음 이야기를 더 재미있게 지어내주기를 원했다. 그리하여 친구들은 나라도 재미없는 것을 꾹 참고 계속 대자보를 읽어주기를 종용하곤 했다. 다음 날 아침 학교에 가면 친구들은 기대 가득한 표정으로 내게 몰려와 낮은 목소리로 물었다.

"새로운 얘기가 있었어?"

어느 젊은 미혼 여성이 기혼 남성과 몰래 사랑을 나눈 이야기를 읽은 것이 당시 나의 대자보 읽기 경력에서 가장 놀랍고 아찔한 순간이었다. 이는 내가 가장 상세하게 읽은 대자보이기도 했다. 뜻밖에도 일부 단락은 남몰래 사랑을 나눈 이 두 남녀가 나중에 쓴 반박 자료를 인용하고 있었다.

남자가 먼저 우물가에서 빨래를 한 것이 두 사람이 남몰래 나눈 사랑의 전주곡이었다. 그의 아내는 외지에 나가서 일을 했기 때문에 1년에 한 달 정도만 가족을 만나기 위해 집으로 돌아왔다. 그러다보니 이웃에 사는 미혼 여성이 항상 그를 도와 빨래를 해주었다. 처음에는 그의 속옷만은 한쪽으로 꺼내놓고 그에게 직접 빨라고 했다. 그러나 얼마쯤 시간이 지나자 더이상 속옷을 따로 꺼내놓지 않고 자신이 직접 빨아주기 시작했다. 곧이어 두 사람은 남모르는 사랑의 무도곡을 연주하기 시작했다. 옷을 빨아주는 것과 별도로 그녀는 그에게서 책을 빌리기 시작했다. 아울러 책을 읽고 난 느낌에 대해 그와 토론을 벌이면서 자주 그의 침실을 드나들었다. 이리하여 마침내 이들의 몰래 한 사랑은 광상곡의 단계로 접어들었다. 두 사람 사이에 성관계가 발생한 것이다. 한 번, 두 번, 세 번이나 계속하다가 결국 세번째 잠자리 현장을 남들에게 들키고 말았다.

문화대혁명 후기에 이르면 갑자기 이런 간통 현장을 잡으려는 열기가 고조되면서 문화대혁명 초기의 혁명 열기를 대체하게 된다. 포도를 먹지 못하는 사람들이 포도가 너무 시다고 탓하는 것처럼, 용기가 없어 남몰래 사랑을 나누지 못하는 사람들이 그 빗나간 사랑의 욕망을 간통 현장을 포착하려는 열정으로 옮기고 있었던 것이다. 사람들은 어떤 남녀 사이에 정당하지 못한 애정관계가 있을 것이라고 의심되기만 하면 몰래 그들을 감시하기 시작했고, 일단 때가 무르익으면 전광석화처럼 문을 박차고 뛰어들어가 발가벗은 상태의 두 남녀를 현장에서 체포하곤 했다. 이 불쌍한 두 남녀의 간통도 결국 이렇게 차이콥스키의 〈비창 교향곡〉으로 끝나고 말았다.

나는 대자보를 통해 이 미혼 여성이 제출한 반박 자료에서 했던 말도 읽었다. 그녀는 처음으로 이 남자와 성관계를 갖고 나서 "제대로 앉을 수도 없었다"고 했다. 이 한마디를 읽는 순간 나는 온몸이 뜨겁게 달아올랐고, 이에 관한 온갖 연상이 이어졌다. 그날 저녁 나는 친구들을 강가로 불러놓고 달빛 아래서 아름다운 버드나무 가지의 엄호를 받으며 낮은 목소리로 물었다.

"너희 알아? 남자랑 여자가 그 짓을 하고 나면 어떻게 되는지 아냐고?"

친구들이 떨리는 목소리로 되물었다. "어떻게 되는데?"

내가 비밀스러운 목소리로 말했다. "여자가 제대로 앉지도 못하게 돼."

친구들은 자신도 모르게 목소리를 높여 되물었다. "왜?"

왜 그러냐고? 사실 그건 나도 알 수 없었다. 그래도 나는 뭐든지 다
아는 것처럼 노숙한 어투로 대답했다. "그건 너희가 나중에 결혼을 하
고 나면 알게 될 거야."

여러 해가 지나 이 일을 회상할 때마다 나는 대자보 읽기를 성性 독서
에 비유하곤 한다. 재미있는 것은 성 독서의 절정이 거리에서 일어나지
않고 집 안에서 일어났다는 것이다.

부모님이 두 분 다 의사였기 때문에 우리 집은 병원의 직원 숙소 안
에 있었다. 직원 숙소는 2층짜리 서양식 건물로 1층과 2층에 각각 방이
여섯 개 있었다. 학교의 2층짜리 교사와 크게 다르지 않아 공용 복도를
지나야 2층으로 올라갈 수 있었다. 이 건물에는 병원에서 근무하는 열
한 가구 사람들이 살았고 그 가운데 우리 집만 방을 두 칸 차지하고 있
었다. 나와 형은 아래층에 있는 방에 살았고 부모님은 위층에 있는 방
에서 생활하셨다. 위층에 있는 부모님 방에는 작은 서가가 하나 있었고
서가에는 열 권 남짓한 의학서적이 쌓여 있었다.

나는 형과 번갈아가며 이 방을 청소해야 했다. 부모님은 내가 청소를
할 때면 책장 위에 쌓인 먼지까지 깨끗이 닦으라고 분부하셨다. 나는
항상 마지못해 걸레로 책장 위를 닦으면서도 겉으로는 몹시 무료해 보
이는 이 책들 속에 놀라운 비밀이 숨어 있다는 사실을 전혀 눈치채지
못했다. 초등학교를 졸업하던 그해 여름에는 이 책들을 대충 들춰보고
서도 그 속에 담긴 비밀을 찾아내지 못했다.

하지만 우리 형은 그걸 찾아냈다. 당시 나는 중학교 2학년이었고 형

은 고등학교 2학년이었다. 한동안 형은 부모님이 출근한 틈을 타서 같은 학교 남학생 몇 명을 집으로 데려와 몰래 2층으로 올라가곤 했다. 형과 친구들이 위층 방으로 들어가기만 하면 곧이어 괴성이 터져 나왔다.

나는 아래층에서 계속 이런 괴성을 들으며 위층 방에서 뭔가 비밀스러운 짓거리가 진행되고 있는 것이 틀림없다고 의심하기 시작했다. 하지만 곧장 위층으로 올라가보면 우리 형과 친구들은 아무 일도 없다는 듯 태연하게 웃으면서 얘기를 나누고 있었다. 자세히 관찰해보았지만 이상한 구석을 전혀 찾아볼 수 없었다. 다시 아래층으로 내려오면 또다시 위층 복도에 괴성이 메아리쳤다. 이런 괴성은 2층에 있는 우리 부모님 방에서 무려 두 달 동안이나 계속 울려댔고 우리 형 친구들은 끊임없이 부모님 방을 드나들었다. 우리 형 학년의 남학생 전부가 우리 부모님 방을 드나들었을 것이라는 생각이 들 정도였다.

나는 그 방 안에 남에게 말할 수 없는 무슨 비밀이 숨어 있는 것이 틀림없다고 확신했다. 하루는 내가 그 방을 청소할 차례가 되었다. 나는 탐정이라도 된 듯 진지하게 방 구석구석을 자세히 살펴봤지만 이상한 점은 하나도 찾을 수 없었다. 이어서 나는 서가 위에 쌓여 있는 책을 한 권 한 권 꺼내 들추면서 한 쪽 한 쪽 샅샅이 뒤져보았다. 그러다가 『인체해부학』을 손에 들고 펼치는 순간 신기한 비밀이 모습을 드러냈다. 컬러로 된 여성의 음부 그림이 눈에 확 들어온 것이다. 청천벽력이라도 내리친 듯이 나는 한동안 눈을 크게 뜬 채 입을 다물지 못했다. 이어서 굶주리고 목마른 사람처럼 이 그림의 세밀한 부분과 여성의 음부에 대한 자세한 설명까지 샅샅이 보고 읽었다.

나는 여성의 음부 그림을 보는 순간 내가 엉겁결에 소리를 지르지나 않았는지조차 기억나지 않았다. 그 순간 나는 완전히 정신이 나가 있었기 때문에 내가 어떤 반응을 보였는지 알지 못했다. 내가 기억하는 것이라고는 그 뒤로 우리 중학교 친구들이 끊임없이 위층에 있는 우리 부모님 방을 드나들기 시작했고, 형 친구들과 똑같은 괴성을 질렀다는 사실뿐이었다. 우리 형과 같은 학년의 고등학교 남학생들이 전부 우리 부모님 방을 드나든 데 이어 이번에는 나와 같은 학년의 중학교 남학생들이 그 방에 들어가서 폐부에서 흘러나오는 괴성을 남겼던 것이다.

독서에 관한 네번째 이야기는 1977년에 시작되었다. 문화대혁명이 끝나자 독초로 간주되던 금서들이 다시 출판되기 시작하면서 톨스토이와 발자크, 디킨스 등의 문학작품이 처음으로 우리 작은 마을의 서점에 도착했다. 그때의 뜨거웠던 반응은 오늘날 연예계 스타들이 가난한 시골 마을에 나타난 것과 맞먹었다. 사람들은 정신없이 달려가 아는 사람들에게 이런 사실을 전했고, 목을 빼고 책이 도착하기를 기다렸다. 처음으로 우리 마을에 도착하는 책의 수량이 한정되어 있다보니 서점에서는 사람들에게 차례로 줄을 서서 서표書票를 받아가라는 내용의 공지문을 내다붙였다. 서표는 한 사람에게 한 장씩만 배분되었다. 서표 한 장으로는 책 두 권을 살 수 있었다.

그때 사람들이 책을 사기 위해 길게 줄을 섰던 장관을 나는 지금도 생생하게 기억하고 있다. 날이 밝기 전에 서점 문밖에는 이미 2백 명이 넘는 사람들이 장사진을 이루고 있었고, 일부는 서표를 받기 위해 전날 밤에 서점 앞에 의자를 가져다놓고 밤새 앉아서 기다리기도 했다. 질서정연하게 줄을 선 사람들은 서로 이런저런 이야기를 주고받으면서 긴

밤을 함께 보냈다. 새벽에 서점 문 앞에 도착한 사람들은 금세 자신들이 너무 늦게 왔다는 사실을 깨달았다. 그러나 요행을 바라는 마음으로 긴 줄 뒤쪽에 서서 자신들에게도 서표를 받을 수 있는 기회가 올 것이라고 기대하고 있었다.

나도 이렇게 늦게 도착한 사람들 가운데 하나였다. 내 주머니 속에는 인민폐 5위안이 들어 있었다. 당시의 나에게는 거금이었다. 나는 아침 일찍 서점으로 달려가는 내내 오른손을 주머니 속에 넣고 그 손으로 5위안짜리 지폐를 꼭 쥐고 있었다. 왼손만 앞뒤로 휘저으며 걷다보니 서점 문 앞에 도착했을 때는 몸이 왼쪽으로 비스듬히 기울어져 있었다. 원래 줄 맨 앞에 서게 될 것이라고 생각했는데 뜻밖에도 서점 앞에 도착해보니 거의 3백 명이 넘는 사람들이 내 앞에 서 있었다. 가슴이 서늘해지지 않을 수 없었다. 내 뒤로도 사람들이 속속 도착했다. 늦게 온 사람들은 하나같이 원성을 내뱉었다.

"꼭두새벽에 일어나 나왔는데도 맨 뒤에 서고 말았군."

거대한 해가 솟아오를 때쯤 3백 명이 넘는 줄은 잠을 잔 사람들과 잠을 자지 않은 사람들의 두 진영으로 나뉘었다. 줄 앞쪽에 있는 사람들은 밤새 의자에 앉아 있던 사람들로서 이들은 한잠도 자지 않은 만큼 안정적으로 서표를 받을 거라고 기대하고 있었다. 그들은 서로 어떤 책을 사는 것이 좋을지 생각을 주고받았다. 줄 뒤쪽에 선 사람들은 한숨 자고 나서 서둘러 달려온 사람들로서 모든 관심이 서점에서 서표를 얼마나 나눠줄 것인지에 쏠려 있었다. 사방에서 소문이 나돌기 시작했다. 의자에 앉아 밤을 새운 앞쪽 진영 사람들은 서표가 백 장을 넘지 않을 것이라고 말했다가 곧장 뒤에 서 있는 사람들로부터 비난과 함께 반박을 당했다. 줄 뒤쪽에 서 있던 사람들 가운데 하나가 2백 장 정도 나눠 줄 것이라고 하자 2백번째 밖에 서 있던 사람들이 동의하지 않았다. 그들은 서표가 적어도 2백 장은 넘을 것이라고 말했다. 이리하여 서표의 수량은 계속 늘어만 갔고, 마지막에는 이날 아침에 서표 5백 장이 배포될 것이라고 말하는 사람도 있었다. 우리는 서표가 그렇게 많을 리 없다면서 전부 동의하지 않았다. 다 합쳐서 3백 명 조금 넘는 사람들이 줄을 섰는데 서표가 5백 장 넘게 배포된다면 애써 줄을 서서 기다린 사람들의 노고가 전부 웃음거리가 된다는 것이었다.

아침 일곱시 정각에 우리 마을의 신화新華서점당시에는 중국의 모든 도서가 신화서점을 통해서만 보급되었다 정문이 천천히 열렸다. 순간 뭔가 신성한 느낌이 내 가슴속에서 용솟음쳤다. 낡은 서점 대문이 열리면서 삐거덕삐거덕 몹시 듣기 싫은 소리가 났지만 나는 화려한 무대의 막이 오르는 듯한 황홀한 기분에 사로잡혔다. 서점 직원이 문밖으로 걸어 나왔다. 내 눈에는 그가 공연의 서막을 알리는 신비한 안내원으로 보였다. 하지만 곧이어 내 마음속의 신성한 느낌은 연기처럼 사라져버렸다. 서점 직원이 큰 소리로 말했다.

"서표는 50장밖에 없습니다. 50번째 뒤에 서 계신 분들은 집으로 돌아가주세요."

그렇게 추운 겨울날 아침에 내 머리 위로 냉수 한 바가지가 뿌려졌다. 뒤에 서 있던 사람들은 머리에서 발끝까지 몸이 꽁꽁 언 상태였다. 순순히 집으로 돌아가는 사람들도 있었지만 적지 않은 사람들의 마음에 불만이 가득했다. 욕을 해대는 사람들도 있었다. 나는 원래 서 있던 자리에 그대로 남았다. 오른손으로는 여전히 주머니 속 5위안짜리 지폐를 꼭 움켜쥔 채 맥이 빠진 표정으로 줄 맨 앞에 있던 사람들이 활짝 웃는 얼굴로 서표를 받아 가는 모습을 지켜보았다. 그들에게는 서표가 적을수록 밤새 잠도 자지 못하고 기다린 것이 더 가치 있게 느껴질 터였다.

서표를 받지 못한 수많은 사람들이 여전히 서점 문밖을 서성이고 있었다. 안에서 책을 산 사람들은 서점 문을 나서면서 손에 든 자신들의 성과를 내보이며 희색을 감추지 못했다. 나를 포함하여 서점 밖에 서 있던 사람들은 각자 자신이 잘 아는 사람에게 다가가 몹시 부러운 듯한 표정으로 『안나 카레니나』 『고리오 영감』 『데이비드 코퍼필드』 같은 새 책을 만져보았다. 우리는 너무나 오래 독서에 굶주려 있었기 때문에 이런 문학 명저의 참신한 표지를 구경하는 것만으로도 엄청나게 즐거웠다. 인심 좋은 몇몇 사람들은 자신의 새 책을 펼쳐 책을 사지 못한 사람들에게 코로 잉크 냄새를 맡아보게 해주었다. 나도 이런 기회를 얻을 수 있었다. 나로서는 처음으로 새 책 냄새를 맡아보는 것이었다. 연한 잉크 냄새가 신성한 향기처럼 느껴졌다.

가장 기억에 남는 것은 쉰번째 바로 다음에 서 있던 사람들이었다. 이들의 표정을 바라보는 것은 너무나 가슴 아픈 일이었다. 그들은 거친 말을 내뱉었다. 때로는 자신을 욕하는 소리로 들리기도 했고 때로는 이름도 모르는 사람들을 욕하는 것으로 들리기도 했다. 백번째 뒤에 서 있던 우리는 그저 마음속으로 실의를 달래는 수밖에 없었다. 쉰번째 뒤로 서 있던 사람들이 다 익은 오리가 눈앞에서 날아가버리는 모습을 바라보는 아픔은 충분히 이해할 수 있었다. 특히 쉰한번째 자리에 서 있던 사람은 서점 문 안에 거의 들어섰다가 더이상 서표가 없다는 말과 함께 문밖으로 쫓겨나고 말았다. 그는 미동도 하지 않은 채 서점 앞에 한참을 서 있다가 고개를 푹 숙이고서 한쪽으로 비켜났다. 손에는 의자를 하나 들고서 나무처럼 멍한 표정으로 서점 안에서 책을 사서 나오는 사람들의 의기양양한 모습과 밖에 서 있던 우리가 책을 사서 나오는 사람들을 에워싸고 손으로 새 책을 만지고 코로 새 책에서 풍겨 나오는 잉크 냄새를 맡는 모습을 바라보았다. 그의 침묵이 다소 이상해 보였다. 나는 여러 차례 고개를 돌려 그를 바라보았다. 그 역시 이해하기 어려운 야릇한 표정으로 나를 바라보는 것 같았다.

나중에 우리 마을 사람들 몇몇이 이 쉰한번째 사람에 관해 얘기를 주고받는 것을 들을 수 있었다. 그는 친구 세 명과 함께 밤이 깊도록 카드놀이를 하다가 뒤늦게 의자를 들고 서점 앞으로 와서는 날이 밝을 때까지 앉아 있었다고 했다. 그 뒤로 며칠 동안 그는 아는 사람을 만날 때마다 이렇게 말했다고 한다.

"카드놀이를 한 판만 덜 했어도 쉰한번째 자리에 서는 일은 없었을 텐데⋯⋯"

이리하여 '쉰한번째'라는 말은 한동안 유행어가 되었다. 예컨대 어떤 사람이 "에이, 오늘은 쉰한번째가 되고 말았어"라고 말하면 그날 아주 재수가 없었다는 뜻이었다.

30년의 세월이 지나 우리는 책이 없던 시대에서 책이 남아도는 시대로 진입했다. 오늘날의 중국에서는 매년 20만 종 이상의 서적이 출판되고 있다. 과거에는 서점에 팔 책이 없었지만 지금은 서점에 책이 너무 많아서 어떤 책을 사야 좋을지 모를 지경이다. 인터넷 서점에서 할인판매를 실시하기 시작한 뒤로 전통적인 오프라인 서점들도 할인판매를 시작했다. 슈퍼마켓에서도 책을 팔고 길거리 신문가판대에서도 책을 파는 시대가 되었다. 노점에서는 가격이 훨씬 더 저렴한 해적판 서적을 팔고 있다. 과거에는 중국어로 된 책들만 해적판이 나왔지만 이제는 다양한 영문판 서적들도 크고 작은 거리와 골목에 모습을 드러내고 있다.

베이징에서 매년 거행하는 디탄地壇 공원 도서시장은 묘회廟會, 명절을 비롯하여 정해진 날에만 사원이나 묘당 안팎에서 열리던 시장으로서 온갖 공연과 축제가 함께 진행된다를 방불케 할 정도로 성황을 이룬다. 책을 파는 시장에 고서 감상이나 민속문물 전시, 사진 전시, 무료 영화 상영, 공연예술, 패션쇼, 무용 및 마술 공연 등이 한데 어우러진다. 은행과 증권 및 펀드 회사들은 이런 기회를 놓치지 않고 재테크 상품을 홍보하기도 한다. 고출력 스피커에서 쏟아져 나오는 음악이 귀청을 울리지만 음악은 수시로 중단된다. 사람을 찾는 광고가 음악 사이에 끼어드는 것이다. 많은 사람들이 모여서 이리저리 왔다 갔다 하는 공간에서 유명한 작가나 학자 들이 책에 사인을 해주기도 한다. 그리고 일부 강호낭중江湖郎中, 중국의 고대 소설에 흔히 나오는 의술에 정통한 협사俠士들로, 의술을 펼치면서 고통받는 하층민들을 구제하였으며 일반적으로 돈을 받지 않았다들은 책을 팔고 사인을 해주듯이 무료로 맥을 짚어 처방전을 내려주기도 한다.

몇 년 전에 나도 그곳에서 사인을 해주고 책을 파는 일을 해본 적이 있다. 소란하고 시끄러운 소리가 그치지 않는 것이 마치 기계가 요란하게 돌아가는 어느 공장에 와 있는 것 같았다. 임시로 설치해놓은 간이 울타리 안에는 다양한 종류의 책이 가득 쌓여 있고 책을 파는 사람들의 손에 들려 있는 휴대용 스피커에서는 책을 사라고 외치는 소리가 쉴 새 없이 터져 나왔다. 마치 재래시장에서 상인들이 채소와 과일, 닭과 오리, 생선 따위를 사라고 외치는 것 같았다. 이러한 광경은 내게 가장 깊은 인상을 주었다. 가격이 수백 위안에 달하는 책들이 한 무더기로 묶여 10위안 또는 20위안 정도의 헐값에 팔리기도 했다. 책을 파는 사람들은 서로 경쟁하듯이 이쪽에서 "한 무더기에 20위안이오"라고 외치면 곧이어 저쪽에서 "한 무더기에 10위안이오"라고 소리쳤다.

"자, 본전도 안 되는 최저가에 드립니다! 고전 명저가 한 무더기에 10위안이오!"

책을 파는 사람은 책을 사라고 외치는 중간 중간에 스스로 탄성을 끼워넣기도 했다. "이걸 어떻게 책을 판다고 할 수 있겠습니까? 젠장, 이건 거의 폐지를 파는 수준이지요!"

곧이어 책을 사라고 외치는 소리에 변주가 나타났다. "빨리 와서 사가세요! 고전 명저 한 무더기를 폐지 가격에 드립니다!"

오늘날의 이런 모습을 보면서 과거를 생각하면 만감이 교차한다. 작은 마을 서점 앞에 3백 명이 넘는 사람들이 서표를 받기 위해 줄을 서던 때와 디탄 공원에서 고전 명저 한 무더기를 10위안에 살 수 있는 오늘날 사이의 30년이라는 시간 차가 마치 하룻밤처럼 짧게만 느껴진다. 지금 이 순간, 나는 고개를 돌려 진정한 의미에서 스스로의 독서 여행을 뒤쫓고 있다. 나의 선택은 1977년 그 서점 앞의 이른 아침에서 시작된 것 같다. 물론 오늘날 디탄 공원 도서시장에서 책을 사라고 외치는 소리 속에서 그 선택이 끝났을 리는 없다.

30여 년 전 그날 이른 아침에는 두 손이 텅 비어 있었지만 몇 개월이 지나 참신한 문학서적들이 한 권 한 권 내 서가에 쌓이기 시작했고 나의 독서는 더이상 문화대혁명 시기처럼 앞뒤가 잘려나간 불완전한 것이 아니었다. 이때부터 나의 독서는 더없이 풍성했고 흐르는 강물처럼 끊이지 않고 지속되었다.

얼마 전에 누군가 30년의 독서가 내게 무엇을 가져다주었느냐는 질문을 한 적이 있다. 이런 질문을 마주하는 순간 마치 드넓은 바다를 마주한 것 같은 기분이 들면서 언뜻 대답이 나오지 않았다.

이전에 쓴 글 말미에서 나는 나의 독서 이력을 이렇게 설명한 적이 있다. "나는 매번 위대한 작품을 읽을 때마다 그 작품을 따라 어디론가 갔다. 겁 많은 아이처럼 조심스럽게 그 작품의 옷깃을 붙잡고 그 발걸음을 흉내 내면서 시간의 긴 강물 속을 천천히 걸어갔다. 아주 따스하고 만감이 교차하는 여정이었다. 위대한 작품들은 나를 어느 정도 이끌어준 다음, 나로 하여금 혼자 걸어가게 했다. 제자리로 돌아오고 나서야 나는 그 작품들이 이미 영원히 나와 함께하고 있다는 사실을 깨달았다."

2006년 9월 어느 이른 아침이 생각난다. 나는 아내와 함께 독일 뒤셀도르프의 오래된 시내 구역을 걷다가 갑자기 시인 하이네가 살던 옛집을 발견했다. 그 전에는 하이네가 살던 집이 그 도시에 있다는 사실조차 모르고 있었다. 하이네의 옛집은 검은색이었지만 그 좌우에 있는 집은 전부 붉은색이었다. 하이네의 옛집은 주변에 있는 낡은 주택보다 훨씬 더 고색창연했다. 아주 오래된 사진을 보고 있는 듯한 기분이 들었다. 중간에 서 있는 하이네의 집은 지나간 그 시절 할아버지의 모습이고 옆에 서 있는 두 집은 그 시절 아버지 세대 사람들일 것 같았다.

내가 이 얘기를 언급하는 것은 뒤셀도르프에서의 그날 아침이 나를 유년 시절, 병원에서 지내던 그 잊을 수 없는 시절로 데려다주었기 때문이다.

앞에서도 이미 얘기했지만 나는 어렸을 때 한동안 병원 숙소에서 생활했다. 이는 당시 중국에서는 상당히 보편적인 현상이었다. 도시에서 직장생활을 하는 사람들은 대부분 직장에 거주했다. 병원이라는 환경에서 성장하다보니 유년 시절에는 한가할 때마다 혼자 병원의 병실 곳곳을 돌아다니곤 했다. 나는 또 자주 간호실에 들어가 알코올에 적신 솜을 몇 개 집어다가 두 손을 닦기도 했고 병실과 복도를 마음대로 돌아다니다가 잘 아는 장기 입원 환자들을 찾아가거나 새로 들어온 환자들의 상황을 물어보기도 했다. 당시 나는 목욕을 자주 하지 않았다. 하지만 두 손만은 매일 알코올에 적신 솜으로 열 번도 넘게 닦았다. 한때 나는 이 세상에서 가장 깨끗한 두 손을 갖고 있었던 셈이다. 이와 동시에 나는 매일 병원 안의 리졸lysol 냄새를 호흡했다. 초등학교 다닐 때 적지 않은 친구들이 이 냄새를 몹시 싫어했지만 나는 오히려 이 냄새가 무척이나 좋았다. 당시 내게는 그럴듯한 이론이 하나 있었다. 리졸이 소독용 액체비누인 만큼 그 냄새가 나의 두 폐부를 깨끗이 소독해준다고 믿었던 것이다. 지금 돌이켜 생각해도 나는 여전히 그 냄새가 나쁘지 않다. 그것이 바로 내가 성장해온 냄새이기 때문이다.

우리 아버지는 외과의사였다. 당시 병원의 수술실은 단층 건물이었다. 나는 형과 함께 항상 수술실 앞에서 놀곤 했다. 수술실 앞에는 아주 넓은 공터가 하나 있고 햇빛이 찬란하게 비칠 때면 막 세탁한 침대보를 그 공터에 내다 말렸다. 우리는 그 사이를 뛰어다니면서 비누 냄새가 발산되는 젖은 침대보에 일부러 얼굴을 부딪치곤 했다.

이는 내 유년 시절의 아주 아름다운 기억이다. 하지만 이 기억 속에는 얼룩덜룩한 피의 흔적도 담겨 있다. 나는 아버지가 환자들을 수술한

다음 마스크와 수술복에 온통 핏자국이 가득한 채 수술실 밖으로 나오는 모습을 자주 보았다. 수술실에서 멀지 않은 곳에는 연못이 하나 있었다. 수술실 간호사들은 항상 환자의 몸에서 나온 피와 도려낸 살점 따위를 양동이에 담아 이 연못에 쏟아붓곤 했다. 여름이 되면 연못에서는 고약한 악취가 풍겼고 파리떼가 빈틈없이 달라붙어 마치 순모 담요가 연못 전체를 뒤덮고 있는 것 같았다.

당시 병원 숙소에는 이렇다 할 위생시설이 없었다. 숙소 건너편에 공동화장실이 하나 있고 병원 영안실이 그 건너편에 있는 것이 고작이었다. 화장실과 영안실이 벽 하나를 사이에 두고 바싹 붙어 있는 데다 둘다 문도 없었다. 나는 매번 화장실에 갈 때마다 영안실을 지나야 했고 습관적으로 안을 들여다보곤 했다. 영안실 안은 먼지 하나 없이 깨끗했고 작은 창문에 시멘트로 만든 침대가 하나 있었다. 창밖에는 나뭇잎 몇 개가 가볍게 흔들리고 있었다. 내 기억 속의 영안실은 말로 표현할 수 없이 편안한 느낌을 주었다. 나는 또 그곳의 나무들이 다른 곳보다 더 무성하게 우거졌던 것도 기억한다. 그것이 영안실 때문인지 화장실 때문인지는 알 수 없었다.

나는 영안실 건너편에서 거의 10년 가까운 세월을 살았다. 한마디로 말해서 나는 울음소리 속에서 살았다고 해도 과언이 아니다. 병으로 세상을 떠난 사람들은 시신이 화장되기 전에 우리 집 건너편에 있는 영안실에 하룻밤을 누워 있었다. 천천히 여행을 떠나다가 도중에 객잔에 묵는 것처럼 영안실은 삶에서 죽음으로 총총히 떠나는 과객을 말없이 맞아주었다.

내게는 잠을 자다가 가족을 잃고 비통에 젖어 우는 사람들의 울음소리에 갑자기 깨는 밤이 무수히 많았다. 10년이라는 세월 동안 나는 이 세상에서 들을 수 있는 거의 모든 울음소리를 다 들었다. 나중에는 그런 울음소리가 더이상 단순한 울음소리로 들리지 않았다. 특히 날이 밝아올 무렵에 들리는 울음소리는 아주 길고 그윽한 여운을 남기며 마음 깊은 곳을 울렸다. 나는 울음소리 속에 말로 설명하기 어려운 친밀함과 간절함이 담겨 있다고 느꼈다. 고통과는 비교할 수 없는 그런 친밀함과 간절함이었다. 한동안 나는 이런 울음소리야말로 이 세상에서 가장 감동적인 노래라고 생각했다. 그때 발견한 사실이지만 대부분의 사람들은 깊은 밤중에 세상을 떠났다.

당시에는 여름날의 더위가 정말 참기 어려운 수준이었다. 낮잠에서 깰 때마다 돗자리 위에 흘러나온 땀이 내 몸 형상을 그대로 그려놓은 것을 볼 수 있었다. 때로는 땀이 말라 피부에 하얀 거품처럼 달라붙어 있기도 했다.

한번은 나도 모르게 건너편에 있는 영안실 안으로 들어간 적이 있다. 무더운 날씨에 쨍쨍 내리쬐는 햇볕 속에 있다가 단 한 걸음에 시원한 달빛 아래로 들어온 기분이었다. 그때까지 수도 없이 영안실 입구를 지나쳤지만 안으로 들어간 것은 그때가 처음이었다. 영안실 안은 무척 시원했다. 이어서 나는 그 깨끗한 시멘트 침대 위에 누워보았다. 마침내 낮잠을 자기에 가장 이상적인 공간을 찾아낸 순간이었다. 그 뒤로 한 달 동안 하루 또 하루 무더운 오후가 되면 나는 영안실 시멘트 침대에 누워 편안한 냉기를 느꼈다. 때로는 꿈길에 빠져들어 신선한 꽃들이 만개한 광경을 즐기기도 했다.

나는 중국의 문화대혁명 속에서 성장했다. 당시의 교육은 나를 철저

한 무신론자로 만들었다. 나는 귀신의 존재를 믿지 않았고 귀신을 두려워하지도 않았다. 때문에 서늘한 영안실의 시멘트 침대 위에 눕는 것이 내게는 죽음을 의미하는 것이 아니라 여름 한더위 속에서의 시원하고 상쾌한 생활을 의미했다.

몇 번인가 난처한 때도 있었다. 내가 막 영안실의 시멘트 침대 위에 누워 잠이 들었을 때 갑자기 몹시 슬피 우는 소리가 들려온 것이었다. 그 소리에 잠이 깬 나는 순간 또 사망자가 발생했다는 것을 직감했다. 울음소리가 갈수록 가까워지는 가운데 영안실 시멘트 침대 위의 손님은 황망히 몸을 피해 다가오고 있는 임시 주인에게 자리를 비켜줘야 했다.

이는 내 유년 시절의 지난 기억이다. 성장하는 과정에는 때로는 잊기 힘든 일도 있는 법이다. 하지만 그 뒤로 이어지는 삶 속에서 나는 사람들을 전율시키는 이 아름다운 유년의 경험을 완전히 잊고 말았다. 무더운 여름날 오후, 나는 죽음을 상징하는 영안실 시멘트 침대 위에 누워 인간 세상의 시원한 숨결을 마음껏 느꼈던 것이다.

여러 해가 지난 어느 날, 나는 우연히 "죽음은 서늘한 밤이다"라는 하이네의 시구를 읽게 되었다.

그러자 오래전에 사라진 유년의 기억이 내 전율하는 마음속에서 순간적으로 되살아났다. 방금 목욕을 한 것처럼 맑고 뚜렷했다. 그리고 다시는 이 기억이 내 곁을 떠나지 않을 것만 같았다.

만일 문학에 정말로 신비한 힘이 존재한다면 나는 아마도 이런 것이 그 힘일 것이라고 생각한다.

어떤 독자로 하여금 다른 시대, 다른 나라, 다른 민족, 다른 언어, 다른 문화에 속한 작가의 작품 속에서 자신의 느낌을 읽을 수 있게 하는

힘 말이다. 하이네가 쓴 시가 바로 내가 유년 시절 영안실에서 낮잠을
잘 때의 느낌이었다.

나는 나 자신에게 말했다.

"이것이 바로 문학이다."

글쓰기 寫作

지난 일들을 돌이켜보면 나는 아직도 마음속에 두려움을 느낀다. 나는 20년 전의 내가 사실은 정신이 허물어지는 아슬아슬한 가장자리를 걸어온 것 같다는 생각이 든다. 나 자신이 끝장나는 꿈을 경험하지 않았다면, 기억이 되돌아오지 않았다면, 나는 지금까지도 줄곧 피비린내와 폭력이 난무하는 글쓰기에 파묻혀 정상적인 정신을 회복하지 못하고 있었을 것이다. 그랬다면 지금 이 순간 나는 베이징의 집에서 이렇게 이성적인 글을 쓰고 있지 못했을 것이다. 지금 이 순간의 나는 열악하기 그지없는 어느 정신병원 병상에서 거대한 암흑을 마주한 채 멍하니 앉아 있었을 것이다. 사실 삶과 글쓰기는 아주 간단할 때가 있다. 어떤 꿈 하나가 어떤 기억 하나를 되돌리면, 그다음에는 모든 것이 변하고 마는 것이다.

『뉴욕타임스 매거진』이 판카즈 미시라Pankaj Mishra를 초청하여 나에 관한 글을 쓰게 한 적이 있었다. 2008년 11월, 나의 이 인도 친구가 베이징에 왔다. 우리 두 사람은 때로는 따뜻한 실내에서 얘기를 주고받고 때로는 겨울의 차가운 바람 속을 걸으면서 대화를 나눴다. 우리는 또 서로 다른 맛을 자랑하는 여러 음식점을 찾아다니며 식사도 함께 했다. 채식주의자인 이 친구는 베이징을 떠나면서 나의 음식 주문 실력을 과장하여 칭찬했다. 내가 그에게 말했다. "내 재주는 아주 간단해요. 음식점에서 파는 채식 요리를 모두 주문하는 거죠."

고대 로마 시인 마티아누스는 "과거의 삶을 회상하는 것은 다시 한 번 사는 것과 같다"라고 말한 바 있다. 판카즈 미시라에게 감사의 뜻을 전하고 싶다. 그는 베이징에 머문 일주일 동안 내게 글쓰기에 관한 내 경험을 다시 한 번 생각할 수 있는 기회를 주었고 나를 '다시 한 번 살게' 해주었다.

"저의 글쓰기는 근원이 매우 멀고 깊어 물길의 흐름도 아주 깁니다." 나는 판카즈 미시라에게 이렇게 말했다. 이 말을 할 때 마음속으로 내가 무척 늙었다는 생각이 들었다. 최초의 글쓰기를 돌이켜 생각해보니 마치 다른 세계에서 온 것 같은 느낌이 들었기 때문이다. 이는 나와 같은 중국인 세대의 독특한 경험이기도 하다. 우리 중국인들은 불과 40년의 세월 동안 같은 영토 안에서 판이하게 다른 두 세계를 경험했던 것이다.

최초의 글쓰기를 되짚다보면 나의 생각은 그 오래된 작문 노트 위를 재빨리 스쳐 지나가 당시에 천지를 진동했던 대자보 위에 머물곤 한다. 초등학교 시절의 작문에 대해서는 굳이 말할 필요가 없다는 생각이 든다. 당시의 작문에는 독자가 단 한 명뿐이었다. 바로 몸이 바싹 마른 작문 선생님이었다. 나는 내 글쓰기를 대자보에서 시작하는 것이 더 바람직하다고 생각한다. 이는 내가 최초로 공개 발표한 작품이기 때문이다.

문화대혁명 시기에 사람들은 대자보를 쓰는 데 열을 올렸다. 오늘날의 사람들이 인터넷 블로그에 글을 쓰는 데 열을 올리는 것보다 더 심했다. 다른 점이 있다면 당시의 대자보는 천편일률이었고 기본적으로 『인민일보』의 글을 베끼는 데 불과했다는 것이다. 혁명의 언어와 공허한 구호들이 글 전체에 넘쳐흐르면서 처음부터 끝까지 멈추지 않았다. 하지만 오늘날의 블로그는 천태만상이다. 자신을 과장하면서 허풍을 떠는 것도 있고 서로를 비방하는 것도 있으며 비밀을 폭로하는 것도 있다. 격앙된 목소리로 외치는 것도 있고 일부러 꾸며낸 것도 있다. 사회적인 것도 있고 정치적인 것도 있으며 경제적인 것과 역사적인 것도 있다. 한마디로 말해서 있어야 할 것이 다 있다. 하지만 문화대혁명 시기의 대자보 쓰기와 오늘날 블로그 쓰기가 갖는 한 가지 공통점은 둘 다 자신의 존재 가치를 드러내기 위한 것이라는 점이다.

대자보는 내가 초등학교 시절에 가장 두려워하던 존재였다. 매일 아침 책보를 메고 학교에 갈 때면 내 두 눈은 몹시 긴장하며 길거리 담벼락에 새로 나붙은 대자보를 조심스럽게 훑었다. 나는 제목에 혹시 우리 아버지 이름이 나오지 않는지 살펴보았다.

우리 아버지는 외과의사인 동시에 공산당의 말단 간부이기도 했다. 문화대혁명 초기에 나는 간부인 내 친구 아버지들이 타도 대상이 되는 모습을 직접 목격했다. 죄명은 '자본주의 노선을 걷는 당권파'라는 것이었다. 당시 그들은 혁명 조반파로부터 온몸에 시퍼렇게 멍이 들도록 구타를 당한 다음 가슴에 커다란 목패를 달고 머리에는 종이로 만든 기다란 고깔모자를 써야 했다. 그런 모습으로 하루 종일 손에 빗자루를 들고 전전긍긍하면서 대로를 청소했다. 길 가는 사람들은 수시로 그들을 발로 차거나 얼굴에 침을 뱉었다. 그들의 자녀인 내 학교 친구들도 자연히 순망치한脣亡齒寒 격으로 끊임없이 다른 친구들로부터 모욕과 따돌림을 당해야 했다.

나이가 어렸던 나는 마음속에 항상 수심이 가득했고 갑자기 우리 아버지에게 이런 액운이 닥치지 않을까 걱정했다. 아버지의 액운은 곧 나의 액운이기도 했기 때문이다. 게다가 우리 아버지는 지주 집안의 이력을 갖고 있었다. 아버지는 일찍이 2백 무畝. 1무는 약 200평이다가 넘는 밭을 소유하고 있었기 때문에 영락없는 지주였다. 다행히 우리 할아버지는 일정한 직업 없이 빈둥거리던 건달이라 진취적인 생각이 없었고 그저 먹고 마시며 노는 것밖에 몰랐다. 그러다보니 매년 2~3무의 땅을 팔아 놀고먹는 자신의 생활비로 충당했다. 이렇게 기울어가던 집안은 1949년에 이르자 2~3백 무 정도 남아 있던 땅마저 전부 팔아야 하는 처지가 되었다. 이렇게 자신의 지주 신분마저 팔아버린 셈이었다. 그렇지 않았더라면 중국 전체가 해방되었을 때 할아버지는 총살의 운명을 피하지 못했을 것이다. 우리 아버지도 전화위복으로 지주의 아들이라는 오명을 벗어버릴 수 있었다. 물론 나와 우리 형도 할아버지의 건달 생활에 따른 격세의 수혜자가 되었다.

어쨌든 우리 아버지의 빛나지 않는 가문의 역사가 여전히 내 마음을 무겁게 짓누르고 있었다. 재수 없는 일은 언제든지 일어날 수 있었다. 어느 날 아침 일찍 형과 함께 학교에 가기 위해 책보를 등에 메고 집을 나선 나는 마침내 가장 걱정하고 두려워하던 대자보를 보게 되었다. 아버지의 이름이 대자보의 제목에 눈에 확 띄는 큰 글자로 적혀 있었다. 게다가 '도망친 지주'와 '주자파走資派 문화대혁명 당시 자본주의 노선을 걷는다는 혐의를 받아 타도 대상이 되었던 인물들을 말한다라는 두 가지 죄명이 붙어 있었다.

어렸을 때 겁이 무척 많았던 나는 이런 대자보를 보는 순간 틀림없이 얼굴이 새파랗게 질려버렸을 것이다. 나는 형에게 학교에 가지 못할 것 같다고, 집으로 돌아가 한동안 숨어 지내는 것이 좋겠다고 말했다. 하지만 형은 얼굴색 하나 바뀌지 않았고, 조금도 두렵지 않다면서 큰 걸음으로 학교를 향해 계속 걸어갔다. 형이 대담했던 것은 사실이지만 결국 형도 백 미터를 못 가서 발길을 돌려 집으로 돌아오고 말았다. 형이 내가 서 있는 쪽으로 되돌아오면서 말했다.

"젠장, 나도 학교에 못 가겠다. 이 형님도 당분간 숨어 있어야 할 것 같아."

그런 직후에 내가 서명한 첫번째 대자보가 탄생했다. 이해에 나는 초등학교 1학년이었고 우리 형은 초등학교 3학년이었다. 인생의 가장 낮은 골짜기로 떨어진 아버지는 스스로 정치극을 연출하기로 마음먹었다. 덕분에 가족 전체가 극도로 혁명화된 설을 보내야 했다. 섣달그믐 저녁, 다른 집들은 한 해 동안 덜 먹고 덜 입으면서 지독하게 절약한 끝에 마침내 푸짐한 설음식을 먹게 되었지만 우리 집은 '억고사첨반憶苦思甜飯'을 먹어야 했다. 이른바 '억고사첨반'이란 쌀겨와 야채를 섞어 함께 찐 다음, 둥글게 뭉쳐놓은 음식이었다. '쌀겨 경단'이라 불리기도 했던 이 음식은 구사회에서 아주 가난한 사람들이 먹던 것이었다. 우리가 설전날 저녁에 이런 음식을 먹는다는 것은 구사회의 고통을 회고하면서 신사회의 달콤함을 기리겠다는 의미를 암시했다.

나는 싱겁고 아무 맛도 없는 쌀겨 경단을 두 손에 받쳐 들고 조심스럽게 먹기 시작했다. 거친 쌀겨가 목구멍을 넘어가면서 식도가 상하지 않을까 하는 생각이 들었다. 나는 몹시 억울한 표정을 지으며 목이 너무 아프다고 말했다. 아버지가 짐짓 즐거운 표정을 지으면서 외과의사다운 어투로 말을 받았다.

"아파야 좋은 거야. 아프다는 것은 그만큼 억고사첨의 효과가 크다는 뜻이거든."

나와 형은 억울한 처지에 놓인 우리 아버지가 혁명 쇼를 연출하기 위해 섣달그믐을 좋은 기회로 선택했다는 사실을 알지 못했다. 며칠 후 아버지는 자신의 자백 자료에서 이 혁명화된 설날에 관해 자세히 기록

함으로써 마오쩌둥과 공산당에 대한 새빨간 충성심을 표현했다.

네 식구가 함께 쌀겨 경단을 다 먹고 나서 어머니가 상을 치운 다음 아버지는 식탁보다 더 큰 백지를 가져다가 온 가족과 함께 대자보를 쓰기 시작했다. 대자보의 주제는 '사심을 없애고 수정주의를 비판하자開私批修'는 것이었다. 즉 우리의 뇌 속에 박혀 있는 이기주의적인 사고와 수정주의 사상을 비판하자는 것이었다. 아버지는 오른손으로 먹을 쥐고 벼루에 가시면서 엄숙한 표정으로 우리를 향해 말씀하셨다.

"섣달그믐 저녁에 우리는 아주 진지하게 비평과 자아비판을 진행하고자 한다."

이 말에 나와 형은 기쁨을 감추지 못하며 신이 나서 서로 먼저 말을 하겠다고 나섰다. 둘 다 자아비판의 선두를 차지하기 위해 추호도 양보하려 하지 않았다. 아버지가 내게 먼저 말해보라고 하셨다. 형이 나보다 두 살이나 많기 때문에 이런 기회를 내게 양보하는 것이 당연하다고 말했다. 하지만 나는 눈만 깜빡일 뿐 무슨 말을 해야 좋을지 몰랐다. 잠시 동안 나의 이기주의적인 생각과 수정주의적인 사고를 찾을 길이 없었던 것이다. 옆에 있던 형이 다급하게 일어서면서 자기가 먼저 말하겠다고 했지만 아버지는 이를 허락하지 않으셨다. 대신 내가 제대로 말을 할 수 있도록 이끌어주시면서 방금 쌀겨 경단을 먹을 때 식도가 약간 아프다고 말한 것이 바로 이기주의가 작동한 것이라고 말씀하셨다. 나는 무거운 짐을 던 듯한 기분이었지만 여전히 걱정이 가시지 않았다. 내가 부모님께 물었다.

"그걸 수정주의적 사고라고 할 수는 없는 건가요?"

부모님은 잠시 상의하시더니 이것 또한 내 사상 깊은 곳에 있는 프티 부르주아 계급의 기풍이 사달을 내고 있다는 증거이며, 수정주의에는 이런 부르주아 계급의 요소가 충만하다는 결론을 내리셨다. 두 분이 고개를 끄덕이며 말씀하셨다.

"그렇다고 할 수 있지."

이기주의와 수정주의를 다 갖추고 있다는 말에 나는 안심했다. 이제 형이 발언할 차례였다. 형은 아주 오만한 태도로 발언을 시작했다. 한번은 자신이 길을 가다가 돈 2편分, 10편이 1자오이다을 주웠지만 선생님에게 드리지 않고 사탕 두 개를 사 먹었다고 했다. 부모님은 엄숙한 태도로 고개를 끄덕이시더니 형의 이런 행위는 방금 내가 말한 행위와 매우 유사한 것으로서 거기엔 이기주의와 수정주의가 다 담겨 있다고 말씀하셨다. 이어서 우리 어머니의 이기주의와 수정주의에 대한 비판투쟁이 이어졌고 그다음은 아버지 차례였다. 두 분 모두 이도 저도 아닌 사소한 잘못을 털어놓으셨고 나와 형은 크게 실망했다. 특히 아버지는 자아비판을 하시면서 '도망친 지주'와 '주자파' 혐의는 언급하시지 않았다. 이에 대해 형이 먼저 아버지에게 항의했다. 형의 태도는 대단히 진지하고 엄숙했다.

"아버지는 도망친 지주가 아니었나요?"

아버지는 무거운 표정으로 고개를 가로저으시면서 집이 해방 전에 이미 파산한 상태였기 때문에 토지개혁이 실행될 때는 이미 중농으로 분류되었다고 설명하셨다. 어머니도 옆에서 억울함을 호소하시면서 과거에 2백 무의 땅을 소유했던 사람이 아니었다면 우리 아버지 집안의 성분은 빈농으로 분류되었어야 했다고 말씀하셨다. 형이 여전히 엄숙한 태도로 오른손을 들고는 아버지한테 다시 물었다.

"마오 주석님을 향해 맹세하실 수 있어요? 지주가 아니었다고 말이에요."

아버지도 덩달아 엄숙한 표정으로 오른손을 들고 말씀하셨다. "마오 주석님을 향해 맹세하건대, 나는 결코 지주가 아니었다."

나는 이것으로 끝내지 않고 덩달아 아버지를 향해 반란을 일으켰다. "그럼 아버지는 주자파인가요?"

아버지는 이번에도 고개를 가로저으셨다. 당신은 해방 전에 이미 공산당에 참가했지만 줄곧 기술적 업무에 종사하면서 외과의사로 일해왔기 때문에 자본주의 노선을 걷는 당권파라고는 볼 수 없다는 설명이었다.

나는 형을 그대로 흉내 내며 오른손을 들어 말했다. "그럼 마오 주석님을 향해 맹세하실 수 있어요?"

아버지는 또다시 오른손을 들고 말씀하셨다. "마오 주석님을 향해 맹세할 수 있다."

이어서 우리 세 사람은 아버지가 중요한 문제는 피하고 사소한 문제만 고백해놓은 대자보 세 장을 읽었다. 이는 우리가 스스로를 비판하는 최초의 대자보였고, 게다가 섣달그믐 저녁에 쓴 것이었다. 아버지는 대자보를 다 쓰시고 나서 맨 밑에 당신의 이름을 적어넣고는 붓을 어머니에게 넘겨주셨다. 어머니도 이름을 적은 다음 붓을 형에게 넘겨주셨다. 나는 맨 마지막으로 이름을 적어넣었다.

이어서 우리는 대자보를 어디에 붙일까 하는 문제로 토론을 벌였다. 나는 우리 집 대문에 붙이자고 했다. 그래야 우리 이웃들이 우리가 섣달그믐 저녁에 한 위대한 행위를 알 수 있다는 것이었다. 형은 영화관

매표소 앞에 붙여야 한다고 주장했다. 그곳이 가장 많은 사람들이 대자보를 볼 수 있는 자리라는 것이었다. 부모님은 마음속으로 우리 이 두 철부지 개자식들을 호되게 질책했을 것이다. 두 분은 그저 쇼를 하고 당신들의 혁명정신과 정치적 각오를 드러내기 위해 대자보를 쓴 것이지, 결코 남들에게 이런 대자보를 읽히고 싶었던 게 아니었다. 게다가 이 섣달그믐의 대자보에는 아주 높은 실용적 가치가 있었다. 아버지의 자술 자료에 한 줄기 빛을 드리울 수 있는 대목이었던 것이다.

부모님은 마음속으로는 불만이 없지 않았지만 얼굴에는 여전히 아들들의 생각을 인정하는 표정을 보이셨다. 두 분은 고개를 끄덕이시며 나와 형의 생각이 아주 훌륭하다고 말씀하셨다. 문제는 대자보를 밖에 내다붙일 경우 우리 자신은 이 대자보를 아무 때나 볼 수 없다는 것이었다. 부모님은 강한 인내심을 발휘하면서 이 대자보가 우리 자신을 비판하는 것인 만큼 우리 집 안에 붙여놓고 수시로 스스로의 지난 과오를 반성하고 앞으로는 마오 주석님을 따라 영원히 정확한 노선을 걷는 계기로 삼아야 한다고 설명하셨다.

당시는 집이 병원 숙소로 이사하기 전이라 우리는 샹양눙向陽弄이라 불리는 골목 안에 있는 집에서 살고 있었다. 아주 커다란 집이었다. 집 한가운데에는 대나무를 철사로 엮어 세운 다음 그 위에 헌 신문지를 붙인 칸막이가 있었다. 부모님은 이 담장 안쪽에 있는 침대에서 주무셨고 나와 형은 바깥쪽 침대에서 잤다. 우리는 부모님의 말씀이 맞다고 판단하고는 대자보를 집 안에 붙이는 데 동의했다. 하지만 우리에게도 조건이 있었다. 안쪽에 있는 부모님의 침대 위에 붙일 것이 아니라 나와 형이 자는 침대 위에 붙여야 한다는 것이었다. 부모님은 흔쾌히 허락하셨다.

얼마 후 아버지는 농촌으로 하방下放되어 가셨다. 아버지는 약상자를 등에 지고 농촌 산간 지역으로 가서 농민들의 병을 치료해주셨다. 조반파가 우리 아버지가 하방된 것을 기억해내 다시 농촌으로 아버지를 잡으러 갔을 때는 이미 아버지를 찾을 수 없었다. 소박하고 진실한 농민들이 아버지를 숨기고 보호해주었던 것이다. 덕분에 아버지는 아주 운 좋게 문화대혁명 시기의 혁명폭력을 피할 수 있었다.

그 대단했던 대자보는 나와 형의 침대 위에 1년 남짓 붙어 있다가 회색 먼지가 가득 쌓이고 종이가 누렇게 바랜 채 찢어졌다. 나중에는 그 대나무 담장과 함께 침대 밑으로 쓰러졌다. 그 뒤로는 우리의 기억에서 사라지고 말았다. 맨 처음에는 매일 아침저녁으로 잠자기 전과 잠에서 깰 때 신성한 눈빛으로 우리의 삐뚤삐뚤한 서명을 한 번씩 바라보곤 했다.

5년이 지나 중학교에 들어간 나는 대규모로 대자보를 쓰기 시작했다. 그것도 맨 끝에 이름만 적는 것이 아니라 글 전체를 내가 직접 쓰는 식이었다. 문화대혁명 시기에 가장 유명한 글쓰기 집단은 베이징 대학과 칭화淸華 대학 출신들로 량샤오梁效, 문화대혁명 기간에 사인방을 지지하던 글쓰기 집단인 베이징 대학과 칭화 대학 대비판조의 필명으로서 칭화대 당위서기 츠췬遲群과 베이징 시 혁명위 부주임 셰징이謝靜宜가 조직했다. 이들은 린뱌오와 공자를 싸잡아 비판한 이른바 비림비공批林批孔 운동에 대해 『홍기紅旗』와 『인민일보』에 다수의 논문을 발표한 바 있다라는 필명을 사용했다. 두 학교라는 뜻의 '양교兩校'에서 음을 차용한 필명이었다. 나는 량샤오를 모방하여 친구 세 명을 끌어들여 글쓰기 집단을 조직하고 당시의 유명한 문화대혁명 영화인 〈춘묘春苗〉에서 필명을 차용했다.

때는 바야흐로 황솨이黃帥 사건1973년 베이징 하이뎬구海淀區 중관촌中關村 제1초등학교 5학년 여학생 황솨이가 쓴 "사도師道의 존엄에 반대한다"라는 내용의 일기가 사인방의 종용하에 『베이징일보』에 게재되어 수정주의 교육 노선을 공격하는 도화선으로 작용하면서 전국적으로 사도의 존엄을 파괴하는 운동으로 확대된 사건이 전국을 뒤흔들던 시기였다. 열두 살밖에 안 된 초등학생 황솨이는 일기에 자기 선생님을 비판하는 글을 썼다. "오늘 ○○가 교실 기율을 준수하지 않고 작은 말썽을 부렸다. 선생님은 그를 교단 앞으로 불러놓고 말했다. '난 정말 교편으로 네 머리를 후려치고 싶다.' 이는 적절치 못한 말이다. 교편은 학생들을 가르칠 때 사용하는 것이지 학생들의 머리를 때리는 데 쓰는 것이 아니다. 선생님이 학생들의 잘못을 인내심 있게 바로잡고 좀더 주의하라고 말을 해주는 게 좋을 것 같다." 선생님은 이 일기를 읽고 나서 분노가 폭발했다. 황솨이가 '선생님을 교단에서 끌어내리기 위해' 이런 일기를 쓴 것이라고 믿었다. 그 뒤로 약 두 달 동안 선생님은 끊임없이 황솨이를 비판하면서 다른 학생들에게 그녀와 어울리지 말라고 말했다. 고립무원의 처지가 된 황솨이는 『베이징일보』에 6백 자 분량의 편지를 써서 보냈다. 이 편지에서 그녀는 이렇게 말했다. "저는 홍위병으로서 당과 마오 주석님을 열렬히 사랑합니다. 단지 저의 마음속 생각을 일기에 적었을 뿐인데 선생님은 이를 붙잡고 놓아주지 않습니다. 아주 오랫동안 저는 밥도 제대로 못 먹고 밤에는 잠을 자다가 자주 악몽을 꾸고 놀라서 웁니다. 도대체 제가 무슨 심각한 잘못을 저지른 걸까요? 설마 우리 마오쩌둥 시대의 청소년들이 구시대 교육제도에서 강조하던 '사도의 존엄'이라는 노역 아래서 계속 노예처럼 살아야 하는 걸까요?" 1973년 12월 12일, 『베이징일보』에는 황솨이의 편지와 일기 복사본이

게재되었고 12월 28일에는『인민일보』제1면에 전문이 게재되는 동시에 편집자의 글이 덧붙었다. 그날 이른 아침, 중앙인민방송국의 '간추린 뉴스 및 신문 프로그램'에서도 이 보도를 비중 있게 다루었다. 황쇼이는 일시에 유명 인사가 되었고 전국 모든 인민이 다 아는 반조류의 영웅이 되었으며 전국의 초등학교와 중학교 학생들이 본받아야 하는 모범 인물이 되었다. 하지만 이런 상황은 그리 오래가지 않았다. 2년 뒤 마오쩌둥의 사망과 함께 '사인방'이 체포되고 말았던 것이다. 열여섯 살이 된 황쇼이는 한순간에 천당에서 지옥으로 추락하여 '사인방의 작은 발톱'으로 전락하고 말았다. 그녀를 비판하는 대자보가 천지를 뒤덮었고, 그녀의 부모도 곤경에 처했다. 그녀의 모친은 수십만 자에 달하는 조서를 써야 했고 부친은 체포, 투옥되는 수모를 당했다. 1981년이 되어서야 황쇼이의 부친은 간신히 복권되어 감옥에서 풀려날 수 있었다.

사실 그런 시대에는 한 개인의 운명을 결코 자기 것이라고 할 수 없었다. 모든 사람이 정치 상황의 파도에 따라 흔들렸고 자기 앞길에 행운이 기다리고 있는지 불행이 기다리고 있는지 아무도 알 수가 없었다.

1973년 말, 전국의 초등학교와 중학교 학생들이 궐기하여 사도의 존엄을 비판하는 조류가 일었다. 내가 글을 쓰고 '춘묘'라는 필명으로 서명한 대자보가 우리 중학교에 선풍을 일으켰다. 나도 한동안 우리 학교에서 집중적인 관심을 받으며 유명한 '홍필간자紅筆桿子'가 되었다. 이는 당시 민간에 유행한 용어로서 '홍'은 혁명의 색깔을 의미했고 '흑'은 반혁명의 색깔로 간주되었다. 이리하여 정치적으로 정확한 글을 쓰는 사람을 '홍필간자'라고 했고 정치적으로 잘못된 글을 쓰는 사람을 '흑필간자'라고 불렀다.

나와 세 명의 학교 친구들은 밤낮으로 쉬지 않고 붓을 휘둘러 글을 써댔다. 우리가 쓴 글에 담긴 혁명의 언어들은 전부 『인민일보』와 『저장일보』, 상하이의 『해방일보』 등에서 발췌한 것들이었다. 한 주도 안 되는 시간에 우리는 40장이나 되는 대자보를 써서 우리 중학교의 벽을 가득 메우는 동시에 학교 선생님들을 호되게 비판했다. 내가 유일하게 봐준 선생님은 국어 선생님이었다. 그분은 나와 개인적으로 관계가 좋았고 항상 남몰래 내게 담배를 한 개비씩 건네주시곤 했기 때문이다. 때로는 나도 아버지가 피우시는 담배를 훔쳐다가 이 선생님께 드리곤 했다.

당시는 노동자 계급이 모든 것을 이끌던 시대였다. 공장과 군대, 농촌을 제외하고 나머지 모든 기관과 직장에 노동자선전대가 파견되어 있었다. 우리 중학교에도 노동자선전대가 주둔하고 있었다. 노동자선전대의 대장이 당시 중학교의 최고 지도자였다. 내 기억에 갓 50을 넘긴 나이 든 노동자는 공책을 들고 다니며 우리의 대자보를 둘러보면서 그 위에 뭔가를 적어넣었다. 그러다가 우리와 눈빛이 마주칠 때면 얼굴 가득 환한 웃음을 보이면서 연신 우리를 칭찬하곤 했다.

"잘했어! 정말 훌륭해!"

당시 나는 우리 '춘묘' 집필 그룹이 짧은 시간에 쏟아낸 40장의 대자보가 그의 혁명적 성과물이 되고 있다는 사실을 알지 못했다. 현縣 혁명위원회 주임은 그를 대대적으로 표창했다. 그러면서 우리 중학교가 황쒀이의 반조류 정신을 학습하고 사도의 존엄을 비판하는 운동에서 현 전체를 통틀어 가장 앞서 가는 학교일 뿐만 아니라 성省 전체의 학교 가운데서도 가장 선진적인 사례라고 말했다.

이 노동자선전대 대장은 우리가 비판한 선생님들의 이름을 일일이 다 공책에 적어가다가 뜻밖에도 그 국어 선생님 이름만 없다는 사실을 발견해냈다. 노동자선전대 대장은 이에 대해 큰 불만을 나타내며 사도의 존엄을 비판하는 운동에 아직도 맹점이 있다는 판단을 내렸다. 그는 이 맹점을 자기 사무실로 불러 책상을 두드리면서 한 차례 호되게 질책한 다음 이 맹점이 학생들을 때리고 압력을 가했을 것이라고 우겨댔다. 그래서 그를 비판하는 대자보가 출현하지 않았다는 주장이었다.

우리 국어 선생님이 울면서 우리를 찾아오셨다. 나를 중학교 담장 밖으로 불러낸 선생님은 내게 담배 한 개비를 건네시더니 직접 불까지 붙여주셨다. 그런 다음 간절한 어투로 물었다.

"어째서 나를 비판하는 대자보는 쓰지 않은 거니?"

나는 선생님이 주신 담배를 피우며 대답했다. "선생님에게서는 존엄한 사도를 찾아볼 수 없거든요."

"어떻게 내게 사도가 없을 수 있어?" 국어 선생님의 어투가 몹시 다급해졌다. "위아래 할 것 없이 내 온몸이 사도의 존엄이란 말이다."

내가 말을 받았다. "선생님은 항상 저희 학생들에게 담배도 나눠주시고 언제나 우리 학생들 편이 되어주셨잖아요. 선생님한테서는 정말로 사도의 존엄을 느끼기 어려워요."

국어 선생님은 웃지도 못하고 울지도 못하는 기분으로 노동자선전대 대장이 자신을 어떻게 욕했는지 있는 그대로 내게 말해주는 수밖에 없었다. 그제야 어떻게 된 일인지 알게 된 나는 그날 저녁 그를 비판하는 대자보를 완성하여 다음 날 아침 일어나자마자 곧장 볼 수 있게 하겠다고 약속했다.

나는 약속을 잘 지키는 사람이라 저녁을 먹고 집필 그룹의 다른 세 친구를 불러내 교실에서 밤이 깊어 사방이 고요해질 때까지 함께 대자보를 썼다. 우리가 다른 선생님들에게 배정한 대자보는 한 장씩이었지만 이 국어 선생님에게는 특별히 두 장을 배정하여 가득 채워 썼다. 그런 다음 이 대자보 두 장을 국어 선생님 집 앞으로 가져갔다. 선생님이 깊은 잠에 빠져 있는 동안 우리는 대자보를 어디에 붙여야 할지 상의했다.

원래는 선생님 댁 문에 붙일 생각이었으나 문 하나에 위아래로 두 장의 대자보를 붙일 수 없어 문 왼쪽과 오른쪽에 한 장씩 붙일 수밖에 없었다.

다음 날 오전, 국어 선생님은 또다시 나를 슬그머니 학교 담장 밖으로 불러냈다. 고맙다는 말을 하려는 것인 줄 알았는데 알고 보니 나를 원망하기 위해서였다. 대자보를 집 문 앞에 붙이면 학교 노동자선전대 대장이 볼 수 없을 뿐만 아니라 이웃들의 웃음거리만 된다는 것이었다. 그러면서 선생님이 직접 제안을 하셨다. 자신을 비판하는 대자보를 노동자선전대 대장의 사무실이 있는 건물 벽에 붙이는 게 가장 바람직하다는 것이었다. 내가 고개를 끄덕이는 것을 보고서 선생님은 원망 어린 어투로 왜 다른 선생들의 대자보는 한 장씩인데 자신을 비판하는 대자보만 두 장이나 썼느냐고 물으셨다. 나는 이것이 선생님에 대한 예우의 수준을 높인 것이라고 설명했다. 그러자 선생님은 고개를 가로저으며 말씀하셨다.

"높이지 마. 평등, 평등이 최고란 말이다."

"알았어요." 내가 말했다. "저희가 고생이 좀 되더라도 대자보를 새로 쓰도록 할게요."

국어 선생님이 내게 다시 물으셨다. "우리 집 문 앞에 붙인 대자보는 어떻게 할래?"

내가 말했다. "댁에 돌아가시자마자 즉시 찢어버리세요."

"내가 어떻게 감히 대자보를 찢을 수 있겠니?" 국어 선생님은 버럭 소리를 질렀다가 이내 다시 목소리를 낮춰 말씀하셨다. "네가 직접 가서 찢도록 해라."

그런 다음 점심때 자기 집 문 앞에 가서 대자보를 찢을 때는 반드시 뭔가 한마디 해야 한다고 알려주셨다. 나는 점심때가 되면 모든 것이 선생님이 지시하신 대로 이루어질 테니 아무 걱정 하지 마시라며 고개를 끄덕였다. 선생님은 오른손을 주머니에 넣더니 담배가 반쯤 들어 있던 담뱃갑을 꺼내 한 개비를 내게 건네시고는 몸을 돌려 몇 발짝 가다가 다시 걸음을 멈췄다. 그러고는 고개를 돌려 담배가 반쯤 남은 담뱃갑을 통째로 내게 주셨다.

나는 국어 선생님께서 지시하신 대로 점심때 수업이 다 끝나기 전에 그를 비판하는 대자보를 완성하여 노동자선전대 대장 사무실이 있는 건물 벽에 붙였다. 그런 다음 '춘묘' 집필 그룹의 다른 세 친구들을 데리고 국어 선생님 댁 문 앞으로 가서는 큰 소리로 그의 이름을 불렀다. 선생님은 집 안에 있으면서도 일부러 머뭇거리며 밖으로 나오시지 않았다. 이웃 사람들이 전부 밖으로 뛰어나와 웅성거렸다. 그제야 선생님은 고개를 푹 숙이고 허리를 구부린 채 밖으로 나오셨다. 나는 오전에 선생님이 미리 가르쳐준 말을 그대로 인용하여 선생님을 질책했다.

"잘 들으세요. 우리가 사도의 존엄을 좀더 깊이 있게 비판한 대자보를 써서 학교 안에 붙여놓았습니다. 그러니 얼른 가서 읽어보세요."

선생님은 순순히 명령에 따르는 듯한 표정으로 얼른 학교 방향으로 달려가셨다. 우리는 선생님 댁 문 앞에 붙어 있던 대자보 두 장을 시원하게 찢어버렸다. 우리는 선생님의 이웃들에게 이 대자보가 충분히 깊이 있지 않기 때문에 찢는 것이고, 학교 안에 새로 쓴 대자보를 붙여놨으니 학교에 가서 한 번씩 읽어보라고 설명했다.

문화대혁명 시기 나의 이런 글쓰기는 고등학교 때까지 계속됐다. 그러다가 어느 날 갑자기 대자보 쓰기에 흥미가 싹 사라지고 말았다. 나는 연극 대본을 써보기로 마음먹었다. 이것이 바로 나의 첫번째 문학작품일 것이다. 나는 거의 한 학기를 들여서야 4천여 자에 달하는 단막극 원고를 완성했고, 여러 차례 수정을 한 다음 진지하게 원고지에 옮길 수 있었다. 연극의 내용은 당시 유행하던 이야기로 어떤 지주가 전국이 해방된 뒤에 재산을 전부 잃고 가슴속 불만을 해소할 수 없어 농촌의 사회주의 건설을 파괴하려다가 결국 가난하지만 지혜로운 농민들에게 산 채로 붙잡힌다는 것이었다.

당시 우리가 살던 작은 마을에 유명한 홍필간자가 한 명 있었다. 나이가 나보다 열몇 살이나 많은 사람이었다. 그는 현 문화관에서 발간하는 유인물에 문화대혁명을 칭송하는 시와 산문을 많이 발표하면서 유명해진 인물이었다. 한 친구의 소개로 나는 이 작은 마을의 명사를 만나는 행운을 얻었다. 나는 아주 공손한 태도로 내가 쓴 단막극을 그에게 보여주면서 비평과 가르침을 구했다.

며칠 후 내가 다시 그를 찾아갔을 때 그는 이미 내 단막극을 다 읽은 뒤였다. 게다가 마지막 페이지에 붉은 펜으로 평가도 적어놓았다. 그는 원고를 내게 돌려주면서 대단히 오만한 표정을 짓고 자신의 생각은 맨 마지막 쪽에 다 들어 있으니 더 긴 말은 하지 않겠다고 했다. 그러면서 한 가지만 강조하자면 내 극본에 인물들의 심리묘사가 없었다고 덧붙였다. 다시 말해 인물의 독백이 없다는 뜻이었다. 아울러 그는 독백이 극본 창작에서 가장 중요한 부분이라고 설명했다.

내가 작별 인사를 건네려 하자 그는 자신이 얼마 전에 완성했다는 3막짜리 극본을 꺼내서 보여주었다. 주제는 나와 마찬가지로 지주가 나쁜 짓을 하다가 가난한 농민들에게 들킨다는 것이었다. 그는 두꺼운 원고 뭉치를 내게 건네주면서 자신이 극본에서 독백을 어떻게 썼는지 유심히 살펴보라고 특별히 강조하며 자아도취식으로 말했다.

"특히 지주의 독백 부분을 정말 생동감 넘치게 썼지."

그의 원고와 나의 원고를 조심스럽게 받쳐 들고 집으로 돌아온 나는 먼저 내 극본에 대한 그의 평을 자세히 읽어보았다. 대부분이 비판 일색이었고 맨 마지막에 문체가 비교적 유창하다는 칭찬 한마디가 붙어 있을 뿐이었다. 이어서 나는 그의 극본을 유심히 읽어보았다. 그가 쓴 것도 그리 대단할 건 없었다. 그가 그렇게도 자화자찬하던 지주의 독백 부분도 일부 지주들이 마음속으로 사회주의의 교조화된 언어를 어떻게 파괴할지 생각하고 있는 것에 불과했다. 그가 말한 생동감 넘치는 독백이란 지저분한 욕설이 섞여 있는 부분을 말했다. 이것이 바로 그 시대 글쓰기의 표준이었다. 노동자와 농민은 절대로 더러운 욕설을 입 밖에 내지 않고 지주와 우파, 반혁명분자 들만 더러운 언어를 입에 담는다는 것이었다. 그러나 그를 칭찬할 부분은 분명히 있었다. 어쨌든 그는 작은 마을의 명사였다. 나도 예의를 갖추기 위해 붉은 펜으로 그의 3막짜리 연극 대본 마지막 페이지 여백에 대충 몇 마디 평을 적어넣었다. 내 평은 기본적으로 찬양 일색이었고 특히 지주의 독백에 대해서는 두말 않고 칭찬을 늘어놓았다. 이처럼 훌륭하고 알찬 독백은 이 세상 어떤 극본에서도 찾아볼 수 없을 것이라고 했다. 하지만 맨 마지막에는 스토리의 전개에 긴장감이 부족하다는 비판도 잊지 않았다.

내가 극본 원고를 돌려줄 때 그의 눈빛에는 내게서 숭배와 존경이 담긴 평을 기대하는 기색이 역력했다. 내가 듣기 좋은 말을 몇 마디 하자 그는 헤헤 하고 웃었다. 그러고는 곧 화를 냈다. 내가 극본 맨 마지막 페이지 여백에 쓴 평을 읽은 것이었다. 그는 화난 표정으로 내게 버럭 소리를 질러댔다.

"네놈이 감히 내 극본에 평을 달아?"

나는 어찌해야 좋을지 몰랐다. 나의 답례가 그의 분노를 자극하리라고는 꿈에도 생각지 못했기 때문이었다. 나는 다소 겁먹은 표정으로 말을 받았다. "형님도 제 극본에 평을 다셨잖아요."

"이런 젠장!" 그가 또 버럭 소리를 질렀다. "네놈이 뭔데? 그리고 내가 누군데?"

확실히 그랬다. 그는 명사였고 나는 무명의 애송이에 지나지 않았다. 그는 내 평의 마지막 한 구절을 읽고는 천둥처럼 폭발해버렸다. 그는 발을 들어 나를 걷어차면서 버럭 소리를 질렀다.

"네놈이 정말 세상 물정을 모르는구나. 감히 내 이야기에 긴장감이 부족하다고 말하다니."

나는 재빨리 뒤로 두 걸음 물러서서 그에게 나의 평에는 존경과 칭송의 말도 함께 담겨 있다는 것을 일깨워주었다. 그는 고개를 숙이고 내가 지주의 독백에 관해 쓴 과장과 허풍 섞인 평을 계속 읽어내려갔다. 그의 분노가 눈에 띄게 가라앉았다. 그는 의자에 앉으면서 내게도 앉으라고 권했다. 그런 다음 진지하게 나의 평을 다 읽고 나서는 평정을 되찾았다. 그러고는 또다시 불평을 늘어놓기 시작했다. 그는 내가 붉은 펜으로 평을 적어놓았기 때문에 더이상 다른 사람들에게 원고를 보여줄 수 없게 되었다고 툴툴댔다. 나는 그에게 마지막 장을 찢어버리고 극본의 결말 부분을 새 원고지에 다시 쓰는 게 어떻겠냐고 건의했다. 그러면서 원한다면 내가 대신 베껴줄 수도 있다고 말했다. 그가 손사래를 치며 말했다.

"됐어. 내가 직접 쓰는 게 낫겠어."

이내 그의 얼굴에 자신감에 찬 뿌듯한 웃음이 번졌다. 그러더니 내게 무척 비밀스러운 어투로 현 문화관의 창작 간부 두 명이 자신의 극본을 읽고 나서 조수潮水와 같은 호평을 늘어놓았다고 말했다. 나는 마음속으로 그 두 사람이 어떻게 조수와 같은 호평을 내릴 수 있었는지 생각해보았다. 하지만 얼굴에는 아주 잘됐다는 표정을 지어 보였다. 그는 비밀스럽게 얘기를 계속했다. 현재 현 문화관의 노동자선전대 대장이 극본을 심사하고 있는데 일단 통과되기만 하면 현의 마오쩌둥사상선전대에서 이 연극을 연습하여 현 극장에서 5장場을 공연한 다음 성도로 가서 군중문예회에서 거행하는 연극대회에 참가할 수 있게 된다고 말했다.

이 작은 마을 명사의 이런 자신감 넘치는 표정은 며칠밖에 유지되지 못했고, 그 뒤로는 아주 고약하고 재수 없는 삶이 이어졌다. 당시 현 문화관 노동자선전대의 대장은 나이가 아주 많고 초등학교만 졸업해 문화수준이 낮은 사람이었다. 그는 극본에 있는 지주의 독백 부분을 읽고 나서 단번에 이 마을의 명사를 사회주의 건설을 파괴하려는 반혁명분자로 규정해버렸다. 노동자선전대 대장은 지주의 마음속 독백을 필자의 속마음으로 간주했다.

내 친구의 형인 이 명사는 너무나 억울해 노동자선전대 대장을 찾아가 그것은 지주의 독백이지 자신의 독백이 아니라고 해명했다. 그러자 노동자선전대 대장이 손으로 두꺼운 극본 원고를 두드리며 말했다.

"이 지주가 마음속으로 생각하고 있는 것들이 전부 자네가 쓴 것이 아니란 말인가?"

"제가 쓰긴 했지요." 그는 해명을 계속했다. "하지만……"

"자네가 이런 글을 썼다는 것이 바로 마음속으로도 이렇게 생각하고 있다는 증거야." 노동자선전대 대장은 이처럼 단호하게 말하면서 더이상 그에게 해명할 기회를 주지 않았다.

마을의 명사는 하룻밤 사이에 '홍필간자'에서 '흑필간자'로 전락하고 말았다. 그 뒤로 2년 동안 그는 현행 반혁명분자의 신분으로 우리 중학교에서 공개 비판대회가 열릴 때마다 구령대에 자주 모습을 드러냈다. 가슴에 죄명이 적힌 커다란 목패를 달고 고개를 푹 숙인 채 전전긍긍하는 모습이었다.

그가 구령대 위에 서 있는 모습을 볼 때마다 나도 목 뒤가 서늘해지는 것을 느끼면서 마음속으로 놀라움과 두려움에 떨어야 했다. 다행히 내 극본에 등장하는 지주는 마음속 독백이 없었다. 또 내가 그의 극본 맨 뒤에 적어놓은 지주의 독백을 칭찬하는 평은 찢어져 없어졌다. 그렇지 않았더라면 공개 비판대회 구령대 위에는 내 자리도 마련되어 있었을 것이다.

당시 우리 중학교 운동장에서는 해마다 몇 차례씩 공개 비판대회가 열려 살인범과 강간범 같은 범죄자 한 명 또는 여러 명을 공개적으로 심판했다. 이런 비판대회가 열릴 때면 반드시 지주나 우파, 반혁명분자 들을 골라 들러리로 함께 참가하게 했다. 이들 들러리들도 가슴에 글자 하나가 적힌 커다란 목패를 달고 똑같이 커다란 목패를 단 범인들 양쪽에 나란히 서 있어야 했다. 범인들은 오랏줄에 꽁꽁 묶여 있는 데 비해 지주나 우파, 반혁명분자 들은 묶여 있지 않았다. 이것이 범인과 들러리를 구별하는 표시였다. 지주와 우파, 반혁명분자 들이 비판대회마다 다 참가해야 하는 것은 아니었지만 이 명사는 유일한 예외였다. 아마도 그가 명사였기 때문인 것 같았다. 그는 공개 비판대회가 열릴 때마다 가슴에 목패를 달고 고개를 푹 숙인 채 운동장 구령대에 올라야 했다. 게다가 그의 자리는 항상 맨 오른쪽으로 고정되어 있었다. 그는 우리 마을에서 열리는 모든 공개 비판대회의 수석 들러리인 셈이었다.

몇 해가 지나 내가 정식으로 소설을 쓰기 시작했을 때 부모님은 나의 운명을 몹시 걱정하셨다. 문화대혁명 시기의 경험이 그분들에게 아들이 어느 날 갑자기 흑필간자로 몰리지는 않을까 하는 우려를 심어주었던 것이다.

판카즈 미시라는 눈이 아주 밝았다. 그는 넉넉한 지혜를 갖춘 사람이었다. 그는 항상 조용하게 미소 짓고 있었다. 가끔 크게 웃을 때도 조용하기는 마찬가지였다. 우리는 두 가지 기억의 낚시꾼들로서 세월의 강가에서 지난 일들이 바늘에 걸리기를 기다리고 있었다.

이어서 우리 대화의 화제는 내 최초의 치과의사 생활과 그 뒤의 소설

창작으로 이어졌다. 30년 전에 나는 중국 남부의 작은 마을 병원에서 치과의사로 일하고 있었다. 손에 강철로 된 집게를 들고 매일 여덟 시간씩 사람들의 치아를 뽑았다. 나는 하루 종일 남들이 입을 벌리고 있는 모습을 바라보아야 했다. 그곳은 이 세상에서 가장 볼 것이 없는 공간이었다. 나는 판카즈 미시라에게 내가 이런 일을 무려 5년 동안이나 했고 직접 뽑은 치아가 만 개도 넘는다고 말해주었다.

내 나이 스무 살이 갓 넘었을 때였다. 오후 휴식시간이 되면 항상 거리가 내려다보이는 병원 창가에 서서 눈 아래 펼쳐지는 소란스러운 거리의 풍경을 바라보며 두려움에 떨었다. '내가 이 자리에 평생을 서 있을 수 있을까?'

바로 그 순간에 나는 소설을 쓰기 시작했다. 창가에 서면 항상 현 문화관에서 일하는 사람들이 할 일이 없어 한가하게 거리를 오가는 모습을 볼 수 있었다. 나는 그들이 몹시 부러웠다. 한번은 문화관에서 일하는 어떤 사람에게 물어보았다.

"왜 일을 안 하세요?"

그가 대답했다. "우리에겐 이렇게 거리를 이리저리 왔다 갔다 하는 게 바로 일이야."

나는 마음속으로 그런 일이라면 나도 좋아한다고 생각했다.

나의 가장 큰 바람은 현 문화관에 들어가 일하는 것이었다. 큰길을 한가하게 오가면서 빈둥빈둥 노는 것이 일이라니, 이렇게 아름다운 직업은 문화관 말고는 아마도 천당에나 가야 있을 거라는 생각이 들었다. 당시의 중국에서는 개인에게 자신의 직업을 선택할 권리가 주어지지 않았다. 직업은 전부 국가가 분배해주었다. 고등학교를 졸업했을 때 국가는 내게 치과의사라는 직업을 분배해주었다. 내가 치과의사라는 직업을 포기하고 문화관에 가서 한가하게 빈둥대는 일을 하려면 역시 국가의 허락을 받아야 했다. 게다가 먼저 자신이 문화관에 들어갈 자격을 갖추고 있다는 것을 증명해야 했다. 일반적으로 문화관으로 들어가는 앞날이 아름다운 길에는 세 종류가 있었다. 그 가운데 하나는 작곡이고 둘째는 회화, 그리고 나머지 하나가 글쓰기였다. 나로 말하자면 작곡이나 회화는 둘 다 처음부터 새로 시작해야 했다. 나는 뭔가를 배우는 데는 영 젬병이었다. 고등학교에 다닐 때는 수업 시작을 알리는 종소리와 끝을 알리는 종소리를 구별하지 못했다. 항상 수업이 끝났음을 알리는 종소리를 듣고서야 교실로 들어가 수업할 준비를 하곤 했다. 당시 나는 아는 한자도 그리 많지 않았다. 하지만 글쓰기에는 여전히 문제가 없었다. 여러 해가 지나 중국의 비평가들은 나의 언어 서술이 매우 간결하다고 칭찬하곤 했다. 그럴 때면 나는 농담으로 이렇게 말했다.

"그건 내가 아는 한자가 많지 않기 때문입니다."

나중에 나의 작품이 영어로 번역, 출판되자 미국의 한 문학 교수는 영어로 번역된 나의 언어가 마치 헤밍웨이의 언어 같다고 말했다. 나는 내 농담을 미국으로 수출하여 이 교수에게 이렇게 말했다.

"헤밍웨이도 아는 영어 단어가 그리 많지 않았나보군요."

농담이긴 하지만 나름대로 일리 있는 말이었다. 인생은 종종 이렇다. 때로는 단점에서 출발한 것이 갈수록 장점이 되기도 하고 때로는 장점에서 출발한 것이 갈수록 단점이 되기도 한다. 마오쩌둥의 말을 빌리자면 "좋은 일이 변해 나쁜 일이 되고, 나쁜 일이 변해 좋은 일이 된다"라고 할 수 있다. 방금 한 농담을 계속하자면 나와 헤밍웨이는 마오쩌둥이 말한 것 중 나쁜 일이 좋은 일로 변한 경우에 속할 것이다.

스물두 살 무렵, 나는 한편으로는 사람들의 이를 뽑으면서 한편으로는 글쓰기를 시작했다. 이를 뽑는 것은 생계를 위해서였고, 글쓰기는 나중에 더이상 이를 뽑지 않기 위해서였다. 맨 처음에는 글을 한 자 쓰는 것이 치아를 하나 뽑는 것보다 더 힘들었다. 하지만 천국 같은 문화관에 들어가기 위해서는 나 자신을 채찍질하며 계속 써나가는 수밖에 없었다. 당시 나는 아직 젊었기 때문에 나의 엉덩이와 의자 사이에 깊고 두터운 우호관계를 쌓는 것이 결코 쉬운 일이 아니었다. 주말만 되면 창밖의 햇빛이 너무나 밝고 아름다워 보였고, 새들은 마음껏 날아다녔으며 도처에 아가씨들의 웃음소리가 울려 퍼졌다. 나와 같은 나이의 사람들은 모두 밖으로 놀러 나갔지만 나는 혼자 마른나무처럼 탁자 앞에 앉아 장인이 쇠를 다루듯 아주 힘들게 한 자 한 자 딱딱한 한자를 써내려갔다.

나중에 젊은이들이 종종 내게 묻곤 했다. "어떻게 해서 유명한 작가가 될 수 있었나요?"

나의 대답은 하나이다. 바로 '글쓰기' 덕분이었다. 글쓰기는 경험과 같다. 혼자서 뭔가 경험하지 않으면 자신의 인생을 이해할 수 없다. 마찬가지로 직접 써보지 않으면 자신이 무엇을 쓸 수 있는지 알지 못한다.

나는 1980년대 초의 나날이 몹시 그립다. 문화대혁명이 막 끝나고 10년 동안 간행이 금지되었던 일부 문학잡지가 복간되었고 전보다 훨씬 더 많은 문학잡지들이 새로 쏟아져 나왔다. 문학잡지라는 것이 거의 없던 중국이 갑자기 천 종이 넘는 문학잡지를 가진 중국으로 변했다. 이리하여 대량의 문학 지면이 굶주린 아기처럼 한꺼번에 엄마 젖을 기다리고 있었다. 당시에 이미 작품을 발표한 경험이 있는 작가들도 물론 있었다. 하지만 유명한 작가이건 아직 이름이 없는 작가이건 간에 그들이 써내는 글을 전부 게재한다 해도 그렇게 많은 지면을 다 채우기는 어려웠다. 때문에 거의 모든 편집자들이 진지하고 자유롭게 투고 원고를 읽기 시작했다. 일단 좋은 작품을 발견하면 서로 돌려가며 편집부 전원이 흥미진진하게 탐독했다.

나는 이처럼 문학 지면과 문학작품의 공급과 수요 관계가 완전히 뒤집힌 아름다운 시대에 적극 호응했다. 작은 마을의 치과의사였던 나는 잘 아는 문학잡지 편집자가 한 명도 없었다. 아는 것이라고는 잡지사 주소뿐이었다. 나는 우편으로 내가 쓴 단편소설을 여러 문학잡지에 보내는 수밖에 없었다. 당시에는 우편으로 원고를 보낼 때 돈이 들지 않았다. 편지봉투의 한쪽 모퉁이를 잘라 '우정자비郵政資費'특정 규격과 내용물의 우편요금을 특약기관에서 한꺼번에 부담하는 제도임을 표시하면 잡지사에서 우편요금을 일괄하여 대납했기 때문이다. 또한 문학잡지에서 내 단편소설을 반려할 경우에는 다시 반송해주었다. 이렇게 반송된 원고를 받고 내가 가장 먼저 취하는 행동은 편지봉투를 잘 뜯어 뒤집은 다음 다시 풀로 붙여 새 봉투를 만들고 그 위에 다른 문학잡지의 주소를 적는 것이었다. 그런 다음 그 봉투를 다시 우체통에 넣었다. 물론 한쪽 귀퉁이를 잘라내는 것도 잊지 않았다.

그 시기에 내가 쓴 단편소설 몇 편은 이렇게 공짜로 중국 각 도시를 여행했다. 이런 원고들은 끊임없이 내 곁으로 다시 돌아왔고 나는 끊임없이 다시 발송했다. 내 원고가 가본 도시들은 내가 20여 년 동안 가본 도시보다 훨씬 많았다. 반송되는 원고는 항상 두툼하고 무거운 편지봉투에 담겨 있었다. 당시 우리 집에는 작은 마당이 하나 있었다. 우체국 집배원은 매번 반송된 원고를 담장 밖에서 안으로 집어던졌다. 두툼한 원고 봉투가 마당에 떨어질 때면 아주 큰 소리가 났다. 집 안에 앉아 계시던 아버지는 몸을 일으켜 마당에 나가실 필요도 없이 밖에서 날아 들어온 것이 무엇인지 알 수 있었다. 아버지는 내 이름을 부르시면서 큰 소리로 말씀하셨다.

"원고 돌아왔다!"

오래지 않아 문학 지면과 문학작품의 수요 공급 관계는 또 다른 방향으로 변화하기 시작했다. 유명 작가들과 아직 이름이 알려지지 않은 작가들이 봄이 되면 꽃이 피듯이 갈수록 많아지면서 문학잡지의 지면도 더이상 젖을 기다리는 젖먹이가 아니었다. 눈 깜짝할 사이에 아름다운 아가씨로 성장하여 광풍 같은 격렬한 경쟁 목표가 된 것이다. 아울러 문학 역시 찬란하게 빛나던 정점에서 점차 내리막길을 걷기 시작했다. 아름다운 세월은 한순간에 사라졌다. 잡지사도 더이상 우편요금을 일괄 지불하는 부담을 떠맡으려 하지 않았고 줄줄이 공고를 발표하여 작가들이 기고를 할 때는 우편요금을 직접 부담해야 하며 잡지사는 더이상 원고를 반송할 책임을 지지 않는다고 밝혔다.

『베이징문학』은 내가 처음으로 방문한 잡지사였다. 커다란 건물 안에 벽을 따라 사무용 탁자가 가득 들어차 있고 편집자들은 그곳에 조용히 앉아 원고를 읽고 있었다. 그들의 탁자 위에는 이름을 알 수 없는 작가들의 원고가 산더미처럼 쌓여 있었다. 나는 그들이 가위로 원고가 든 봉투를 열어 안에 든 원고를 꺼내 자세히 읽는 모습을 바라보았다. 당시는 아직 내가 작품을 발표하기 전이었다. 내 단편소설이 계속 발표되기 시작한 이듬해에 내가 몇몇 잡지사의 편집부를 찾았을 때는 내 눈앞에 처음과 완전히 다른 광경이 펼쳐졌다. 테이블 위의 원고 봉투에는 하나같이 편집자들의 이름이 쓰여 있었다. 하나같이 편집자가 아는 작가들이 보내온 원고였던 것이다. 무명 작가들의 원고는 편지봉투도 뜯지 않은 채 무더기로 폐지함에 던져졌고 폐품을 수집하는 사람들이 가져다가 폐지로 팔았다. 폐지로 팔려간 원고는 제지공장에서 섬유로 분해되어 새로운 종이로 재탄생됐다. 그때 나는 더이상 투고된 원고를 진지하게 읽어주는 편집자가 없다는 사실을 알게 되었다.

그때 이후로 글쓰기를 매우 좋아하는 젊은이가 아무리 재능이 뛰어나고 아무리 우수한 작품을 쓴다 해도 문학잡지의 편집자를 알지 못하는 한 발표나 출판 기회를 잡기가 무척 힘들어졌다. 이처럼 잔혹한 현실은 아주 오랫동안 지속되었다. 그러다가 인터넷 문학이 생겨나면서 마침내 새로운 발표방식으로 재능 있는 젊은이들이 흙을 뚫고 싹을 틔울 수 있었다.

맨 처음의 상황을 돌이켜보면 나는 내가 그 아름다운 시대의 마지막을 장식할 수 있었던 것이 커다란 행운이라는 생각이 든다. 만일 내가 2년 정도 늦게 소설을 쓰기 시작했더라면 어느 편집자가 산처럼 쌓여 있는 투고 원고 더미 속에서 내 작품을 찾아내주기를 기대하기 어려웠을 것이다. 그랬다면 지금 이 순간의 나는 여전히 중국 남부의 작은 마을 병원에서 손에 강철 집게를 들고 하루에 여덟 시간씩 사람들의 이를 뽑고 있었을 것이다.

내 운명을 바꿔놓은 것은 1983년 11월에 걸려온 한 통의 전화였다.

내가 살던 마을이 막 겨울로 접어들었을 무렵이었다. 이날 오후 퇴근 시간이 다가올 때쯤 아주 먼 곳에서 걸려온 전화가 나를 찾았다.

당시 우리 병원에는 전화가 한 대밖에 없었고, 그것도 1층에 있는 등기실 안에 놓여 있었다. 손으로 돌려 교환수를 통해 연결되는 전화였다. 게다가 우리 현에는 전화교환기가 현 우체국에 딱 한 대밖에 없었다. 우리 병원의 등기를 관장하고 있는 직원은 이 전화를 받자마자 큰길을 가로질러 와 내가 일하는 진료실 창문에 대고 큰 소리로 내 이름을 불렀다. 나를 찾는 전화가 왔다는 것이었다.

아래층으로 내려가면서 나는 마을 친구가 저녁에 카드놀이나 하자고 건 전화려니 생각했다. 하지만 전화를 받자 우전국 교환수 아가씨의 목소리가 들렸다. 그녀는 내게 베이징에서 온 장거리전화라고 알려주었다. 그 순간 심장이 미친 듯이 뛰기 시작했다. 곧 위대한 일이 벌어질 것 같은 예감이 들었다.

당시에는 장거리전화를 연결하려면 얼마간 기다려야 했다. 우리 현 교환수 아가씨가 내게 베이징에서 온 장거리전화라고 말했을 때 나는 이 전화가 방금 상하이까지 연결됐고 한겨울의 전화선을 따라 내가 사는 작은 마을로 오는 길이라 아직 몇 번은 더 길이 막힐 것이라고 추측했다. 나는 전화기를 들고 거의 반 시간이나 기다렸다. 내가 희망으로 가득 찬 기분으로 초조하고 불안하게 전화가 연결되기를 기다리는 동안 우리 마을에서 걸려온 전화 몇 통이 병원에서 일하는 다른 동료들을 찾았다. 나는 잔뜩 화가 나서 전화기에 대고 상대방에게 엄숙하게 말했다.

"이 전화기로 전화하면 안 됩니다."

전화기 저쪽에서는 의아하다는 목소리가 들려왔다. "왜요?"

내가 말했다. "지금 중국공산당 중앙에서 오는 전화를 기다리고 있단 말입니다."

마침내 베이징에서 온 장거리전화가 연결되었다. 저우옌루周雁如의 목소리가 들려왔다. 그녀는 1980년대 초기 『베이징문학』의 실질적인 주간이었다. 저우옌루가 전화로 건넨 첫마디는 아침에 출근하자마자 이 장거리전화를 걸기 시작해서 곧 퇴근할 시간이 되어서야 연결되었다는 것이었다. 그녀가 말했다.

"실망했어요. 내일 계속 장거리전화를 걸려고 했는데 이렇게 연결될 줄 몰랐네요."

나는 그때 들은 그녀의 목소리를 영원히 잊을 수 없다. 말하는 속도는 그리 빠르지 않았지만 그녀가 몹시 급하게 말을 하고 있다는 느낌이 들었다. 그녀의 목소리는 아주 청초하고 정확했다. 그녀는 내가 『베이징문학』에 보낸 단편소설 세 편을 전부 발표할 생각인데, 그 가운데 한 편은 수정이 약간 필요하다고 말했다. 그러면서 내게 곧장 베이징으로 와주었으면 좋겠다고 했다. 교통비와 숙박비는 『베이징문학』에서 전액 부담할 것이라고 말했다. 이는 내게 가장 큰 문제였다. 당시 내 한 달 월급은 36위안에 불과했기 때문이다. 그녀는 또 내가 원고를 수정하는 기간에 매일 출장보조금도 지급한다고 알려주고 나서 마지막으로 『베이징문학』 주소가 시창안가西長安街 7호라고 알려주었다. 베이징역에서 10번 버스를 타고 오면 된다는 설명도 잊지 않았다. 사실 그녀는 그것이 나의 첫번째 장거리 여행이라는 사실을 알지 못했다. 하지만 그녀는 그날 아주 인내심 있게 자세히 설명하면서, 마치 어린아이에게 뭔가를 알려주듯이 세세한 부분까지 친절하게 가르쳐주었다.

전화기를 내려놓은 나는 다음 날 곧장 장거리버스를 타고 상하이로 가서 다시 기차를 타고 베이징으로 가기로 결심했다. 하지만 나는 곧장 어려운 문제에 봉착하고 말았다. 병원장에게 뭐라고 말하고 휴가를 얻느냐 하는 문제였다. 아무래도 내가 베이징에 가는 것을 순순히 허락해줄 것 같진 않았다. 내가 소설을 쓰고 있다는 사실을 아직 모르기 때문이었다. 남의 이를 뽑던 사람이 갑자기 소설 원고를 수정하기 위해 베이징으로 간다고 말하는 것은 완전히 『아라비안나이트』 같은 이야기였다. 나는 직접 찾아가서 휴가를 신청하지 않고 그냥 휴가신청서를 쓰기로 했다.

저녁이 되어 나는 나와 똑같이 이를 뽑는 동료의 집을 찾아가 휴가신청서를 내밀면서 내일 아침 출근하는 대로 병원장을 찾아가 대신 제출해달라고 부탁했다. 그때쯤 나는 이미 상하이로 가는 장거리버스에 타고 있을 것이기 때문에 원장이 허락하지 않는다 해도 소용이 없었다. 생쌀이 이미 잘 익은 밥이 되어 있을 터였다.

하지만 함께 이를 뽑는 동료는 소심해서 감히 내 휴가신청서를 원장에게 제출하지 못한다고 했다. 원장에게 미움을 살 것이 두려웠던 것이다. 그는 내가 직접 가서 제출해야 한다고 거듭 말했다. 나는 그에게 베이징에 가서 원고를 수정하고 올 때 그 유명한 베이징 과포果脯와 서태후가 즐겨 먹던 복령협茯笭夾 떡을 사다주겠다고 했다. 내 동료는 베이징 과포와 복령협 떡이라는 말만 듣고도 침을 꿀꺽 삼켰다. 당시에 그것은 누구나 말만 들어도 침을 흘리는 맛있는 간식거리였다. 그는 유혹을 이기지 못하고 결국 다음 날 내가 장거리버스에 올라탄 뒤에 내 휴가신청서를 병원장에게 제출해주기로 약속했다. 나의 계획은 무사히 성공했다. 이는 오늘날의 말로 표현하자면 뇌물수수였고, 문화대혁명 시기의 말로 표현하자면 '당의포탄糖衣砲彈' 뇌물처럼, 사람을 끌어들여 나쁜 짓을 하게 만드는 수단이었다.

이리하여 26년 전에 나는 처음으로 베이징에 가서 거의 한 달가량 체류했다. 저우옌루는 내게 소설의 결말 부분을 고쳐줄 것을 요구했다. 원래는 결말 부분이 좀 어두웠는데 밝게 고쳐달라는 것이 그녀의 요구였다. 나는 한 번도 자본주의를 본 적이 없는 그녀가 역시 한 번도 자본주의를 본 적이 없는 내게 했던 말을 생생하게 기억한다.

"사회주의는 원래 밝은 거예요. 자본주의만 이렇게 어두운 거라고요."

나는 이틀에 걸쳐 원고를 수정했다. 완전히 저우옌루의 요구에 따라 수정한 것이었다. 당시의 나로서는 소설을 발표할 수 있다는 사실이 그 무엇보다도 중요했다. 어두운 결말을 밝은 결말로 고치는 건 말할 것도 없고 처음부터 끝까지 태양처럼 찬란하게 바꾸라 해도 문제가 되지 않았다. 저우옌루는 수정한 원고에 대해 매우 만족해하면서 연신 칭찬을 늘어놓았다. 그런 다음 서둘러 돌아가지 말고 이런 기회에 베이징에서 잘 놀다 가라고 말했다.

당시에는 내가 베이징에 머물 거라고는 생각지 못했다. 나는 이것이 아주 얻기 힘든 기회라고 생각하고 겨울을 맞은 베이징의 찬 바람을 맞으며 혼자서 여기저기 돌아다녔다. 당시 베이징은 아직 관광산업이 개발되지 않았을 때라 하루 종일 고궁쯔진성紫禁城 안을 돌아다녔지만 여행 나온 사람은 열 명 남짓밖에 보이지 않았다. 장성長城으로 가기 위해서는 장거리버스를 타야 했다. 바다령八達嶺 장성에 오르니 변방의 한풍이 얼굴을 때렸다. 연달아 몇 번씩 따귀를 얻어맞는 기분이었다. 장성에서 내가 만난 여행객은 단 한 명이었다. 내가 봉화대에 올라섰을 때 그는 막 아래를 향해 걸어 내려오고 있었다. 나는 그에게 가벼운 인사를 건네며 나와 함께 올라가지 않겠느냐고 제안했다. 그는 연신 고개를 가로저으며 툴툴거리듯이 말했다.

"어휴, 너무 추워요."

나는 차가운 바람을 맞으며 장성을 내려와 아주 작은 정거장으로 걸어 들어갔다. 방금 봉화대에서 만났던 여행객이 한쪽 구석에 몸을 움츠리고 앉아 장성에서부터 이어진 불평을 계속하고 있었다. 베이징 시내로 돌아오는 장거리버스는 아직 도착하지 않은 터라 나도 그의 옆에 몸을 움츠리고 앉아 덩달아 불평을 늘어놓았다.

오늘날의 중국은 여행업이 왕성하게 발전하고 있다. 고궁 안이든 장성 위든 간에 항상 인산인해를 이루고 있다. 얼핏 보면 여행을 하는 것이 아니라 무슨 집회를 하는 것 같다.

나는 베이징 구석구석을 돌아다니고 나서 내 작품의 편집을 맡은 왕제王潔에게 가볼 만한 데가 또 어디냐고 물었다. 왕제가 알려주는 곳은 하나같이 내가 이미 가본 곳들이었다. 왕제가 웃으면서 말했다.

"이제 집으로 돌아갈 때가 된 것 같네요."

왕제는 나를 위해 역에 가서 기차표를 사다주었다. 그런 다음 테이블 앞에 앉아 펜을 들더니 나를 위해 계산을 해주었다. 계산을 마친 그녀는 회계부서로 가서 나를 위해 돈을 받아주었다. 나는 원고를 수정한 이틀에 대해서만 보조금이 지급된 것이 아니라 베이징 곳곳을 놀며 돌아다닌 것에 대해서도 보조금이 지급된 것을 알게 되었다. 남행 열차에 올라탔을 때 내 주머니 안에는 70위안이 넘는 돈이 남아 있었다. 당시의 나에게는 큰돈이었다. 염치없게도 나는 내가 이 세상에서 가장 부유한 사람이라는 생각이 들었다.

왕제는 내게 증명서도 한 장 끊어주었다. 내가 『베이징문학』 잡지사에 와서 원고를 수정한 것이 틀림없는 사실이라는 증명이었다. 나는 하이엔海鹽으로 돌아와서야 이 증명이 얼마나 중요한 것인지 알게 되었다. 당시 우리 마을 병원 원장은 나를 보자마자 첫마디에 이렇게 물었다.

"증명서가 있나?"

내가 베이징에서 집으로 돌아온 뒤로 하이엔 전체가 들썩거렸다. 나는 중화인민공화국 역사상 최초로 베이징에 가서 원고를 수정하고 온 하이엔 사람이 되었다. 우리 현 간부들은 나를 천재라고 생각했고 내가 이 뽑는 일 대신 문화관 일을 해야 한다고 보았다. 이리하여 일련의 복잡한 수속을 거쳐 내 인사이동 서류에 관인 일고여덟 개가 찍힌 결과 나는 마침내 꿈에도 그리던 문화관에 들어갈 수 있었다. 첫날 문화관으로 출근하면서 문화관 사람들이 하루 종일 대로를 돌아다니며 놀던 일이 생각났다. 그래서 일부러 두 시간 늦게 출근했다. 그러나 뜻밖에도 내가 가장 먼저 출근한 사람이었다. 나는 신이 나서 스스로에게 말했다.

"이곳으로 오길 정말 잘했어."

이것이 사회주의가 내게 남겨준 가장 아름다운 기억이었다.

몇 년 전에 한 서양 기자가 내게 물었다. "왜 부유한 치과의사 생활을 포기하고 가난한 글쓰기 생활을 시작했나요?"

이 서양 기자는 그때가 중국에서 막 개혁개방을 시작한 시기이고 여전히 사회주의 대과반大鍋飯, '큰솥 밥'이란 뜻으로 사회주의경제를 상징하는 말이다을 먹던 때라 도시에서 직장을 갖고 있는 사람들은 무슨 일을 하든 매달 받는 월급이 똑같았다는 사실을 잘 모르고 있었다. 나는 문화관에서 일할 때도 형편없는 가난뱅이였고 치과의사로 일할 때도 형편없는 가난뱅이였다. 다른 점이 있다면 치과의사는 아주 힘든 가난뱅이고 문화관 직원은 아주 행복하고 자유로운 가난뱅이였다는 것이다.

지금의 나는 이미 27년이라는 글쓰기 경력을 갖고 있고 이제는 "나는 글쓰기를 사랑한다"라고 말할 수 있다. 누구나 일생을 통틀어 표현하고 싶은 무수한 욕망과 감정을 품게 된다. 하지만 실제 현실과 개인의 이성과 지혜가 이를 억누르고 만다. 하지만 글쓰기의 세계에서는 이렇게 억압된 욕망과 감정을 충분히 표출할 수 있다. 나는 글쓰기가 사람의 심신 건강에 큰 도움이 되고 인생을 더욱더 완전하게 만들어준다고 믿는다. 또는 글쓰기가 사람들에게 두 갈래 인생의 길을 갈 수 있게 해준다고 할 수도 있다. 하나는 현실의 길이고 다른 하나는 허구의 길이다. 이 두 가지 길은 건강과 질병의 관계와 같아서 하나가 강대해지면 다른 하나가 필연적으로 쇠약해진다. 내 현실에서의 삶의 길이 갈수록 평범해지는 것은 허구에서의 내 삶의 길이 갈수록 풍부해진다는 것을 의미한다.

판카즈 미시라는 베이징을 떠난 뒤로 때로는 런던에 있는 자신의 집에서, 혹은 뉴델리에 있는 집에서, 또 이 세상 어느 도시의 내가 알지 못하는 구석에서 이메일을 보내왔다. 그가 내게 물었다. "위 선생의 초기 단편소설에는 혈기와 폭력이 가득한데 뒤로 갈수록 이런 요소들이 점차 줄어드는 것 같습니다. 그 이유가 뭔가요?"

이런 질문에 대답하기란 쉽지 않다. 대답할 말이 없기 때문이 아니라 대답할 말이 너무 많기 때문이다. 나는 소설가인 판카즈 미시라라면 내가 선택할 수 있는 답변이 아주 많다는 것을 잘 알고 있으리라 믿는다. 나는 입에 침이 다 마르도록 며칠에 걸쳐 쉬지 않고 그에게 얘기를 해줄 수도 있다. 그러고도 나는 나의 얘기가 다 끝나지 않았다는 사실을 깨닫게 될 것이다. 여전히 수많은 대답이 내가 어서 말해주길 기대하면서 몰래 추파를 던지고 있을 것이다.

지나치게 많은 답변은 답변하지 않은 것과 같다는 사실을 그간의 경험이 내게 말해주었다. 진정한 답은 하나밖에 없을 것이다. 따라서 나는 그 가운데 하나만 말하기로 마음먹었다. 그것이 진정한 대답인지는 나도 잘 모르겠다.

이제 나는 또다시 얘기를 하고자 한다. 이것이 나의 강점이다. 아주 오랫동안 나는 한 가지 생각을 고집스럽게 믿어왔다. 한 사람이 성장해온 과정이 그의 일생을 결정한다는 것이다. 이 세상의 가장 기본적인 그림이 바로 이때 그의 가슴 깊은 곳에 새겨져 마치 복사기처럼 한 장 또 한 장 개인의 성장에 계속 복사되는 것이다. 그가 자라 성인이 된 뒤 성공한 사람이 되었건 실패한 사람이 되었건, 위대한 사람이 되었건 평범한 사람이 되었건, 그가 행하는 모든 것들은 이 가장 기본적인 그림을 부분적으로 수정한 데 지나지 않는다. 당연히 그림 전체는 변하지 않는다. 물론 어떤 사람들은 이 그림을 많이 바꾸고 어떤 사람들은 조금밖에 바꾸지 못한다. 나는 마오쩌둥이 수정한 부분이 나보다 훨씬 많을 것이라고 믿는다.

　나는 나의 성장 이력이 1980년대에 내가 그토록 혈기와 폭력으로 가득 찬 글을 쓰도록 결정해놓은 것이라고 생각한다. 문화대혁명 시기에 나는 초등학교 1학년에 다니고 있었고 문화대혁명이 끝났을 때는 고등학교를 졸업한 뒤였다. 나의 성장은 한 차례 또 한 차례 연이어 벌어지는 가두행진과 비판투쟁대회, 조반파 사이의 무장투쟁을 목도해야 했다. 이것 말고도 끊임없이 이어지는 거리의 집단 패싸움도 지켜봐야 했다. 대자보가 가득 붙어 있는 길거리에서 피를 줄줄 흘리는 사람들과 얼굴을 마주치고 지나가는 것이 내가 성장하는 과정에서 습관처럼 겪은 일이었다. 이것이 내가 어렸을 때의 대환경大環境이었고, 소환경小環境에서도 항상 피가 줄줄 흘러내렸다. 우리 부모님은 둘 다 의사였기 때문에 나와 우리 형은 병원에서 성장해야 했다. 우리는 병원 복도와 병실을 가리지 않고 아무 데나 생쥐처럼 돌아다니며 소독약 냄새에 익숙해졌고 큰 소리로 떠드는 소리와 신음 소리에 익숙해졌으며 창백한 얼굴과 간신히 숨을 쉬는 표정에 익숙해졌고 병실과 복도에 마구 던져져 있는 피투성이 거즈에 익숙해졌다. 우리 부모님은 막 환자를 수술하고 나와서는 수술복과 마스크에 핏자국이 가득한 채로 병원 곳곳을 돌아다니며 우리의 이름을 부르셨다. 어서 식당에 가서 밥을 먹게 하기 위해서였다.

　당시 병원의 수술실은 허름한 단층 건물에 있었다. 때때로 나와 형은 간호사들이 수술실 문밖에 없는 틈을 이용하여 재빨리 안으로 숨어들어 가 한창 수술을 진행하고 있는 아버지의 모습을 지켜보곤 했다. 아버지가 투명한 고무장갑을 끼고 환자의 배를 가른 다음 몸속에 손을 집어넣고 안에 든 장기와 기관을 꺼내는 모습을 보기도 했다. 아버지는 우리 형제가 한쪽 구석에 숨어 몰래 수술 과정을 훔쳐보는 것을 발견하고는 버럭 소리를 지르셨다.

"당장 나가지 못해!"

우리는 재빨리 밖으로 도망쳤다.

그 후 1986년에서 1989년 사이에 나는 갑자기 엄청난 분량으로 피비린내와 폭력에 관해 쓰게 되었다. 중국의 문학평론가 홍즈강洪治綱 교수는 2005년에 출판된 『위화 평전』에서 내가 이 시기에 쓴 단편소설 여덟 편을 열거하며 이들 작품 속에 자연사가 아닌 방법으로 죽는 인물이 무려 29명이나 나온다고 지적한 바 있다.

이 모두가 내가 스물여섯에서 스물아홉 살 사이에 쓴 작품이었다. 이때만 해도 나의 글쓰기는 피비린내와 폭력 속에서 스스로 헤어 나오지 못하고 있었다. 낮에 글을 쓸 때면 어떤 인물은 살인을 하고 어떤 인물은 피를 철철 흘리며 죽어갔다. 저녁에 잠을 잘 때면 종종 나를 죽이려는 사람들에게 쫓겨 다니는 꿈을 꾸곤 했다. 꿈속에서 나는 고립무원이었고 여기저기 숨어 다니지 않으면 어디론가 죽어라고 도망쳐야 했다. 내가 위급한 순간에 처했을 때, 예컨대 나를 향해 도끼가 날아오는 순간에야 잠에서 깨곤 했다. 그럴 때면 온몸이 땀에 푹 젖고 심장이 요란하게 뛰었다. 한참이 지나서야 간신히 제정신을 회복할 수 있었다. 그러고는 가슴 깊숙한 곳에서 우러나는 감사의 기도와 함께 안도의 한숨을 내쉬었다.

"천지신명께 감사합니다! 알고 보니 꿈이었구나!"

하지만 날이 밝아 다시 탁자 앞에 앉아 글을 쓸 때면 곧장 꿈속에서 얻은 상처와 통증을 잊었고 내가 써내려가는 글은 또다시 피비린내와 폭력으로 가득 찼다. 모든 일에 인과응보가 있는 것처럼 밤에 잠이 들면 꿈속에서 계속 나를 죽이려는 사람들에게 쫓겨 다녀야 했다. 그 3년의 생활은 지독한 공포와 광기에 젖어 있었다. 낮에 글을 쓰는 세계에서는 살인을 하고, 밤에 잠이 든 뒤에는 꿈속의 세계에서 나를 죽이려는 사람들에게 쫓겨 다녔다. 이러한 순환이 계속 반복되면서 나의 정신은 이미 붕괴 직전의 상태에 이르렀지만 나는 전혀 자각하지 못한 채 여전히 글쓰기의 흥분 속에 완전히 빠져 있었다.

그러던 어느 날, 아주 긴 꿈을 꾸었다. 이전의 꿈에서는 항상 내가 끝장나기 직전 위기의 순간에 깨어나곤 했는데 이번 꿈에서는 마침내 내가 끝장나는 경험을 하고 말았다. 아마 그날 너무 피곤했기 때문에 꿈속에서 내가 끝장나는데도 깨어나지 못했던 것 같다. 바로 이 긴 꿈이 내 진실한 기억을 불러내주었다.

먼저 이 진실한 기억에 관해 설명해야 할 것 같다. 문화대혁명 시기 우리 마을에서는 폭력이 적지 않게 일어났지만 여전히 무미건조하고 억눌린 생활이 이어지고 있었다. 내 기억으로는 어느 날 아침에 범인 하나가 총살을 당하고 나면 마을 전체가 냄비처럼 요란하게 들끓었던 것 같다. 이 글 첫머리에서도 언급한 바 있지만 당시의 모든 재판은 공개 비판대회를 거쳐 마무리되었다. 판결을 기다리는 범인이 한가운데 서 있고 범인의 앞가슴에는 커다란 목패가 걸렸다. 패 위에는 '반혁명 살인범', '강간범', '절도 살인범' 등 그가 범한 죄행이 적혀 있었다. 이런 범죄자 양옆에는 이들의 들러리로 투쟁 대상인 지주나 우파, 역사 반혁명과 현행 반혁명 들이 늘어섰다. 범인들은 고개를 푹 숙이고 허리를 구부린 채 하나하나 격앙된 목소리로 외쳐대는 자신에 대한 장문의 비판과 성토에 귀를 기울여야 했다. 비판 원고의 마지막 대목이 바로 판결문이었다.

내가 살았던 마을은 항저우만杭州灣 근처에 있었고 모든 공개 비판대회가 중학교 운동장에서 거행되었다. 중학교 운동장에는 마을 주민들이 발 디딜 틈 없이 가득 들어찼고 커다란 목패를 목에 건 범인이 운동장 구령대의 앞쪽에 서고 뒤쪽에는 현 혁명위원회 사람들이 앉아 있었다. 통상적으로 현 위원회가 지명하는 사람들이 마이크 앞에 서서 큰소리로 비판 원고를 읽고 마지막으로 판결문을 낭독했다. 범인의 몸이 밧줄로 칭칭 묶여 있고 뒤에 총을 든 군인들이 위풍당당하게 서 있기도 했다. 그런 범인은 대개 사형에 처해졌다.

나는 유년 시절부터 중학교 운동장에 서서 한 차례 또 한 차례 공개 비판대회를 경험하면서 시끄러운 스피커에서 울려 나오는 격앙된 목소리에 귀를 기울이곤 했다. 사실 판결문은 아주 긴 비판 원고와 같았다. 앞부분에서는 하나같이 마오쩌둥이 했던 말과 루쉰이 했던 말을 인용했고, 그 뒤로는 『인민일보』 기사의 일부를 발췌한 지루하고 재미없는 글이 이어졌다. 나는 항상 두 다리가 아파올 때까지 서서 이런 소리에 귀를 기울이고서야 범인이 저지른 죄가 어떤 것인지 들을 수 있었다. 마지막 대목의 판결문은 오히려 간단명료했다.

사형에 처하며 지금 당장 집행한다!

문화대혁명 시기의 중국에는 법원이 없었고 판결이 난 뒤에는 상소할 수도 없었다. 게다가 우리는 이 세상에 변호사라는 직업이 있다는 소리도 들어보지 못했다. 범인이 공개 비판대회에서 사형에 처해지면 애당초 상소할 시간조차 없었고 곧장 형장으로 끌려가 총살이 집행되었다.

"사형에 처하며 지금 당장 집행한다"라는 말이 떨어지면 구령대 위에서 밧줄로 꽁꽁 묶여 있는 범인은 즉시 총을 든 군인 두 명의 손에 이끌려 트럭에 태워졌다. 트럭 위에서도 양쪽에 실탄을 장전한 총을 든 군인들이 함께 서서 호송했다. 그 기세는 보는 사람들이 놀랄 정도로 삼엄했다. 트럭이 해변으로 달려갈 때면 그 뒤로 수천 명의 주민들이 벌떼처럼 쫓아갔다. 두 발로 달리는 사람과 자전거를 타고 달리는 사람이 뒤엉켜 시꺼멓게 해변을 향해 몰려갔다. 나는 유년 시절부터 소년 시절까지 사형수들이 총살되는 장면을 얼마나 많이 목격했는지 모른다. 그들은 자신의 판결문을 듣는 순간 몸이 맥없이 축 풀어졌고 항상 군인들에 의해 트럭에 실렸다.

사형수 하나가 트럭으로 끌려가는 모습을 지척에서 목격한 적도 있었다. 그때 나는 포박된 범인의 몸 뒤에 있는 두 손을 보았다. 너무나 무서운 손이었다. 밧줄로 꽁꽁 묶인 데다 묶여 있는 시간도 너무 오래되다보니 두 손으로 흐르는 혈류가 이미 중단되어 있었다. 범인의 두 손은 우리가 상상할 수 있는 것처럼 창백한 것이 아니라 거의 자줏빛으로 변해 있었다. 나중에 치과의사로 일하는 동안 어느 정도 의학 지식을 습득한 나는 살이 그렇게 자줏빛으로 변해버리면 이미 조직이 괴사한 것이라는 사실을 알게 되었다. 범인이 총살당하기 전에 그의 두 손이 먼저 죽어 있는 셈이었다.

범인을 총살하는 일은 해변의 두 지점에서 이루어졌다. 우리는 그곳을 북쪽 모래밭과 남쪽 모래밭으로 구분해 불렀다. 우리 마을 아이들은 트럭을 따라잡을 수 없었다. 그래서 우리는 항상 사전에 미리 장소를 예측하곤 했다. 지난번 총살 장소가 북쪽 모래밭이었다면 이번에는 남쪽 모래밭일 가능성이 높았다. 일단 공개 비판대회가 시작되면 우리 같은 아이들은 먼저 해변을 향해 달려가 유리한 자리를 잡았다. 우리가 남쪽 모래밭에 도착했을 때 사람이 하나도 보이지 않으면 그제야 잘못 예측했다는 것을 깨닫고 북쪽 모래밭을 향해 달려가지만 때는 이미 늦은 뒤였다.

몇 번인가 우리가 총살 장소를 제대로 맞혀, 달려가 지척에서 총살 장면을 본 적도 있었다. 이는 내 유년 시절을 통틀어 가장 두려운 광경이었다. 실탄을 장전한 총을 든 군인들이 원형 대오를 이루어 서서 구경하는 사람들이 밀치고 들어오지 못하도록 막는 가운데 총살을 집행하는 군인이 범인이 다리를 구부리고 있는 곳으로 다가가 발길질을 한 번 했다. 범인은 그 자리에서 무릎을 꿇었다. 그러면 이 군인은 몇 걸음 뒤로 물러나 피가 튀어도 옷에 묻지 않을 정도의 거리에서 소총을 들어 올려 범인의 뒤통수를 향해 조준하여 '팡' 하고 발사했다. 나는 아주 작은 탄환 하나의 위력이 커다란 무쇠 추를 능가한다는 것을 실감할 수 있었다. 범인은 그 자리에서 땅바닥으로 고꾸라졌다. 총살을 집행한 군인은 탄환을 한 발 더 발사한 다음 가까이 다가가 범인이 죽었는지 다시 한 번 확인했다. 아직 죽지 않았을 경우에는 한 발을 더 발사했다. 군인이 범인의 시신을 뒤집을 때면 끔찍한 광경을 볼 수 있었다. 탄알이 뒤통수로 들어갈 때는 구멍이 아주 작았는데 앞으로 다시 튀어나온 뒤에는 범인의 앞이마와 얼굴 전체가 완전히 짓뭉개져 있었다. 앞쪽에 난 구멍은 내가 밥 먹을 때 사용하는 밥그릇보다 더 컸다.

이어서 나의 그 길고 무서웠던 꿈에 대해 계속 이야기하려 한다. 바로 나 자신이 끝장나는 것을 실제로 경험하게 된 꿈이다. 이 꿈은 1989년 말의 어느 깊은 밤에 꾼 것이다. 꿈속에서 나는 온몸이 밧줄에 꽁꽁 묶여 있고 가슴에는 커다란 목패를 하나 건 채 현 중학교 운동장의 구령대 앞쪽에 서 있었다. 내 뒤로는 총을 든 군인 두 명이 서 있고 내 양옆으로는 비판투쟁의 대상인 지주와 우파, 반혁명분자 들이 서 있었다. 내가 앞에서 말했던 우리 마을의 명사인 흑필간자는 보이지 않았다. 꿈에서는 내 앞으로 먹구름처럼 많은 인파가 들어차 있었는데, 그들의 목소리는 마치 빗방울이 땅바닥을 때리는 소리를 방불케 했다. 나는 고출력 스피커에서 장엄한 비판 소리가 울려 퍼지는 것을 들었다. 그 소리는 내가 저지른 온갖 죄상을 알리고 있었다. 나는 다양한 유형의 살인죄를 저지른 것 같았다. 결국 아주 짧고 단호한 판결이 내려졌다.

사형에 처하며 지금 당장 집행한다.

판결이 떨어지자마자 총을 든 군인이 뒤쪽에서 다가와 천천히 그의 손에 들려 있던 소총을 들어 올려 내 뒤통수에 겨눴다. 나는 총구가 내 태양혈에 닿는 것을 느꼈다. 이어서 나는 '팡' 하는 단발의 총성을 들었다. 나는 이 군인이 총을 쐈다는 것을 알았다. 꿈속에서 나는 총을 맞고 구령대 위에 쓰러졌다. 이상한 것은 뜻밖에도 내가 벌떡 일어섰다는 것이다. 게다가 구령대 아래서 웅성대는 사람들의 목소리도 들을 수 있었다. 나는 탄환이 뒤통수를 관통하자 머리가 텅 빈 것을 느꼈다. 달걀에 구멍이 뚫려 안에 들어 있던 흰자와 노른자가 전부 흘러내리는 것 같았다. 꿈속에서 나는 빈 달걀 껍데기 같은 머리를 달고 몸을 돌려 총을 쏜 군인을 향해 청천벽력 같은 소리를 내질렀다. 내가 그를 향해 달려가며 외쳤다.

"이런 젠장, 아직 모래밭에도 오지 못했는데!"

그런 다음 나는 꿈에서 깼다. 당연히 온몸이 땀에 젖고 심장이 미친 듯이 뛰었다. 하지만 이전에 악몽에서 깨어났을 때와는 사정이 달랐다. 나는 더이상 그것이 꿈이었다는 사실이 다행으로 여겨지지 않았다. 나는 돌아온 기억에 묶이기 시작한 것이다. 중학교 운동장, 공개 비판대회, 사형당한 범인보다 먼저 죽어버린 그의 두 손, 트럭 양쪽에 실탄이 장전된 총을 들고 줄지어 타고 있던 군인들, 모래밭의 총살, 무쇠 추보다 더 위력이 컸던 탄환, 사형수의 뒤통수에 난 아주 작은 구멍과 앞이마를 뒤덮었던 큰 구멍, 모래밭 위에 묻은 얼룩덜룩한 핏자국…… 이처럼 무서운 광경이 하나하나 내 눈앞에 되살아났다.

나는 마음을 가라앉히며 자문해보았다. 왜 항상 밤에 꿈속에서 나를 죽이려는 사람들에게 쫓기는 것일까? 나는 내가 낮에 너무나 많은 피비린내와 살인에 관해 쓰고 있다는 사실을 의식하기 시작했다. 나는 이것이 인과응보라고 믿었다. 그리하여 그날 밤, 아마도 이른 새벽이었을지 모르지만, 나는 차가운 땀으로 가득 찬 이불 속에서 나를 향해 경고했다.

"앞으로는 더이상 피비린내와 폭력이 가득한 이야기를 써선 안 돼."

판카즈 미시라가 이메일로 말한 것처럼, 그 이후의 글쓰기에서는 피비린내와 폭력의 추세가 크게 줄어들었다.

이제 거의 20년의 세월이 흘렀다. 지난 일들을 돌이켜보면 나는 아직도 마음속에 두려움을 느낀다. 나는 20년 전의 내가 사실은 정신이 허물어지는 아슬아슬한 가장자리를 걸어온 것 같다는 생각이 든다. 나 자신이 끝장나는 꿈을 경험하지 않았다면, 기억이 되돌아오지 않았다면,

나는 지금까지도 줄곧 피비린내와 폭력이 난무하는 글쓰기에 파묻혀 정상적인 정신을 회복하지 못하고 있었을 것이다. 그랬다면 지금 이 순간 나는 베이징의 집에서 이렇게 이성적인 글을 쓰고 있지 못했을 것이다. 지금 이 순간의 나는 열악하기 그지없는 어느 정신병원 병상에서 거대한 암흑을 마주한 채 멍하니 앉아 있었을 것이다.

사실 삶과 글쓰기는 아주 간단할 때가 있다. 어떤 꿈 하나가 어떤 기억 하나를 되돌리면, 그다음에는 모든 것이 변하고 마는 것이다.

루쉰 魯迅

초등학교에서 고등학교에 이르는 그 긴 세월 동안 억지로 루쉰의 작품을 읽어야 했던 시절
을 돌이켜보면 만감이 교차한다. 나는 루쉰이 아이들의 작가가 아니라 성숙하고 민감
한 독자들의 작가라고 생각한다. 또한 나는 때때로 한 독자와 한 작가의 진정한 만남
에는 어떤 기회가 필요하다고 생각한다. 문화대혁명이 끝나고 나는 다른 작가들의 수
많은 작품들을 읽었다. 위대한 작품도 있고 평범한 작품도 있었다. 나는 어떤 작가의
작품을 읽기 시작했을 때 재미가 없다고 생각하면 당장 그 작가의 작품을 내려놓는다.
그 작가를 싫어하고 싶지 않기 때문이다. 하지만 문화대혁명 시기에는 루쉰의 작품을 내
려놓지 못하고 한 번 또 한 번 반복해서 읽어야 했다. 때문에 루쉰은 평생 내가 싫어했던 유
일한 작가가 되었다.

2006년 5월의 어느 날 나는 질서 정연한 코펜하겐 공항의 대합실에서 오슬로로 가는 비행기로 갈아탈 준비를 하고 있었다. 주위에서는 여러 나라에서 온 사람들이 서로 다른 외국어로 목소리를 낮춰 얘기를 주고받고 있었다. 내 눈길은 바닥까지 닿아 있는 투명한 유리창을 가로질러 창밖에 서 있는 노르웨이항공 소속 비행기의 꼬리날개에 멈춰 있었다. 비행기 날개에 그려진 거대한 두상에 이끌린 것이었다. 나는 잠시 후에 내가 이 비행기를 타고 오슬로로 간다는 사실을 잘 알고 있었다. 시간을 때우기 위해 나는 마음속으로 반복해서 저 두상의 인물이 누구인지 기억을 더듬기 시작했다.

나의 사유는 막다른 골목에 이르렀고 몸은 미동도 하지 않았다. 아무래도 전에 어디선가 본 듯한 느낌이었다. 약간 헝클어진 두발은 무척 긴 편이었고 콧등에는 구식 둥근 테 안경이 걸려 있었다.

탑승이 시작되었다. 나는 의자에서 일어나 게이트 쪽으로 다가갔다. 그런 다음 노르웨이항공 여객기의 창가 좌석에 앉아 계속해서 꼬리날개에 그려진 그 거대한 두상이 누구의 얼굴인지 기억을 더듬었다. 틀림없이 어디선가 본 얼굴인데 도무지 누구인지 생각이 나지 않았다.

비행기가 활주로를 벗어나 창공을 향해 날아오르는 순간, 마침내 내사유도 확 트이면서 그가 누구인지 생각났다. 똑같은 두상이 중국어판 『페르 귄트Peer Gynt』에도 그려져 있었다. 그는 다름 아닌 입센Henrik Johan Ibsen이었다. 창밖 지상에 펼쳐진 코펜하겐의 풍경이 점차 멀어져가는 동안 내 얼굴에는 나도 모르게 가벼운 미소가 피어올랐다. 마음속으로 세상에는 위대한 작가가 아주 많지만 하늘을 날아다니는 작가는 아마도 입센 한 사람뿐인 것 같다는 생각을 해보았다.

입센이 세상을 떠난 지 백 주년이 되는 오슬로에 도착하니 가는 비가 대로를 적시고 있었다. 입센의 두상이 그려진 오색기가 대로 양쪽에 줄지어 펄럭이고 있었다. 마치 두 줄로 된 거대한 두상의 대오 같았다. 수많은 입센들이 점차 가까워지면서 빗속에서 나를 주시했다. 그의 둥근 테 안경 너머의 눈빛은 무척 의미심장해 보였다.

내가 오슬로에서 처음 식사를 한 곳도 입센이 생전에 단골이 되어 자주 드나들던 음식점이었다. 이 음식점은 내가 유럽에 올 때마다 자주 느꼈던 우아하고 고전적인 분위기를 발산하고 있었다. 높은 천장에 정교한 그림이 그려져 있고 홀에는 일정한 간격으로 원형 기둥이 세워져 있었다. 그를 기리는 뜻에서 음식점 안쪽 문가에 작고 둥근 탁자가 하나 놓여 있고 탁자 위에 검은색 예모禮帽가 놓여 있었다. 또 그 바로 옆에는 방금 비운 맥주잔이 놓여 있는데, 유리로 된 맥주잔에는 맥주 거품이 그대로 남아 있었다. 바깥쪽으로 약간 당겨진 의자에는 지팡이가 하나 세워져 있었다. 이 모든 것들이 입센이 식사를 하고 있다는 것을 상징하는 연출이었다.

그 뒤로 사흘 동안 그 음식점을 다시 찾지는 않았다. 하지만 아침 일찍 나와서 저녁 늦게 숙소로 돌아가다보면 이 음식점 앞을 지나치기 일쑤였다. 그럴 때마다 나는 걸음을 멈추고 음식점 안에 있는 입센의 원탁과 검정 예모, 지팡이가 그대로 남아 있고 의자도 약간 뒤로 당겨져 있는 것을 확인하곤 했다. 그런데 나는 입센을 기념하는 이 연출 장면에서 사소한 차이 하나를 발견했다. 아침 일찍 이 음식점 앞을 지나갈 때는 작은 원탁 위에 놓인 유리잔 안에 맥주가 가득 채워져 있는데 저녁에 숙소로 돌아갈 때면 맥주잔이 비어 있고 빈 잔에 맥주 거품이 묻어 있는 것이었다. 이 덕분에 나는 아주 아름다운 착각을 할 수 있었다. 백 년 전에 세상을 떠난 입센이 매일 한 중국 작가가 아침에 숙소를 나와 저녁에 돌아가는 모습을 지켜보면서 상징적으로나마 사유하고 있다는 느낌이 든 것이다.

'저 중국인은 어떤 작품을 썼을까?'

나는 문득 루쉰이 생각났다. 입센이라는 이름이 중국어로 처음 출현한 것도 루쉰의 「문화편지론文化偏至論」과 「악마파 시의 힘摩羅詩力說」에서였다. 문언문文言文, 서면어書面語인 문언文言으로 쓴 산문. 중국문학에서 백화문白話文과 대비되는 개념이다으로 쓰인 이 두 편의 글은 1908년 월간 『허난河南』에 처음 발표되었다. 입센이 세상을 떠난 지 두 해가 지났을 무렵이었다. 1923년에 루쉰은 베이징여자고등사범학교에서 그 유명한 '노라는 집을 나간 뒤에 어떻게 되었을까娜拉走後怎樣'라는 제목의 연설을 했다. 그는 이 연설에서 "노라는 집을 나간 뒤에 어떻게 되었을까요? 입센은 이에 대답을 하지 않고 세상을 떠나버렸습니다. 설사 죽지 않았다 해도 이 문제에 해답을 내릴 책임은 없습니다"라고 말했다. 이어서 루쉰은 일개 독자의 자격으로 이 문제에 대한 해답을 내놓으려고 시도했다. 노라는 집을 나간 뒤에 '타락하지 않았으면 집으로 돌아갔을 것이고, 또 굶어 죽었을 가능성도 있다'라는 내용이었다. 루쉰은 부녀자들이 남들이 설정해놓은 지위에서 벗어나기 위해서는 남자들과 대등한 경제권을 획득해야 한다고 생각했다. 이와 관련하여 루쉰은 냉소와 풍자가 가득한 어투로 이렇게 말했다.

"돈이라는 단어는 듣기 좋지 않다. 때로는 고상한 군자들에게 비웃음의 대상이 되기도 한다. 하지만 나는 사람들의 의견이란 어제와 오늘이 다를 뿐만 아니라 종종 식사 전과 식사 후가 달라지기도 한다고 생각한다. 밥을 먹으려면 돈이 있어야 한다는 사실을 인정하는 사람들도 돈에 관해 언급하는 것을 비천한 일로 여긴다. 자신의 배를 쓰다듬으면서 푸짐하게 먹은 생선과 고기가 제대로 소화되지 않을까봐 걱정하는 사람이라 할지라도 그가 하루 정도 굶어본 다음에 어떤 의견을 제시하는지 귀를 기울여보는 것이 바람직할 것이다."

노르웨이항공 여객기의 꼬리날개에 입센의 거대한 두상이 그려져 있고 또 이 두상이 오슬로 대로에 깃발로 펄럭인다는 사실로 미루어 나는 노르웨이에서 입센이 누리는 특수한 지위를 실감할 수 있었다. 물론 이 위대한 작가는 전 세계 수많은 나라와 지역에서 숭고한 지위를 차지하고 있다. 하지만 나는 또 남몰래 속으로 노르웨이에서 '입센'이라는 이름은 그저 불후의 명작 몇 권을 써낸 작가의 이름에 그치는 것이 아니라 하나의 단어, 즉 문학과 인물의 범주를 뛰어넘는 중요한 단어가 되어 있는 것이 아닌가 하고 생각했다.

이는 내가 어렸을 때 경험했던 '루쉰'이라는 단어와 같다고 할 수 있다. 내가 여기서 말하고자 하는 것은 문화대혁명 시기의 '루쉰'으로서, 그 시기의 루쉰은 더이상 한 작가의 이름이 아니라 모든 중국인이 다 아는 단어, 정치와 혁명의 의미를 내포한 중요한 단어였다. 이리하여 나는 오슬로 대학에서 강연을 하면서 나와 루쉰에 관해 이야기하게 되었다.

문화대혁명은 문학이 없는 시대였다. 단지 국어 교과서에만 한 줄기 미미한 문학의 숨결이 남아 있을 뿐이었다. 하지만 우리가 사용했던 초등학교에서 고등학교까지의 교과서에는 단 두 사람의 문학작품만 수록되어 있었다. 루쉰의 소설과 산문 및 잡문, 그리고 마오쩌둥의 시사詩詞였다. 나는 초등학교 1학년 때 너무나 순진하게도 전 세계를 통틀어 작가는 루쉰 하나뿐이고 시인은 마오쩌둥 하나뿐이라고 믿었다.

나는 루쉰이 지나간 그 시대에서 비판정신이 가장 뛰어났던 작가라고 생각한다. 1949년 중국공산당이 정권을 획득한 뒤로 신사회가 시작되었고, 동시에 이전의 구사회에 대한 무자비한 채찍질이 시작되었다. 사회 비판적 의미가 강했던 루쉰의 작품은 공산당의 손에서 마음대로 춤을 추는 채찍이 되었다. 우리는 어려서부터 온갖 죄악으로 가득한 구사회는 '식인吃人' 사회라고 보았고 그 증거를 루쉰이 쓴 최초의 단편소설 「광인일기」에서 찾았다. 허구 작품에 나오는 미친 사람의 '식인'이라는 주문이 당시의 정치적 요구에 따라 사실적인 사회현상으로 표현된 것이다. 국어 교과서에 나오는 루쉰의 또 다른 작품 「쿵이지孔乙己」와 「축복」「약藥」 등도 예외 없이 구사회의 죄악을 드러내는 모범적 작품으로 해석되었다.

물론 루쉰의 작품에 대한 마오쩌둥의 감상과 해석이 가장 중요했다. 그 뒤로 전개된 신사회에서 루쉰의 명성을 최고 지위로 부상시키면서 위대한 문학가이자 위대한 사상가이며 위대한 혁명가라는 이른바 '세 위대함'을 누리게 한 것이 바로 마오쩌둥이었다. 1936년에 세상을 떠난 이 작가는 그 영향력이 1966년의 문화대혁명 시기에 최고봉에 이르기 시작하여 마오쩌둥에 바로 뒤이어 거의 일인지하 만인지상의 지위를 누렸다. 그 시기에는 신문에 실리든 방송에서 방영되든, 아니면 대자보에 나붙든 간에 거의 모든 글이 마오쩌둥 어록 다음으로 루쉰의 말을 인용했다. 지주와 부농, 반혁명 우파분자 등이 자신의 죄행을 고백하는 자료에도 루쉰의 말이 인용되었다. "마오 주석님께서 우리에게 교시하시길……" 또는 "루쉰 선생님께서 말씀하시길……" 등의 표현이 당시 사람들의 정치적 구두선이 되어 있었다.

재미있는 것은 문화대혁명 시기에 '선생'이라는 단어는 봉건주의와 자산계급에 속하는 어휘로서 타도 대상이 되었다는 사실이다. 루쉰은 전례를 깨고 유일하게 이런 봉건주의와 자산계급의 대우를 누린 것이다. 당시 중국 전체를 통틀어 루쉰 한 사람에게만 '선생'이라는 호칭이 허용되었고 나머지 사람들은 전부 '동지'라고 불렸다. 그 외의 사람은 전부 계급의 적이었다.

이 시기의 '루쉰'은 이미 생전에 무수한 논쟁 대상이 되었던 작가가 아니었다. 그가 일찍이 겪었던 거센 폭풍우 같던 비판과 공격은 이미 연기처럼 사라져버렸다. 이 시기의 '루쉰'은 비가 온 뒤 날이 갠 것처럼 찬란하게 빛나기만 했다. '루쉰'은 이미 일개 작가에서 하나의 단어로, 영원히 정확하고 영원히 혁명적인 단어로 변해 있었다.

나는 아무 생각 없이 입으로만 교과서에 있는 루쉰의 작품들을 읽어 왔다. 초등학교에서 고등학교에 이르기까지 장장 10년 동안이나 루쉰의 작품을 읽었지만 여전히 그가 무엇을 썼는지 잘 알지 못한다. 나는 루쉰의 작품이 침울하고 답답하며 철저하게 어둡고 무료하다고 생각했다. 내가 가끔 비판적인 글을 쓸 때 루쉰의 말을 인용하는 것을 제외하면 그의 글은 내게 아무런 의미도 갖지 못했다. 다시 말해서 루쉰이 어떤 단어가 되었을 때는 나에게 어느 정도 쓸모가 있었지만 어떤 작가가 되었을 때는 심심하고 무료하기 짝이 없었다. 때문에 초등학교에서 고등학교에 이르는 나의 기억 속에 루쉰의 작품은 하나도 없고 단지 '루쉰'이라는 단어만 남았다.

문화대혁명 시기에 나는 '루쉰'이라는 이 강대한 단어를 충분히 이용했다. 나의 성장 과정에서 혁명과 가난을 빼면 남는 것이라고는 끊임없이 이어지는 논쟁뿐이었다. 논쟁은 내 유년 시절과 소년 시절의 사치품이었고 가난한 생활 속의 정신적 양식이었다.

초등학교 때 한 친구와 태양이 언제 지구에서 가장 가까운가 하는 문제를 놓고 논쟁을 벌인 적이 있었다. 이 친구는 이른 아침과 저녁 무렵에 태양이 지구에서 가장 가깝다고 주장했다. 이때 태양이 가장 크게 보인다는 것이 그 이유였다. 나는 정오에 지구와 태양이 가장 가까워진다고 생각했다. 정오가 하루 중에서 가장 덥기 때문이다. 우리 두 사람은 피곤한 것도 모르고 마라톤 같은 논쟁을 계속했고 매일 얼굴을 마주칠 때마다 자신의 주장을 뒷받침하는 이유를 말한 다음 상대방의 관점을 반박했다. 이렇게 쓸데없는 얘기를 한참이나 주고받고 나서 우리는 각자 다른 사람들의 지지를 구하기 시작했다. 그 친구는 자기 누나를 끌고 왔다. 친구의 누나는 쌍방의 주장을 다 듣고 나서 곧장 그 친구 편을 들기 시작했다. 그때만 해도 아직 발육이 끝나지 않은 그 여자는 제기를 차면서 이렇게 말했다.

"태양은 당연히 이른 아침과 저녁에 지구에서 가장 가깝지."

지는 걸 좋아하지 않는 나는 곧장 형을 데리고 왔다. 우리 형은 당연히 자기 동생인 내 편을 들었다. 형은 내 친구에게 주먹을 불끈 쥐어 보이면서 위협하듯이 말했다.

"다시 한 번 아침이랑 저녁에 태양이 지구에서 가장 가깝다고 우기다가는 이 형님한테 혼날 줄 알아!"

나는 형의 대응방식에 크게 실망했다. 내가 바라는 것은 진리이지 무력이 아니었기 때문이다. 우리 둘은 나이가 좀더 많은 사람들을 찾기 시작했다. 그의 편을 들어주는 사람도 있고 내 편을 들어주는 사람도 있었지만 시종 승패를 가리기 어려웠다. 논쟁이 거의 1년이나 지속되다 보니 우리 마을에서 나이가 우리보다 조금이라도 많은 아이들은 전부 몇 번씩 우리의 논쟁에 판결을 내린 경험이 있었다. 이제는 우리보다 나이가 많은 아이들 모두 우리를 귀찮게 여기기 시작했다. 우리 둘이 논쟁을 벌이면서 가까이 다가가기만 하면 하나같이 고개를 돌리며 소리쳤다.

"저리 꺼져!"

우리는 이 침 튀기는 논쟁의 범위를 우리 두 사람 사이로 한정하는 수밖에 없었다. 나중에 이 친구는 새로운 사실을 발견하여 나의 '열熱' 이론을 공격하기 시작했다. 그는 열을 기준으로 삼는다면 태양이 여름에 지구와 가장 가깝고 겨울에는 가장 먼 것이냐고 반문했다. 나 또한 그의 '시각視覺' 이론을 반박하면서 눈에 보이는 크기를 기준으로 삼는다면 비가 오는 날에는 해가 아주 작거나 아예 없는 것이 아니냐고 되물었다.

이렇게 쉬지 않고 논쟁을 이어가다가 마침내 나는 루쉰을 들고 나와 단번에 이 친구를 제압해버렸다. 논쟁을 벌이다가 다급해진 나는 갑자기 루쉰의 말을 날조해 그를 향해 큰 소리로 고함을 질렀다.

"루쉰 선생님께서도 정오에 태양이 지구에서 가장 가깝다고 말씀하셨단 말이야!"

나의 이 한마디에 그 친구는 입을 다문 채 잠시 말을 하지 못하다가 조심스럽게 되물었다. "루쉰 선생님께서 정말로 그런 말씀을 하셨단 말이야?"

"당연하지." 나는 마음이 다소 약해지긴 했지만 입으로는 여전히 강경하게 우겨댔다. "루쉰 선생님의 말씀을 믿지 못하겠단 말이야?"

"그런 게 아니라……" 그는 황망히 손을 내저으며 내게 되물었다. "그럼 왜 진작 그런 사실을 말하지 않았지?"

기왕에 일을 벌였으니 끝까지 가는 수밖에 없었다. 나는 계속 황당한 거짓말을 꾸며대야 했다. "이전에는 나도 몰랐어. 오늘 아침에서야 방송에서 처음 들었다고."

그는 슬픈 표정으로 고개를 숙였다. 그러고는 입속말로 중얼거리듯 말했다. "루쉰 선생님께서 그렇게 말씀하셨다면 틀림없이 네 말이 맞을 거야. 내가 잘못 알고 있었나봐."

오랜 논쟁은 이렇게 간단히 막을 내렸다. 그는 1년 동안 끌고 온 태양과의 거리에 대한 자신의 관점을 지키려는 일말의 노력도 없이 내가 지어낸 '루쉰' 앞에 완전히 무너지고 말았다. 그 뒤로 며칠 동안 그는 좀처럼 말도 하지 않고 혼자 고독하게 패배의 맛을 곱씹어야 했다.

이것이 문화대혁명 시기의 특징이었다. 조반파 사이의 논쟁이건 홍위병 사이의 논쟁이건, 아니면 부녀자들 사이의 말다툼이건 간에 최종적인 승리는 마오쩌둥의 말을 들고 나오는 사람의 차지였다. 마오쩌둥의 말 한마디면 모든 것이 결론이 나고 쟁론과 말다툼도 즉시 끝이 났다. 당시 나도 마오쩌둥의 말을 지어낼 생각이었지만 속으로 겁이 나기도 했다. 그래서 나도 모르게 '마오 주석님께서 말씀하시길……'을 '루쉰 선생님께서 말씀하시길……'로 바꾼 것이었다. 나중에 사람들에게 발각되어 타도 대상이 되거나 어린 반혁명분자로 몰리더라도 처벌이 다소 가벼워질지 모른다는 생각에서였다.

중학교에 입학하면서 나와 이 친구 사이에 또 한 차례 장기적인 논쟁이 시작되었다. 우리는 원자탄의 위력에 관해 토론을 했다. 이 친구는 전 세계의 모든 원자탄을 한데 묶어 터뜨리면 지구가 산산조각이 나서 사라질 것이라고 말했다. 나는 동의하지 않았다. 지구의 표면이 크게 훼손되긴 하겠지만 그렇다고 지구가 산산조각 나지는 않을 것이고, 여전히 정상적으로 자전과 공전을 계속할 것이라고 주장했다.

우리의 토론은 이내 논쟁 단계로 들어섰고 이번 쟁론도 끝임없이 확대되고 발전되어갔다. 우리 둘은 학교에서 하루 종일 죽어라고 변론을 진행했고 급기야 경선이라도 벌이듯이 다른 친구들을 논쟁에 끌어들이

기 시작했다. 그를 지지하는 친구들도 있고 나를 지지하는 친구들도 있었다. 이리하여 당시 중학교 1학년 전체가 지구가 산산조각 난다고 주장하는 진영과 지구가 멸망하지 않는다고 주장하는 진영으로 완전히 양분되기에 이르렀다. 시간이 흐르자 다른 남학생들은 전부 이런 논쟁에 싫증을 내기 시작했고 우리 두 사람만 지칠 줄 모르고 논쟁을 이어갔다. 남학생들은 우리 두 사람에게 공동으로 적용되는 별명을 지어주었다. 바로 '지구 두 개'였다.

하루는 농구를 하다가 갑자기 논쟁이 시작되었다. 우리의 논쟁이 시작된 지 이미 몇 달이 지난 시점이었다. 우리는 이 논쟁을 하루빨리 끝내고 싶었다. 농구를 하다 말고 화학 선생님을 찾아가 그녀에게서 권위있는 해답을 구하기로 결정을 내렸다. 우리는 논쟁을 하다가 손에 농구공을 들고 있다는 사실도 잊은 채 빠른 걸음으로 농구장을 벗어나고 있었다. 뒤에서 함께 농구를 하던 친구들이 다급한 목소리로 우리를 향해 소리를 질러댔다.

"야, 야, 지구 두 개! 공은 주고 가야지."

우리가 찾아가려던 화학 선생님은 새로 오신 분이었다. 북방의 한 도시에서 왔는데 서른 살이 조금 넘은 여자 선생님이었다. 우리는 그녀가 대단히 서구적이라고 느꼈다. 정확한 억양의 푸퉁화普通話, 중국어의 표준어를 구사했기 때문이다. 다른 선생님들과 달리 그녀는 수업을 할 때든 안 할 때든 고향 사투리를 전혀 쓰지 않았다. 우리는 학년 교학연구실로 그녀를 찾아갔다. 그녀는 인내심 있게 우리 두 사람의 관점을 다 듣고 나더니 매우 엄숙한 어투로 말했다.

"전 세계 인민들이 평화를 사랑하는데 어떻게 원자탄을 한데 묶어 터뜨릴 수 있겠니?"

뜻밖에도 서구식 분위기가 물씬 풍기는 이 화학 선생님은 몇 달째 이어져온 우리의 논쟁에 도낏자루에서 새순이 돋는 식의 엉뚱한 해답을 제시했다. 결국 우리 두 사람은 멍한 표정으로 교학연구실을 나와, 여전히 멍한 얼굴로 잠시 서로의 얼굴을 쳐다보다가 동시에 욕을 한마디 내뱉었다.

"에이, 젠장!"

우리는 둘 다 잠시도 멈추지 못하는 모습으로 계속 논쟁을 이어나갔다. 그러다가 마침내 또다시 조급해진 나는 옛날의 기예를 다시 연출하기로 마음먹고 버럭 소리를 질렀다.

"루쉰 선생님께서 그러셨어. 설사 전 세계의 원자탄을 전부 한데 묶어 터뜨린다 해도 지구를 멸망시킬 수 없을 거라고 말씀하셨단 말이야."

"또 루쉰 선생님을 들고 나오는군." 친구가 의심이 가득한 눈초리로 나를 쳐다보면서 말했다.

"못 믿겠단 말이야?" 당시 나는 죽은 돼지가 끓는 물을 두려워하지 않는 것처럼 눈에 뵈는 것이 없었다.

"지금 내가 루쉰 선생님의 말씀을 꾸며대고 있다는 거야?"

내가 완강한 태도를 보이자 이번에도 그 친구가 한 걸음 물러섰다. 그가 고개를 가로저으며 말했다. "네가 그럴 리가 없지. 누가 감히 함부로 루쉰 선생님의 말씀을 지어낼 수 있겠어."

"당연하지. 내가 어떻게 함부로 루쉰 선생님의 말씀을 지어낼 수 있단 말이야?" 나는 가슴이 뜨끔했지만 짐짓 이렇게 말을 받았다.

그가 고개를 끄덕이며 말했다. "그 '설사'라는 말을 들으니 정말 루쉰 선생님의 어투가 맞는 것 같다."

"맞는 것 같다니?" 나는 승기를 놓치지 않고 공격을 계속했다. "이게 바로 루쉰 선생님의 말투란 말이야."

내 친구는 또다시 고개를 떨어뜨리고 풀이 죽어 자리를 떴다. 그는 어째서 루쉰 선생이 항상 자신에게 불리한 말만 하시는지 아무리 해도 이해할 수 없었을 것이다. 하지만 몇 달이 지나 나는 깜짝 놀라서 온몸에 식은땀을 흘리고 말았다. 갑자기 아주 거대한 논리의 허점을 발견했기 때문이다. 루쉰은 1936년에 세상을 떠났는데 일본 히로시마에 최초로 원자탄이 투하된 것은 1945년의 일이었다. 나는 며칠을 불안에 떨다가 결국 제 발로 이 친구를 찾아가 잘못을 인정하고 말았다. 내가 그에게 말했다.

"지난번엔 내가 말을 잘못했던 것 같아. 루쉰 선생님께서는 원래 원자탄을 말씀하신 게 아니라 그냥 폭탄을 말씀하신 거였어. 설사 전 세계 폭탄을 한데 묶어 터뜨린다 해도 지구를 멸망시킬 수 없다고 말씀하신 거였어."

내 친구는 즉시 두 눈이 초롱초롱해지면서 눈을 치켜뜨고는 의기양양하게 말했다. "거 봐! 어떻게 원자탄을 보통 폭탄과 비교할 수 있겠어!"

"물론 비교가 안 되지." 얼렁뚱땅 관문을 넘어가기 위해 나는 그의 관점이 옳다는 것을 인정하는 수밖에 없었다. "네 말이 맞아. 전 세계의 원자탄을 전부 한데 묶어 동시에 터뜨린다면 지구는 틀림없이 산산조각이 나고 말 거야."

초등학교에서 중학교까지, 나와 이 친구 사이에 벌어진 두 차례의 마라톤식 논쟁 결과는 결국 1 대 1 무승부였다. 이러한 결과는 아무런 의미도 없었고 논쟁 자체도 의미가 없었다. 의미 있는 것은 이 일로 인해 도출된 한 가지 사실, 하나의 단어로서 '루쉰'이 문화대혁명 시기에는 정말로 엄청난 위력을 갖고 있었다는 사실이었다.

나와 루쉰의 이야기는 계속 연역되어 나 혼자만의 루쉰으로 이어졌다. 내 지나간 삶의 과정에도 미친 사람 같은 때가 있었다. 그 가운데 하나가 바로 루쉰의 단편소설 「광인일기」를 노래로 써낸 것이다.

중학교 2학년 때였으니까 아마도 1974년의 일일 것이다. 문화대혁명은 후기로 접어들었고 우리의 삶은 갈수록 깊어지는 스트레스 속에서 아무런 변화도 없이 무력하게 이어졌다. 나는 수학 시간에는 밖에 나가 농구를 했고 화학 시간이나 물리 시간에는 운동장을 이리저리 어슬렁거렸다. 아무런 구속이나 간섭도 없었다. 하지만 나는 교실에 권태를 느낀 데 이어 곧 운동장에도 싫증이 나기 시작했다. 나는 온갖 고민으로 얼굴을 잔뜩 찌푸렸고 도무지 어떻게 세월을 보내야 좋을지 몰랐다. 아무 일도 없는 자유가 오히려 무료함을 느끼게 했다. 이때 내가 발견한 것이 음악이었다. 정확히 말하자면 숫자 악보簡譜, 1에서 7까지의 아라비아 숫자와 기타 음악에 쓰이는 부호들을 써서 음표를 만든 간이 악보를 발견한 것이다. 이리하여 수학 수업만큼이나 재미없는 음악 시간에 나는 생활의 즐거움을 맛보았고 다시 열정을 회복했다. 나는 작곡을 하기 시작했다.

사실 나는 음악에 매료된 것이 아니라 숫자 악보에 매료되었다. 어떤 이유에서인지는 나 자신도 알 수 없었다. 아마도 숫자 악보를 잘 몰랐기 때문이었을 것이다. 국어나 수학 교과서를 들추면 그 안에 담긴 내용들이 무얼 말하고 있는지 쉽게 알 수 있었다. 하지만 숫자 악보는 애당초 무엇에 쓰는 것인지도 몰랐다. 내가 아는 것이라고는 그 혁명가가 일단 숫자 악보로 인쇄되어 나오기만 하면 줄곧 그 모양을 유지하면서 신기하게도 종이 위에 숨어 몰래 어떤 이야기를 떠들어대고 있다는 것뿐이었다. 무지無知가 신화를 만들어냈고 신화는 소환召喚으로 변했으며 소환은 내 창작 욕망을 불러일으켰다.

나는 이런 숫자 악보를 배울 생각이 전혀 없었기 때문에 직접 그 형상을 이용해 음악 창작을 시작했다. 내 인생에서 유일한 음악 창작이었다. 나의 첫번째 창작 소재는 루쉰의 단편소설「광인일기」였다. 나는 먼저 루쉰의 소설을 새 공책에 베낀 다음 숫자 악보 위의 각종 음표를 글자 바로 아래 어지럽게 적어내려갔다. 그리하여 세계에서 가장 긴 노래인 동시에 아무도 연주할 수 없고 아무도 들어주지 않을 노래가 거의 완성되었다.

이 작업은 여러 날에 걸쳐 나의 열정을 전부 소모해버렸다. 공책을 다 채운 나는 탈진하고 말았다. 이때까지도 나는 음악의 숫자 악보에 관해 전혀 알지 못한 상태였다. 이미 공책 한 권을 가득 채운 음악작품을 보유했지만 음악을 향해서는 반걸음도 내딛지 못했다. 나는 내가 마구 써놓은 악보가 어떤 소리로 들릴지 알지 못했다. 그저 그럴듯한 노래처럼 보인다고 느끼면서 혼자서만 만족할 뿐이었다.

나는 이미 잃어버린 지 오래인 그 공책이 몹시 그립다. 세상에서 가장 긴 '광인일기'라는 제목의 노래도 그립다. 공책에 마구 써넣은 숫자 악보의 박자와 마음대로 가져다 붙인 음표가 그립다. 그 공책에는 문화대혁명 후기 내 삶의 모습이 그대로 담겨 있었다. 당시의 삶은 질식할 것 같은 압박감과 무료한 자유, 그리고 공허한 언어가 한데 어우러진 것이었다. 그런데 나는 왜 「광인일기」를 음악 창작 소재로 선택했던 것일까? 나도 잘 모르겠다. 내가 아는 것이라고는 「광인일기」이후로 더 이상 작곡에 적합한 어떤 문학적 소재도 찾을 수 없었다는 것뿐이다. 이리하여 나는 그 수학 방정식과 화학 반응식에 대처하는 수밖에 없었다. 그 뒤에 이어지는 세월 속에서 나는 또다시 수학 방정식과 화학 반응식을 노래로 써서 또 다른 공책을 하나 가득 채웠다. 역시 마구잡이 리듬과 마음대로 갖다 붙인 음표들이라서 정말로 연주한다면 틀림없이 이 세상에 한 번도 존재한 적이 없는 소리가 나왔을 것이다. 어쩌면 지옥에는 그런 소리가 존재했을지도 모른다. 나도 내가 쓴 그런 노래들이 도대체 어떤 소리를 낼지 궁금한 적이 있었다. 당시 내가 상상할 수 있었던 소리라고는 귀신이 곡을 하거나 늑대가 울부짖는 소리였다. 물론 뜻밖의 행운을 바라기도 했었다. 눈먼 고양이가 눈먼 쥐를 만나듯이 나도 모르게 아름다운 천상의 음악과 가사가 써지기를 기대했던 것이다.

이제 와서 지난 일을 생각해보면 내가 왜 그때 「광인일기」를 선택했었는가 하는 문제에 대한 해답을 얻을 수 있을 것 같다. 애당초 내가 노래를 쓰려고 했던 방법 자체가 또 다른 미치광이의 일기와 같았던 것이다.

문화대혁명이 끝나고 난 뒤로 나는 루쉰에 대한 마오쩌둥의 평가에 커다란 호기심을 품게 되었다. 나는 이 두 사람의 영혼 사이에 비밀통로가 있어서, 비록 삶과 죽음 사이의 거리가 있기는 하지만 두 사람이 여전히 재빨리 서로에게 다가갈 수 있을 것이라고 생각했다. 마오쩌둥과 루쉰은 둘 다 아주 고집스러운 영혼과 영원히 만족하지 못하는 성격을 갖고 있는 것 같았다. 마오쩌둥은 루쉰의 '강인한 정신'을 찬양했지만 사실 마오쩌둥 자신이 아주 강인하고 완고한 사람이었다. 그는 당시 중국에 비해 훨씬 강대한 미국과 소련에 대항하면서 추호도 약한 모습을 보이지 않았다. 게다가 이 두 사람은 사상의 가장 깊은 곳에서 아주 철저하고 극단적이었다. 두 사람 모두 유가에서 말하는 중용의 도에 대해 극도로 악의적인 반응을 보이면서 이를 철저하게 거부했다.

모든 위대한 작가들은 위대한 독자를 필요로 한다. 루쉰에게는 누구보다도 강대한 독자 마오쩌둥이 있었다. 이는 루쉰의 행운이기도 했지만 동시에 불행이기도 했다. 문화대혁명 시기에 '루쉰'이 한 작가의 이름에서 시대의 흐름을 타는 정치적 어휘로 변질된 뒤로 그의 깊이 있고 뛰어난 정취를 지닌 작품들마저 교조주의적 독서에 매몰되고 말았기 때문이다. 그 시대 사람들은 입만 열었다 하면 "루쉰 선생님께서 말씀하시길……"이라는 표현을 쏟아냈다. 그 친숙한 어투를 들으면 마치 모든 중국인이 루쉰과 아주 친밀한 관계에 있는 것 같았다. 하지만 마오쩌둥만큼 루쉰을 깊이 이해한 사람은 거의 없었다. 때문에 문화대혁명 시기에 루쉰의 명성이 최고조에 이르렀는데도 진정한 독자들은 그리 많지 않았다. "루쉰 선생님께서 말씀하시길……"이라는 표현은 그저 한 시대의 상징적 부호일 뿐이었다.

문화대혁명 이후 루쉰은 더이상 신성한 어휘가 아니었다. 그는 다시 작가로 돌아갔고 동시에 다시 논쟁 대상으로 돌아갔다. 수많은 사람들이 계속해서 루쉰을 추앙했지만 적지 않은 사람들이 루쉰을 폄하하거나 공격하기 시작했다. 루쉰이 살아생전에 공격을 받았던 것과 다른 점이 있다면 지금의 공격에는 선정적인 재료가 첨가되었다는 것이다. 어떤 사람들은 루쉰의 사생활에 커다란 흥미를 느끼면서 바람과 그림자를 잡듯이 루쉰과 애정관계를 가졌던 네 명의 여인을 연구했고, 또 어떤 사람은 아예 루쉰에 관한 기억을 더듬어 그의 잠자리 기술이 형편없었고 루쉰의 성심리가 대단히 변태적이었다는 등 검증되지 않은 이야기들을 쏟아냈다.

중국의 시장경제가 급속도로 발전함에 따라 루쉰의 상업적 가치도 끊임없이 개발되었다. 루쉰의 작품에 등장하는 캐릭터나 지명이 요식업이나 여행업에 이용되었고 심지어 가라오케나 나이트클럽에서 각 호실 명칭을 루쉰의 작품에 나오는 지명으로 명명하기도 했다. 정부 관료들과 비즈니스맨들이 바로 이런 유흥업소의 룸에서 젊은 아가씨들을 껴안고 노래와 춤으로 태평성대를 구가하고 있는 것이다.

직접 루쉰 본인을 광고의 대변자로 활용하는 사람도 있었다. 우한武漢의 한 취두부臭豆腐, 두부를 발효시켜 만든 음식 전문점은 점포 입구에 루쉰이 취두부를 사라고 외치는 모습의 커다란 입간판을 세워놓았다. 이 광고에는 루쉰이 담배를 피우는 고전적인 사진이 사용되고 있었다. 다른 점이라고는 루쉰이 손에 든 담배가 취두부로 바뀐 것뿐이었다.

이 가게 주인은 자신이 루쉰과 같은 고향 사람이라고 자랑스럽게 말했다. 자신과 루쉰이 둘 다 저장浙江 사오싱紹興 사람이라는 것이었다. 지금 중국에서는 이런 광고방식이 크게 유행하고 있다. 이른바 명인名人효과를 사업에 차용하는 것이다.

중국에서 '루쉰'의 운명은 일개 작가의 운명에서 한 단어의 운명으로 전환되었다가 다시 단어의 운명에서 작가의 운명으로 돌아왔다. 사실이는 중국의 운명을 그대로 반영하는 것이라 할 수 있다. 나뭇잎을 보면 가을이 온 것을 알 수 있듯이 중국 역사의 온갖 변천과 사회의 격동을 '루쉰'에게서 확인할 수 있는 것이다.

나는 오슬로 대학에서 나와 루쉰의 이야기를 계속했다. 나는 노르웨이의 청중에게 일찍이 루쉰이 문제가 아주 많은 작가이고 그의 빛나는 명성은 정치적 결과물이라고 생각했던 게 사실 무지의 소치였다고 털어놓았다.

1984년, 나는 중국 남부의 한 현성縣城 문화관에서 일하고 있었다. 당시 나는 이미 글 쓰는 일에 종사하고 있었다. 우리 사무실 밖 복도에는 커다란 탁자가 하나 놓여 있고 그 위에는 마르크스와 엥겔스, 레닌, 스탈린, 마오쩌둥 그리고 루쉰의 저작물이 가득 쌓여 있었다. 한때 성스러운 경전이었던 이 책들이 시대의 흐름에 따라 폐지처럼 한데 묶여 그 위에 먼지만 뽀얗게 쌓여 있는 것이었다. 루쉰의 저작이 가장 바깥쪽에 쌓여 있었다. 나는 고개를 숙여 먼지가 가득 내려앉은 루쉰의 저작물을 바라보면서 마음속으로 결국 이 사나이의 시대도 지나갔구나 하고 생각했다. 한번은 그 책더미 앞을 지나다가 실수로 바닥에 떨어진 루쉰의 저작물에 걸려 하마터면 넘어질 뻔했다. 나는 버럭 화를 내면서 거칠게 욕을 해댔다.

"젠장, 이미 지나버린 시대의 사람이 아직도 뛰어나와 지나가는 사람의 발목을 붙잡다니!"

문화대혁명이 끝날 무렵, 나는 막 고등학교를 졸업했다. 그 후로 10년 동안 나는 많은 문학작품을 읽었다. 하지만 루쉰의 작품은 단 한 글자도 읽지 않았다. 나중에 내가 작가가 된 뒤에 중국의 비평가들은 나를 루쉰 정신의 계승자라고 말했다. 이런 소리를 들을 때면 나는 마음 속으로 몹시 불쾌할 뿐만 아니라, 그들이 내 작품을 폄하하고 있다는 생각마저 들곤 했다.

세월이 흘러 1996년이 되어서야 나는 루쉰의 작품을 다시 읽을 기회를 갖게 되었다. 어느 영화감독이 루쉰의 소설을 영화화하면서 내게 각색과 기획을 맡긴 것이었다. 그는 내게 적지 않은 보수를 제시했고 마침 돈이 몹시 궁할 때라 망설이지 않고 단번에 그의 제의를 수락했다. 하지만 기획을 맡고 나서야 내 서가에 루쉰의 책이 단 한 권도 없다는 사실을 깨달았다. 하는 수 없이 서점에 가서 『루쉰소설집』을 사야 했다.

그날 저녁, 나는 등불 아래서 내게 가장 익숙하면서도 가장 낯선 작품들을 읽기 시작했다. 제일 먼저 읽은 작품은 내가 일찍이 숫자 악보를 작성해서 노래로 만들었던 「광인일기」였다. 하지만 그 안에 담긴 내용은 전혀 기억나지 않았다. 이 소설의 서두에서 주인공인 미친 사람은 다른 사람들이 전부 정상이 아니라고 느꼈을 때 이렇게 말한다.

"그렇지 않다면 자오娜 씨 집안의 개가 왜 날 그렇게 째려보았겠어!"

이 한마디에 나는 놀라움을 금치 못했다. 마음속으로 정말 루쉰에게 대단한 구석이 있다는 생각이 들었다. 그는 한 인물이 정상이 아니라는 것을 단 한마디로 표현해내고 있었다. 이에 비해 일부 재능 없는 작가들은 자신이 묘사하고 있는 인물이 정상이 아님을 나타내고자 할 때 수만 자나 되는 장황한 묘사를 늘어놓지만 여전히 그가 그리는 인물은 대단히 정상적이기 일쑤였다.

「쿵이지」는 그날 저녁 내가 읽은 세번째 소설이었다. 이 소설은 초등학교부터 고등학교까지 국어 교과서에 여러 번 나왔다. 하지만 내가 이 작품을 정말 제대로 읽은 것은 내 나이 서른여섯 살 때였다. 「쿵이지」를 다 읽고 나서 나는 곧장 그 영화감독에게 전화를 걸었다. 나는 그가 루쉰의 소설을 영화화하지 말기를 바랐다. 전화에서 나는 이렇게 말했다.

"루쉰을 망가뜨리지 맙시다. 루쉰은 정말 위대한 작가거든요."

다음 날 나는 곧장 서점으로 가서 문화대혁명 이후에 출판된 『루쉰전집』을 샀다. 문득 내가 일하던 그 문화관 탁자 위에 잔뜩 쌓여 있던 루쉰의 작품이 생각났다. 문화대혁명 시기에 출판된 루쉰의 작품들은 그 판본에 좀더 깊은 의미가 담겨 있었다. 나는 문화관 사무실을 드나들 때 두 발이 종종 루쉰의 작품에 걸려 넘어질 뻔하곤 했다. 나는 이것이 운명의 암시일지도 모른다고 생각했다. 회색 먼지를 잔뜩 뒤집어쓴 이 책 속에 위대한 언어가 숨겨져 있음을 암시하고 있는 것 같았다.

서점에서 『루쉰전집』을 산 뒤로 한 달 동안 나는 루쉰의 날카로우면서도 맑고 밝은 글에 푹 빠져 있었다. 나중에 나는 어느 글에서 이렇게 썼다. "그의 문장은 탄환이 몸을 뚫고 가지만 몸속에 남아 있지 않은 것처럼 빠르고 격렬하게 현실에 다가왔다."

나는 이번 기회를 이용하여 다시 한 번 「쿵이지」에 관한 나의 의견을 제시하고 싶다. 이 작품은 가장 모범적인 단편소설이라고 할 수 있다. 서두의 서술은 무척 단순한 것처럼 보이지만 매우 깊고 오묘한 의미를 담고 있다. 루쉰은 루진魯鎭의 주점을 묘사하는 대목에서 짧은 옷을 입은 손님들은 전부 계산대 밖에 서서 술을 마시고 장삼을 입은 사람들은 전부 가게 안의 막힌 방 안에 들어앉아 술과 안주를 방으로 가져오게 하여 천천히 마시는 것으로 묘사하고 있다. 쿵이지는 장삼을 입었으면서도 서서 술을 마시는 유일한 사람이었다. 루쉰은 먹을 금처럼 아끼는 짧은 분량의 서두에서 단번에 남들과 다른 쿵이지의 사회적 신분을 전체 서사에서 돌출시키고 있었다.

「쿵이지」에서 특히 중요한 것은 루쉰이 쿵이지가 처음 몇 번 술집에 왔던 부분에 대한 묘사를 생략하고 있다는 점이다. 쿵이지의 다리가 부러진 뒤에야 루쉰은 그가 어떻게 술집에 오게 되었는지 서술하기 시작한다. 이는 위대한 작가의 책임이다. 쿵이지의 두 다리가 건재할 때는 그가 술집까지 걸어오는 방식을 무시해도 된다. 물론 다리가 부러진 뒤부터는 이를 절대 무시할 수 없다. 그리하여 우리는 다음과 같은 대목을 읽을 수 있는 것이다. "갑자기 '술 한 사발 데워줘' 하는 소리가 들렸다. 몹시 낮지만 귀에 익은 음성이었다. 주위를 둘러봤지만 사람이라곤 아무도 없었다. 얼른 일어나 밖을 내다보니 쿵이지가 계산대 아래에 문지방을 마주하고 앉아 있는 것이었다." 먼저 목소리가 들리고 곧이어 목소리의 주인공이 모습을 드러낸다. 이런 서술만으로도 이미 범상한 글쓰기의 수준을 넘어서고 있다. "내가 술을 데워 조심스럽게 가져다가 문지방 위에 내려놓자" 쿵이지는 주머니를 더듬어 대전大錢 4문文을 꺼내놓는다. 여기서 사람들로 하여금 감탄을 금치 못하게 하는 서술이 나온다. "그의 손은 온통 흙으로 더럽혀져 있었다. 알고 보니 그는 손으로 땅을 짚어가며 걸어온 것이었다." 루쉰은 이 짧은 한마디로 모든 것을 설명하고 있었다.

서른여섯 살이 되던 해의 그날 저녁 나에게 루쉰은 마침내 하나의 단어에서 하나의 작가로 돌아왔다. 초등학교에서 고등학교에 이르는 그

긴 세월 동안 억지로 루쉰의 작품을 읽어야 했던 시절을 돌이켜보면 만감이 교차한다. 나는 루쉰이 아이들의 작가가 아니라 성숙하고 민감한 독자들의 작가라고 생각한다. 또한 나는 때때로 한 독자와 한 작가의 진정한 만남에는 어떤 기회가 필요하다고 생각한다.

문화대혁명이 끝나고 나는 다른 작가들의 수많은 작품들을 읽었다. 위대한 작품도 있고 평범한 작품도 있었다. 나는 어떤 작가의 작품을 읽기 시작했을 때 재미가 없다고 생각하면 당장 그 작가의 작품을 내려놓는다. 그 작가를 싫어하고 싶지 않기 때문이다. 하지만 문화대혁명 시기에는 루쉰의 작품을 내려놓지 못하고 한 번 또 한 번 반복해서 읽어야 했다. 때문에 루쉰은 평생 내가 싫어했던 유일한 작가가 되었다.

나는 노르웨이의 청중에게 한 작가가 하나의 단어가 된다는 것은 사실 그 작가 본인에게 커다란 손해라고 말했다.

나의 강연이 끝나자 오슬로 대학 역사학과의 하랄 뵈크만Harald Bøckman 교수가 내게 다가와 말했다. "위화 선생이 어렸을 때 루쉰을 싫어했던 것이 내가 어렸을 때 입센을 싫어했던 것과 조금도 다르지 않군요."

차이差距

한 가지 분명한 사실은 극단적으로 억압된 시대는 사회의 급격한 변화에 따라 반드시 극단적으로 방종하는 시대를 조성한다는 것이다. 그네를 타는 것처럼 한쪽 끝이 높이 올라가면 반대쪽 끝도 높이 올라갈 수밖에 없다. 중국 경제의 고속성장은 모든 것을 순간적으로 바꾸어버렸다. 우리는 멀리뛰기 경기라도 하듯이 물질이 극단적으로 결핍된 시대에서 낭비가 넘치는 시대로, 정치 지상의 시대에서 금전 제일의 시대로, 본능이 억압된 시대에서 욕망이 넘쳐나는 시대로 건너뛰었다. 이 30년이란 세월이 몸을 한 번 웅크렸다가 도약하는 시간에 불과한 것처럼 느껴질 정도다.

지난날의 한 소년이 다음과 같은 사실을 증명해준다. 때로는 겁이 많아 모든 것을 두려워하는 상태에서 전혀 두려움이 없는 단계로 옮겨 가는 것은 단 한 걸음 차이라는 사실이다. 1970년대 중반의 일이었다. 침울하고 스트레스로 가득 찬 우리의 생활 속에 점차 문화대혁명의 마지막을 알리는 징후가 나타나기 시작했다.

내가 지금 쓰려는 것은 지난 시절 만난 한 학교 친구의 이야기이다. 그는 지금도 고향 마을에 살고 있고 여러 해 동안 직업이 없어 연로하신 부모님이 받는 얼마 안 되는 퇴직연금에 의지해 생계를 유지하고 있다. 나는 당시 그의 잘생긴 얼굴이 튀어나온 덧니 두 개 때문에 망가져 보인 것과 큰 키에 비쩍 마른 몸으로 항상 우리 무리 뒤에 처져서 뒤따라왔던 것을 아직도 생생하게 기억하고 있다.

당시 우리는 길거리 소년들로 자라면서 재미있는 일에 흠뻑 빠져들었고 같은 마을에 사는 또래 아이들을 상대로 패싸움을 벌이기도 했다. 때로는 대담하게도 우리보다 머리 하나는 더 큰 청년을 상대로 싸움을 벌인 적도 있었다. 격전을 치를 때마다 이 친구는 숨어 있다가 갑자기 나타났다. 그는 그리 멀리 떨어지지 않은 곳에서 구경만 하고 있었다. 도망치지도 않았고 싸움에 적극적으로 참여하지도 않았다. 그러던 그가 나중에는 갑자기 용맹무쌍해지더니 큰 싸움이 벌어질 때마다 맨 앞에 나섰다가 가장 늦게 물러나곤 했다.

한번은 우리 길거리 소년들이 길거리 청년들에게 호되게 얻어맞고서 머리를 움켜쥔 채 도망쳐야 하는 상황이 벌어졌다. 뜻밖에도 우리가 완전히 무너지려는 순간 항상 수수방관하던 이 친구가 갑자기 집으로 돌아가더니 식칼을 들고 달려 나왔다. 사기가 하늘을 찌르던 그 길거리에서 청년들을 마주한 그는 오른손에 든 식칼로 먼저 자기 얼굴에 칼집을 냈다. 붉은 피가 솟아나오자 그는 왼손으로 얼굴의 피를 훔친 다음 선혈이 낭자한 얼굴로 소리를 지르며 청년들을 향해 달려들었다.

한창 기세가 오른 길거리 청년들은 승기를 놓치지 않고 우리를 추격하던 중이었다. 그런데 얼굴에 선혈이 낭자한 한 소년이 자신을 돌보지 않는 영웅적인 기세로 목숨을 걸고 달려오고, 게다가 오른손에는 시퍼렇게 날이 선 식칼을 들고 있는 것을 보고는 금세 겁에 질리고 말았다. 중국 속담에 부드러운 사람은 곧은 사람을 두려워하고, 곧은 사람은 기가 센 사람을 두려워하며, 기가 센 사람은 목숨 걸고 덤비는 사람을 두려워한다는 말이 있다. 길거리 청년들은 이 친구를 보자 걸음아 나 살려라 하고 도망치기 시작했고 이 친구는 청년들을 뒤쫓아 가며 계속 소리를 질러댔다.

"이 형님이 오늘 너 죽고 나 살기로 결판을 내고 말겠다!"

방금 전까지만 해도 머리를 감싸 쥐고 도망치던 우리는 재빨리 태도를 바꿨다. 마치 호가호위하듯 덩달아 "이 형님이 오늘 너 죽고 나 살기로 결판을 내고 말겠다!"라고 소리를 지르며 청년들의 뒤를 함께 쫓아 갔다. 우리는 작은 마을의 거리 곳곳을 온몸이 땀에 젖도록 뛰어다니며 길거리 청년들을 추격했다. 호흡을 가라앉히는 동시에 추격 속도를 조절하려다보니 우리의 구호는 점점 짧아질 수밖에 없었다.

"너 죽고 나 살자!"

그날 오후 우리는 마을 전역에 이름을 드높일 수 있었고 이때부터 '너 죽고 나 살자'라는 유명한 별명을 얻었다. 다른 길거리 소년들은 우리를 볼 때면 항상 웃음 띤 얼굴로 반갑게 대해주었고 길거리 청년들도 훨씬 겸손한 태도를 보이기 시작했다. 이 친구는 우리 모두로부터 마음에서 우러나오는 존경을 받았고 이때부터 우리의 대오 뒤쪽에 처지는 일도 없어졌다. 우리도 그가 앞장서고 우리가 뒤를 따르는 데에 점차 익숙해졌다.

그런데 이 친구는 어째서 그렇게 하룻밤 사이에 완전히 달라졌던 것일까? 사실 여기에는 아주 간단한 이유가 있었다. 오늘날의 상식으로는 거의 믿기 어려운 이유였다.

하루는 이 친구의 부모님이 이웃과 말다툼을 벌였다. 아마도 이웃집에서 자기 집 조개탄을 조금 훔쳐 갔다고 의심한 데서 시작된 아주 사소한 싸움이었던 것 같다. 그러나 말다툼이 계속 격렬해지면서 두 집 식구들이 전부 나서 주먹다짐을 하는 상황에 이르렀다. 이때 내 친구도 싸움에 끼어들어 가장 만만해 보이는 상대를 골랐다. 오른쪽 주먹을 내밀어 이웃집 딸의 풍만한 가슴을 때린 것이었다. 이 한 번의 가격으로 내 친구는 환골탈태하여 전과는 완전히 달라졌다. 나중에 그는 무한한 부러움이 담긴 우리의 눈길을 한몸에 받으며 손바닥을 밑으로 하고 오른손을 뻗어 보였다. 그러면서 자신의 행복한 네 손가락이 옷을 사이에 두고 어떻게 그 아름다운 아가씨의 풍만한 가슴과 친밀한 접촉을 했는지 얘기해주었다. 그는 엄지손가락을 제외한 나머지 네 손가락에 혼이 나갈 정도로 부드러운 감촉이 전해졌다고 말했다.

그 순간의 아름답고 미묘한 느낌은 이 친구에게 아주 어린 나이에 자신의 인생이 이미 완성되었다는 생각을 갖게 해주었다. 그 뒤로 그는 만족스러운 표정으로 이렇게 말하곤 했다.

"여인의 가슴을 만져봤으니 이제 죽어도 여한이 없어!"

당장 죽어도 여한이 없다는 인식이 바로 이 겁 많던 친구를 갑자기 용감무쌍한 사내로 변화시킨 것이었다.

이것이 바로 우리 세대의 소년 시절이었다. 성숙한 여인의 신체에 순간적으로 접촉한 것만으로도 한 사람을 완전히 다른 사람으로 변화시킬 수 있었다. 극단적인 시대를 살았던 우리는 치고받으면서 싸울 때는 겁 없고 용감했지만 여성의 튼실한 육체를 갈망할 때는 오히려 소심하게 겁을 먹고 전전긍긍하기 일쑤였다.

고등학교에 다닐 때 한번은 어떤 친구가 분필로 몰래 교실 칠판 위에 '사랑'이라는 단어를 써놓은 적이 있었다. 누가 그랬는지는 지금까지도 알려지지 않았다. '사랑'은 우리가 마음속으로도 감히 써보지 못한 단어였다. 당시 우리 고등학교 1학년에는 네 반이 있었다. 이 단어는 삐뚤삐뚤한 서체로 1반 교실 칠판에 적혀 있었다. 나머지 세 반 학생들은 속으로는 은근히 부러워하면서도 겉으로는 비판적인 표정을 지으며 이런 단어를 공공연히 칠판에 쓴 "불량배를 색출해내야 한다"는 구호를 외쳐대면서 우르르 그 교실 앞으로 달려가 걸음을 멈추고 한참을 구경하곤 했다. 나도 그때 이 단어의 조합을 처음 보았다. 이 단어는 우리의 중국어에서 이미 오래전에 사라진 단어였다. 그 단어를 처음 보는 순간 갑자기 내 몸 안에서 뜨거운 피가 솟구치기 시작했다.

분필로 쓴 이 보기 흉한 두 글자는 고등학교 1학년 1반 교실의 칠판 위에 범죄의 증거로 열흘 동안이나 그대로 남아 있었다. 학교 혁명위원회가 이 단어를 칠판에 쓴 불량배를 색출하려고 시도했기 때문이다. 혁명위원회에서는 우선 우리 학년 남학생 전체의 작문공책을 수거하여 필체를 확인했지만 범인을 찾아내지 못했다. 이번에는 우리 학년 여학생 전체의 작문공책을 수거하여 똑같은 방법으로 조사했지만 역시 범인을 찾을 수 없었다. 그러자 수사 대상 범위를 2학년으로 확대했다. 하지만 여전히 범인의 윤곽은 드러나지 않았다. 결국 사건을 그대로 마무리하기 위해 학교 혁명위원회 주임이 직접 칠판 위에 적힌 '사랑'이라는 단어를 지워버렸다.

나는 마음속으로 깊은 실의에 빠졌다. 이미 매일 1반 교실 앞에 서서 칠판 위에 쓰인 '사랑'이라는 단어를 한참이나 바라보는 것이 습관이 되어 있었고 사랑에 대한 갈망이 그림의 떡으로나마 어느 정도 만족을 얻고 있었기 때문이다. 칠판에서 '사랑'이라는 단어가 사라진 뒤로는 그림의 떡으로나마 나의 갈망을 채울 방법이 사라져버렸다.

우리는 칠판에 '사랑'이라는 단어를 적어놓은 익명의 친구가 자신이 범죄를 저지르고 있다는 사실을 잘 알았기 때문에 일부러 삐뚤빼뚤한 글씨로 써놓고서 법망을 유유히 빠져나가려 했던 것이라고 생각했다. 당시에는 "여우가 아무리 교활해도 노숙한 사냥꾼을 이기지 못한다"라는 영화 대사가 유행했다. 이 '사랑' 사건 이후로 학생들 사이에는 정반대의 의미로 "아무리 노숙한 사냥꾼이라 해도 교활한 새끼 여우를 이기지 못한다"라는 말이 유행하기 시작했다.

지금은 내 아들이 이미 고등학생이 되어 있다. 오늘날의 소년은 가끔 이 옛날의 소년에게 자신의 얘기를 들려주곤 한다. 아들이 중학교에서 생리 수업을 들을 때의 얘기였다. 선생님이 모든 여학생들에게 남학생의 다리 위에 앉으라고 지시했다고 한다. 남녀 학생들의 신체가 긴밀하게 접촉되어 있는 상태에서 선생님은 남성과 여성의 생리적 차이를 설명하기 시작했다. 이어서 선생님은 성교에 관해 설명하고 임신 등의 문제에 관해 설명했다. 설명을 마치고 선생님이 학생들에게 질문이 있느냐고 물었다. 한 학생이 손을 들고 질문했다.

"선생님, 실습수업은 없나요?"

내가 계속 학생들에 관해 말하는 것을 양해해주기 바란다. 30여 년 전만 해도 남학생들과 여학생들은 서로 얘기를 주고받을 수 없었다. 말을 하고 싶어도 감히 말을 할 수 없었던 것이다. 상대방을 사랑하고 사모한다 해도 몰래 눈으로만 바라보는 것이 고작이었다. 담이 큰 남학생이 남몰래 여학생에게 쪽지를 건네는 일은 있었지만 감히 직접적으로 사랑의 감정을 드러내는 글을 적지는 못했다. 마치 사슴을 가리키면서 말이라고 우기는 것처럼 애매한 내용들이었다. 예컨대 상대방에게 지우개나 연필을 선물하고 싶다는 말로 사랑의 신호를 전달하는 식이었다. 이런 쪽지를 받은 여학생은 그 남학생이 어떤 생각을 갖고 있는지 단번에 알아차렸지만 여학생들이 보이는 보편적인 반응은 긴장과 두려움이었다. 만에 하나 쪽지가 노출되기라도 하면 여학생들은 자신이 무슨 큰 잘못을 저지르기라도 한 것처럼 지독한 수치심을 느끼곤 했다.

30여 년이 지난 지금, 고등학교 학생들이 사랑을 얘기하는 것은 이미 심리적으로 합법화된 일이고 여론에서도 공론화된 지 오래다. 나는 인터넷에서 동영상 두 개를 본 적이 있다. 그중 하나는 수업시간 사이의 쉬는 시간에 교실에서 한 남학생이 책상 위에 앉아 몸을 기울여 의자에 앉아 있는 여학생을 끌어안는 장면이었다. 다른 친구들이 옆에서 자연스럽게 떠들면서 이리저리 움직이고 있는데도 남녀 두 학생은 자연스럽게 얘기를 주고받으며 키스를 했다. 또 다른 동영상은 학교 복도에서 손에 꽃다발을 든 남학생이 한 여학생을 향해 무릎을 꿇고서 프러포즈를 하는 장면이었다. 여학생이 이를 거절하면서 화장실로 숨으려 하자 남학생은 잠시 망설이는 것 같더니 이내 손에 꽃다발을 든 채 여자 화장실 안으로 따라 들어갔다. 오늘날에는 여고생들의 조기 임신이 갈수록 더 보편화되다보니 더이상 사회적 화두가 되지도 못한다. 정말 놀라운 것은 여학생이 교복을 입은 채로 병원을 찾아가 낙태수술을 받는다는 사실이다. 매체에서도 이런 내용의 보도를 한 적이 있었다. 한 여고생이 교복을 입은 채로 병원에 낙태수술을 받으러 왔는데 같은 학교 교복을 입은 남학생 네 명이 이 여학생을 에워싸고 함께 왔다는 것이다. 의사가 수술에 들어가기 전에 가족의 서명이 필요하다고 하자 남학생 넷이 서로 서명을 하려고 다퉜다고 한다.

도대체 무엇이 우리를 이 같은 극단에서 또 다른 극단으로 옮겨 가게 했던 것일까? 이 문제의 배후에는 무수한 해답이 떠돌고 있을 것이다. 나도 온갖 해답이 폭포처럼 쏟아지는 것을 느끼면서 딱 꼬집어 뭐라고 확실하게 말하지는 못한다. 하지만 한 가지 분명한 사실은 극단적으로 억압된 시대는 사회의 급격한 변화에 따라 반드시 극단적으로 방종하는 시대를 조성한다는 것이다. 그네를 타는 것처럼 한쪽 끝이 높이 올라가면 반대쪽 끝도 높이 올라갈 수밖에 없다.

중국 경제의 고속성장은 모든 것을 순간적으로 바꾸어버렸다. 우리는 멀리뛰기 경기라도 하듯 물질이 극단적으로 결핍된 시대에서 낭비가 넘치는 시대로, 정치 지상의 시대에서 금전 제일의 시대로, 본능이 억압된 시대에서 욕망이 넘쳐나는 시대로 건너뛰었다. 이 30년이란 세월이 몸을 한 번 웅크렸다가 도약하는 시간에 불과한 것처럼 느껴질 정도다.

오늘날의 중국을 보면, 뿌연 잿빛 하늘 아래 도시의 고층빌딩이 마치 숲처럼 군락을 이루어 높이 솟아 있고 고속도로가 종횡으로 교차하면서 강줄기보다 더 조밀하게 펼쳐져 있다. 쇼핑몰이나 슈퍼마켓에 가면 온갖 상품들이 눈을 가득 메우고 길거리에는 차량과 사람들의 행렬이 끊이지 않는다. 광고와 네온등이 번쩍번쩍 빛나고 나이트클럽과 마사지 센터가 줄지어 늘어서 있으며 헤어숍과 발마사지 센터가 생선 비늘처럼 즐비하다. 게다가 도처에 거대하고 호화로운 음식점이 들어섰다. 어떤 음식점은 홀 한 층이 강당만 한 건물 여러 층을 통째로 사용하고 사방이 전부 호화로운 룸으로 채워져 있다. 얼굴에 기름이 반지르르하게 흐르는 손님 2~3천 명이 한꺼번에 실컷 먹고 마실 수 있는 식당이 부지기수다.

하지만 멀리뛰기 한 번만 하면 되돌아갈 수 있는 시간인 30년 전만 해도 고층빌딩은 구경할 수 없었다. 우연히 볼 수 있는 고층빌딩은 전부 베이징이나 상하이 같은 대도시에만 있었다. 당시만 해도 우리는 고속도로가 무엇인지 몰랐고 광고라는 것은 개념조차 없었다. 상점은 드물었고 상점 안의 상품은 더 드물었다. 우리에겐 아무것도 없는 것이나 다름없었다. 하지만 그때 우리에게는 아주 파란 하늘이 있었다.

우리는 정량배급제 안에서 생활했다. 매달 1인당 양표糧票 27근이 지급되었다. 이는 남성들의 경우이고 여성들에게는 양표 25근과 육표肉票 반 근, 그리고 유표油票 두 냥이 지급되었다. 그 시대에는 식량을 구입할 때 돈이나 양표를 지불해야 했고 돼지고기나 식용유를 살 때는 육표와 유표를 돈과 함께 지불해야 했다. 둘 중 하나라도 없으면 물건을 살 수 없었다. 포표布票라는 것도 있어 돈이나 표를 가지고 포목점에 가야 천을 살 수 있었다. 그런 다음 재봉소에 가서 치수를 재고 옷을 맞췄다. 대부분의 사람들이 돈을 절약하기 위해 자신이 직접 옷을 지어 입었다. 당시에는 의류공장이 없었기 때문에 기성복을 파는 상점도 없었다. 그 시대에는 집에 재봉틀 한 대만 있으면 인근 골목의 이웃들로부터 부러움을 한 몸에 받을 수 있었다.

우리는 아주 정확하게 계산해서 매일 쌀밥 아홉 냥을 먹었고 매주 돼지고기 몇 조각씩을 먹었으며 야채를 볶을 때마다 식용유 열 방울을 사용했다. 그래야만 매달 가계지출에 적자가 발생하지 않을 수 있었다. 우리 세대는 이처럼 배불리 먹지도 못하고 굶어 죽지도 못하는 환경 속에서 성장했다. 우리 세대 사람들에게 유년 시절에서 가장 아름다웠던 일이 무엇이냐고 물으면 뜻밖에도 우리의 기억은 놀라울 정도로 비슷하다. 하나같이 과거에 어떤 맛있는 음식을 먹은 것이 가장 아름다운 기억으로 남아 있는 것이다. 먹을 것을 제외하면 우리에게는 아름다운 기억이 거의 없는 셈이다.

당시 도시의 주민들은 아무리 아끼고 절약해도 여유를 갖기 힘들었다. 남성들에게 매달 주는 27근의 양식은 절대로 배불리 먹을 수 없는 양이었지만 여성들은 매달 받는 양식 25근에서 적은 양이나마 남길 수 있었다. 여성들은 자신의 양표를 남겨 남편이나 형제들에게 나눠주었다. 유표와 육표 공급도 부족하기는 마찬가지였다. 사람들은 항상 남몰래 돈을 들여 양표와 유표를 구입함으로써 어려운 생계를 유지했다.

우리 고향에서는 농민들 수중에 유표가 약간 남을 때가 있었다. 농민들이 밭에서 유채油菜 씨앗을 모아다가 국가에서 경영하는 기름공장에 가져다주면 국가는 유표를 대가로 주었다. 이렇게 미미한 수량의 유표는 당시 농민들에게 매우 중요한 가외 수입원이었다. 가난한 농민들은 병을 치료할 돈을 마련하거나 혼례를 준비할 때면 몰래 도시로 가서 수중에 있는 유표를 팔곤 했다. 공유제公有制가 정착된 시대에 이런 행위는 일종의 투기였다. 나는 고등학교 1학년 때 열 명 남짓 되는 학교 친구들과 함께 신이 나서 이런 투기행위를 단속하는 대열에 참여했던 적이 있다. 오늘날의 용어로 표현하자면 자원봉사라고 할 수 있었다. 오늘날의 자원봉사자들은 식사라도 제공받지만 당시 우리가 제공받는 식사는 입 안 가득 밀려오는 한겨울의 차가운 바람뿐이었다. 우리는 매일 새벽 네 시에 일어나서 작은 마을의 집무시장集貿市場, 일정한 시간에 일정한 장소에서 주변 도시와 농촌의 주민들이 농업부산물이나 일용소비품 등을 거래하는 시장으로서 전문 시장 경영 관리자들이 운영하며 사회주의 시장의 주요 구성부분이다에 매복하여 사냥개가 사냥감을 기다리듯이 각자 길모퉁이나 전봇대 뒤에 숨어 있었다. 그러다가 일단 누군가 몰래 유표를 파는 현장을 발견하면 곧장 달려들어 그 투기분자를 체포하고 유표를 빼앗았다. 그런 다음 득의양양한 표정으로 그를 투기단속반 사무실로 압송했다.

우리는 강자를 두려워하고 약자를 능욕하면서 이를 커다란 즐거움으로 삼았다. 그러면서 스스로가 매일 이 사회에 정의를 늘려가고 있다고 생각했다. 전과戰果가 대단했지만 붙잡힌 투기매매분자들은 대부분 나이 많은 농민들이었고 압수된 유표도 한 근 이하였다. 게다가 이들 농민들은 아무런 저항도 하지 않았다. 그들은 도둑질을 하다 들키기라도 한 것처럼 자포자기하는 태도를 보였다. 자신들이 나쁜 짓을 했다는 사실을 잘 인식하고 있는 것 같았다. 그들의 유일한 반응은 엉엉 울면서 자신들의 유표가 가차 없이 몰수되는 광경을 바라보는 것뿐이었다.

빛나는 전과는 단 한 번뿐이었다. 힘이 세고 신체가 건장한 젊은 농민을 붙잡은 것이었다. 이 농민은 키가 우리보다 머리 하나는 더 컸고 몸집도 우리 같은 아이들 둘을 합쳐놓은 것보다 더 컸다. 우리가 덮치자 그는 힘으로 반격했다. 그는 오른 주먹을 꼭 쥐었지만 감히 우리를 향해 휘두르지는 못했다. 우리를 때렸다가는 죄목이 가중된다는 사실을 그도 잘 알고 있었다. 그가 취할 수 있는 행동이라고는 왼손으로 우리를 밀쳐낸 다음 황급히 도망치는 것뿐이었다. 이는 우리가 경험했던 가장 격렬한 반항이었다. 하마터면 우리는 그가 도망칠 수 있도록 놓아줄 뻔했다. 다행히 우리 쪽 사람이 많아 사방에서 그를 포위할 수 있었다. 게다가 몇몇 친구들의 손에는 벽돌 조각이 들려 있었다. 그는 얼굴이 피범벅이 되어 땅바닥에 쓰러지고 말았다. 이때도 그는 오른 주먹을 굳게 쥐고 있었고 왼손으로는 격렬하게 우리를 밀쳐대고 있었다. 우리는 그가 오른손에 유표를 쥐고 있다는 것을 모르지 않았다. 우리는 아무리 힘을 써도 그의 손가락을 펼 수 없었다. 두 명이 있는 힘을 다해 그의 오른팔을 땅바닥에 누르고 있는 사이 한 친구가 벽돌로 그의 오른손을 내리쳤다. 오른손이 피범벅이 되고서야 그의 꽉 쥔 주먹은 평평한 손바닥으로 변했고 우리는 피에 젖은 유표 몇 장을 볼 수 있었다. 세어보니 딱 한 근에 해당하는 액수였다. 우리는 그를 투기단속반 사무실로 압송하여 주머니를 샅샅이 뒤진 끝에 나머지 열한 근 분량의 유표를 찾아냈다.

다 합쳐서 유표 열두 근을 압수한 것이 한 번에 가장 많은 유표를 찾은 기록이었다. 오늘날 유행하는 말로 표현하자면 '대형사건'이라고 할 수 있었다. 심문이 시작되자 그는 부상당하지 않은 왼손으로 얼굴의 핏자국을 닦으면서 자신의 투기행위를 순순히 털어놓았다. 그는 아홉 근에 해당하는 유표는 자신의 혼례 비용을 마련하기 위해 친척과 친구 들로부터 빌린 것이고 나머지 세 근에 해당하는 유표는 자기 집에서 절약하여 모은 것이라고 해명했다. 그의 부모와 형제자매들은 이미 반년 동안이나 기름 한 방울 먹지 못했고 식사 때마다 채소를 소금물에 데친 것이 반찬의 전부였다는 것이었다.

30여 년 전의 그날 아침, 지금 이 순간의 기억 속에서는 너무 놀라 눈이 휘둥그레질 일이 일어났다. 우리 고등학생들은 신이 나서 웃고 떠들며 그날의 빛나는 전과를 자축했지만 온몸에 상처를 입은 그 젊은 농민은 고통스럽게 자신의 경력을 털어놓아야 했다. 초범이었기 때문에 그에 대한 처벌은 열두 근에 해당하는 유표를 몰수하고 앞으로 다시는 그런 투기행위를 하지 않겠다는 각서를 쓰는 것으로 마무리되었다. 각서를 쓰는 동안 부상당한 그의 오른손이 계속 떨렸다. 손가락이 아파서 그런 것인지 아니면 유표 열두 근을 빼앗긴 것이 분하고 원통해서 그런 것인지 알 수 없었다. 오른손에 흐르는 피가 각서를 쓰는 동안에도 멈추지 않다보니 각서는 핏물로 범벅이 된 혈서가 되고 말았다.

그가 풀려난 뒤에도 아직도 뭔가 부족하다고 느낀 우리 고등학생들은 그의 옆으로 다가가 아침을 맞는 마을 거리를 함께 걸으면서 쉬지 않고 질책을 해댔다. 우리가 그가 빼앗긴 유표 열두 근을 반복해서 들먹거리자 길 가던 사람들은 이를 듣고 하나같이 놀라서 눈을 크게 뜨고 입을 다물지 못했다. 우리가 재잘재잘 떠들어대는 와중에도 그는 단 한 마디 말도 없이 계속 앞만 보고 걸었다. 우리는 그의 얼굴에서 눈물을 보았다. 그는 옆에 아무도 없는 것처럼 얼굴이 온통 눈물에 젖도록 하염없이 울었다. 가끔 오른손을 들어 눈가의 눈물을 훔치기도 했다. 손의 통증이 수시로 그에게 자신의 손을 돌아보라고 일깨워주고 있었다. 우리는 계속 걷다가 마을 경내를 벗어나서야 걸음을 멈추고는 시골의 오솔길을 따라 점점 멀어져가는 그의 뒷모습을 향해 여전히 시시덕거리며 큰 소리로 비난과 질책의 말을 쏟아부었다. 그는 방금 떠오른 태양 아래로 걸어가면서 부상당한 손을 가슴에 모았다. 마음속에는 어쩔 수 없는 무력감을 안고 얼굴에는 핏자국과 눈물이 가득한 채 길고 긴 길을 걸어 집으로 돌아가고 있었다.

그로부터 30여 년이 지난 지금 나는 무거운 죄책감을 안고 이 글을 쓰고 있다. 그 착했던 젊은 농민이 그 뒤로 제때에 무사히 결혼을 했는지는 알 방법이 없다. 그가 그 뒤로 얼마나 힘들게 아홉 근에 달하는 유표를 배상했는지도 알지 못한다. 내가 분명하게 기억하는 것은 당시 우리가 벽돌로 그의 머리를 내려쳤을 때 그가 주먹을 휘둘러 반격하지 않고 애써 분노를 억제하면서 그저 손바닥으로 우리를 밀쳐내기만 했다는 사실이다.

중국 사회가 놀라울 정도로 변화한 뒤로 과거의 투기꾼들은 오늘날 노점상이나 소형 매장을 갖춘 상인들로 변했다. 도시의 실업자들과 농촌에서 농사지을 땅을 잃은 사람들의 가장 기본적인 소망은 생존을 위해 도시 곳곳에 좌판을 벌여놓고 지나가는 사람들에게 물건을 파는 일이라도 하는 것이다. 베이징만 해도 이런 소규모 상인과 노점상이 부지기수다. 신분증도 없고 면허증도 없는 이들 노점상은 유동성이 매우 강하기 때문에 지방정부에서 그들에게 세금이나 벌금을 징수할 방법이 없다. 동시에 지방 관료들의 눈에는 도처에 이런 노점상이 출현하는 것이 도시의 이미지를 훼손하고 '조화로운 사회和諧社會'를 파괴하는 행동으로 비치고 있다. 이에 따라 '성시종합관리집법국城市綜合管理執法局'이라는 기구가 생겨났고, 위풍당당한 '성관城管'성시종합관리집법국의 약칭 대원들이 사방으로 돌아다니며 활동하기 시작했다. 나는 이미 이런 광경에 익숙해져 있다. 베이징의 거리를 걷거나 육교 위를 지날 때면 노점상 한 무리가 좌판을 펼쳐놓고 장사를 하다가 누군가 "성관이 온다" 하고 외치면 재빨리 좌판을 걷어 도망치는 모습을 흔히 볼 수 있다.

30여 년 전 우리 같은 고등학생들이 농민들에게서 유표를 빼앗았던 것처럼 오늘날의 '성관' 대원들이 노점상들을 대하는 태도와 방법에도 전혀 진화가 이루어지지 않았다. 무조건 그들의 물건을 몰수해버리는 것이 일반적인 행태다. 물론 오늘날 '성관' 대원들의 성과는 당시의 우리로서는 감히 쳐다보지도 못할 수준이다. 그들이 몰수하는 수많은 물품은 당시 우리로서는 구경도 할 수 없었던 것들이다. 몇 년 전 베이징의 어느 지하철역 근처에 살 때 나는 면허증 없이 영업하는 삼륜인력거를 수없이 볼 수 있었다. 그들은 주로 삼륜인력거로 손님들을 실어 나르는 일을 했다. 동시에 '성관' 대원들이 트럭에 몰수한 삼륜인력거를 산더미같이 싣고 늠름하게 개선하는 모습도 심심찮게 볼 수 있었다. 상심한 삼륜인력거꾼들도 보았다. 그들은 하나같이 집에 있는 돈을 전부 투자하거나 친구들에게서 돈을 빌려 삼륜인력거를 구입한 사람들로, 거의 품팔이에 가까운 노동으로 가족을 부양하고 아이들 학비를 마련하고 있었다. 무더운 여름날이면 그들은 온몸에 비 오듯 땀을 흘렸고 겨울이 오면 찬 바람 속에서도 땀을 흘렸다. 그들의 생활은 전적으로 삼륜인력거에 의존하고 있었다. 그런 인력거가 '성관' 대원들에게 몰수된다는 것은 그들의 삶이 송두리째 몰수되는 것과 마찬가지였다.

최근 몇 년 사이에 삼륜인력거를 운행하거나 노점상을 하던 사람들이 삶의 수단을 몰수당하면서 노점상이나 인력거꾼과 '성관' 대원들 사이의 싸움이 갈수록 격렬해지고 무력행위도 빈번해졌다. 하지만 이런 일들이 광범위한 사회적 관심을 끌지는 못하고 있다. 그러다가 추이잉제崔英傑라는 노점 상인이 법을 집행하는 '성관' 대원을 칼로 찔러 살해하는 사건이 발생했고, 이로 인해 노점상들과 '성관' 대원들의 갈등 문제가 마침내 전국을 뒤흔들었다. 각종 매체에서도 이 문제에 관한 토론이 끊이지 않았고, 그 결과 수많은 사람들이 거친 폭력으로 노점상의 수레와 물품을 몰수하는 것은 사실 그들의 생존권을 박탈하는 일이라는 사실을 인식하게 되었다.

추이잉제는 오늘날 중국 사회에서 취약계층의 대표적인 인물이다. 그는 법정에 서서 일시적인 충동으로 범행을 저질렀다며 참회의 뜻을 밝혔다. "우선 피해자와 그 유족에게 심심한 사죄의 뜻을 전하고 싶습니다. 이제 와서 무슨 말을 해도 아무 소용이 없다는 것을 잘 압니다. 저는 그저 제 두 손에 의지하여 노점으로 제 삶을 변화시키고 싶었을 뿐입니다."

'성관' 대원 한 명이 피살된 뒤로 그들이 착용하는 보호 장구는 한 단계 발전했다. PDA단말기와 칼날을 피할 수 있는 호신 조끼, 헬멧, 호신용 장갑, 고성능 손전등 등이 지급되었다. 동시에 무장경찰을 교관으로 초빙하여 맨손으로 칼을 든 사람과 싸우는 방법을 비롯하여 상대방에게 옷이나 머리채를 잡혔을 때, 혹은 상대방이 목을 조르거나 팔로 허리를 감았을 때 이를 제압하고 몸을 빼내는 방법 등을 전수받는 등 위기상황에 대응하는 훈련도 실시했다.

왜 과거의 '투기분자'들과 오늘날의 노점상이 재물을 몰수당하는 상황에 처했을 때 나타내는 생존 반응에 이처럼 커다란 차이가 생긴 것일까? 시대가 달라지고 사회환경이 달라지면서 이에 따른 생존 반응도 달라진 것이라고 해석할 수 있을 것이다.

사회형태의 각도에서 볼 때, 문화대혁명 시기는 아주 단순한 시대였던 데 비해 오늘날은 대단히 혼란스럽고 복잡한 시대이다. 마오쩌둥이 말한 "우리는 적이 반대하는 것을 옹호해야 하고 적이 옹호하는 것을 반대해야 한다"라는 한마디로 문화대혁명 시대의 기본적인 특징을 설명할 수 있을 것이다. 문화대혁명 시기는 이처럼 흑백이 분명한 시대였다. 적은 영원히 착오를 범하고 우리는 영원히 정확하다는 것이 그 시대의 인식이었다. 그 누구도 감히 적이 정확할 때가 있고 우리도 틀릴 때가 있지 않을까 하고 물을 수 없었다. 마오쩌둥 이후에는 "검은 고양이든 흰 고양이든 쥐를 잡는 고양이가 훌륭한 고양이다"라고 한 덩샤오핑의 말이 오늘날 변화한 시대의 기본적 특징을 잘 대변한다고 할 수 있다. 덩샤오핑의 이 한마디는 마오쩌둥의 사회 가치관을 완전히 뒤집어놓았다. 중국 사회에 아주 오랫동안 존재해온 사실, 즉 잘못된 것과 정확한 것은 항상 같은 사물 안에 존재하며 서로 변화하는 과정에 있다는 사실을 지적한 것이다. 동시에 이 한마디는 중국의 경제발전에서 사회주의와 자본주의 사이의 논쟁을 종식시켜주기도 했다.

이리하여 중국은 정치가 모든 것을 주도하는 마오쩌둥의 흑백 시대에서 덩샤오핑의 경제지상주의 컬러 시대로 접어들었다. 문화대혁명 시기에 우리는 항상 "사회주의의 풀을 뜯어 먹을지언정 자본주의의 싹은 먹지 않겠다"라고 말했다. 오늘날의 중국에서 우리는 이미 어떤 것이 사회주의이고 어떤 것이 자본주의인지 분명하게 구분할 수 없다. 다시 말해서 오늘날의 중국에서는 풀과 싹 둘 다 똑같은 식물일 뿐이다.

때로는 하나의 단어가 갖고 있는 함의가 단순한 상태에서 복잡한 상태로 변하기도 한다. 그러면서 사회 변화를 그대로 반영하는 것이다. '차이'가 바로 그런 단어다.

30여 년 전 중국 도시 지역에 사는 사람들에게는 분명한 사회적 차이가 존재하지 않았다. 하지만 지금 우리는 매일 차이를 얘기하고 있다. 모두 공허한 방식으로 공허한 차이를 떠벌린다. 사람들마다 제각기 자기 사상의 차이를 찾고 있고 이런 차이는 레이펑雷鋒, 중국 인민해방군의 모범 병사이다. 후난湖南 출신으로 소년선봉대에 들어가 활동한 바 있으며 1957년에는 중국공산주의청년단에 들어가 중국 각지의 농장이나 공장에서 봉사활동을 계속했다. 1960년 인민해방군에 입대하여 수송대에 배속되었다가 1962년 8월 15일, 랴오닝遼寧 성 푸순撫順에서 사고로 순직했다. 사후에 마오쩌둥을 비롯한 공산당 지도자들의 말을 인용한 그의 일기가 발견되면서 이상적 군인상으로 널리 선전되기 시작하여 1963년 3월 5일에는 마오쩌둥이 직접 '레이펑 학습운동'을 지시하게 되었고 이에 따라 문화대혁명 기간에 각종 신문이나 교과서에 수없이 인용되어 우상으로 떠받들어졌다 같은 선진 인물과는 상당한 대조를 보이고 있다. 당시에는 "선진을 학습하고 차이를 찾는다學先進, 找差距"라는 말이 유행이였고 우리는 매일 꼬마 스님들처럼 마음에도 없이 '차이'라는 단어를 항상 입에 올리며 몇 번이고 진부하게 되뇌곤 했다. 초등학교부터 고등학교까지 거의 모든 학생들이 작문을 할 때마다 레이펑 정신의 지도하에 사상의 차이를 줄일 수 있는 방법으로 우물가에 가서 물을 긷는 할머니를 도와야 한다는 얘기를 무수히 반복했다. 고등학교 2학년 때인가국어 선생님 한 분은 이런 태도를 참지 못하고 손바닥으로 교탁 위에 산더미처럼 쌓여 있는 작문공책을 두드리며 우리를 나무라셨다.

"너희는 벌써 10년 넘게 우물가에 가서 할머니들이 물 긷는 것을 도와왔다. 도대체 왜 다른 사례로 바꾸지 못하는 거냐? 예컨대 이웃집 영감님을 위해 대신 쌀을 사다드렸다고 할 수도 있잖아?"

30여 년이 지난 오늘도 우리는 여전히 '차이'라는 말을 반복하고 있다. 물론 오늘날의 차이는 공허한 사상의 차이가 아니라 실질적인 사회적 차이다. 빈부의 차이와 도농都農의 차이, 각 지역의 차이, 발전의 차이, 수입의 차이, 분배의 차이 등 무수한 차이가 존재한다. 사회의 거대한 차이는 필연적으로 과격한 집단행동과 개체행동을 유발한다. 30여년 전 우리가 벽돌로 젊은 농민의 머리를 내리쳤을 때 그는 주먹을 휘두르지 않았다. 하지만 오늘날에는 '성관' 대원 하나가 아무런 폭력도 휘두르지 않고 그저 직무를 수행하면서 관련 법규에 따라 노점상의 수레와 물건을 몰수했을 뿐인데도 노점상의 칼에 목숨을 잃고 말았다. 이렇게 된 이유는 무엇일까? 나는 원인이 바로 여기에 있다고 생각한다. '차이'라는 단어가 좁은 의미에서 넓은 의미로 확대되고 공허한 사상에서 실제적 상황으로 변해버린 뒤, 오늘날 중국이 안고 있는 사회문제의 확장과 사회갈등의 격화를 드러내게 된 것이다.

마오쩌둥 시대의 사회주의 발전 과정은 그 속도가 완만했고 경제적 효율이 낮았지만, 사회적 차이가 끊임없이 축소되었던 것은 사실이다. 마오쩌둥이 줄곧 해결하지 못했던 것은 도시와 농촌 간의 차이였다. 덩샤오핑이 개혁개방을 제창하고 30여 년의 세월이 흐르는 동안 중국 경제의 총량은 빠르게 늘어 국내총생산액이 1978년의 3,645억 위안에서 2009년의 33조 5,353억 위안으로 거의 백 배 가까이 증가했다. 하지만 도시와 농촌의 차이는 조금도 줄지 않고 오히려 더 커졌다. 중국 정부의 발표에 따르면 2007년도 도시와 농촌의 수입 격차는 3.33 대 1로 벌어져 절대 차액이 9,646위안에 달하는 것으로 나타났다. 이해는 개혁개방 이래 도시와 농촌의 수입 격차가 가장 컸던 한 해였다. 정부는 2009년 도시와 농촌의 수입 격차에 관한 통계를 발표하지 않았다. 그저 모호한 태도로 중국 도시와 농촌 간의 수입 격차가 갈수록 확대되고 있다고만 밝혔을 뿐이다.

2006년 5월 1일, 중국중앙방송CCTV의 유명한 프로그램 진행자인 내 친구 추이융위안崔永元은 촬영 팀과 각기 다른 영역에서 활동하는 사람들 26명으로 구성된 시찰단을 이끌고 과거 중국공산당의 대장정大長征, 1934년 10월 장제스가 이끄는 국민당군에 포위된 10만의 공산당원들이 중국 남부의 장시江西, 푸젠福建 일대의 근거지를 버리고 풍찬노숙하면서 은신처를 찾아 떠돌다가 마침내 서북지역의 산시陝西 옌안延安에 근거지를 마련하기까지의 지난한 과정을 말한다 노선을 되밟았다. 장장 250일에 걸쳐 6,100킬로미터가 넘는 거리를 행군하는 대규모 행사였다. 이들은 춘하추동 사계절과 비, 바람, 눈, 서리를 전부 맞아가면서 설산을 넘고 초원을 건너 2007년 1월 7일 마침내 영광스럽게 베이징으로 돌아왔다.

추이융위안은 즐겁고 재미있는 얘기들뿐만 아니라 가슴 저리는 많은 얘기들을 베이징으로 가져왔다. 어느 날 우리 친구들 몇몇이 자리를 함께하게 되었을 때 그는 우리에게 그 가운데 몇 가지를 들려주었다.

그때 들었던 이야기 하나를 여기서 재연하고자 한다. 2006년 독일 월드컵대회 기간에 추이융위안의 장정 대오는 중국 서남부의 한 가난한 지역에서 잠시 행군을 멈추고 휴식을 취했다. 그때 그는 갑자기 기발한 생각을 떠올렸다. 현지 초등학교 학생들과 축구시합을 하기로 마음먹은 것이다. 비록 베를린의 열기를 그대로 재현할 수는 없겠지만 가난하고 궁벽한 시골에 월드컵대회의 즐거운 분위기를 연출해보고 싶었던 것이다.

하지만 추이융위안은 이내 두 가지 어려움에 봉착했다. 첫번째 어려움은 현지 현성의 상점에 축구공이 없다는 것이었다. 그는 '장정' 전사들 두 명에게 차를 몰고 주州 정부 소재지까지 가서 축구공을 사 오게 했다. 그러나 곧장 두번째 어려움에 봉착했다. 현지 초등학생들이 축구경기를 한 번도 구경해보지 못했을 뿐만 아니라 이 세상에 축구라는 스포츠가 있다는 얘기조차 들어보지 못했던 것이다.

추이용위안은 아주 넓은 풀밭을 하나 찾았다. 현지에는 이런 풀밭이 얼마든지 있었다. 추이용위안은 촬영 팀의 미술감독에게 축구 골대를 만들게 하여 풀밭 위에 세웠다. 천 명이 넘는 현지 초등학생들이 풀밭 여기저기 흩어져 앉은 가운데 추이용위안은 축구 계몽교육을 시작했다.

그의 교육은 페널티킥을 차는 방법에서부터 시작되었다. 그는 새 축구공을 나무 골대 앞 12미터 지점에 놓은 다음 촬영기사를 시범 선수로 추천했다. 이 '장정' 대오에서 발재간이 가장 뛰어난 인물이었다.

촬영기사는 심판도 없고 관중도 없는 축구에만 익숙한 사람이라 처음으로 천 명이 넘는 관중이 자신을 지켜보고 있다고 생각하다보니 심리적으로 너무 긴장해버렸다. 공을 향해 달려갈 때는 그럴듯한 포즈를 취하더니 정작 공은 허공으로 날려버리고 말았다. 그 순간 그의 아마추어 본색이 여지없이 드러났다. 축구공은 고사포로 쏜 포탄처럼 골대를 넘어 날아가면서 허공에 무지개 같은 포물선을 그렸다. 그러고는 땅바닥에 떨어져 빠르게 굴러가더니 결국 소똥 더미 위에 가서 멈췄다.

촬영기사는 창피한 나머지 고개를 푹 숙인 채 얼른 달려가 소똥 더미 위에 멈춘 축구공을 집어 들고 근처에 있는 연못으로 가서 공에 묻은 소똥을 깨끗하게 닦아냈다. 그런 다음 공을 다시 페널티킥 위치로 가져다놓았다.

이어서 추이용위안은 초등학생들에게 줄을 서서 차례로 페널티킥을 차도록 훈련을 시켰다. 그리고 이때 한번 본 사람은 절대 잊을 수 없는 광경이 펼쳐졌다. 초등학생들은 축구공을 차자마자 재빨리 공이 날아간 쪽으로 달려가 공이 멈추기를 기다렸다가 축구공을 연못으로 가져가 한 번 씻은 다음 다시 페널티킥 위치로 가져다놓았다. 축구공을 찬 다음에 물로 씻어놓는 것이 축구의 규칙이라고 생각했던 것이다.

이 실제 이야기는 2006년 여름에 일어났다. 바로 이해 여름 중국에서는 1억 명이 넘는 사람들이 텔레비전을 통해 독일 월드컵대회를 관람했다. 2002년 한일 월드컵대회 때는 중국과 브라질의 조별 경기가 텔레비전 중계방송으로 2억 중국인들의 눈길을 한 곳에 고정시켰었다. 중국은 일찍이 1978년부터 텔레비전으로 월드컵대회 경기를 중계방송하기 시작했다. 이해에 중국의 축구 리그전도 정식으로 시작되었다.

오늘날 중국 여러 지역의 아이들은 이미 나이키나 아디다스 같은 스포츠용품 브랜드에 익숙해 있다. 하지만 뜻밖에도 서남 지역의 가난한 농촌 아이들은 축구에 관해 들어보지도 못했다. 베이징의 한 중학교 교사는 내게 오늘날의 학생들은 매일 교복을 입기 때문에 옷으로 서로를 비교할 수는 없지만 신고 있는 신발에 브랜드 로고가 있어 이것으로 서로 우열을 겨룬다고 말해주었다. 예컨대 모두 나이키 농구화를 신고 있다고 해도 어떤 아이의 신발은 조던 몇 세대이고 어떤 아이의 신발은 코비Kobe 몇 세대 신발이라고 따진다는 것이다.

중국은 국토 면적이 대단히 넓고 인구도 많으며 경제발전이 극도로 불균등한 국가이다. 1980년대 중반에 동부 연해 지역의 도시에 사는 사람들은 보편적으로 코카콜라를 마셨다. 하지만 1990년대 중반에 중부 산간 지역에서 일자리를 찾아 외지로 나온 사람들이 설을 쇠러 고향으로 돌아갈 때 고향 친지들에게 선물로 가져가는 것도 코카콜라였다. 그들의 고향 친지들은 아직 코카콜라를 구경도 해보지 못했기 때문이었다. 똑같은 중국인이고 똑같은 코카콜라인데도 이를 소비할 때는 부유한 지역과 가난한 지역 사이에 10년의 시차가 존재했던 것이다.

2008년 베이징 올림픽 기간에 생활이 넉넉지 못한 수많은 사람들이 중국의 상징이 된 '냐오차오鳥巢, 새둥지 모양의 올림픽 주경기장'와 '워터큐브국가 수영센터'로 몰려들었다. 외지에서 기차나 장거리버스를 타고 베이징으로 달려온 그들은 여행의 피로와 흥분을 그대로 간직한 채 곧장 냐오차오와 워터큐브를 찾아가 안으로 한번 들어가볼 수 있기를 희망했다. 하지만 냐오차오와 워터큐브 입장권은 턱없이 부족했고 암표상이 파는 표는 너무 비쌌다. 안전 문제를 고려하느라 그런 것인지 입장권이 없는 사람들은 냐오차오와 워터큐브가 있는 올림픽공원에 들어가는 것조차 허락되지 않았다. 공원에 들어가는 데에도 반드시 관람표가 필요했다. 먼 길을 달려온 동포들은 냐오차오와 워터큐브 가까이까지 오긴 했지만 관람표를 구하지 못했고, 하는 수 없이 아주 멀리 떨어진 곳에서 냐오차오와 워터큐브를 배경 삼아 기념사진을 찍는 데 만족해야 했다. 이것만으로도 그들의 얼굴에는 행복한 미소가 번졌다. 같은 시각에 한창 경기가 진행되고 있던 냐오차오와 워터큐브에는 빈자리가 수두룩했다. 게다가 빈자리는 하나같이 가장 좋은 위치에 있었다.

나의 또 다른 동포들, 일부 돈 많고 지위가 높은 고관대작들은 가장 좋은 자리의 입장권을 갖고 있었다. 그들은 사치와 낭비에 익숙해져 있었고, 그들이 냐오차오와 워터큐브의 입장권을 대하는 태도도 크게 다르지 않았다. 그들은 자신들의 주머니 속에서 낭비되고 있는 입장권이 다른 중국인들에게는 얼마나 귀중한 것인지 생각조차 하지 못했다. 그들은 수많은 평민 백성이 덜 먹고 덜 입어 절약한 돈으로 베이징에 왔지만 올림픽공원에 들어갈 수 있는 관람표조차 사지 못한다는 사실에는 전혀 관심을 기울이지 않았다.

오늘날의 중국은 격차가 몹시 심한 나라가 되었다. 우리는 이런 현실 속에서 살고 있다. 한쪽은 휘황찬란하고 평탄한 길이며 다른 한쪽은 각박하고 가파른 절벽 길이다. 어쩌면 우리는 아주 이상한 극장에 와 있다고 할 수도 있다. 이곳은 같은 무대에서 절반은 희극을 공연하고 절반은 비극을 공연하는 극장이다.

루이비통 빌딩이나 구치 빌딩 같은 명품 브랜드 빌딩이 중국 도시의 가장 번화한 지역에 우후죽순처럼 들어서는 가운데 상하이와 광저우廣州, 선전深圳 등지에서는 각종 명품 전시회가 꼬리를 물고 이어진다. 게다가 하나같이 대대적인 성공을 거두고 있다. 예컨대 선전 명품 전시회에서는 불과 며칠 사이에 3대 명품 판매액이 2억 위안을 초과했다. 사람들은 중국이 눈 깜짝할 사이에 사치품 가공기지에서 사치품 소비기지로 변신했다는 사실을 실감했다. 금융위기로 인해 유럽의 전통적인 사치품 시장에는 찬바람이 일었지만 중국에서는 유럽의 명품이 여전히 폭발적인 위세를 떨치고 있는 것이다.

2009년 3월, 미국의 국제쇼핑센터위원회ICSC 보고에서는 미국 사치품 소매점의 2월분 매출액이 19.2퍼센트 하락했고 전체 소매점 평균 매출액도 19.1퍼센트 하락한 것으로 나타났다. 2008년 6월 이래 미국의 사치품 소비는 전체 소매점 매출에서 가장 실적이 저조한 부문으로 밀려난 것이다. 이에 반해 얼마 전에 골드만삭스Goldman Sachs가 발표한 보고서에 따르면 2008년 중국의 사치품 소비액은 매년 20퍼센트씩 증가한 것으로 나타났고 2015년에 이르면 그 성장률이 10퍼센트에 육박할 것으로 전망되었다. 그때가 되면 중국은 사치품 소비액이 115억 달러를 초과하면서 세계 최고의 사치품 소비국으로서 전체 소비액의 29 퍼센트를 점유하게 되리라는 것이 골드만삭스의 예측이다. 중국브랜드 전략협회의 연구보고는 더욱 놀라운 수준이다. 현재 중국에서 국제 유명 브랜드 제품을 소비할 수 있는 능력을 갖춘 인구가 전체 인구의 13 퍼센트로서 2010년에는 2억 5천만 명에 달할 것으로 예측되고 있다는 것이다.

이와 동시에 빈곤과 기아 역시 중국 도처에 만연하고 사람들의 가슴을 울리는 이야기가 귓가에 끊이지 않고 들려온다.

오래전부터 실업 상태인 한 부부가 어린 아들을 데리고 집으로 돌아가는 길에 과일 좌판 앞을 지나가게 되었다. 아들은 다양한 과일 가운데 값이 비교적 싼 바나나를 발견하고는 부모에게 바나나 한 개만 사달라고 조르기 시작했다. 딱 한 개면 된다고 했다. 가난한 부모는 수중에 있는 돈을 다 털어봤지만 그것으로는 바나나 한 개도 살 수가 없었다. 그래서 강제로 아이의 손을 잡아끌며 과일 좌판 앞을 지나쳐야 했다. 아이는 목을 놓아 울었다. 아이는 아주 오랫동안 바나나 맛을 보지 못했다. 바나나가 어떤 맛이었는지 거의 잊어버릴 지경이었다. 크게 상심한 아이는 부모의 손에 이끌려 집으로 돌아가는 내내 울음을 그치지 않았다. 아이가 계속 울음을 그치지 않자 짜증이 난 아버지가 아이를 한 대 때렸다. 아이가 그래도 울음을 그치지 않고 고집스럽게 울어대자 엄마가 달려와 아이 아빠를 나무랐고, 부부 사이에 말다툼이 벌어졌다. 부부의 말다툼이 갈수록 격렬해지고 '바나나'를 외치는 아이의 울음소리가 커져가는 사이에 아이 아빠는 문득 사는 것이 슬퍼졌다. 슬픔은 아주 빨리 원망으로 변했다. 그는 자신을 원망하기 시작했다. 자신의 무능을 원망하고 직업도 없고 수입도 없어 바나나 하나 사달라고 조르는 아들의 작은 소원조차 만족시키지 못하는 자신의 처지를 원망했다. 이 원망의 감정이 결국 그를 아파트 발코니로 몰고 가 뒤도 돌아보지 않고 몸을 던지게 했다. 10여 층짜리 아파트에서 떨어져 자살한 것이었다. 놀란 아내는 10여 층이나 되는 계단을 단숨에 뛰어내려갔지만 남편은 이미 차가운 시멘트 바닥 위에 피를 흘리며 누워 있었다. 몸을 구부려 어떻게든 남편을 일으켜보려고 몸부림치던 그녀가 울면서 남편의 이름을 불렀지만 아무런 반응도 없었다. 잠시 후 그녀는 남편의 생명이 끊어졌다는 사실을 깨닫고는 갑자기 침착한 모습으로 돌아왔다. 더이상 울지도 않았다. 그녀는 남편의 시신을 내려놓고 몸을 일으켜 건물 안으로 돌아가 나무처럼 무표정하게 엘리베이터에 올랐다. 집으로 돌아와보니 어린 아들은 무슨 일이 일어났는지도 모르고 여전히 바나나를 찾으면서 울고 있었다. 아이 엄마는 아이가 눈물 가득한 눈으로 자신을 주시하고 있는 가운데 줄을 하나 찾아냈다. 그러고는 의자를 조용히 방 한가운데로 옮겨놓고 등을 고정하는 쇠틀에 줄을 걸었다. 엄마는 둥글게 매듭을 지은 줄 안에 목을 집어넣고는 의자에 앉아 물끄러미 자신을 바라보고 있는 아들을 내려다보았다. 아들의 모습이 마음에 걸린 그녀는 둥근 매듭 안에 걸려 있던 머리를 다시 빼내고 의자에서 내려와 아들에게 가까이 다가갔다. 그러고는 아들이 앉아 있는 의자의 방향을 돌린 다음 다시 의자 위로 올라가 둥근 매듭 안에 목을 집어넣었다. 엄마는 쓰라린 심정으로 울고 있는 아들의 뒷모습을 바라보면서 끝내 의자를 걷어차 목을 매고 말았다. 부모가 한꺼번에 세상을 떠났는데도 아들은 여전히 울음을 멈추지 않았다. 이제 아들이 우는 이유는 바나나 때문만이 아니었다.

또 다른 이야기도 있다. 역시 직장을 잃은 부부와 자식에 관한 이야기다. 이 이야기의 주인공인 여자아이는 초등학생이었다. 아이는 병이 나서 열이 많이 났고 이마가 몹시 뜨거워 부모에게 병원에 데려가 진찰을 받게 해달라고 졸랐다. 부모는 집에 돈이 없는 데다 두 사람 모두 밖에 일을 하러 나가야 하기 때문에 병원에 데려갈 시간이 없다고 말했다. 제법 철이 든 아이는 부모에게 이웃집에서 20위안만 꾸어다주면 자신이 혼자 병원에 가겠다고 말했다. 부모는 서로에게 돈을 꾸어오라고 미뤘다. 두 사람 모두 돈을 꾸러 가기 싫다면서 집 안에서 말다툼을 벌이기 시작했다. 이 가난한 부부는 이미 여러 차례 이웃집에서 돈을 빌리고서 아직 한 푼도 갚지 않은 상태였다. 그래서 둘 다 돈을 빌리러 가고 싶지 않았던 것이다. 여자아이는 부모가 말다툼하는 것을 보고 두 사람에게 다가가 싸우지 말라고 말리면서 병원에 가지 않겠다고 말했다. 부모가 말다툼을 그치자 여자아이는 열이 나고 머리가 어지럽다면서 학교에 가지 않고 그냥 방에 들어가 자고 싶다고 말했다. 부모는 아이의 부탁을 들어주었고 아이는 자기 방으로 들어갔다. 아빠는 일거리를 찾으러 밖으로 나갔고 엄마는 부엌을 대충 정리한 다음 집 밖에 나가기 전에 딸이 잘 자고 있는지 들여다보려고 했다. 그러나 그녀가 살금살금 딸의 방 문을 열었을 때 아이는 이미 붉은 스카프로 목을 맨 상태였다. 이 아이는 평소 자신의 붉은 스카프를 몹시 아끼고 좋아했다. 그래서 매일 밤 자기 전에 이 스카프를 평평하게 편 다음 잘 개어놓았다가 아침에 거울 앞에서 꼼꼼하게 매만지면서 목에 두르곤 했다. 아이는 그 스카프가 자신이 가질 수 있는 가장 아름다운 장식품이라고 여겼다.

나는 이와 유사한 얘기들을 수도 없이 늘어놓을 수 있다. 하지만 나는 여기서 끊임없이 불행을 얘기하고자 하는 것이 아니다. 우리의 현실이 매일 우리에게 불행을 얘기해주고 있는 것이다. 물론 우리의 현실은 매일 여러 종류의 영광을 말해주기도 한다.

오늘날 중국에는 당장 투자할 수 있는 자금이 천만 위안 이상인 고소득자가 수십만 명에 달한다. 2009년 후룬胡潤, 영국 회계사로 본명은 루퍼트 후그워프Rupert Hoogewerf이고 후룬은 중국식 이름이다. 7년 동안 런던과 상하이에서 일한 경험을 바탕으로 중국의 민간경제를 연구하면서 1999년부터 이른바 '백부방百富榜'이라는 이름으로 중국 부호들의 서열을 정리하고 있다 보고서에 따르면 중국에 백만장자의 수가 82만 5천 명에 달했다. 이 82만 5천이라는 숫자 속에는 약 천 명에 이르는 억만장자들도 포함되어 있다. 후룬 보고서에서는 중국 부호들의 연평균 소비액이 2백만 위안에 달하는 것으로 나온다.

이와는 너무나 대조적으로 연간 수입 600위안 이하를 빈민의 기준으로 삼을 경우 2006년에는 중국 전체 빈민 인구의 수가 3천만 명을 넘었고, 연간 수입 800위안 이하로 그 기준을 조금 높일 경우 빈민 인구의 수는 1억 명에 달하는 것으로 추산되었다. 2009년 중국의 빈민 인구는 얼마나 될까? 나는 그 통계수치를 구할 방법이 없다.

2009년 2월, 내가 밴쿠버 브리티시 컬럼비아 대학UBC에서 강연을 하며 2006년 중국에서 연간 수입이 800위안밖에 안 되는 빈민 인구가 1억 명에 달한다고 얘기하자 한 중국 유학생이 벌떡 일어나 말했다. "돈은 행복을 가름하는 기준이 아닙니다."

이 중국 유학생의 한마디를 듣자 나는 몸이 떨려왔다. 이는 한 개인의 목소리가 아니라 오늘날 일부 중국인 집단이 내는 목소리이기 때문이다. 그들은 나날이 발전하는 중국의 이미지에 푹 빠져 아직도 1억 명이 넘는 사람들이 상상조차 하기 힘든 가난 속에서 생활하고 있다는 사실에 관심을 기울이지 못한다. 나는 중국인의 진정한 비극이 바로 여기에 있다고 생각한다. 빈곤과 기아의 존재를 무시하는 것이 빈곤과 기아보다 더 무서운 것이다.

나는 이 중국 유학생에게 말했다. "우리는 지금 행복의 기준에 대해 토론하고 있는 것이 아니라 보편적인 사회문제를 얘기하고 있는 겁니다. 학생의 한 해 수입이 인민폐 800위안에 불과한데도 그렇게 말할 수 있다면 학생은 모든 사람들로부터 존경을 받을 수 있을 겁니다. 하지만 학생은 그런 사람이 아니겠지요."

중국은 지난 30여 년 동안 세계가 주목할 만한 기적적인 경제성장을 이루어냈다. 30여 년 동안 9퍼센트의 경제성장률을 유지했고 2009년에는 이미 세계에서 두번째로 큰 경제대국이 되었다. 2010년 중국의 재정수입은 8조 위안에 달하고 관계 기관들은 자랑스럽게 중국이 미국에만 뒤지는 세계 제2의 부국이 되었다고 말했다. 하지만 이런 영광스러운 통계수치의 이면에는 사람들을 불안하게 만드는 수치가 또 하나 있다. 국민들의 연평균수입이 여전히 세계 백 위라는 사실이다. 서로 비슷하거나 평형을 이루어야 하는 이 두 가지 경제지표가 뜻밖에도 오늘날의 중국에서는 너무나 큰 차이로 벌어져 있는 것이다. 이런 통계수치는 오늘날 우리 중국인들이 균형을 잃은 사회에 살고 있다는 사실을 의미한다. 민간의 용어를 빌려 말하자면 우리는 국가는 부유하고 백성은 가난한 나라에서 살고 있다.

사회생활의 불균형은 필연적으로 꿈의 불균형을 가져온다. 거의 10년 전 6월 1일 어린이날에 CCTV는 중국 각지의 어린이들을 인터뷰하면서 어린이날에 가장 받고 싶은 선물이 무엇인지 물어보았다. 이때 베이징에 사는 한 남자아이는 진짜 보잉 여객기를 갖고 싶다고 말했고 서북 지방에 사는 한 여자아이는 몹시 수줍어하는 표정으로 흰색 운동화를 받고 싶다고 말했다.

같은 나이대의 두 아이가 꾸는 꿈에 이렇게도 큰 차이가 났다. 서북 지방에 사는 이 아이에게는 그 흔한 흰색 운동화를 받는 것이 베이징에 사는 남자아이가 진짜 보잉 여객기를 받는 것만큼이나 머나먼 꿈이었다.

이것이 바로 오늘날의 중국이다. 우리는 현실과 역사의 거대한 차이 속에서 살고 있을 뿐만 아니라 동시에 커다란 꿈의 차이 속에서 살고 있다. 밴쿠버 UBC에서 만난 그 중국 유학생의 한마디는 내게 우리의 사회적 인식에 커다란 차이가 있음을 깨닫게 해주었다.

마지막으로 실제로 있었던 간단한 얘기를 하나 더 덧붙이면서 이 글을 마무리하고자 한다. 중국 남부의 한 도시에서 일어났던 일이다. 현대화된 고층건물이 숲처럼 빽빽이 솟아 있고 상가가 줄지어 늘어서 있는 몹시 붐비는 번화한 거리에서 초등학교 6학년 어린이가 납치되었다.

가난에 시달리던 납치범 둘은 사람을 납치한 경험이 전혀 없었다. 그들은 사방으로 일자리를 찾아다니다가 헛수고로 끝나자 위험한 짓이라도 해서 돈을 벌기로 결심했다. 그들에게는 치밀한 계획도 충분한 준비도 없었다. 그냥 그렇게 벌건 대낮에 즉흥적으로 집으로 돌아가는 초등학생을 납치한 것이다. 그들은 아이의 입을 틀어막고 한창 철거중이던 공장 안으로 몸부림치는 아이를 끌고 들어갔다. 그들은 방치된 공장을 본거지로 삼아 아이에게서 부모의 휴대전화 번호를 알아냈다. 그런 다음 근처 거리에 있는 공중전화로 가서 부모에게 전화를 걸어 아이의 몸값을 요구했다. 그들은 좀더 멀리 떨어진 곳으로 가서 몸값을 요구하는 전화를 거는 것이 안전하다는 사실조차 알지 못했다. 경찰은 아이 부모의 휴대전화에 남은 공중전화 번호를 추적해 납치범들이 숨어 있는 장소를 알아냈고 재빨리 범인들을 검거하면서 사건을 해결했다.

두 납치범은 아이의 몸값을 요구하는 전화를 했을 때 수중에 도시락 하나 사 먹을 돈도 없었다. 그중 한 명이 어디선가 인민폐 20위안을 빌려다가 도시락 두 개를 사 와서는 한 개는 아이에게 먹이고 나머지 한 개를 둘이서 나눠 먹었다. 구출된 아이는 나중에 경찰에게 이렇게 말했다고 한다.

"저 아저씨들은 너무 가난해서 이런 짓을 한 거예요. 그냥 풀어주시면 안 되나요?"

혁명 革命

혁명이란 무엇인가? 내 과거 기억 속의 해답은 온갖 주장들로 뒤죽박죽이었다. 혁명은 우리의 삶을 알 수 없는 것으로 가득 채웠다. 한 사람의 운명이 하루아침에 전혀 다른 모습으로 변하기 일쑤였다. 어떤 사람은 순식간에 하늘을 날았고 어떤 사람은 눈 깜짝할 사이에 깊이를 알 수 없는 심연으로 추락했다. 사람과 사람 사이의 사회적 유대도 혁명을 따라 수시로 이어졌다 끊어지기를 반복했다. 오늘까지 혁명의 전우였던 사람이 내일은 계급의 적이 될 수 있었다.

서양의 일부 지식인들은 기존의 사실과 법칙이 절대로 변하지 않는다고 믿는다. 그들은 정치체제가 충분히 민주화된 사회에서만 경제가 빠른 속도로 발전할 수 있다고 생각한다. 때문에 정치체제가 충분히 투명하지 못한 나라에서 경제발전 속도가 어떻게 그처럼 놀라울 정도로 빠를 수 있는지 신기해한다. 내 생각에 그들은 중요한 사실 하나를 무시하고 있다. 바로 아주 강력한 두 손이 이런 기적적인 경제성장을 지탱해주고 있다는 사실 말이다. 이 두 손의 이름은 다름 아닌 혁명이다.

1949년, 중국공산당은 중국에 정권을 수립한 뒤로 혁명을 철저히 진행해야 한다는 신념을 실현하려고 노력했다. 물론 여기서 말하는 혁명은 더이상 무장투쟁을 의미하지 않는다. 혁명은 처음에는 한 차례 또 한 차례 이어지는 정치운동으로 표현되다가 대약진大躍進 시기와 문화대혁명 시기에 그 정점에 이르렀다. 그 뒤로 중국은 개혁개방을 알리며 세계에 모습을 드러냈다. 혁명은 사라진 것 같았다. 하지만 사실 지난 30여 년 동안 이루어진 경제기적에서도 혁명은 사라지지 않았다. 단지 환골탈태하여 다른 형태로 모습을 드러냈을 뿐이다. 중국의 경제기적 안에는 대약진식 혁명운동도 있고 문화대혁명식 혁명폭력도 있다고 지적하는 사람들이 적지 않다.

우선 중국의 경제발전 가운데 대약진식 혁명운동에 관해 얘기해보자. 여기서 나는 중국 철강산업의 고속성장을 증명하는 통계수치를 제시하고자 한다. 개혁개방의 첫해인 1978년에 중국의 철강생산량은 3천만 톤을 간신히 넘었다. 그러다가 불과 2년 뒤인 1980년에는 3,712만 톤으로 세계 5위의 생산량을 기록했다. 1996년의 철강생산량은 세계 1위였고 그 뒤로 줄곧 세계 1위 자리를 굳건히 지키고 있다. 2008년에는 철강생산량이 5억 톤을 넘어 전 세계 철강생산량의 32퍼센트를 차지했다. 세계 2위에서 8위까지 국가들의 생산량을 전부 합친 것보다도 많은 양이었다. 2009년에는 철강생산량이 6억 톤에 달해 정부가 설정한 4억 6천만 톤의 목표량을 30퍼센트나 초과달성했다.

이러한 수치는 중국경제의 고속성장을 긍정적으로 반영하지만 그 이면에는 상상하기 어려운 이야기들이 숨어 있다. 2008년에 이르러 중국의 철강생산량은 6억 6천만 톤에 달했고 이 가운데 4억 6천만 톤을 소비했다. 2억 톤 이상이 과잉생산된 것이다. 이러한 수치는 지난 30년 동안 철강생산량의 증가 속도가 생산규모의 확대 속도를 현저하게 능가했다는 중국 철강업의 중요 사실을 감추지 못한다. 그리하여 대약진운동 시기에 철강제련에 불었던 광풍이 다시 한 번 중국 대지에 재현된 것이다.

중국에서는 1958년의 대약진운동 시기에 전국의 인민을 대대적으로 철강제련에 동원했다. 영국을 따라잡고 미국을 초월해야 한다는 구호 아래 전국 도시의 마당과 농촌의 들판에 소형 용광로가 설치되었다. 중국의 대지 전체가 뜨겁게 타올랐고 중국의 하늘이 짙은 연기로 뒤덮였다. 농민들이 농업활동을 제쳐두고 각지로 철광석을 찾아 헤맸다. 철강을 제련하는 동안 다 익은 대량 농작물이 들판에서 썩어가는데도 이를 수확하는 사람이 없었다. 도시의 노동자들도 자신들의 본업을 포기했고 제약공장 노동자들도 철강제련에 동원되었다. 견직공장 노동자들도 철강제련에 나섰고 학교 선생님이나 학생 들도 철강제련에 동원되었다. 병원의 의사와 간호사 들도 철강제련에 나섰다. 그 시대에는 누구나 '대약진 소극분자'로 간주되는 것을 두려워했고 모두가 철강제련에 참여하는 것을 영광으로 여겼다. 철광석을 발견하지 못하면 강철을 제련해낼 수 없었다. 그러다보니 시골 사람들은 집 안에 있는 무쇠 솥을 부숴야 했고 도시 사람들은 직장이나 가정에서 철제 창틀과 배관을 철거해 3백만 톤이 넘는 쓸모없는 철강을 제련했다. 이해에 중국의 총 철강생산량은 1,070만 톤으로 1957년의 535만 톤에 비해 두 배 증가했지만 이 가운데 쓸모없는 폐철강이 3분의 1을 차지했다. 그런데도 사람들은 여전히 불길이 하늘에 닿을 정도로 열심히 철강을 제련했다. 이런 대규모 철강제련 시기에 뜨거운 용광로 앞에 서서 온몸에 땀을 흘리던 사람들 사이에는 '비교해보자'라는 구호가 유행하면서 거의 입에 붙어 있었다.

"네가 영웅이라면 우리는 대장부다. 용광로 앞에서 비교해보자. 너희가 1톤을 제련할 수 있다면 우리는 1톤 반을 제련해낼 것이고 너희가 공기분사기에 올라타면 우리는 로켓에 올라탈 것이다. 너희 로켓이 하늘을 뚫으면 우리는 지구를 불태울 것이다!"

1990년대에 이르러 경제발전의 조수가 중국을 뒤덮을 때도 뜻하지 않게 부분적으로 유사한 상황이 벌어졌다. 예컨대 중국 화둥華東 지역의 철강공장 주변 들판에 또다시 수많은 용광로가 우후죽순처럼 솟아났다. 농민들은 눈 깜짝할 사이에 얼굴 가득 땀범벅이 된 철강 노동자로 변해 있었다. 그들은 자신들이 직접 흙으로 제작한 용광로에서 철광석을 제련한 다음 곧장 고온에 견디는 특제 레미콘형 차량에 실었다. 기사가 가속페달을 밟으면 쇳물이 가득 실린 레미콘형 차량은 번개처럼 바람을 가르면서 철강공장으로 들어가 쇳물을 규격 용광로에 쏟아 부었다. 규격 용광로에서는 쇳물의 삼탄滲碳 및 사철渣鐵 과정을 거쳐 철강을 뽑아냈다. 일반적인 상황에서 대형 용광로는 매일 24시간에 14회 정도 철강을 뽑아냈는데, 농민들의 토제 용광로에서 이미 철광석을 용해했기 때문에 이 철강공장의 대형 용광로에서는 매일 30회 정도 철강을 뽑아낼 수 있었다. 물론 농민들이 흙으로 제작한 용광로에서 제련해내는 것은 쓸모없는 폐철강이 아니었다. 농민들도 더이상 공허한 정치를 위해 철강을 제련하진 않았다. 이제는 실질적인 혜택이 돌아오는 돈을 위해 철강을 제련하기 시작한 것이다. 이처럼 혀를 내두르게 만드는 대규모 철강제련이 신속하게 철강기업 수준의 규모로 확대되다보니 자연히 중국의 철강생산량도 빠르게 증가할 수밖에 없었다. 쇳물을 운송하는 특제 레미콘형 차량이 빈번하게 들판의 토제 용광로와 공장의 규격 용광로 사이를 오가면서 발산하는 고온이 도로를 '고기 굽는 길'로 바꿔놓았다. 전에 도로 양쪽에 줄지어 늘어서 있던 무성한 나무들은 가지가 전부 말라죽었다.

　1958년의 대약진운동은 낭만주의 부조리극이라고 할 수 있다. 허위와 과장, 허풍이 거센 바람을 일으켰다. 당시 한 무畝당 논벼의 생산량은 가장 생산성이 높은 땅에서도 4백 근 정도에 그쳤다. 하지만 "사람이 대담해질수록 땅의 생산량이 높아진다"라는 구호 아래 전국 각지의 논벼 생산량이 만 근 이상으로 크게 과장되었다. 1958년 9월 18일자 『인민일보』는 특별호를 발간하여 광시廣西 환장環江 현에서는 한 무당 논벼 생산량이 13만 근에 달했다고 보도했다. 이런 허위와 과장, 허풍은 아주 세밀한 부분부터 시작되었다. 예컨대 사육된 돼지의 무게가 천 근이 좀 넘고 돼지머리가 광주리만 하며 한 마리가 이전에 사육하던 돼지 세 마리에 해당한다는 보도가 나왔다. 그래서 지름이 석 자가 넘는 가마솥으로도 다 삶을 수 없고 여섯 자짜리 솥으로도 간신히 머리 절반만 삶을 수 있다는 내용이었다. 또한 밭에서 수확한 호박은 너무나 커서 아이들이 그 안에 들어가 소꿉놀이를 할 수 있을 정도라는 보도도 있었다. 당시에는 전국에 '고구마 하나가 언덕을 굴러 내려간다'라는 제목의 민요가 유행하기도 했다.

　　인민공사 동쪽에 물 맑은 강이 하나 있고
　　강가에는 산언덕이 두 개 솟아 있네.
　　인민공사 사원들이 이 언덕에 올라 고구마를 캐면
　　즐거움에 웃음소리가 그치지 않네.
　　갑자기 강에서 풍덩 하는 소리가 들리더니
　　강물이 한 자 정도 튀어오르네.

나는 깜짝 놀라 소리쳤네.

누가 조심하지 않다가 강물 속에 떨어졌나?

이 말에 모두 깔깔대며 웃어대네.

한 아가씨가 내게 말해주었네.

사람이 아니라 고구마가 하나 굴러떨어진 거래요.

1958년 8월부터 중국은 향鄕급 행정제도를 폐지하고 이를 전부 인민
공사로 개편했다. 아울러 모든 인민공사에 대형 식당을 개설했다. 농민
들은 더이상 집에서 밥을 먹지 않고 인민공사 식당에 가서 배불리 먹고
마실 수 있게 되었다. "허리띠를 풀고 배 터지게 먹고서 생산에 힘쓰
자"라는 구호가 중국 전역에 유행했다. 인민공사 식당에서는 아무런 계
획도 없이 양곡을 사용하며 낭비를 일삼았고 심지어 일부 지역 인민공
사에서는 많이 먹기 시합을 벌이기도 했다. 이 시합에 참가한 농민들은
우승을 차지하기 위해 위가 늘어날 정도로 많이 먹었다. 그래서 한동안
병원 침대에 누워 있는 사람도 있었다.

몇 달이 지나 중국 각지의 양곡 창고는 텅텅 비었다. 그 뒤로 이 낭만
주의 부조리극은 무기력하게 막을 내리고 현실주의의 잔혹한 비극의
막이 오르게 되었다.

엄청난 기근이 냉혹하고 무자비하게 중국을 덮친 것이다. 이에 따라
그전에 허위로 보고된 양식비축량과 국가의 징수량이 실제 생산량보다
훨씬 부풀려졌다는 사실이 만천하에 드러났다. 허위보고는 지방 관료
들이 상부에 자신의 공적을 드러내기 위해 저지른 행동이었다. 하지만
그 참혹한 대가를 치른 것은 바로 농민들이었다. 먹을 양식과 종자, 사

료마저 국가에 징발되었다. 일부 지방에서는 혁명의 이름으로 생산량을 속여 개인이 착복하는 행위를 단속한다는 구실로 이른바 '반만산사분反瞞産私分' 운동이 전개되기도 했다. 이는 야만적인 수탈행위와 다르지 않았다. 인민공사와 생산대대 간부들은 명령에 따라 '양곡수색 돌격대'를 조직하고 집집마다 돌아다니며 수색했다. 이들은 농민들의 집에 들어가 상자와 벽장을 마구 뒤집어엎었고 심지어 땅을 파헤치거나 벽을 허물기도 했다. 그래도 양곡이 나오지 않으면 농민들을 무차별적으로 구타했다. 안후이安徽 성 펑양鳳陽 현 샤오시허小溪河 인민공사는 '반만산사분' 운동 과정에서 3천여 명이 구타를 당했고 그 가운데 백여 명이 중상을 입고 장애인이 되었으며 30여 명이 인민공사의 노동개조 과정에서 목숨을 잃었다. 바로 이 시기에 기아가 광풍처럼 중국 전역을 덮쳤고 죽음이 도미노처럼 연쇄적으로 중국의 대지를 휩쓸었다. 중국 정부가 발표한 자료에 따르면 대약진운동 기간에 쓰촨四川 성에서만 811만 명이 기아로 사망했다. 아홉 명 가운데 한 명 꼴로 굶어 죽은 셈이었다.

여러 해가 지나 사람들이 1958년 대약진운동이 중국에 가져다준 재앙에 관해 반성하고 있는 동안에도 대약진식 발전은 중국의 경제생활 곳곳에서 새롭게 싹을 드러냈다. 대약진식 공항 건설과 대약진식 항구 건설, 대약진식 고속도로 건설 등 대규모 기초건설 프로젝트가 속속 진행되었다. 이론적으로는 반드시 사전에 중앙정부의 비준을 받아야 했지만 실제로는 지방정부가 먼저 프로젝트를 시작하고 나서 중앙정부의 비준을 요청하는 식이었다. 그러다보니 실질적이지 못하고 예산만 낭비하는 중복 건설도 부지기수였다. 게다가 이런 건설 프로젝트는 혁명운동처럼 요란한 분위기 속에서 대대적으로 이루어졌다. 항구건설을 예로 들자면 허베이河北와 톈진天津 사이 640킬로미터에 이르는 해안선에 친황다오秦皇島와 징탕京唐, 톈진, 황화黃驊 등 대형 항구 네 개가 있었고, 2003년 현재 이 네 개 항구가 소화하는 운송량은 포화 상태에 한참 모자랐는데도 끊임없이 확장공사에 예산을 투자했다.

재미있는 것은 일부 초대형 대약진식 건설이 중국경제가 고속 성장하는 가운데 '수요 부족' 상태에서 '수요 포화' 상태로 전환되었다는 점이다. 하지만 또 다른 대약진식 건설 프로젝트들은 여전히 기아 상태에 머물러 있다. 허베이의 스황石黃고속도로와 장시江西의 친징秦井고속도로처럼 여러 해에 걸쳐 건설이 진행되고 있는 고속도로에는 지금도 그리 많지 않은 관광버스와 승용차 들이 주행하고 있고 컨테이너 차량은 거의 찾아보기 어렵다. 어떤 사람은 인터넷에 이를 풍자하는 글을 올려 이 도로에서는 언제든지 F1 경주를 개최할 수 있다고 말하기도 한다. 또 어떤 사람들은 우스갯소리로 이처럼 조용한 고속도로는 허니문을 보내기에 가장 좋은 장소라고 비아냥거린다.

1999년 중국 교육부는 대학교 신입생 모집인원을 크게 늘리기로 결정했다. 중국 교육의 대약진운동이 시작된 것이다. 2006년 현재 중국의 일반 대학교 신입생 정원은 540만 명으로 1998년의 108만 명에서 다섯 배나 증가했고, 전체 대학생 수는 2천 5백만 명에 이르렀다. 이와 관련하여 중국 교육부는 다음과 같이 자랑스럽게 선포했다.

"중국의 대학교육 규모는 러시아와 인도, 미국을 능가하여 세계 최고의 수준을 자랑한다. 불과 몇 년 사이에 1인당 국내총생산액이 1천 달러가 조금 넘는 상태에서 각고의 노력으로 이룩한 중국 대학교육의 발전은 엘리트교육의 대중화를 의미하는 것이다. 다른 나라들이 30년, 심지어 50년에 걸쳐 이룬 업적을 우리는 불과 몇 년 사이에 성취해냈다."

오늘날의 중국이 자랑하는 영광스런 통계수치의 이면에는 수많은 위기가 숨어 있다. 중국의 대학들이 신입생 모집을 위해 사용한 대출자금은 이미 2천억 위안을 넘었고, 이 거액의 대출자금은 고스란히 중국상업은행의 악성 채무로 처리될 가능성이 매우 높다. 실제로 중국 대학들은 신입생 모집에 사용된 대출자금을 상환할 능력이 없기 때문이다. 또한 대학교 등록금 역시 10여 년 사이에 대학별로 등급을 달리하여 25~50배가 인상되었다. 이러한 인상 속도는 국민들의 수입 증가 속도의 열 배에 달한다. 어떤 사람이 자세히 계산한 바에 의하면 오늘날 자녀 하나를 대학에 보내려면 도시 주민의 4.2년 치 수입을, 농민의 13.6년 치 수입을 고스란히 갖다 바쳐야 하는 것으로 나타났다. 게다가 대약진식 신입생 모집으로 인해 대학 졸업생들의 취업문제가 대두되기 시작했다. 현재 매년 백만 명 이상의 대학 졸업자들이 직장을 구하지 못하고 있고, 이는 이미 중국의 심각한 사회문제가 되고 있다. 자녀들이 무사히 대학을 졸업할 수 있도록 뒷받침하느라 가산을 탕진하고 빚에 허덕이는 가난한 부모들이 부지기수이다. 하지만 이렇게 대학을 졸업한 자녀들은 졸업과 동시에 중국의 방대한 실업자 대열의 일원이 되고 만다. 결국 가난한 부모들은 눈물을 삼키면서 훨씬 더 심각한 가난의 상태로 빠져드는 수밖에 없다. 이처럼 잔혹한 현실을 마주한 일부 가난한 집 자녀들은 인생의 꿈을 포기하고 고등학교를 졸업하자마자 곧장 외지로 나가 일을 하기도 한다. 대학에 합격해도 졸업 후에는 여전히 실업자가 되는 수밖에 없고, 게다가 대학에 다니느라 빌린 거액의 대출금을 갚아야 하기 때문이다. 2009년에는 지난 32년 동안 계속 증가추세에 있던 중국의 대학입시 응시자 수가 처음으로 감소세로 돌아섰다.

이어서 지난 30년 동안 중국이 이룩한 기적적인 경제성장 과정에서 얼마나 많은 문화대혁명식 혁명폭력이 쉬지 않고 벌어졌는지 얘기해보려 한다.

먼저 직인에 관해 얘기해보자. 이 나무로 된 둥근 도장은 직경이 4센티미터 정도이고 손에 잡으면 담배 한 갑을 쥔 것 같은 부피감이 느껴진다. 공산당이 통치해온 지난 60여 년의 중국 역사와 현실 속에서 방대한 정치 및 경제 권력이 이 직인 하나에 집중되곤 했다. 관리를 임명하는 서류에도 직인을 찍어야 하고 회사 간의 계약서에도 직인을 찍어야 했다. 인생의 합법성 여부를 증명하는 학생증과 사원증, 출생증명서, 사망증명서, 결혼증명서 등 각종 서류에도 반드시 직인을 찍어야 했다. 중국에서는 직인이 없는 곳이 없고 쓰이지 않는 때가 없다고 해도 과언이 아니다.

1967년 1월, 상하이의 조반파는 혁명폭력의 방식으로 시 정부 청사에 쳐들어가 정부의 직인을 강탈했다. 그런 다음 자신들이 탈권에 성공했다고 공표했다. 이것이 바로 문화대혁명 시기에 유명했던 이른바 '1월 혁명'이다. '1월 혁명'의 탈권운동은 즉시 전국을 석권했고 각 지역의 조반파와 홍위병 들은 앞다투어 현지 정부 기관과 공장, 학교, 그리고 농촌의 인민공사를 습격하기 시작했다. 권력이 있고 직인이 있는 곳이면 대소를 막론하고 어디든지 '1월 혁명' 탈권운동의 목표물이 되어 무너져내렸다. 문화대혁명 초기에 그토록 기세가 등등했던 탈권운동은 사실은 직인을 탈취하는 운동과 다르지 않았다. 조반파와 홍위병 들은 강도나 토비 들처럼 정부기관과 공장, 학교의 대문과 창문을 뜯고서 기세 좋게 몰려 들어가서는 사무실의 책상과 서랍장을 전부 뒤지고 모든 상자를 뒤집어엎으면서 권력의 상징인 직인을 찾았다.

당시에는 누구든지 직인을 먼저 차지하는 사람이 진정한 권력자가 될 수 있었다. 직인만 있으면 당당하게 명령을 내리고 떳떳하게 재무부서에서 혁명 경비를 수령할 수 있으며, 자신이 싫어하는 사람들을 죽음으로 내몰 수 있고 국가의 돈을 조반파의 혁명경비로 사용할 수 있었다. 종이 위에 탈취한 직인만 하나 찍으면 잘못된 행동과 비리가 그 자리에서 모두 합법화되었다.

이리하여 서로 다른 조반파 조직이나 홍위병 조직 사이에 직인을 차지하기 위해 '너 죽고 나 살기'식의 싸움이 벌어지기 시작했다. 때로는 몇몇 조직이 한꺼번에 정부기관을 습격하여 직인을 먼저 차지하기 위해 담을 넘고 창문을 뚫고 들어가 서로 치고받는 싸움도 불사했다. 이런 광경은 럭비시합을 방불케 했다. 방금 한 조직이 정부기관 건물 안으로 진입을 시도했는데 금세 또 다른 조직이 앞뒤 따지지 않고 밀고 들어가기도 했다. 그들은 먼저 들어간 조직원들과 서로 옷을 잡아당기고 다리를 붙잡으면서 상대 조직이 건물 안으로 완전히 들어가지 못하게 몸싸움을 벌였다. 물론 자기 조직이 먼저 들어가 직인을 차지하려는 목적에서였다. 어떤 조반파 조직이 방금 직인을 탈취하는 데 성공했는데 미처 문을 나서기도 전에 다른 조반파 조직에 의해 완전히 포위되는 일도 있었다.

이런 광경은 나도 직접 목격한 적이 있다. 그해에 나는 일곱 살이었고 버드나무 아래 서서 강 건너편에 있는 정부기관 건물에서 벌어지는 혁명 탈권 광경을 놀란 눈으로 바라보고 있었다. 먼저 열 명 남짓한 조반파가 우리 마을의 3층짜리 정부기관 건물 안으로 쳐들어갔다. 그들이 직인을 탈취한 뒤 막 환호성을 지르고 있을 때 또 다른 조반파 무리가 달려왔다. 늦게 도착한 이 조직은 사람 수가 무려 40명이 넘었고 저마다 손에 몽둥이를 들고서 건물을 완전히 포위하고 있었다. 이 조반파의 대장은 손에 확성기를 들고 순순히 직인을 내놓으라고 요구했다.

"직인을 내놓지 않으면 들어갈 때는 서서 들어갔지만 나올 때는 누워서 나오게 해주겠다."

건물 안에 있던 조반파도 확성기로 대답했다. "너희야말로 말도 안 되는 헛꿈 꾸지 마라."

곧이어 강 건너편에 서 있던 내 귀에 건물 안에 있던 조반파가 큰 소리로 외치는 구호가 들려왔다. "마오 주석님 만세!"

건물 밖에 있던 조반파도 질세라 "마오 주석님 만세!"라는 구호를 외치면서 몽둥이를 들고 건물 안으로 쳐들어갔다. "마오 주석님 만세!" 또는 "죽음으로 위대한 영도자 마오 주석님을 호위하자"라고 외치는 구호 속에서 두 조반파 조직은 건물 안이 아수라장이 되도록 격렬히 싸웠다. 강 건너편에 서 있던 내 귀에까지 유리창이 깨지는 소리와 몽둥이로 탁자와 의자를 내리치는 소리가 들려왔다. 상대방에게 얻어맞은 사람들이 내지르는 비명 소리도 들렸다. 먼저 도착한 조반파는 중과부적衆寡不敵으로 계속 뒤로 물러나다가 결국 전원이 옥상의 시멘트 슬레이트 위로 쫓겨났다. 내 눈에 심하게 부상당한 사람 둘이 같은 조직원들에게 이끌려 가는 모습이 보였다. 이 두 사람은 옥상 슬레이트에 누워 간신히 숨만 쉬고 있는 것 같았다. 조금 있으니 한 무리의 다른 조직 조반파가 옥상으로 몰려와서는 몽둥이로 상대방에게 잔인하고 야만적인 구타를 자행했다. 나는 세 사람 모두 그들에게 실컷 얻어맞고 옥상 슬레이트에서 밑으로 굴러떨어지는 광경을 목격했다. 그 가운데 한 명의 손에는 직인이 들려 있었다. 이 사람은 굴러떨어지면서 내 눈앞을 흐르는 강물에 직인을 있는 힘껏 내던졌다.

먼저 직인을 탈취했던 열 명 남짓 되는 조반파는 정말로 '서서 들어갔다가 누워서 나오는' 결말을 맞고 말았다. 옥상에서 떨어진 세 사람 가운데 두 명은 중상을 입었고 한 명은 목숨을 잃었다.

나무로 된 직인은 강물에 던져진 뒤에도 곧장 가라앉지 않고 물결에 따라 이리저리 떠다녔다. 늦게 도착한 조반파 조직은 무장투쟁에서는 승리를 거뒀지만 투쟁의 목적이었던 직인이 강물에 빠지자 황급히 건물 밖으로 뛰어 내려와서는 우르르 소리를 질러대면서 강가를 따라 서쪽으로 떠내려가는 직인을 쫓아갔다. 이들 조반파 조직원 가운데 한 명은 직인을 따라 뛰어가면서 솜옷을 벗어 던지기 시작했다. 어느 나무다리 근처에 이르자 그는 신고 있던 솜 신발마저 벗어버리고 한겨울의 차가운 강물 속으로 뛰어들었다. 강가에서 이를 지켜보던 조반파는 환호하며 그를 격려해주었다. 그는 아직 물에 떠 있는 직인을 향해 있는 힘을 다해 헤엄쳤고 결국 곧 가라앉을 것 같던 직인을 손에 쥘 수 있었다.

이어서 이들 조반파 대오는 우리 마을의 대로 위에서 승리를 자축하는 가두행진을 벌였다. 온몸이 물에 젖은 그 사람은 부들부들 떨고 마구 재채기를 해대면서도 오른손에 직인을 높이 치켜들고 대오의 맨 앞에서 행진하고 있었다. 그 뒤를 따르는 그의 조반파 전우들 중에는 머리가 깨져 피를 흘리는 사람도 있고 다리를 저는 사람도 있었다. 방금 치러진 무장투쟁이 얼마나 격렬한 전투였는지를 여실히 보여주고 있었다. 그들은 큰 소리로 "마오 주석님 만세!"라고 구호를 외치면서 자신들의 '1월 혁명'이 대승을 거뒀다고 선포했다.

몸을 돌보지 않고 직인을 건져내기 위해 강물에 뛰어들었던 사람은 우리 마을에서 모르는 사람이 없을 정도로 유명한 영웅이 되었다. 그는 이 일로 인해 심한 감기를 앓았다. 그 뒤로도 얼마 동안 길에서 그의 모습을 볼 수 있었다. 나와 얼굴을 마주칠 때마다 그는 길을 걷다 말고 갑자기 멈춰 서서 잠시 미동도 하지 않다가 이내 심한 재채기를 하고서야 다시 정상적으로 걷곤 했다.

문화대혁명 이후 중국은 천지가 뒤바뀌는 변화를 겪었다. 오늘날의 중국과 문화대혁명 시기의 중국은 사회형태에 있어서도 전혀 다른 모습을 보이고 있다. 하지만 직인은 그 지위가 이전과 조금도 달라지지 않아 여전히 정치권력과 경제권력의 상징으로 기능하고 있다. 때문에 직인을 탈취하는 사건은 오늘날의 중국에서도 비일비재하게 일어나고 있다.

일부 민영기업에서는 주주들 사이의 갈등 때문에 회사의 직인을 탈취하기 위한 활극이 벌어지곤 한다. 멋진 양복에 가죽 구두를 신은 이들 주주들은 평소에는 대단히 체면을 중시하다가도 일단 직인을 탈취하기 위한, 즉 회사의 통제권을 장악하기 위한 싸움이 시작되면 하나같이 조직폭력배로 변신하고 만다. 주먹을 휘두르고 발길질을 해대며 심한 욕설을 남발한다. 사방으로 침이 튀고 의자가 부서지고 찻잔이 깨지는 가운데 회사 직원들 앞에서 추한 모습을 여지없이 드러내는 것이다. 게다가 이런 직인 탈취 사건은 뜻밖에도 오늘날 중국의 변호사 사무실에서도 일어나고 있다. 법률에 정통하다고 자부하는 변호사들이 법률

사무소의 직인을 차지하기 위해 과거의 토비들이 여자를 차지하기 위해 그랬던 것처럼 서로 한 치의 양보도 없는 격렬한 싸움을 벌이고 있다.

국영기업에서는 직인 탈취가 훨씬 더 빈번하게 일어난다. 중국의 국유기업들도 이사회라는 권력기구를 두고 있지만 전통적인 당위원회 체제가 여전히 막강한 권력을 행사한다. 2007년 어느 도시의 국영기업 당위원회 서기가 회사 이사장과 갈등이 깊어졌는데, 뜻밖에도 회사 당위원회의 명의로 이사장의 직위를 박탈하는 사태가 벌어졌다. 중국의 회사법에 따르면 이사회만이 이사의 직위를 해제할 수 있는 권력을 갖고 있었다. 이어서 이 당위원회 서기는 30여 명의 건장한 장정들을 이끌고 이사회의 사무실로 쳐들어가 사무실 캐비닛을 전부 뒤져 회사 직인을 탈취했다.

회사 직인을 탈취하는 사건은 민영기업와 국영기업 내부에서만 일어나는 것이 아니라 회사와 회사 사이에서도 빈번하게 발생한다. 심지어 정부 기관들 사이에서도 발생한다. 오늘날 이 시대에 벌어진 직인 탈취 사건 두 건에 관해 얘기해보겠다. 한 건은 민간에서 일어난 사건이고 한 건은 정부에서 일어난 사건이다.

첫번째 사건은 중국 남부 지방의 한 회사에서 일어났다. 소송의 1심 판결에서 한 회사가 패소했다. 원인은 원고 측이 제3자 회사의 증거를 제시했기 때문이다. 판결에 불복한 피고 회사는 2심 재판이 열리기 전에 제3자 회사의 증거를 자신에게 유리하게 위조했다. 뜻밖에도 그들은 건장한 사내 몇 명을 증거를 제시한 이 제3자 회사로 보내 폭력을 휘두르고 직인을 탈취하게 했다. 제3자 회사에서 직인을 보관하고 있던 직원은 치고받고 싸우는 과정에서 이들에게 대항할 용기가 없어 화장실로 숨어버렸다. 폭력배들은 회사 서랍장을 열고 강제로 직인을 빼앗아 위조된 증거자료에 찍었다. 그런 다음 직인을 다시 내던지고 의기양양하게 돌아갔다. 법원에서 2심 재판이 시작되자 이 피고 회사는 득의양양하게 제3자 회사의 직인이 찍힌 자료 한 무더기를 제출했다. 제3자 회사의 대표는 이 자료가 위조되었고 그들이 폭력을 행사해 직인을 탈취한 것이라고 밝혔지만 피고 회사는 직인을 탈취한 사실을 극구 부인했다.

정부에서 일어난 사건은 상급 기관이 하급 기관의 직인을 탈취한 사례였다. 어느 마을에서 50무에 달하는 토지가 상급 진鎭, 중국 행정제도에서 현縣 바로 다음 단위. 현과 진 사이에 시市가 있는 경우가 많다 정부에 의해 징발되었다. 하지만 양도가격에 문제가 생겨 촌 위원회와 진 정부 사이에 줄곧 의견이 일치되지 않았다. 진 정부는 행정명령의 방식으로 촌 위원회에 압력을 가했지만 촌 위원회는 농민들의 압력에 밀려 감히 양도협의서에 직인을 찍지 못했다. 화가 난 진 정부는 그 마을로 사람들을 보내 촌 위원회의 직인을 탈취했고 하급 기관인 촌 위원회를 대신하여 토지 양도협의서에 직인을 찍었다.

문화대혁명 시기부터 오늘날에 이르기까지 직인을 탈취한 사례는 일일이 다 열거할 수 없을 정도로 많다. 문화대혁명 시기의 직인 이야기와 오늘날의 직인 이야기는 때때로 그 세부 과정이 놀라울 정도로 비슷하다.

한 친구가 내게 이런 얘기를 해주었다. 문화대혁명 초기 '1월 혁명'의 탈권투쟁 도중 그가 살고 있던 도시의 한 공장에서 두 조반파 조직이 거의 대등한 세력으로 대치했다. 두 조반파의 지도자들은 무력을 동원하여 기관의 직인을 탈취하다가는 양쪽 다 큰 부상을 입을 것이라는 사실을 잘 알고 있었다. 두 사람은 담판을 벌여 결국 권력을 공유하기로 협의했다. 기관의 직인을 두 조각으로 잘라 두 조직이 각각 한 조각씩 보관하기로 약속한 것이다. 직인이 필요할 때는 반드시 먼저 두 조반파 지도자가 협의한 다음에 두 조각의 직인을 하나로 합쳐 서류나 공문에 찍는 방식이었다. 이렇게 직인을 사용한 다음에는 계속 한 조각씩 나누어 보관했다. 재미있는 것은 이렇게 찍힌 직인에는 갈라진 틈이 생긴다는 사실이었다.

여러 해가 지나 개혁개방 시기에도 직인의 갈라진 틈을 찾는 이야기가 나타났다. 여기서 또 다른 얘기를 하나 하고자 한다. 바로 성공한 민간기업가의 과거사이다.

지금은 대기업 사장이 된 그도 과거에는 작은 회사의 부사장에 지나지 않았다. 그는 문화대혁명 시기의 조반파처럼 사람들을 대거 이끌고 다니면서 먼저 회사의 사장을 쫓아내고, 그런 다음 회사의 이사장을 찾아가 당장 자리에서 물러날 것을 요구했다. 즉시 물러나지 않으면 다리를 부러뜨리겠다고 협박까지 했다. 겁이 많은 이사장은 사장과 마찬가지로 재빨리 도망쳐버렸다. 그러자 그는 자신을 이사장 겸 사장으로 임명하고 이사회와 경영진의 권력을 한 몸에 독차지했다.

그런데 나중에 이사장이 도망치면서 직인을 가져가버린 사실이 드러났다. 직인이 없으면 회사를 정상적으로 운영할 수 없었다. 하지만 이런 사소한 일이 그를 무너뜨리진 못했다. 오늘날 중국 도시의 길거리에 가면 도처에 직인을 새겨주는 업소가 있다. 명령만 내리면 얼마든지 회사의 직인을 새로 만들 수 있는 것이다. 중국에서는 관련 정부기관의 허가서류가 있어야 직인을 새길 수 있기 때문에 사적으로 직인을 새기는 것은 위법이었다. 하지만 이 사람에게는 두려울 것이 없었다. 눈에 보이는 것이라고는 돈과 권력뿐, 법률은 안중에도 없었다. 문제는 동시에 두 개의 직인이 존재하기 때문에 회사의 정상적인 업무에 영향을 줄 수 있다는 것이었다. 직인을 갖고 도망친 원래의 이사장도 수중에 있는 직인을 이용해 계약서에 서명을 할 수 있고 향후 회사가 체결한 계약서의 진위를 구별하기 어렵게 만들 수도 있었다.

하지만 그에게는 이것도 여전히 사소한 일이었다. 부하 직원들이 새 직인을 새겨오자 그는 다시 거리에 나가 도끼를 하나 사 오라는 지시를 내렸다. 부하 직원의 얼굴에는 영문을 알 수 없다는 듯한 표정이 가득했다. 도끼로 무엇을 하려는 것인지 도저히 알 수 없었다. 직원은 서둘러 밖으로 나가 도끼를 사 왔다. 사장은 자신의 사무실 탁자 위에서 왼손으로는 직인을 오른손으로는 도끼를 붙잡고 새로 새긴 직인을 두 동강 냈다. 부하 직원은 넋을 놓고 그 광경을 멍하니 지켜보았다.

이 신임 이사장 겸 사장은 새 직인을 둘로 쪼갠 다음 앞으로 회사가 서명하는 모든 계약서에 찍는 도장에는 갈라진 틈이 있어야 진짜고 갈라진 틈이 없으면 가짜라고 선언했다.

이와 유사한 폭력사건은 중국의 일부 민간기업가들에게서 쉽게 찾아볼 수 있다. 치고받고 싸우는 방식으로 권력을 탈취하고 심지어 그 과정에서 살인도 서슴지 않았다. 그 야만적인 정도와 황당한 행동방식은 할리우드 갱영화에 나오는 폭력배들도 부끄러워 고개를 숙일 정도였다.

중국의 빠른 경제발전 과정에서 문화대혁명 같은 폭력은 민간에만 존재한 것이 아니라 정부에도 존재했다. 중국의 도시화 과정에서는 드넓은 지역의 낡은 건물이 아주 짧은 시간에 철거되고 대형 마천루가 역시 아주 짧은 시간에 땅 위에 우뚝 솟아난 경우를 흔히 볼 수 있다. 대규모 철거행위 때문에 중국의 많은 도시는 폭탄을 맞은 것처럼 황폐해졌다. 그래서 여러 도시에 똑같은 우스갯소리가 유행했다. 미국 CIA가 자신들이 사는 도시에 빈 라덴이 은신하고 있다는 정보를 알아냈고 미군 정찰기가 자신들이 사는 도시 상공에 나타났으며, 그 결과 자신들의 도시가 폭격을 받았다는 것이었다. 아울러 미군 조종사들은 누가 폭격 명령을 내렸는지 모르지만 빈 라덴은 폭사했을 가능성이 크다고 보고 했다는 것이다.

이러한 우스갯소리의 배후에서는 수많은 문화대혁명식 혁명폭력이 연출되고 있다. 이 때문에 발생하는 민간의 불만 정서와 반항 행위를 제압하기 위해 일부 지방정부는 대규모 경찰병력을 파견하여 이주를 원치 않는 주민들을 강제로 끌어내고 열 대가 넘는 불도저를 한꺼번에 투입하여 신속하게 노후 건물들을 철거해버린다. 경찰에 의해 강제로 끌려간 주민이 다시 집으로 돌아오면 그들을 맞는 것은 자기 집이 아니라 황량한 폐허다. 돌아갈 곳이 없는 무숙자가 된 그들은 현실을 있는 그대로 받아들여야 한다. 그래야만 지방정부가 마련해주는 새 주택에 입주할 수 있다.

약 2년 전 어느 도시에서 한 가족이 철거보상비 문제로 현지 지방정부와 협상을 벌이다가 협상이 결렬되어 억지로 강제이주를 당하고 말았다. 그들이 한참 꿈속을 헤매고 있을 때 머리에 강철 모자를 쓴 사람들이 새벽에 사다리를 타고 담장을 넘어와 쇠몽둥이와 쇠망치로 창문을 부수고 집 안으로 뛰어 들어왔다. 다섯 식구는 꿈에서 깨자마자 자신들이 열 명이 넘는 장정들에게 둘러싸여 있다는 사실을 발견했다. 가족 한 사람당 거구의 장정 둘씩 달려들어 잠기운이 채 가시지 않은 다섯 식구를 아직 온기가 남아 있는 이불 속에서 끌어냈다. 철거반원들은 마치 가족 전체가 죄인이기라도 한 것처럼 옷을 챙겨 입는 것도 허락하지 않았다. 가족들은 이불로 몸을 감싼 채 아무런 물건도 챙기지 못하고 셔츠 한 장 제대로 챙겨 입지 못한 채 아래층으로 내려가 자신의 집을 완전히 떠나야 했다. 미약하나마 저항도 해보았지만 되돌아온 것은 주먹뿐이었다. 곧이어 차량에 강제로 태워진 그들은 어느 빈집에 수용되어 이불을 몸에 감은 채 차가운 시멘트 바닥에 한참을 앉아 있어야 했다. 20명이 넘는 경찰들이 그들을 감시하는 가운데 정오가 되어서야 간부가 들어와 말했다.

"여러분의 집은 강제 철거되었습니다."

간부는 가족들에게 집에 남아 있던 물건은 모두 공증처에서 공증을 거쳐 이미 새로 입주할 집으로 옮겨놨다고 말했다. 이 가족은 이제는 방법이 없다는 것을 깨닫고 하는 수 없이 정부가 자신들에게 배정해준 새 집으로 입주했다. 나중에 그들은 자신들의 처지가 현실이 아니라 마치 영화의 한 장면 같다는 생각을 했다고 말했다. 너무나 갑작스런 일이었기 때문이다. 그들은 끝내 억울한 마음을 감추지 못했다.

"싸움을 해도 투항할 시간은 줘야 하는 것 아닙니까?"

중국의 기적적인 경제성장은, 혹은 중국인들이 자랑스러워하는 경제효율은 어느 정도는 지방정부의 절대권력 덕분이라고 할 수 있다. 지방정부의 행정명령서 한 장이면 모든 것을 바꿀 수 있기 때문이다. 간단하고 거칠긴 하지만 경제발전의 효과는 막대기를 세워 그림자를 보듯이 너무나 신속하게 나타난다. 내가 서양의 지식인들에게 중국 경제가 빠르게 발전할 수 있었던 것은 정치적으로 충분히 투명하지 못했기 때문이라고 말하는 이유도 바로 여기에 있다.

폭력을 이용한 철거는 오늘날 중국에서 이미 보편적인 추세가 되었다. 이로 인해 더 많은 민중의 저항과 집단행동이 일어나기도 한다. 2009년 11월, 중국 서남부의 한 도시에서 신분이 밝혀지지 않은 사람들 수십 명이 쇠파이프와 몽둥이, 입을 막기 위한 테이프 등을 들고서 철거 예정 지역의 아홉 가정을 덮쳤다. 이들은 한창 깊은 잠에 빠져 있던 열세 사람을 강제로 차에 태워 현장을 벗어나면서 그들이 소리를 지르지 못하도록 테이프로 입을 막아버렸다. 충돌 과정에서 네 명은 부상을 입기도 했다. 그런 다음 굴삭기 두 대가 요란한 소리를 내면서 스물여섯 채의 가옥을 순식간에 야만적으로 철거해버렸다. 날이 밝자 더욱 격렬한 충돌이 시작되었다. 집이 강제로 철거된 가구주와 그들의 친구 30여 명은 감정이 극도로 격앙되었다. 그들은 붉은 천 조각과 마흔 개가 넘는 액화가스통을 도로 입구 여기저기에 설치해놓고 도로를 막은 채 현지 정부에 적절한 조치를 마련해줄 것을 요구했다. 그들의 도로차단 행위가 다른 시민들에게 영향을 미치자 경찰은 그들을 해산시키면서 이 가운데 우두머리로 보이는 네 명을 군중선동과 교통방해 혐의로 형사 입건하고 즉시 구속했다.

역시 2009년 11월, 한 여성 가장이 시장가격보다 현저하게 낮은 보상비에 합의하고, 이주를 거부했다는 이유로 지방정부에 의해 강제로 주택을 철거당하고 말았다. 불도저는 그녀의 집 대문을 무너뜨리고 건물 외벽을 부수기 시작했다. 벽 일부에 금이 가 무너지기 시작했을 때

이 여성 가장은 위스키를 반 잔 마시고 마음을 단단히 먹은 다음 남편이 지원하는 가운데 자기 집 4층 발코니에 서서 밑에 있는 불도저와 철거요원들을 향해 화염병을 던졌다. 밑에 있던 철거요원들은 그녀를 향해 돌을 던졌다. 이렇게 몇 시간을 저항하다가 결국 그녀의 4층짜리 건물도 평평하게 철거되고 말았다. 나중에 그녀와 남편은 둘 다 업무방해죄로 구속되었고 남편은 징역 8개월의 실형을 선고받았다.

청두成都에 사는 탕푸전唐福珍이라는 여성은 2009년 11월 13일에 자신의 집에 대한 강제철거에 대항하는 과정에서 철거요원들을 향해 불이 붙은 화염병을 던졌다. 이렇게 세 시간을 저항했는데도 아무런 소용이 없자 그녀는 극단적인 행동을 선택했다. 자신의 몸에 석유를 뿌린 다음 라이터로 불을 붙여 분신자살한 것이다. 이 사건은 마침내 중국 매체를 크게 뒤흔들었다. 현지 지방정부는 탕푸전의 분신사건을 폭력적인 저항방법이라고 규정했지만 여론은 탕푸전 편이었다. 사람들은『도시건물철거조례』의 존재와 문제점에 대해 질문을 던지기 시작했다. 베이징대학 법학원 교수 다섯 명은 보통 국민의 이름으로 전국인민대표대회 상무위원회에『도시건물철거조례』에 대해 심사를 진행해줄 것을 건의했다. 이들은 건의서에서 철거조례와 헌법, 물권법 사이에 서로 저촉되는 부분이 있다고 지적하면서 입법기관이 반드시 철거조례에 관해 깊이 있는 심사를 진행해야 한다고 밝혔다.

최근 몇 년 사이에 강제이주와 철거사건으로 인한 갈등이 갈수록 보편화되고 사회적 충돌도 갈수록 격렬해지고 있다. 탕푸전의 분신사건이 중국 사회에 오래전부터 존재해왔던 불만 정서를 폭발시키자 강대한 여론에 직면한 국무원은『도시건물철거조례』를 반드시 수정하겠다는 의사를 분명히 밝혔다. 수많은 사람들이 폭력 철거행위가 중지될 것이라고 생각하지만 현실은 여전히 중국인들의 이런 천진난만함을 비웃고 있다. 전국의 여론이 분신자살한 탕푸전을 지지하고 있고 국무원이 『도시건물철거조례』의 불합리한 조항을 수정하겠다고 선언한 뒤에도 폭력을 동원한 강제철거는 조금도 줄어들지 않았다. 오히려 중국 사회 전역에서 갈수록 더 격렬해지고 있다.

2009년 12월 16일, 부녀자 한 명이 정오에 거리에 나와 채소를 샀다. 그녀가 채소를 한 바구니 사서 집으로 돌아와보니 자신의 집이 불도저에 의해 완전히 평평하게 깔아뭉개져 있었다. 가구와 전자제품은 어디로 옮겨놓았는지 흔적도 찾을 수 없었다. 울고 싶어도 눈물조차 나오지 않았다. 그녀의 가족은 출근할 때만 해도 집이 이렇게 철거되리라고는 생각도 하지 못했다. 그녀가 말했다.

"이렇게 추운 날씨에 우리더러 어떻게 밤을 보내란 말인가요?"

더욱 이상하고 놀라운 사실도 있다. 어떤 지역에서는 공직에 있는 사람들 40여 명에게 연좌제 처벌을 내렸다. 그들의 친척이 강제이주를 거부했다는 이유에서였다. 현지의 한 구청장은 강제이주 동원대회에서 부하 직원들을 향해 철거되는 마을에 친척이 있는 공무원들이 새해 1월 1일 이전에 '친척을 설득하는 업무'를 완수하지 못하고 이주를 성사시키지 못할 경우 직위를 해제할 것이라고 선언하기도 했다. 게다가 마을 방송을 통해 문화대혁명 시기의 장면을 재현하며 매일 아침 여덟시부터 오후 여섯시까지 끊임없이 이주를 종용하는 통지를 전달했다. 정부는 방송을 통해 마을 사람들에게 이렇게 경고했다.

"정부는 아주 중요한 결심을 했습니다. 이곳의 건설 작업은 그 누구의 저지에도 중지될 수 없습니다."

이렇게 벌떼처럼 달려온 역사와 현실을 바라보면서 나는 문득 마오쩌둥의 한마디가 생각났다. 마오쩌둥은 일찍이 혁명이라는 단어에 대해 인구에 길이 회자될 엄숙한 해석을 내린 적이 있다. 문화대혁명 시기에 우리는 누구든지 이 말을 유창하게 외워야 했다. 마오쩌둥은 이렇게 말했다.

"혁명은 사람들을 식사에 초대하는 것도 아니고 글을 쓰는 것도 아니고 그림을 그리거나 자수를 놓는 것도 아니다. 혁명은 그렇게 우아하고 조용하며 그렇게 문질빈빈文質彬彬하고 그렇게 공경스럽고 겸손한 것이 아니다. 혁명은 폭동이다. 한 계급이 한 계급을 전복하는 폭력행동이다."

1973년 계절이 봄에서 여름으로 바뀔 무렵, 곧 초등학교를 졸업하게 되는 남자아이들이 수업시간에 샹양向陽초등학교를 빠져나와 쏟아지는 햇빛 속에서 방금 준공된 시멘트 다리를 건너고 있었다. 작은 강 건너편에 있는 하이옌 중학교를 살펴보기 위해서였다. 시멘트가 너무 빨리 굳으면 균열이 생길 것을 방지하기 위해 다리 위에는 볏짚으로 짠 가마니가 덮여 있고 노동자들이 고무 호수로 가마니 위에 물을 뿌리고 있었다. 그래야 물이 가마니를 통해 시멘트 다리에 골고루 스며들기 때문이었다. 나와 몇몇 친구들은 축축한 가마니를 밟고서 새로 건설된 시멘트 다리를 건넜다.

가슴속에 호기심이 가득했던 우리는 곧장 중학교 안으로 들어가려 했다. 혁명이 무엇인지 하루빨리 알고 싶었던 것이다.

그 순간의 우리는 이미 6년에 걸쳐 문화대혁명의 세월을 경험했기 때문에 적지 않은 혁명의 사례를 눈으로 직접 보고 귀로 직접 들었다. 하지만 몸으로 직접 혁명에 가담하지는 못한 상태였다. 우리도 입으로는 항상 마오쩌둥이 했던 "조반은 정당하다 造反有理"라는 말을 되뇌곤 했지만 이 말은 줄곧 우리 입에만 머물러 있었지 실제 행동으로 나타나지는 못했다. 때문에 우리보다 나이가 한두 살 많고 우리보다 한두 해 먼저 중학교에 들어간 사내아이들은 우리를 볼 때마다 기고만장했다. 그들은 아주 고압적인 태도로 이렇게 말했다.

"너희가 알긴 개똥이나 알아? 너희는 중학교에 들어간 뒤에야 혁명이 뭔지 알 수 있을 거라고."

나는 약간 자괴감이 들었다. 그때까지 줄곧 나 자신이 혁명의 한가운데 있다고 생각했기 때문이다. 나는 줄곧 거리의 아이였다. 거리에 가득 휘날리는 홍기와 거리에 가득 나붙은 대자보가 내 성장 과정에 남은 기억이었다. 나는 어른들의 가두행진과 무장투쟁을 한 차례 또 한 차례 보아왔고, 어른들의 발걸음을 따라 비판투쟁대회도 한 차례 또 한 차례 목격했다.

당시에 내가 가장 부러워했던 것은 나보다 나이가 열 살쯤 많은 사람들이었다. 그들은 1966년 10월에 시작된 홍위병들의 대규모 전국 관련 운동串連運動, 마오쩌둥의 사열을 받기 위해 전국의 홍위병들이 서로 연계하여 베이징으로 집결하는 과정에서 전국을 여행하며 서로 교류한 운동에 참여할 수 있었기 때문이다. 당시에는 모든 학교가 수업을 중지하고 혁명에 뛰어들었고 홍위병들은 문화대혁명의 경험을 서로 교류한다는 명분으로 전국 방방곡곡을 돌아다니며 장거리 여행을 했다. 전국 각지에는 홍위병접대소가 설치되어 관련에 참가하는 홍위병들을 접대하는 업무를 떠맡았다. 접대소에서는 홍위병들을 위해 숙식을 마련하고 여비를 제공하며 필요한 물자와 차량도 해결해주어야 했다. 우리 마을의 홍위병들은 주머니에 5자오 또는 1위안밖에 없었지만, 직인이 찍힌 소개서 한 장만 있으면 중국의 동서남북 어디든지 갈 수 있었다. 기차를 탈 때도 돈이 들지 않았고 밤이 되어 여관에 투숙할 때도 돈을 내지 않았다. 나중에 자신들이 홍위병 시절 관련운동에 참여했던 얘기를 할 때면 그들은 눈썹이 춤을 출 정도로 의기양양해했다.

이는 내 기억 속의 아름다운 여름밤 가운데 하나이다. 이들 홍위병 가운데는 친한 친구의 형도 있었다. 그때 그는 이미 농촌의 현지 생산대에 배치되어 몹시 고되고 힘든 생활을 하고 있었다. 그러다가 두 달에 한 번꼴로 대여섯 시간을 걸어 자신이 생활하는 시골 마을을 떠나 우리 마을로 돌아오곤 했다. 집에서 며칠을 보낸 뒤에는 다시 대여섯 시간을 걸어 전등도 없고 석유등만 있는 작은 시골 마을로 돌아가야 했다. 여름에 그가 우리 마을로 돌아오는 날은 곧 우리 아이들의 명절이었다.

밤이 되어 날이 선선해지면 그는 등나무 의자에 앉아 다리를 꼬고 손으로는 부채를 흔들면서 얼굴에 존경의 눈빛과 표정이 가득한 아이들 10여 명을 마주했다. 그러고는 아름다운 기억에 사로잡혀 과거 자신들이 홍기를 높이 치켜들고 팔에는 홍위병 완장을 차고서 위풍당당한 모습으로 마을의 거리를 행진하던 얘기를 들려주었다.

그들은 천 킬로미터를 행진하여 마오쩌둥의 고향인 후난湖南 샤오산韶山을 참배한 다음 다시 천 킬로미터를 걸어 후난 샤오산에서 마오쩌둥의 최초 혁명근거지인 장시江西 징강산井岡山까지 갈 생각이었다. 하지만 하루를 꼬박 걷고 나서 이내 기진맥진해진 그들은 손을 흔들어 지나가는 트럭을 잡아타고 백 킬로미터 떨어진 상하이로 갔다. 상하이를 열흘 남짓 유람하던 그들은 다시 기차를 타고 베이징으로 갔다. 베이징에서도 하는 일이라고는 여전히 구경하고 노는 것뿐이었다. 이어서 그들은 두 조로 나뉘어 한 조는 기차를 타고 칭다오青島로 갔고 한 조는 남하하여 우한으로 갔다. 이리하여 그들의 대오는 갈수록 여러 개로 갈라졌고 결국 내 친구의 형만 혼자 남아 한 조를 이루게 되었다. 그는 혼자서 광저우廣州로 갔다가 동북 지방의 선양瀋陽에서 온 홍위병들을 몇 명 만나 함께 충저우瓊州해협을 거쳐 하이난도海南島로 갔다. 반년이 지나 이 대오에 속했던 홍위병들은 마치 해산된 부대의 용사들처럼 하나하나 서로 다른 지역에서 속속 우리 마을로 돌아왔다. 그들은 서로 헤어진 뒤의 활동에 관해 얘기를 나눴고, 그 결과 후난 샤오산이나 장시 징강산에 가본 사람은 하나도 없다는 사실을 발견했다. 그들이 찾아간 곳들은 하나같이 대도시이거나 유명한 관광지였다. 요컨대 그들은 혁명의 이름으로 일생에서 가장 길고 흥미진진한 산수 유람을 하고 돌아온 것이다.

내 친구의 형은 얘기를 다 마치고 나서 감개무량한 표정으로 한마디 덧붙였다. "조국의 거대하고 아름다운 강산이 전부 내 눈 아래 펼쳐졌지."

당시 우리 마을의 나이 든 홍위병들은 전부 농촌으로 배치되어 몹시 고되고 힘든 세월을 보내고 있었다. 문화대혁명 초기의 혼란과 소란이 잦아들자 마오쩌둥은 엄준한 현실에 직면했다. 1966년 이후 문화대혁명의 동란으로 인해 고등학교와 대학교는 3년 동안 신입생을 모집하지 않았다. 그 결과 전국의 고등학교 졸업생 1,600만 명이 진학과 취업을 기다리는 처지에 놓였다. 이들 마오쩌둥의 홍위병들은 대규모 무장투쟁과 가택수색에서 대단한 활약상을 나타내며 이미 파괴하고 약탈하는 생활방식에 익숙해져 있었다. 때문에 사회는 상대적으로 안정되었지만 중국 전체 경제가 붕괴 직전에 처하자 도시에서는 더 많은 취업 기회를 제공할 수 없었다. 1,600만 명에 달하는 홍위병과 지식청년 들은 하루 아침에 할 일이 없어졌고, 심각한 사회불안 요소로 자리 잡았다.

마오쩌둥은 당시 중국의 수많은 도시에서 가장 풀기 어려웠던 이 문제를 임기응변으로 해결하기로 마음먹고 가볍게 손을 내저으며 말했다.

"지식청년들을 농촌으로 보내 빈곤 중농계층의 재교육을 받게 하면 됩니다."

이리하여 무수한 중국의 가정에 무수한 비극이 벌어졌다. 수많은 가정의 자녀들이 간단한 짐만 챙겨 부모들의 전송을 받으며 울면서 고향을 떠나 멀리 변방이나 농촌으로 가야 했다. 중국에서 가장 가난한 지역에 정착해 굶주림과 추위에 떨며 슬픔과 즐거움이 교차하는 새로운 삶의 길을 걸어야 했다. 우리 마을에서 이러한 상산하향上山下鄕, 1968년부터 1978년까지 마오쩌둥의 지시에 따라 이른바 지식청년으로 불리는 청소년들을 궁벽한 농촌으로 보내 재교육을 받게 한 운동으로 약 2천만 명이 참여했다에 참여한 지식청년들 가운데는 멀리 헤이룽장黑龍江 성으로 간 사람도 있고 현지 농촌에 배정된 사람도 있었다. 자신들의 앞길에 대해 크게 실망하고 비관했던 이들 초기 홍위병들은 부모 곁으로 잠시 돌아와 며칠을 보낼 때마다 문화대혁명 초기의 관련운동 경험이 인생에서 가장 아름다운 기억이라고 느졌다. 그들은 어린 홍위병들에게 당시의 화려했던 세월을 이야기했다. 그들의 이야기는 너무나 다채롭고 흥미진진했지만 우리의 기억에 가장 깊은 인상을 남긴 것은 기차역에 관한 묘사였다.

관련운동 시기에는 중국 대지의 모든 열차에 홍위병들이 빽빽이 들어차 있었다. 일부는 좌석 밑에 드러눕거나 짐칸에 올라가 잠을 자기도 했다. 그리고 이보다 훨씬 많은 홍위병들이 기차 안에서 몇 시간을 선 채로 가야 했다. 객차의 화장실 안에도 사람들이 가득 들어차 있어서 누구도 화장실을 사용할 수 없었다. 기차가 역에 도착해 멈추면 홍위병들은 재빨리 객차 문과 창문을 통해 일제히 밖으로 뛰쳐나왔다. 그 모습이 마치 끊어지지 않고 뿜어져 나오는 치약 같았다. 남자 홍위병들은 기차에서 뛰어내린 후 커다란 동작으로 바지를 풀고 승강장 아무 데나 마구 소변을 보았고 여자 홍위병들은 무리를 지어 담장으로 몰려가 여럿이 둥그렇게 둘러싼 가운데 번갈아가며 동료들이 만든 울타리 안에 들어가 쭈그리고 앉아 소변을 보았다. 엉큼한 마음을 먹고 있던 못된 남자 홍위병들도 이들의 몸을 몰래 훔쳐보지 못했다. 소변을 다 본 남녀 홍위병들은 다시 객차 문과 창문을 통해 열차 안으로 비집고 들어갔다. 열차가 떠난 뒤 승강장에서는 악취가 하늘을 찔렀고 곳곳에 남녀 홍위병들이 남긴 소변이 가득했다.

내 친구의 형은 문화대혁명 초기 자신의 홍위병 관련운동 경험을 아주 생생하게 얘기해주었다. 때문에 그는 한동안 내 마음속에서 혁명의 상징으로 자리 잡았다. 하지만 그의 손에 대나무 피리가 나타난 뒤로 그는 더이상 자신의 파란만장한 관련운동 경험을 얘기하지 않았다. 갑자기 말이 없어진 것이다. 내 기억 속에서 그는 오른손에는 아주 낡은 캔버스 천 여행가방을 들고 왼손에는 대나무 피리를 들고 있었다. 낡은 운동화는 온통 진흙투성이였다. 이는 그가 농촌에서 부모님이 계신 집으로 돌아왔을 때의 모습이었고 며칠을 묵고 다시 농촌으로 돌아갈 때도 여전히 같은 모습이었다. 달라진 것이라고는 그 낡은 운동화에 진흙이 묻어 있지 않은 것뿐이었다. 그의 어머니가 신발을 깨끗하게 빨아주었던 것이다. 집에 돌아와 있던 며칠 동안 그는 줄곧 창가에 앉아 자신의 대나무 피리를 연주했다. 악곡은 끊임없이 이어졌다. 하나같이 당시의 혁명가에 담긴 선율이었다. 하지만 이런 혁명가를 연주해도 그의 피리 소리에서는 격앙된 기운이 전혀 느껴지지 않았다. 혁명의 노래가 음탕한 소리로 변해버린 것 같았다. 대나무 피리를 연주하지 않을 때는 창가에 멍하니 앉아만 있었다. 어쩌다 우리가 그의 집 창가에 가서 말을 걸어도 그저 쳐다보기만 할 뿐, 아무런 반응도 보이지 않았다.

끊임없이 떠들어댔던 수다스런 사람이 여러 해 동안 농촌의 생산대대에서 생활한 뒤로는 완전히 다른 사람으로 변해 있었다. 말하는 걸 별로 좋아하지 않게 된 것이다. 피리 소리가 그의 말을 대신하는 것 같았다. 그의 그 많던 말들이 전부 피리 소리 속으로 빨려 들어간 것인지도 몰랐다. 거의 2년 동안 나는 내가 사는 이 작은 골목을 지나다가 피리 소리를 들을 때면 그가 돌아왔다는 것을 알 수 있었다. 이는 우리 골목에서 들을 수 있는 유일한 피리 소리이자 생명이 존재한다는 것을 알리는 신호였다. 어쩌다 그가 장사꾼이 배와 사탕을 팔 때 내는 피리 소리를 연주할 때면 입이 근질근질한 골목 안 아이들이 일제히 몸에 땀이 나도록 달려오곤 했다. 아이들의 넋이 나간 듯한 얼굴을 바라보면서 그는 즐거운 표정으로 환하게 웃기도 했지만 이내 다시 우울한 침묵 속으로 빠져들었다.

내 어릴 적 마음속에서 혁명의 상징이었던 그는 내가 초등학교를 졸업하던 해에 세상을 떠나고 말았다. 죽기 직전에도 그는 집에 돌아왔다. 이번에는 열흘 남짓 머물었고 다시 농촌으로 돌아가고 싶지 않다고 말했다. 나는 몇 번 그의 집 창문 앞을 지나면서 그의 아버지가 그를 호되게 질책하는 소리를 들었다. 아주 큰 소리로 거칠게 나무랐다. 그가 농촌으로 돌아가고 싶지 않다고 했기 때문이었다. 그는 가냘픈 목소리로 몸이 너무 지쳐서 더이상 농사를 지을 수 없다고 하소연했다. 하지만 그를 질책하는 부친의 목소리는 갈수록 커져만 갔다. 마치 부르주아 계급을 욕하는 것 같았다. 그의 부친이 그에게 했던 말을 나는 지금도 생생하게 기억하고 있다.

"게으른 놈들만 자기가 힘이 없다고 느끼는 거야."

그의 어머니는 집에서 하루 종일 말다툼만 해서는 안 된다고 생각했고 아들 역시 계속 그렇게 머물러 있을 수 없었다. 장기간 도시에서 뭉개며 시골로 돌아가지 않을 경우 사상에 문제가 있는 것으로 오인받을 수도 있기 때문이었다. 어머니가 다시 농촌으로 돌아가라고 좋은 말로 타일렀지만 아들은 말을 듣지 않았다. 길을 떠나기 전 어머니는 달걀 두 개를 삶아 아들의 주머니에 넣어주었다. 당시로서는 대단히 귀한 음식이었다. 나는 그가 집을 떠나는 모습을 보았다. 비쩍 말랐고 자줏빛 얼굴은 누렇게 떠 있었다. 오른손에는 낡아빠진 여행가방을 들고 왼손에는 여전히 대나무 피리를 들고 있었다. 발에는 낡은 운동화를 신고 있었다. 그가 고개를 숙이고 걸어가는 모습은 너무나 힘이 없어 보였다. 나는 그가 울고 있다는 걸 알았다. 그는 길을 걸으면서 피리를 쥔 왼손을 들어 올려 옷소매로 눈가의 눈물을 닦았다.

이것이 그가 인간 세상을 걷는 것을 본 마지막 모습이었다. 며칠 후 그는 시골에서 갑자기 의식을 잃었다. 몇몇 농민들이 그를 문짝에 실어 황급히 현 병원으로 데려가 진찰한 결과 황달간염 말기로 판명되었다. 얼마 후 그는 상하이로 향하는 병원 구급차 안에서 숨을 거두고 말았다. 의사인 우리 아버지는 병원에 도착했을 때 그의 간장이 이미 너무 작게 쪼그라든 데다 돌처럼 단단했다고 말해주었다. 그의 죽음과 함께 내 유년 시절의 유일한 피리 소리도 사라지고 말았다.

혁명이란 무엇인가? 내 과거 기억 속의 해답은 온갖 주장들로 뒤죽박죽이었다. 혁명은 우리의 삶을 알 수 없는 것으로 가득 채웠다. 한 사람의 운명이 하루아침에 전혀 다른 모습으로 변하기 일쑤였다. 어떤 사람은 순식간에 하늘을 날았고 어떤 사람은 눈 깜짝할 사이에 깊이를 알 수 없는 심연으로 추락했다. 사람과 사람 사이의 사회적 유대도 혁명을 따라 수시로 이어졌다 끊어지기를 반복했다. 오늘까지 혁명의 전우였던 사람이 내일은 계급의 적이 될 수 있었다.

이 순간 내 눈앞에 두 가지 기억이 흘러갔다가 되돌아오기를 반복하고 있다. 하나는 인성의 아름다움을 말해주고 있고 다른 하나는 인성의 추악함을 말하고 있다.

아름다운 기억은 한 친구의 부친과 관련된 것으로, 내가 초등학교 1학년 때의 이야기다. 평소에 사람들에게 무척 친절했던 친구의 아버지가 갑자기 타도 대상이 되고 말았다. 그분은 공산당의 정치체제에서 일개 하급 관리에 불과했는데도 주자파라는 죄명을 피할 수 없었다. 나는 어렸을 때 그분을 무척 좋아했다. 길에서 나와 얼굴이 마주칠 때마다 항상 따스한 웃음을 지어주셨기 때문이다. 그분은 내가 당신 아들의 친구라는 걸 잘 알고 계셨다. 그분은 내 유년의 기억 속에서 유일하게 길거리에서 내게 웃음을 보여주셨던 분이다. 다른 친구들의 아버지들에게는 이처럼 친절한 웃음을 기대할 수 없었다. 그분이 타도 대상이 된 뒤로 나도 내가 사랑받고 있다고 느끼게 만드는 그 놀라운 웃음을 잃고말았다. 그분의 두 눈은 나를 볼 때마다 아주 빠르게 깜빡거렸다. 타도대상이 된 몇 달 동안 그분은 정신적, 육체적으로 혹독한 시련을 견뎌야 했지만 나는 조반파가 그분을 얼마나 괴롭혔는지 알 수 없었다. 내가 볼 때마다 그분은 항상 얼굴에 시퍼렇게 멍이 들어 있었다. 그분의아들, 즉 내 학교 친구는 얼굴에 항상 햇빛처럼 찬란한 미소가 넘쳐흘렀다. 하지만 부친이 타도 대상이 된 뒤로는 그의 눈빛도 두려움과 놀라움에 찬 어두운 색으로 변하고 말았다. 쉬는 시간에 학교 운동장에서놀 때도 그는 항상 한쪽 구석에 혼자 서 있었다. 어느 날 아침 일찍 수업 시작을 알리는 종이 울리기도 전에 우리는 책보를 등에 멘 채 신나게 뛰어놀고 있었다. 그도 운동장에 나오긴 했지만 언제나 그랬듯이 혼자 한쪽 구석에 조용히 서 있었다. 그런데 이번에는 그곳에 그렇게 서서 하염없이 울고 있는 것이었다. 나는 멀리서 그의 몸이 쉴 새 없이 떨리고 있는 것을 보았다. 그는 두 손으로 자신의 얼굴을 감싸고 있었다.얼마 후 우리는 그의 부친이 날이 밝기 전 우물에 몸을 던져 자살했다는 사실을 알았다. 그 순간 나는 지나간 시간들을 되돌아보았다. 나는시련을 견디지 못한 그분이 일찌감치 자살을 염두에 두고 있으면서도그런 생각을 마음속 깊이 감춘 채 아내와 아들이 알아채지 못하게 한것이라는 결론을 내렸다. 그분은 마음속으로 고통스럽게 삶과 죽음 사이를 배회하다가 결국 죽음을 선택했던 것이다. 그분은 새벽 두시쯤 조용히 잠자리에서 일어나 어둠 속에서 깊이 잠들어 있는 아내와 아들을 향해 소리 없이 작별을 고했다. 그런 다음 조용히 문을 밀고 나와 다른 세계로 떠났다. 나중에 그분의 아들은 그날 새벽 꿈속에서 아빠가 침대 맡에 잠시 서 있는 것을 느꼈다고 말했다. 그분이 우물에 몸을 던지기 하루 전날 저녁에도 나는 거리에서 그분을 본 적이 있었다. 이마에 피가 흘렀고 걸음걸이는 조금 불안정했다. 그분은 아들과 함께 내가 있는 쪽으로 걸어오고 있었다. 석양의 약한 햇빛 속에서 그분의 오른손은 아들의 작고 가냘픈 어깨를 감싸고 있었다. 그렇게 무척 다정하고 즐거운 모습으로 아들과 가볍게 웃으며 얘기를 나누었다. 아주 오랜 세월이 지나 내가 베이징의 내 집에서 『형제』라는 소설을 쓸 때도 석양 속에서 천천히 걸어오던 두 부자의 따스한 모습이 계속 내 눈앞을 맴돌았다. 어쩌면 내가 소설 『형제』에서 묘사한 쑹판핑宋凡平은 절대로 떨쳐버릴 수 없는 그때의 장면 속을 걸어오던 인물들인지도 모른다.

추악한 기억은 초등학교 2학년 때의 일로서, 우리 선생님에 관한 이야기다. 쉬는 시간이 되자 아이들은 운동장에 나가 이리저리 뛰어다니며 신나게 놀았고 선생님들은 그런 우리를 바라보면서 삼삼오오 모여 얘기를 나누었다. 당시 우리 학교에는 학년마다 갑, 을, 병, 세 개의 반이 있었다. 나는 항상 여선생님 한 분이 또 다른 여선생님과 함께 있는 것을 보았다. 두 분은 아주 친근하게 얘기를 나누면서 가끔씩 까르르 상쾌한 웃음을 터뜨리기도 했다. 나는 운동장에서 놀면서 자주 고개를 돌려 이 두 선생님을 바라보곤 했다. 나는 두 분 사이가 아주 친밀하고 두 분이 서로 못 하는 말이 없는 자매 같다고 생각했다. 그러던 어느 날

아침 나는 책보를 메고 아주 일찍 학교에 갔다. 운동장은 텅 비어 있고 사람들의 모습은 그림자조차 찾아볼 수 없었다. 나는 곧장 교실로 들어갔다. 뜻밖에도 두 여선생님 가운데 한 분이 먼저 학교에 와 계셨다. 선생님은 교탁 앞에 앉아 한창 아이들의 숙제를 평가하고 있다가 내가 들어오는 것을 보고는 신비한 표정으로 나를 향해 손짓을 하면서 가까이 오라고 하셨다. 그러고는 가슴에서 우러나오는 진지하고 흥분된 어조로 자신과 항상 즐겁게 대화를 나누던 여선생님이 지주 가정에서 태어났다고 말해주셨다. 학교에서 그분 고향으로 사람을 보내 조사한 결과 드러난 것이라면서 지금 그 선생님은 이미 어디론가 붙잡혀 가서 조사를 받고 있다고 했다. 처음에는 의구심이 가득한 표정으로 선생님의 얼굴만 쳐다보던 나는 이내 가슴속에 두려움이 밀려오는 것을 느꼈다. 줄곧 두 분이 가장 친한 친구 사이라고 생각했기 때문이었다. 그다음부터 운동장에서 뛰어놀면서 선생님들이 한데 모여 더없이 친근한 표정으로 얘기를 주고받는 모습을 바라볼 때면 나는 두려움에 몸을 떨곤 했다. 거리에서는 피를 뚝뚝 흘리는 무장투쟁이 벌어지고 있었다. 그러나 이 학교 안은 어떤가? 겉으로는 더없이 친근해 보이지만 마음속으로는 날카로운 칼날을 품고 있는 인간관계가 한없이 두렵게만 느껴졌다.

혁명이란 무엇인가? 어린 시절 내게는 아주 생생한 혁명의 모범이 있었다. 다름 아닌 우리 형이었다. 우리 형은 천성적인 혁명가였고 '조반은 정당하다'가 그의 혈액형인 것 같았다. 형은 초등학교 2학년 때부터 학교 전체를 뒤흔드는 혁명적 행동을 하곤 했다. 하루는 형의 여자 담임선생님이 교단에 서서 형이 수업 시간에 한 자잘한 행동을 비판했다. 선생님의 언사가 다소 과격했는지 우리 형의 분노를 자극하고 말았다. 형은 자리에서 벌떡 일어나 자신의 걸상을 교탁 옆으로 들고 가서는 선생님 바로 옆에 내려놓았다. 선생님이 의아한 표정으로 우리 형을 쳐다보면서 무슨 짓을 하려는 것인지 몰라 궁금해하고 있는 사이에 형은 이미 의자 위에 올라가 선생님의 태양혈을 조준하고는 위에서 아래로 세게 주먹을 날렸다. 아홉 살밖에 안 된 소년이 뜻밖에도 선생님을 때려 기절시킨 것이었다. 선생님이 깨어나 정신을 차렸을 때는 이미 병원 침대 위에 누워 있었다.

중학교에 진학한 뒤에도 우리 형의 혁명가 기질은 더욱 강해졌다. 내게 아주 깊은 인상을 남긴 사람은 형네 국어 선생님이었다. 이 여선생님은 우리 형의 거친 행동을 참고 참다가 마침내 우리 집을 찾아와서는 다짜고짜 형의 잘못된 행동을 우리 부모님께 알렸다. 너무나 억울했던지 여선생님은 뜻밖에도 눈물까지 보였다. 여선생님의 하소연은 그칠 줄 모르고 이어졌다. 하지만 내가 지금까지 기억하는 일은 단 한 가지다. 너무 재미있어서 아직까지 잊지 않고 기억하는 것 같다. 때는 겨울이었다. 우리 형은 국어 수업을 들으면서 운동화를 벗어 창틀에 올려놓고 말리고 있었다. 나일론 양말을 신은 형의 두 발에서 하늘을 찌를 듯한 악취가 풍겼고 게다가 형은 맨 앞줄에 앉아 있었다. 형은 냄새가 고약하게 나는 발 한쪽을 책상 위에 올려놓고 있었다. 교탁과 정확히 마주하는 자리였다. 수업을 진행하면서 아주 가까운 거리에서 형의 발에서 나는 악취를 고스란히 맡아야 했던 선생님은 형에게 즉시 신발을 신으라고 요구했다. 형은 선생님의 요구를 한마디로 거절하면서 자신의 운동화를 햇볕에 좀더 말려야 한다고 말했다. 이렇게 말하는 사이에도 형의 발가락은 나일론 양말 속에서 과장되게 움직였다. 자신의 두 발로 좀더 많은 악취를 발산하려고 애쓰는 것 같았다. 몹시 화가 난 국어 선생님은 창가로 가서 햇볕에 널어놓은 형의 운동화를 집어 창밖으로 던져버렸다. 우리 형은 모든 일을 이에는 이로 대응하는 인물이었다. 형은 벌떡 일어나 책상 위로 올라서더니 다시 교탁 위로 건너뛰어 국어 선생님의 강의안을 집어 들고 바닥으로 내려섰다. 그러고는 창가로 가서 강의안을 밖으로 던져버렸다. 그런 다음 반 친구들의 환호성 속에서 창문 밖으로 기어나가 자신의 운동화를 주워 다시 창문을 통해 기어 들어와서는 운동화를 창틀에 놓고 계속 햇볕에 목욕시켰다. 그러고 나서 자기 자리로 돌아와 다시 냄새나는 발을 책상 위에 걸쳐놓았다. 형은 마치 지휘자처럼 두 손을 휘저어 친구들의 환호성에 맞장구치면서 국어 선생님이 잿빛 얼굴로 교실 문을 빠져나가는 모습을 득의양양하게 바라보았다. 국어 선생님은 우리 형처럼 창문을 기어서 들락거릴 수 없었다. 선생님은 학교 건물을 한 바퀴 빙 돌아가서 창밖으로 던져진 자신의 강의안을 주워야 했다. 그녀가 강의안을 집어 몸을 일으키는 순간 반 학생들은 교실 창가로 우르르 몰려갔다. 아이들은 남의 불상사를 보고 기뻐하는 심보로 선생님을 놀려댔다.

그날 국어 선생님이 돌아가자마자 아버지가 머리끝까지 화가 났던 것을 나는 지금도 생생하게 기억하고 있다. 아버지가 의자를 집어 들어 형에게 던졌지만 형은 재빨리 몸을 움직여 이를 피했다. 엄마가 황급히 달려가 아버지를 말렸고 아버지는 형을 향해 버럭 소리를 질렀다.

"도대체 학교에서 나쁜 짓을 얼마나 저지른 거야!"

뜻밖에도 형은 아주 당당하고 조리 있는 태도로 대답했다. "저는 그저 학교에서 혁명을 했을 뿐이에요."

우리 아버지는 엄마를 밀치고 형을 향해 주먹을 휘둘렀다. 형은 이리 저리 몸을 피해 도망치다가 자신이 안전하다고 생각될 만큼 거리가 벌어지자 계속 둘러댔다.

"전 혁명을 한 거란 말이에요."

형의 이 한마디가 나로 하여금 혁명에 대한 동경을 품게 했다. 문화대혁명을 겪고 있긴 했지만 우리는 초등학교 시절에 선생님들을 무척 두려워했고 선생님들의 압력에 못 이겨 수시로 자아검토서를 써야 했다. 수업시간에 조금만 떠들거나 사소한 동작을 해도 검토서를 써야 했고 친구들끼리 싸움을 하다 들켜도 검토서를 써야 했다. 내가 초등학교 시절에 쓴 자아검토서는 내가 지금까지 쓴 글보다 더 많았다. 게다가 우리의 검토서는 전부 선생님들이 복도 벽에 내다붙였다. 우리는 창피해서 얼굴을 들 수 없었다. 우리 형과 나보다 한두 살 많은 아이들을 보면서 우리는 우리도 모르게 중학교에 들어가면 검토서를 쓸 필요가 없다는 생각을 하게 되었다. 중학교에 진학하면 어떤 비행이라 하더라도 혁명적 행위로 간주되기 때문이었다.

이리하여 1973년 봄에서 여름으로 넘어갈 무렵, 나는 몇몇 친구들과 함께 새로 건설된 시멘트 다리를 건너 작은 강 건너편에 있는 하이옌 중학교를 찾아갔다. 농구경기장 앞을 지나면서 우리는 중학생들이 농구시합을 하는 광경을 구경했다. 운동장을 지날 때는 학생들이 중간에 있는 잔디밭에 엎드려 한담을 주고받는 모습을 바라보았다. 이어서 우리의 눈에 두 동의 교사에 있는 거의 모든 교실마다 창틀에 학생들이 앉아 있는 모습이 보였다. 갑자기 어디선가 우리의 이름을 부르는 소리가 들렸다. 알고 보니 우리와 같은 골목에 사는 이웃집 사내아이였다.

그는 우리보다 한 살이 많아 중학교 1학년이었다. 그는 자기 교실 창가에 앉아 우리를 향해 손을 흔들었다. 우리는 그에게 다가가 수업이 다 끝난 것이냐고 물었다. 그는 고개를 가로저으며 아직 수업중이라고 대답했다. 그는 손을 뻗어 우리를 하나하나 창틀로 끌어 올려 자신의 교실 안으로 들어가게 해주었다. 이어서 우리를 창틀과 책상에 각각 앉게 한 다음 아주 친절하게 옆에 있던 몇몇 친구들에게 소개해주었다.

우리는 시야가 확 트이는 기분이었다. 교실 안은 몹시 시끄럽고 혼잡했다. 책상 위에 앉아 있는 학생들도 있고 이리저리 왔다 갔다 하는 학생들도 있었다. 책상을 사이에 두고 서로 욕을 해대는 학생들도 있었다. 보아하니 당장이라도 주먹이 올라갈 것만 같았다. 선생님 한 분이 교단 위에 서서 칠판에 물리 과목 문제를 내고 있었다. 선생님이 칠판에 판서를 하면서 설명을 하고 있었지만 그의 설명에 귀를 기울이는 학생은 하나도 없었다. 선생님은 완전히 자신을 위해 판서를 하고 자신에게 설명을 하고 있는 것 같았다.

이런 광경을 바라보는 나는 그저 어안이 벙벙할 따름이었다. 우리는 교단 위에 서 있는 선생님을 가리키면서 우리와 잘 아는 이 중학생에게 조심스럽게 물었다.

"저 선생님은 지금 누구에게 설명을 하고 있는 거야?"

"자기 자신에게 설명하고 있는 거지." 이 중학생이 말했다.

우리가 헤헤 웃으며 다시 물었다. "선생님이 무섭지도 않아?"

"무섭냐고?" 이 중학생이 하하 웃으며 대답했다. "여기는 중학교야. 너희가 다니는 초등학교가 아니라고."

이렇게 말하면서 그는 책상 서랍에서 분필 조각을 하나 꺼내 교단 위에 서 있는 선생님을 향해 던졌다. 선생님은 분필 조각이 날아오는 것을 보면서 옆으로 슬쩍 몸을 피했다. 그런 다음 아무 일 없었다는 듯이 계속 자신에게 물리 문제에 관한 설명을 해나갔다.

혁명이란 무엇인가? 우리는 마침내 답을 알 것 같았다.

풀뿌리草根

중국의 풀뿌리들은 과감하게 생각하고 그것을 과감하게 행동에 옮겼다. 그들은 경제발전의 조류 속에서 수단과 방법을 가리지 않았다. 법률을 위반하거나 심지어 범죄를 저지르는 일도 전혀 서슴지 않고 과감하게 시도했다. 그들은 아무것도 두려워하지 않는 엄청난 담력을 갖고 있었고 뭔가를 잃을까봐 두려워하는 일도 없었다. 그들은 아무것도 가진 것이 없는 상태에서 출발했기 때문이다. 중국의 속담으로 표현하자면 맨발인 사람은 신발 신은 사람을 두려워하지 않는 법이고, 마르크스의 말을 빌리자면 프롤레타리아인 그들이 잃을 것은 족쇄뿐이요 얻을 것은 전 세계였다.

약 5년 전쯤에 중국의 한 중요 도시에 엄청나게 비싼 빌딩이 한 채 지어져 도시의 가장 번화한 중심 지역에 우뚝 솟아 그 위용을 자랑했다. 높이가 무려 40여 미터에 달하는 이 건물에는 한 채의 면적이 3백 평이 넘는 최고급 아파트 여섯 채가 들어섰다. 아파트 실내장식도 대단히 사치스러웠다. 거실과 침실에 사용된 모든 자재와 주방 및 화장실 시설 전부가 세계 최고의 명성을 누리는 명품이었다. 이 정상급 아파트 여섯 채는 분양이 시작되자마자 곧바로 팔려나갔다.

　가격이 1억 위안이 넘는 엄청난 고가의 아파트를 가장 먼저 구입한 사람은 세인의 주목을 받는 부동산업자나 금융투자자, 또는 IT업계의 새로운 귀족층이 아니라 중국 경제의 조수 속에서 전혀 주목의 대상이 되지 못하던 혈두血頭, 즉 매혈 조직자였다. 이 부유한 혈두는 손이 아주 커서 집값 전액을 한꺼번에 지불했다. 바로 여기에서 풀뿌리에 관한 나의 이야기가 도도하게 시작된다.

나는 1995년에 출판된 소설 『허삼관 매혈기許三觀賣血記』에서 이李 혈두라는 인물을 만들어낸 바 있다. 이는 병원에서 겪었던 유년 시절의 기억에 허구를 섞어 확장한 것이다. 내가 이 소설을 쓸 때만 해도 중국어에서 '풀뿌리'라는 단어의 뜻은 매우 단순했다. 말 그대로 풀의 뿌리와 수염을 의미하는 데 그쳤다. 그 뒤로 몇 년이 지나 우리는 영어에서 완전히 새로운 의미를 받아들여 풀뿌리를 광의적으로 해석했고, 그 결과 그 단어는 비주류 또는 비정통 약자층의 대명사로 활용되었다. 이렇게 확장된 의미는 중국 사회 전반에 신속하게 퍼져나갔다.

내 기억으로는 병원에서 농민들의 피를 사고팔던 사람도 의사와 마찬가지로 흰 가운을 입고 있었던 것 같다. 하지만 그 가운은 너무나 지저분했다. 특히 엉덩이와 팔꿈치 부분은 항상 거무튀튀했다. 그는 입에 항상 담배를 물고 있었다. 피를 팔기 위해 찾아온 농민들은 항상 그를 혈두라는 존칭으로 불렀다. 글자 그대로 해석하자면 혈액 매매의 지도자인 셈이었다.

이 혈두는 그의 혈액 세계에 말로 다 할 수 없을 정도로 엄청난 권위를 쌓았다. 물론 병원 내에서의 지위는 일개 간호사만도 못했다. 하지만 그는 세월이 갈수록 뭔가가 축적된다는 의미에 매우 정통해 있었다. 그는 세월 속에 아무 소리도 없이 조용히 풀뿌리의 왕이라는 자신의 지위를 구축했다. 가난 때문에, 혹은 다른 중요한 이유로 피를 팔기 위해 찾아온 농민들의 눈에는 때때로 그가 구세주로 보이기도 했다.

그 시대에는 모든 병원의 혈액창고에 재고가 넉넉했다. 혈두는 처음부터 이 점을 잘 이용할 줄 알았다. 멀리서 피를 팔기 위해 찾아온 농민들로 하여금 시작부터 걱정을 하게 만드는 것이었다. 혈액 재고가 많다는 말에 농민들은 자신의 몸에 흐르고 있는 피를 팔지 못하면 어떻게 하나 하고 걱정했다. 그는 아주 자연스럽게 자신에 대한 농민들의 존경을 키워나갔다. 그것도 모든 농민들의 마음속에서 자발적으로 우러나는 존경심이었다. 이어서 그는 더없이 소박한 이들 농민들에게 선물의 위력을 알게 했다. 농민들은 절대다수가 낫 놓고 기역 자도 모르는 문맹이었지만 사람과 사람 사이에 교류가 없어선 안 되고 교류를 할 때는 선물이 가장 중요한 매개가 된다는 사실을 모르지 않았다. 선물은 또다른 유형의 언어, 즉 자기손실을 전제로 삼는 언어였다. 바로 이런 특성 때문에 선물은 사랑과 찬미, 존경의 단어가 되었다. 바로 이렇게 그는 농민들로 하여금 집을 나서기 전에 반드시 푸른 채소 두 포기 또는 토마토나 달걀 몇 개를 준비하게 했다. 푸른 채소와 토마토, 달걀 등을 자신에게 헌납하면서 동시에 찬미하고 존경하는 말을 바치게 했다. 빈손으로 그를 찾아간다는 것은 언어를 상실한 벙어리가 되는 것을 의미했다.

그는 거의 10년 가까이 고심하면서 자신의 왕국을 경영했다. 그 후로는 시대적으로 거대한 변화가 발생했다. 모든 병원의 혈액창고에 재고가 부족해진 것이다. 피를 사는 사람들은 흥정을 하기 시작했다. 병원에서 혈두의 지위는 형편없이 떨어지기 직전이었다. 하지만 그는 조금도 걱정하지 않았다. 이때 그는 이미 혈두 일을 그만둔 상태였다. 오히려 그는 이런 기회를 놓치지 않고 진정한 혈두가 되었다. 더이상 전통적인 의미의 병원 혈두가 아니었다.

이 혈두는 이미 10여 년 전에 죽었다. 그는 세상을 떠나기 전에 대단한 일 하나를 해냈다. 이건 우리 아버지가 내게 말해준 사실이다. 우리 아버지는 1995년 말에 『허삼관 매혈기』를 다 읽고 나서 내게 전화로 혈두가 퇴직하고 난 뒤에 어떻게 부자가 되었는지 자세히 설명해주셨다. 중국의 시장경제가 본격적으로 발전하기 시작했을 때 혈두는 당시 혈액의 가격이 각 지역마다 다르다는 사실을 발견했다. 그는 아주 짧은 시간에 저장에서 장쑤江蘇까지 5백 킬로미터가 넘는 거리를 오가며 천 명이 넘는 매혈자를 조직했다. 열 개가 넘는 현을 오가면서 사람들의 피를 가격이 가장 높은 곳에 판 것이다. 그를 추종하는 사람들은 더욱 많은 수입을 올렸고 그 자신의 돈 가방은 잔뜩 바람을 넣은 가죽 공처럼 팽팽하게 부풀어올랐다.

나는 이것이 대단히 복잡하고 힘든 여정이었다는 것을 충분히 상상할 수 있다. 그가 어떤 수단을 사용했는지는 알 수 없지만 그는 놀랍게도 평소 가장 방만하며 동시에 서로 잘 알지도 못하던 사람들을 오합지졸의 풀뿌리 대오로 시끌벅적하게 조직했다. 나는 그가 그들에게 규율을 정해주고, 지도자 없이도 스스로 움직일 수 있는 군사편제를 조직해놓았을 것이라고 믿는다. 그는 이 복잡하고 잡다한 사람들 가운데 10여 명을 선발하여 어느 정도 권력을 부여함으로써 그들로 하여금 각자의 재능을 최대한 발휘하면서 협박과 회유, 감언이설과 거친 욕설을 병용하게 했다. 그들이 그를 대신하여 천여 명에 달하는 사람들을 관리했기 때문에 그는 이 열 명 남짓한 사람들만 제대로 관리하는 것으로 충분했다.

이런 집단행동은 전쟁에서 군대의 이동과 흡사했다. 한창 진행중인 종교의식을 방불케 하기도 했다. 그들은 도로를 까맣게 뒤덮을 수도 있었다. 남자들 사이의 주먹다짐과 여자들 사이의 한가로운 수다는 흔히 있는 일이었다. 남몰래 사랑을 주고받는 남녀들도 있었다. 또한 갑자기 찾아온 질병에 쓰러진 사람들도 있었다. 물론 진지하고 성실하게 서로를 돕는 사람들도 있고 사랑을 시작한 사람들도 있었을 것이다. 나는 이 세상에 피를 팔려고 나선 이 민초들보다 더 다양한 유형의 사람들로 이루어진 대오는 없을 것이라고 믿는다.

내 유년 시절 기억 속의 그 혈두가 너무 일찍 세상을 떠나지 않았다면 그가 쌓아놓은 재산도 호화주택에 살기에 충분한 수준이었을 것이다. 물론 내가 앞에서 말한 그 대도시의 혈두와 더불어 거론하기는 어렵겠지만 말이다. 인민폐 1억 위안이 넘는 최고급 아파트에 입주한 혈두는 그보다 더 대단한 권력을 갖고 있다. 전하는 바로는 그가 10만 명이 넘는 매혈자를 거느리고 있다고 한다. 이것이 바로 오늘날 중국의 현실이다. 모든 매혈자들이 피를 팔 때마다 혈두에게 일정한 비용을 상납해야 하지만 그렇게 하는 것이 개인적으로 직접 가서 피를 파는 것보다 수입이 더 좋다.

이렇게 전문적인 매혈 조직을 거느리는 매혈의 거두는 소리 없이 숨어서 호화로운 사치생활을 누리고 있고, 그가 얼마나 많은 재산을 보유하고 있는지 아는 사람은 아무도 없다. 혈액창고에 피가 모자라면 혈두는 각 대형 병원들이 서로 잘 보이려고 노력하는 거래 상대가 된다. 때로는 그에게 식사를 대접하고 싶지만 그것마저 어려운 상황이 되기도 한다. 그에게 사업은 어디까지나 사업이기 때문에 그가 통제하는 혈액은 가격이 가장 높은 병원으로 흘러 들어가게 되어 있다.

겉으로 보기에는 대단히 비열한 업종인 매혈의 세계도 미국의 유명한 상업잡지 『포브스Forbes』가 진지하게 서술하는 부富에 관해 똑같이 서술하고 있다. 이것은 완전히 성공한 풀뿌리에 관한 이야기이다. 여기서 나는 또 다른 유형의 풀뿌리에 관한 이야기를 해보고자 한다. 다름아니라 3년 전에 내가 중국 신문에서 읽었던 기사의 내용이다. 이 기사에 따르면 폐품을 수거해 먹고사는 사람이 있었다. 신문에서는 그를 개방丐帮, 걸인의 조직의 방주라고 소개하면서 '쓰레기대왕'이라고 불렀다. 그는 한 도시의 구역을 장악하고 있는 '쓰레기대왕'이지만 역시 수천만 위안에 달하는 재산을 보유하고 있다. 중국의 도시에는 소규모 거주 지역마다 전문적으로 폐품을 회수하는 사람들이 있다. 그들은 낮은 가격으로 주민들이 버리려고 내놓은 폐품을 수거하고 이를 종류별로 분류한 다음, 가격을 약간 높여 대형 수거상에게 판다. 내가 말하려는 이 쓰레기대왕은 이보다 규모가 더 큰 폐품 수거상이다. 그는 소규모 폐품 수거상들로부터 폐품을 사들여 가격을 최대한 올린 다음 각기 다른 유형의 생산기업에 되판다. 생산기업들은 이를 통해 원재료 가격을 줄일 수 있다. 몸값이 수천만 위안에 달하는 이 쓰레기대왕은 기자들과의 인터뷰 자리에서 대단히 겸손한 태도를 보였다. 기자가 어떻게 이런 사업 기회를 잡았냐고 묻자 그는 이렇게 말했다.

"저는 그저 남들이 하기 싫어하는 일을 했을 뿐입니다."

이 담담한 한마디가 중국이 이룩한 30년 경제기적의 비밀을 말해준다. 오늘날의 중국은 없는 곳이 없고 아무것도 두려워하지 않는 풀뿌리 정신으로 경제발전의 기회를 포착한 것이다. 이리하여 우리 중국인들의 경제생활에는 수많은 대왕이 출현하게 되었다. 티슈대왕에서 시작하여 셔츠대왕과 라이터대왕 등 무수한 대왕이 등장했다. 저장에는 단추대왕이 있다. 그가 경영하는 단추의 품종은 수를 헤아릴 수 없을 정도로 많다. 단추의 이윤은 아주 박한 편이지만 이 세상에 옷이 있는 곳이면 어디든지 그의 단추를 사용하고 있다. 티슈와 셔츠, 단추, 라이터 같은 물건들을 만드는 제조업은 대단히 비천한 업종이지만 일단 거대한 시장지분을 확보하면 비천한 업종도 얼마든지 눈부신 부의 제국으로 변할 수 있다.

어느 자동차 딜러가 내게 한 가지 얘기를 들려주었다. 그가 일하는 저장 이우義烏의 BMW 4S 매장에 어느 날 농민으로 보이는 노인 한 명이 찾아왔다. 열 명이 넘는 자손들이 노인을 호위하고 있었다. 그들은 소형 승합차에서 내려 서로 얘기를 주고받으며 우르르 4S 매장 안으로 들어섰다. 아들, 손자 들은 허리가 잔뜩 굽은 이 노인에게 여러 대의 승용차를 추천해주었다. 노인이 마음에 들어하는 차는 가격이 2백만 위안이 넘는 BMW 최상급 모델 760li였다. 노인이 영업사원에게 그 차의 가격이 비싼 이유를 물었다. 영업사원은 노인에게 그 차가 갖춘 각종 첨단장치와 기능을 설명해주었지만 노인은 연신 고개를 가로저으며 무슨 말인지 못 알아듣겠다고 했다. 마지막으로 영업사원은 노인에게 소가죽으로 만든 시트를 소개해주었다. 운전석을 가리키면서 그 운전석 시트를 하나 만드는 데 소 두 마리가 소요된다고 설명했다. 소 두 마리에서 나오는 가장 좋은 부위의 가죽을 잘라 운전석 시트 하나를 만든다는 것이었다. 그러자 과거에는 소를 먹이는 목동이었다가 나중에 중국 경제발전의 거대한 조류 속에서 부자가 된 이 농부는 즉시 이 BMW 760li가 그렇게 비싼 이유를 이해했다. 노인이 아들과 손자 들에게 말했다.

"의자 시트 하나 만드는 데 소 두 마리의 가죽이 들었다니 고급 차가 틀림없구나."

노인은 결국 자신을 위해 BMW 760li 승용차를 구입했다. 그리고 아들과 손자, 손녀 들에게도 각각 BMW 승용차를 한 대씩 사주었다. BMW 7시리즈에서 시작하여 5시리즈와 3시리즈까지 여러 등급의 자동차가 노인의 손자, 손녀 들에게 돌아갔다. 차 값을 결제할 때 노인의 아들과 손자 들은 승합차에서 종이상자를 몇 개 꺼내 들고 왔다. 상자 안에는 현금이 가득 들어 있었다. 이 늙은 농부는 애당초 수표나 신용카드를 믿지 않았다. 그에게는 지폐만이 진정한 의미의 돈이었다.

이 늙은 농부는 자신의 생활경험과 소박하고 직관적인 사유방식을 토대로 단번에 BMW 760li 승용차가 그렇게 비싼 이유를 알아냈다. 중국의 일부 풀뿌리들이 처음으로 경제활동을 진행할 때는 경제학 분야의 지식이 전혀 없고 관리 분야의 경험도 전혀 없었다. 그런데도 그들이 아주 짧은 시간에 부를 축적할 수 있었던 것은 자신들만의 독특한 사유방식이 있었기 때문이다. 늙은 농부가 BMW 760li가 그렇게 비싼 이유를 이해했던 것처럼, 겉으로 보기에는 세상 물정 모르는 촌뜨기들인 이들 풀뿌리들의 사유는 단번에 사물의 가장 중요한 핵심으로 파고들 수 있는 효과적인 무기가 된다.

내가 말한 이 이야기들은 모두 1978년 이후 중국의 경제발전 과정에서 무수히 일어났던 실화이다. 최근 30년 동안 이루어진 중국의 경제기적은 사실 무수한 개인의 기적이 모여 국가의 기적으로 합쳐진 것이라고 볼 수 있다. 내가 여기서 말하고자 하는 것은 풀뿌리 계층이 창조해낸 기적이다.

중국의 풀뿌리들은 과감하게 생각하고 그것을 과감하게 행동에 옮겼다. 그들은 경제발전의 조류 속에서 수단과 방법을 가리지 않았다. 법률을 위반하거나 심지어 범죄를 저지르는 일도 전혀 서슴지 않고 과감하게 시도했다. 또 한편으로는 법제도도 그들에게 도움을 주었다. 개혁개방 이후 중국의 법제는 점차 건전해지는 단계였지만, 일부 법률과 법규에 적지 않은 구멍이 뚫려 있어 풀뿌리들에게 그 사이를 비집고 들어갈 수 있는 기회를 제공했다. 때문에 이들 풀뿌리들은 어떤 유형의 기적이라도 창조해낼 수 있었다. 그들은 아무것도 두려워하지 않는 엄청난 담력을 갖고 있었고 뭔가를 잃을까봐 두려워하는 일도 없었다. 그들은 아무것도 가진 것이 없는 상태에서 출발했기 때문이다. 중국의 속담으로 표현하자면 맨발인 사람은 신발 신은 사람을 두려워하지 않는 법이고, 마르크스의 말을 빌리자면 프롤레타리아인 그들이 잃을 것은 족쇄뿐이요 얻을 것은 전 세계였다.

최근 몇 년 사이 중국 부호들의 순위 명단을 보면 거의 대부분이 풀뿌리 출신임을 알 수 있다. 이런 명단은 인생의 폭발적인 양적 팽창을 대변해준다. 빈손의 가난뱅이들이 눈 깜짝할 사이에 억만장자가 되어 부와 명예를 동시에 얻고, 그 뒤로는 아무리 써도 돈이 줄어들지 않는 삶을 살게 된 것이다. 이와 동시에 이 명단은 인생의 폭발적인 추락을 말해주기도 한다. 지위와 명예를 한꺼번에 잃고 부귀영화는 순식간에 연기와 안개가 되어 흩어져버린다. '후룬 보고서'의 통계에 따르면 지난 10년간 이 명단에 이름이 오른 풀뿌리 출신 부호들 가운데 49명이 불법행위로 체포되거나 도피중인 것으로 나타났다. 그들의 죄명은 매우 다양했다. '공금횡령죄'가 있는가 하면 '절도 음모죄'도 있고 '사기음모죄', '일방적 뇌물공여죄', '금융유가증권위조죄', '공공예금횡령죄', '불법농지점용죄', '사기계약죄', '신용증명서 위조죄' 등 온갖 범죄

유형이 두루 망라되어 있다. 중국 민간에서는 이를 희화화하여 매년 공포되는 부호 명단에 '살저방殺猪榜'이라는 별명을 붙이기도 했다. 중국의 속담에 사람은 유명해지는 것을 두려워하고 돼지는 건장해지는 것을 두려워한다는 말이 있다. 사람은 일단 유명해지고 나면 안 좋은 일이 생기기 마련이고 돼지는 살이 쪄서 몸이 튼실해지면 곧 도살장으로 끌려간다는 뜻이다. 룩셈부르크에서 태어나 영국에서 생활하다가 중국에 와서 부호방富豪榜을 만들어 일약 유명인사가 된 이 후룬이란 사람은 이에 대해 이렇게 말한다.

"죽여야 할 돼지는 부호방에 오르든 못 오르든 반드시 죽여야 합니다."

2008년 11월, 중국 최고의 부자로 부호방에 오른 황광위黄光裕가 중대한 범죄를 여러 건 저질러 공안기관에 의해 구속되었다. 광둥廣東의 한 작은 도시 출신 풀뿌리인 그는 1987년에 궈메이國美전자기기 회사를 설립하여 불과 10여 년 만에 중국 최대의 가전제품 소매기업으로 성장했다. 2008년에 그는 개인 보유재산 430억 위안으로 후룬이 작성한 중국 부호 리스트에 세번째로 이름을 올렸다. 그러나 2010년 5월, 중국 법원은 불법경영죄와 내부거래죄, 일방적 뇌물공여죄 등의 범죄에 대해 황광위의 유죄를 인정하고 이 세 가지 범죄에 대한 형량을 합쳐 징역 14년을 언도했다. 황광위는 이 판결에 불복하여 상소했으나 곧장 기각되었다.

불과 몇 년 전 황광위가 '후룬 부호방'에 최고 부자로 이름을 올렸을 때 한 기자가 그를 찾아가 물었다.

"혹시 이 최고 부호의 자리를 돈 주고 산 것은 아닌가요?"

당시 황광위는 이렇게 대답했다. "후룬 때문에 번거로워 죽겠는데 그에게 돈을 준다고요? 그의 순위 명단은 '수배령'이나 마찬가지요. 그 리스트에 올랐다가는 아주 재수 없는 일을 당한단 말이오!"

오늘날의 중국에서 이런 '부호방' 또는 '살저방'은 빙산의 일각에 불과하다. 이 명단 외에도 어디서든지 경제권력 주체들이 서로 치열한 각축을 벌이고 그보다 훨씬 더 많은 풀뿌리들이 인생의 폭발적인 상승과 폭발적인 추락을 연출하고 있다. 중국 네티즌의 말을 빌리자면 더 많은 돼지들이 다 자라기도 전에 도살되고 있는 셈이다. 게다가 오늘날처럼 희비가 교차하는 희극적인 시대극 속에서는 자기 삶의 결말이 어떨지 누구도 예측할 수 없다.

문화대혁명 시기의 지난 일을 되돌아보면 당시 정치권력의 각축 속에서도 풀뿌리들이 폭발적으로 상승했다가 폭발적으로 추락한 이야기들이 끊임없이 이어졌던 것을 알 수 있다.

1973년 8월, 중국공산당 제10차 전국대표대회에서는 뜻밖의 장면이 펼쳐졌다. 주석대 한가운데에 마오쩌둥이 아무런 걱정 없이 앉아 있고 마오쩌둥의 오른쪽에는 역시 아무 생각도 없는 표정으로 저우언라이가 앉아 있었다. 하지만 마오쩌둥의 왼쪽에는 뜻밖에도 나이가 서른여덟 살밖에 안 된 젊은 사람이 앉아 있었다. 마오쩌둥의 대회 개막 선포에 이어 저우언라이의 정치보고서 낭독이 끝나자 이번에는 이 젊은이가 아무런 두려움도 없는 침착한 목소리로 「중국공산당 당장黨章 수정에 관한 보고」를 낭독했다.

왕훙원이라는 이름의 이 젊은이는 문화대혁명이 시작되었을 때 상하이 소재 면방직공장의 보위간사에 지나지 않았다. 1966년 11월, 그는 노동자 몇 사람과 함께 당시 대단히 유명했던 조반파 조직인 '상하이 노동자 혁명조반 총사령부'를 설립했다. 그 뒤로 청운을 타고 곧장 하늘로 치솟은 그는 불과 7년이라는 짧은 시간에 좀도둑이나 잡는 하찮은 보위간사에서 중국공산당 중앙위원회의 부주석으로 급부상했고, 마오쩌둥과 저우언라이에 이어 다시 중국의 정권 서열에서 세번째 자리를 차지하는 중요 인물이 되었다.

하지만 좋은 시절은 그리 오래가지 않았다. 3년 후 마오쩌둥이 세상을 떠나고 문화대혁명이 끝나자 그는 장칭江青, 장춘차오張春橋, 야오원위안姚文元 등과 함께 이른바 '사인방'으로 묶여 죄수 신세로 전락하고 말았다. 1980년 12월에 있었던 공개재판에서 한때 명성이 자자했던 이 혁명조반파 우두머리는 '반혁명집단을 조직하여 이끌었다'는 죄명으로 무기징역에 처해졌다.

극도로 격렬했던 중국의 정치운동에서 혁명과 반혁명 사이의 거리는 한 걸음밖에 되지 않았다. 민간의 표현을 빌려 말하자면 샤오빙燒餠, 밀가루 반죽을 넓적하게 만들어 프라이팬에 구운 음식을 뒤집는 것처럼 역전하기 쉬운 것이 혁명과 반혁명이었다. 그 시대에 사람들은 화덕의 벽에 달라붙은 샤오빙에 지나지 않아 운명의 손에 얼마든지 뒤집혔다. 어제는 혁명가였다가 오늘은 반혁명분자가 되기 십상이었다. 또한 오늘은 반혁명분자였다가 내일이면 혁명가로 변할 수도 있었다.

그 뒤로 왕훙원은 흐르는 세월 속에서 점차 사람들의 기억에서 잊혔다. 그는 감옥 안에서 홀로 고통스러운 심리적 시련을 감내하며 가끔 우담발라처럼 스쳐간 찬란했던 세월을 회상해야 했다. 탄식이 끊이지 않는 세월이었을 것이다. 1992년 8월, 왕흥원은 결국 간 질환으로 세상을 떠났다. 향년 57세였다. 그의 삶이 차갑게 마감되고 유해가 화장될 때 그의 곁에는 아내와 동생만 남아 떠나는 그를 전송했다.

문화대혁명은 바람과 구름이 일듯이 일시에 휘몰아쳤던 무수한 조반파의 파란만장한 삶을 말해준다. 이런 이야기들은 일일이 다 셀 수도 없고 거론할 수도 없을 정도로 많다. 이 이야기들을 전부 늘어놓는다면 끝을 알 수 없는 길처럼 하염없이 이어질 것이고 숲을 가득 메운 빽빽한 나무들처럼 정확하게 셀 수도 없을 것이다.

문득 문화대혁명 초기에 비참하게 죽은 류사오치가 생각난다. 국가 주석이었던 그는 조반파에 의해 집요하게 지속적으로 육체적, 인격적 유린을 당하다가 1969년 11월 억울한 한을 품은 채 결국 세상을 떠났다. 세상을 떠날 당시 나이가 71세였던 이 노인은 백발이 한 자가 넘게 자라 있었고 몸을 가릴 옷도 제대로 입지 못한 상태였다. 그의 유해에는 하얀 천 한 장이 덮여 있을 뿐이었다. 유골함 위 직업을 적는 난에는 '무직'이라는 두 글자만 기재되었다.

문화대혁명기의 10년 동안 나는 유년에서 청년에 이르는 성장기를 보냈다. 나는 죽음의 신이 두 차례나 내가 살고 있던 마을을 습격했던 것을 기억한다. 첫번째 습격은 문화대혁명 초기로서, 그전까지 훌륭한 공산당 간부로 사람들로부터 존경과 추앙을 받던 사람들이 줄줄이 주자파라는 죄명으로 타도 대상이 되었다. 고통을 이기지 못한 일부 간부들은 극심한 절망에 빠져 각기 다른 방식으로 자살을 선택했다. 두번째 습격은 문화대혁명이 끝난 뒤에 찾아왔다. 10년 동안 좋은 세월을 보내던 조반파가 갑자기 '사인방'의 발톱과 이빨로 간주되어 처단되기 시작했다. 정치적으로 또다시 샤오빙이 뒤집혔고, 조반파가 줄줄이 타도 대상이 될 차례였다. 일부 조반파는 종말의 날이 다가오고 있음을 예감하고는 문화대혁명 시기에 주자파가 그랬던 것처럼 역시 서로 다른 방식으로 자살을 선택했다.

우리 현에도 풀뿌리 출신의 무명 소졸小卒이 있었다. 문화대혁명 시기에 조반파가 된 그는 위풍당당한 모습으로 짧은 인생의 여정을 시작했다. 나는 어렸을 때 비판투쟁대회에서 항상 그의 모습을 볼 수 있었다. 그의 크고 낭랑한 목소리가 스피커를 통해 흘러나오면 대단히 둔중한 소리로 들렸다. 마치 두세 명의 목소리를 한데 합쳐놓은 것 같았다. 그는 비판 원고를 읽으면서 고개를 푹 숙인 채 일렬로 서 있는 주자파를 감시했다. 이들 중에 누군가 몸을 조금이라도 움직이는 게 발견되면 그는 즉시 비판문 낭독을 중지하고 몸을 움직인 주자파에게 다가가 무자비하게 발길질을 하여 기어코 그를 땅바닥에 주저앉혔다. 마오쩌둥이 원로 간부와 군대 대표, 조반파 등이 참여하는 이른바 '삼결합' 방식의 혁명위원회 구성을 건의한 뒤부터 그는 조반파 대표로 혁명위원회에 참여하더니 금세 부주석으로 승진했다. 이로써 그의 벼슬길은 탄탄대로에 들어섰다. 그가 우리 마을의 거리를 걸어갈 때면 모든 사람들이 그와 친하다는 것을 영광으로 여기면서 친근하고 공경하는 표정으로 인사를 건네곤 했다. 그러면 그는 예의상 가볍게 고개만 끄덕이면서 아주 거만한 태도로 사람들 곁을 지나쳐 갔다. 오히려 우리 같은 어린애들이 "주임님!" 하고 부르면 아주 우호적으로 손을 흔들어주었다.

그러던 그가 문화대혁명이 끝나고 '사인방'의 발톱과 이빨을 숙정肅正하는 과정에서 격리되어 조사를 받았다. 우리가 막 고등학교를 졸업했을 때였다. 할 일이 없어 한가하고 심심했던 우리는 그가 조사받는 광경을 몰래 훔쳐보았다. 우리는 그가 백화점 창고 뒤 작은 건물 안에 갇혀 있다는 사실을 알고 있었다. 몰래 창고 뒤 담장 위로 기어 올라간 우리는 담장 위에 앉아 두 다리를 흔들면서 굳게 닫힌 창문 사이로 작은 의자에 앉아 있는 그의 모습을 보았다. 그가 얼굴을 향하고 있는 탁자 뒤쪽에는 그를 심문하는 사람 두 명이 앉아 있었다. 심문관들은 주먹으로 탁자를 내려치면서 몹시 준엄한 표정과 목소리로 그를 질책했다. 그 광경은 문화대혁명 초기 조반파가 주자파를 심문할 때와 다르지 않았다. 과거에 그렇게도 위풍당당했던 조반파가 그때는 극도로 연약해진 모습으로 자신이 문화대혁명 시기에 '사인방'의 발톱과 이빨이 되어 저질렀던 갖가지 죄상을 작은 목소리로 늘어놓고 있었다. 나는 그때 그가 울었던 것도 기억한다. 자신의 죄상을 늘어놓다 말고 그는 갑자기 화제를 바꿔 자신의 모친이 며칠 전에 세상을 떠났다고 말했다.

"우리 어머니가 세숫대야에 피를 쏟으셨어요. 대야로 하나 가득 피를 쏟으셨단 말입니다."

그를 심문하던 사람이 탁자를 두드리며 말했다. "쓸데없는 소리 하지 마! 너희 엄마 몸에 피가 그렇게 많아?"

어느 날 오전, 자신을 지키는 사람들이 화장실에 간 틈을 이용하여 도망을 친 그는 바닷가 제방을 따라 10여 킬로미터를 달리다가 갑자기 걸음을 멈추고는 나무처럼 멍하니 끝도 없는 바다를 바라보았다. 귓가에 파도가 해안을 때리는 소리가 끊이지 않았지만 그에게는 아무 소리도 들리지 않았을지 모른다. 그는 고개를 푹 숙인 채 그곳에서 그리 멀지 않은 작은 마을로 들어가 어느 상점의 진열장 앞에 또 한참을 서 있다가 주머니를 뒤져 돈을 꺼냈다. 담배 두 갑과 성냥을 산 그는 역시 고개를 푹 숙이고 바닷가로 돌아왔다.

근처 밭에서는 농민 몇몇이 일을 하고 있었다. 그는 일하는 농부들을 바라보면서 담배를 피우고 제방 위를 배회했다. 그는 쉬지 않고 한 개비 또 한 개비 담배를 피워댔다. 그는 두 갑의 담배를 다 피우고 나서 넋이 나간 표정으로 밭에서 한창 일을 하고 있는 농부들을 바라보았다. 그런 다음 수영을 할 줄 모르는데도 몸을 돌려 제방 아래로 내려가서는 거세게 출렁이는 물결 속으로 뛰어들었다. 그를 쫓는 사람들이 수소문을 해서 그가 해변으로 갔다는 사실을 알고 달려왔을 때는 이미 그의 그림자도 보이지 않았다. 제방 위에 그가 피운 담배꽁초만 수북이 쌓여 있을 뿐이었다. 며칠 후 파도에 밀려 이웃 현의 해변까지 떠밀려 간 그의 시신이 발견되었다. 내가 들은바 그의 시신은 누구인지 알아볼 수 없을 정도로 심하게 부패되어 퉁퉁 불어 있었고 신발과 셔츠는 파도에 벗겨지고 바지만 남아 있었다고 한다.

문화대혁명은 사회 하층에 사는 풀뿌리들을 막다른 골목으로 몰아 이판사판으로 행동하게 만들었다. '조반은 정당하다'라고 주장하는 마오쩌둥의 혁명에서는 빠르게 출세할 수 있는 기회를 잡기만 하면 일개 평민도 얼마든지 단번에 고위층으로 올라설 수 있었다. 당시 사람들은 '헬리콥터를 타고 올라간다'라는 말로 폭발적으로 상승했던 조반파를 평가하곤 했다. 문화대혁명 이후 이 사람들은 높은 곳에서 자유낙하하는 것처럼 추락했다. 그것도 다시 보통 풀뿌리 수준으로, 심지어 최하층 범죄자 수준으로 추락했다. 그러자 사람들은 '아주 빨리 올라가더니 내려올 때는 더 빠르다'라는 말로 폭발적으로 추락하는 조반파를 조롱

했다.

물론 문화대혁명은 이보다 훨씬 미약하게 상승했다가 추락한 사람들의 이야기도 들려준다. 내가 살았던 마을에도 이런 이야기들이 적지 않았다. 그 가운데 한 가지를 독자들께 맛보기로 들려드리고자 한다.

1967년에 이른바 '1월 혁명'이 중국 전역을 휩쓸면서 곳곳에서 권력을 상징하는 정부의 직인이 강탈되자 직인을 강탈하지 못한 일부 조반파와 홍위병 조직들도 속수무책으로 가만히 있지는 않았다. 멋대로 직인을 새기는 혁명운동을 시작한 것이다. 이리하여 중국 전역에 풀뿌리들이 스스로 자신들에게 권력을 주고 이름을 붙인 권력기구가 넘쳐났다. 그 대단한 광경은 당나라 때의 시인 잠삼岑參이 급작스런 폭설을 묘사하면서 "갑자기 한밤에 봄바람이 부는 것 같더니, 수많은 나무들마다 배꽃이 만발했네"라고 읊은 시구를 방불케 했다.

내가 얘기하고자 하는 사람도 이런 배경에서 반기를 들고 일어나 스스로 '마오쩌둥 사상 필승선전대戰無不勝宣傳隊'를 조직하고 자신을 대장으로 봉했다. 이 사람은 당시 나이 마흔 살로 평소에는 담이 작아 모든 일을 두려워했다. 대체로 말이 없고 과묵한 편이었다. 그는 절대로 거리 한가운데서 큰 소리로 떠들어댈 그런 인물이 아니었다. 그는 거리에 나설 때 항상 고개를 숙였고 담장에 바싹 붙어 걸어 다녔다. 내 유년 시절의 기억 속에서 그는 아이들에게도 속아 넘어가는 사람이었다.

우리 골목에 살았던 나이가 나보다 조금 더 많은 남자아이들은 자신이 대단하다는 것을 과시하기 위해 일부러 그를 찾아가 괴롭히곤 했다. 그가 고개를 들고 맞은편에서 걸어올 때 일부러 가까이 다가가 몸으로 세게 부딪치기라도 하면 그는 그 자리에 멈춰 서서 얼굴을 찌푸리며 그 남자아이를 한 번 쳐다보았다. 그러고는 아무 말도 없이 다시 걸음을 옮기는 것이 고작이었다. 나는 그의 반응을 보고 나보다 나이가 조금 더 많은 그 남자아이들을 존경하고 부러워하면서 마음속으로 감히 어른도 괴롭힐 수 있는 대단한 아이들이라고 생각했다. 나중에는 나처럼 아직 초등학교에도 들어가지 않은 어린아이들도 돌을 던지면서 그를 괴롭히기 시작했다. 돌에 맞은 그는 고개를 돌려 찡그린 얼굴로 우리를 한 번 쳐다보기만 할 뿐, 아무 말도 없이 제 갈 길을 갔다. 이럴 때면 우리는 신이 나서 펄쩍펄쩍 뛰었고 잠시나마 우리가 대단히 강해졌다고 착각하곤 했다.

그러나 그토록 조용하고 착실하던 사람도 결국 혁명의 거센 조류에 휩쓸리고 말았다. 주위 사람들이 하나둘씩 각기 다른 조반파 조직에 가담하자 그 역시 더는 견디지 못하고 왕성한 기세로 번지던 문화대혁명 운동에 뛰어들었다. 아마도 그가 평소에 너무 조용하고 야무지지 못한 모습을 보인 탓인지 몇몇 조반파 조직들은 그가 혁명성을 결여하고 있다고 판단하고는 받아들여주지 않았다. 그는 어쩔 수 없는 다급한 상황에서 혼자 조반파 조직을 만든 다음 개인적으로 '마오쩌둥 사상 필승선전대'의 직인을 하나 새겼다. 그러고는 위풍당당하게 이 직인을 허리춤에 차고 다녔다.

이렇게 해서 한없이 영광스러운 그의 인생 여정이 시작되었다. 나는 그가 대로에 나타날 때마다 항상 겉옷을 바지 속에 쑤셔넣었던 것도 생생하게 기억하고 있다. 그는 우리 마을에서 유일하게 겉옷을 바지 속으로 쑤셔넣고 다닌 사람이었다. 그가 이렇게 하는 것은 허리춤에 차고 다니는 직인이 사람들의 눈에 훨씬 잘 띄도록 하기 위해서였다. 그는 또 가슴팍에 호각을 하나 달고 다녔고 손에는 『마오 주석 어록』, 즉 홍보서를 들고 다녔다. 이런 모습으로 고개를 빳빳하게 쳐들고 가슴을 쫙 펴고 대로를 오가는 그의 눈길은 거리를 오가는 다른 사람들을 세심하게 살폈다. 그가 불어대는 호각 소리에 사람들이 발길을 멈추고 뒤돌아보면 그는 손에 든 홍보서를 높이 쳐들고 큰 소리로 명령하듯 외치곤 했다.

"자, 23쪽을 펴세요. 우리 『마오 주석 어록』을 함께 읽도록 합시다."

당시에는 수많은 사람들이 항상 몸에 홍보서를 지니고 다녔다. 그가 외치는 소리를 들으면 사람들은 즉시 주머니에서 홍보서를 꺼내 그가 이끄는 대로 길거리에 서서 아주 진지한 태도로 『마오 주석 어록』을 읽기 시작했다. 23쪽을 다 읽은 다음에는 역시 그의 지시에 따라 48쪽, 56쪽, 79쪽을 순서대로 읽어나갔다. 그러다가 마침내 사뭇 엄숙한 태도로 책장을 덮으면서 그가 사람들을 향해 선포했다.

"오늘 학습은 여기까지입니다. 모두 댁으로 돌아가서도 계속 마오쩌둥 사상을 학습하시기 바랍니다."

길 가던 사람들은 그제야 커다란 부담을 던 듯이 큰 소리로 대답했다. "네, 알겠습니다."

그때 홍보서를 갖고 있지 않은 사람들은 아주 어색한 표정을 지었지만 그는 그 일로 그들을 비판하지는 않았다. 오히려 인자한 표정으로 웃음을 지으며 타일렀다.

"내일은 홍보서 갖고 나오는 것 잊지 마세요."

우리 마을에 이 홍보서 경찰이 나타난 뒤로 사람들은 모두 거리에 나설 때마다 홍보서를 휴대하기 시작했다. 어디선가 호각 소리가 들리기만 하면 낭랑하게 마오쩌둥 어록을 읽는 소리가 거리 가득 메아리쳤다.

우리 아이들도 더이상 그를 우습게 보지 않았다. 우리는 그가 우리 마을에서 가장 큰 조반파 우두머리라고 착각했다. 그의 호각 소리가 들리기만 하면 길을 가던 모든 조반파와 군중이 그의 명령에 복종했기 때문이다. 당시 우리는 그의 이런 행동이 호가호위일 뿐이라는 사실을 알지 못했다. 그 시대에는 누구든지 홍보서를 치켜들기만 하면 모든 사람들이 그를 따라 성실하게 마오쩌둥 사상을 학습해야 했다.

우리는 그를 좋아하기 시작했다. 다른 조반파는 우리를 거들떠보지도 않았지만 이 건달 조반파만은 우리 아이들과 한편이 되어주었다. 그가 거리에 나타나기만 하면 우리는 그를 앞뒤로 호위하면서 그의 모습을 흉내 내 하나같이 겉옷을 바지 속으로 쑤셔넣었다. 한 가지 아쉬운 점이 있다면 우리는 허리춤에 직인을 차지 않았다는 것이었다. 그나마 다행이었던 것은 그가 아주 친절하게 우리에게 자신의 허리춤에 달려 있는 '마오쩌둥 사상 필승선전대'의 직인을 손으로 만질 수 있게 해주었다는 것이다. 우리가 직인을 아주 오랫동안 만지고 있어도 그는 항상 미소로 대해주었다. 그러나 우리가 한 걸음 더 나아가 그 대단한 직인을 우리 허리춤에 한번 차보면 안 되겠느냐고 묻자 그는 즉시 엄숙하게 거절하면서 한마디 경고하는 것도 잊지 않았다.

"그러면 너희는 탈권행위를 저지르는 셈이 되는 거야."

이 건달 조반파는 우리 마을에서만은 사람들과 관계가 아주 좋은 편이었다. 당시에는 모든 학교가 문을 닫았고 공장에서도 노동을 중지했다. 사람들은 혁명을 하느라 직장에 출근하지 않았다. 어떤 사람들은 이런 기회를 이용하여 외지로 친지나 친구 들을 만나러 다녔다. 혁명조반파 조직의 소개서만 있으면 차를 탈 때도 돈을 내지 않았고 여관에 투숙할 때도 돈이 필요 없었다. 외지에 나가는 사람들은 전부 이 건달 조반파를 찾아가 소개서를 부탁했다. 그는 찾아오는 사람들을 누구도 거절하지 않고 아주 친절하게 대해주었다. 그 뒤로 그에게는 한 가지 혁명도구가 더 추가되었다. 매일 어깨에 색이 바랜 군용 서류가방을 하나 메고 나왔던 것이다. 서류가방 안에는 인쇄된 소개서 양식이 가득 들어 있었다.

소개서의 맨 위에는 '최고 지시'라는 네 글자가 찍혀 있었고 그 아래에는 마오쩌둥 어록에서 뽑은 한 구절이 인쇄되어 있었다. "우리는 한 가지 공동 목표를 위해 오호사해五湖四海에서 모여 함께 나아간다. (…) 혁명의 대오에 속한 모든 사람들은 서로 관심을 갖고 서로 사랑하며 서로 도와야 한다." 이어서 그 아래에 정식 소개서 양식이 인쇄되어 있었다.

사람들이 소개서를 써달라고 찾아올 때마다 그는 반가운 기색을 감추지 못하면서 자리를 잡고 앉아 서류가방에서 빈 소개서 양식을 꺼낸 다음 다리 위에 올려놓고 어디로 갈 거냐고 물으면서 진지하게 소개서를 써내려갔다. 그는 매번 소개서를 두 장씩 써주었다. 한 장은 공짜로 차를 타기 위한 용도이고 한 장은 공짜로 여관에 묵기 위한 용도였다. 그런 다음 주머니에서 붉은 인주를 꺼내고 허리띠를 풀어 '마오쩌둥 사상 필승선전대'의 직인을 꺼내 붉은 인주를 묻힌 다음 조심스럽게 소개서 위에 찍었다.

그러나 이처럼 알차고 진지했던 그의 인생은 사소한 부주의 때문에 퍽 하고 멈춰버리고 말았다. 어느 날 화장실에 들어간 그는 너무 급했는지 서둘러 바지를 내리다가 허리춤에 찬 '마오쩌둥 사상 필승선전대' 직인을 똥통에 빠뜨리고 말았다. 마침 함께 화장실에 있던 홍위병 하나가 이를 보고는 그 자리에서 그를 반혁명분자라고 몰아세웠다. 그의 직인은 우리 마을에서 명성이 자자했고 그 직인에 새겨진 '마오쩌둥 사상'이라는 글자는 모르는 사람은 없었다. 홍위병이 그를 질책하며 말했다.

"당신이 마오쩌둥 사상을 똥통에 빠뜨릴 줄이야……"

순식간에 인생의 절정이 물러가기 시작했다. 홍위병은 그 자리에서 한 차례 그를 질책하고 나서 다시는 그 일을 사람들 앞에서 언급하지 않았다. 하지만 그는 스스로 기나긴 자기반성을 시작했다. 그는 더이상 겉옷을 바지 속에 쑤셔넣지 않았고 어깨에 소개서 양식이 가득 든 서류가방을 메지도 않았다. 하지만 호각은 여전히 가슴팍에 달려 있었다. 그가 맥없이 호각을 몇 번 불자 길을 가던 행인들은 공손하게 홍보서를 꺼내 들고 그가 인도하는 대로 마오쩌둥 어록을 읽을 준비를 했다. 그때 그가 갑자기 눈물을 쏟고 통곡하면서 자신의 따귀를 때렸다. 그는 자신이 반혁명분자라고 털어놓았다. 그리고 원한이 가득한 목소리로 자신의 죄상을 늘어놓았다.

"제 죄는 만 번 죽어도 마땅합니다. 저는 '마오쩌둥 사상'을 똥통에 빠뜨렸습니다……"

거리의 행인들은 홍보서를 손에 들고서 영문도 모른 채 서 있다가 한참이 지나서야 무슨 일이 일어났는지 깨달았다. 그러고는 자연스럽게 아주 엄숙한 태도로 그의 행위를 비판하기 시작했다. 이것이 바로 당시의 풍습이었다. 무슨 일에서든 가장 먼저 자신의 혁명적 입장을 밝혀야 했던 것이다. 하지만 그 누구도 그를 진지하게 반혁명분자로 몰아붙이지 않았다. 모두 마음속으로는 그를 아주 착실한 사람으로 여기고 있었던 것이다. 결국 누구도 그에 대해 비판투쟁을 벌이지 않았다.

하지만 그는 그 뒤로도 항상 거리에서 호각을 불었다. 그런 다음에는 스스로 자신에 대해 비판투쟁을 함으로써 길 가는 사람들을 번거롭게 했다. 마침내 어떤 사람이 참지 못하고 군중 앞에서 그를 질책했다.

"반혁명분자 주제에 무슨 자격으로 걸핏하면 우리를 향해 호각을 불어대는 거야?"

이 한마디에 너무 놀란 그는 얼굴이 새파랗게 질려버렸다. 그러고는 허리를 구부리고 고개를 푹 숙인 채 순순히 말했다. "감히 그래선 안 되지요. 앞으로는 절대로 호각을 불지 않겠습니다."

그 뒤로 그는 사람들 앞에 나타날 때 더이상 가슴팍에 호각을 달지 않았다. 대신 무대의상과 소품을 바꿔 머리에 종이로 만든 커다란 고깔모자를 쓰고 손에는 빗자루를 들었다. 그러고는 전전긍긍하면서 하루 종일 우리 마을의 거리를 청소했다.

문화대혁명이 끝나고 세월이 흐르면서 그는 원래의 자신으로 돌아갔다. 아무런 이름 없는 조용한 삶을 살기 시작한 것이다. 이제는 그가 거리에 나서도 그가 길을 걷는 모습을 주의 깊게 바라보는 사람이 없었다. 그 뒤로 그는 우리 마을 사람들의 기억 속에서 철저하게 사라져버렸다. 몇 년 전 오랜만에 고향을 찾았을 때 나는 어린 시절의 친구들에게 그에 관해 물어보았다. 뜻밖에도 그를 기억하는 친구가 한 명도 없었다. 유년 시절에 아주 깊은 인상을 남겼던 지난 일을 한참이나 얘기했는데도 내 어린 시절 친구들은 하나같이 그런 얘기를 처음 듣는 듯한 표정이었다. 나는 그가 처음에 위풍당당하게 호각을 불어대면서 군중을 이끌고 함께 마오쩌둥 어록을 읽던 모습을 반복해서 강조했다. 그러자 마침내 친구 하나가 그 일을 기억해내고는 그 뒤로 그가 어떻게 되었는지 알아보겠다고 했다. 이틀 후에 그 친구가 나를 찾아와 문화대혁명 시기에 바지 허리춤에 직인을 차고 가슴에 호각을 달고 다니던 사내는 10년 전에 이미 세상을 떠났다고 알려주었다. 친구는 그 얘기를 전하면서 연신 헤헤거리며 웃었다. 그러더니 그 사내가 지금도 저세상에서 열심히 호각을 불어대며 귀신들을 이끌고 마오쩌둥 어록을 읽고 있을 거라고 말했다.

내 얼굴에 아직 의혹이 남아 있는 것을 본 친구는 그가 죽기 전까지 그 호각을 매우 소중하게 간직했다고 전했다. 죽기 직전에는 호각을 자신의 유골함에 함께 넣어달라는 유언까지 남겼다고 했다. 중국에는 죽음을 삶과 똑같이 여기는 관습이 남아 있다. 그래서 망자가 생전에 쓰던 일용품과 그 사회적 지위를 나타낼 수 있는 물건을 부장품으로 유골함에 넣어줌으로써 망자가 또 다른 세상에서도 사용할 수 있도록 한다.

나는 그 호각이 그의 인생에서 모든 가치를 의미한다는 사실을 잘 알고 있다. 문화대혁명이 없었다면 그의 인생에는 그 호각이 없었을 것이고 파란만장한 삶의 기복도 없었을 것이다. 물론 그가 인생에서 경험한 폭발적인 상승은 왕훙원과는 비교도 할 수 없는 수준이다. 하지만 어쨌든 그가 삶의 높은 봉우리와 낮은 계곡을 경험했던 것은 사실이다. 임종 직전에 자신이 문화대혁명 기간에 호각을 불면서 군중을 이끌고 마오쩌둥 어록을 낭송했던 일을 기억할 수 있었다면 아마도 그는 자신의 인생이 헛되지 않았다고 생각했을 것이다.

공산당이 이끈 지난 60여 년의 역사를 돌이켜보면서 나는 마오쩌둥의 문화대혁명과 덩샤오핑의 개혁개방이 중국의 풀뿌리 계층에 거대한 기회를 두 차례 가져다주었다고 생각한다. 문화대혁명은 정치권력의 새로운 분배라고 할 수 있고, 개혁개방은 바로 경제권력의 재분배였던 셈이다.

산채 山寨

풀뿌리 계층은 지난 30년 동안의 빛나는 역사에서 전대미문의 업적을 이루어냈다. 그들은 모든 곳에서 스스로 정치적 역량을 발휘했다. 그들이 성공한 과정은 신기하면서 이상했고 그들이 실패한 과정도 신기하면서 이상했다. 이어서 그들은 신기하고 이상한 사회생태를 창조해냈다. 때문에 '산채'라는 단어가 환골탈태하여 옛 단어에 새로운 의미가 더해진 뒤로, 중국 사회가 20년 동안 발전하는 과정에서 줄곧 존재해왔던 각종 현상을 일깨웠던 것이다. 마치 군영 안의 집합 신호가 잠자던 사병들을 전부 깨우는 것과 같았다. 누군가 광장에서 큰 소리로 '산채'를 외치자 광장에 있던 모든 사람들이 그를 향해 몰려드는 장관을 연출했다. 그들은 모두 '산채'로 개명했던 것이다.

다양한 각도에서 당대當代 중국을 서술할 수 있을 것이다. 내가 여기서 '산채山寨'라는 단어를 선택하여 말하려는 것은 이 단어가 민간에서 국가의 신화를 이야기해주기 때문이다.

　중국어에서 '산채'라는 단어는 원래 울타리 등 방어시설을 갖춘 산장山莊을 의미했는데 점차 '가난한 지역' 또는 '가난한 사람들이 거주하는 지역'을 뜻하는 말로 의미가 확장되었다. 또한 이 단어는 옛날 녹림綠林의 호한好漢들이나 강도들이 점거하고 있던 영채營寨를 의미하기도 한다. 이 단어에는 또 정부가 관여하지 못한다는 뜻도 내포되어 있다.

　최근 몇 년 사이에 가격이 저렴하고 다양한 기능이 고루 갖춰진 산채 휴대전화가 유행하면서, '산채'라는 단어가 '모방'이라는 단어에 새로운 함의를 가져다주었다. 동시에 '모방'이라는 단어가 갖고 있던 원래 의미의 경계가 무너져 짝퉁 제조, 권리 침해, 규범 위반, 농담, 못된 장난 같은 단어가 의미 검증을 거칠 필요 없이 '모방'이라는 단어의 국경 안으로 진입하여 '산채'의 신민이 되었다. 요컨대 '산채'는 오늘날 중국어에서 무정부주의 정신을 가장 잘 반영하는 단어라고 할 수 있다.

맨 처음 산채 휴대전화는 노키아Nokia나 삼성Samsung, 소니에릭슨Sony-Ericsson 같은 국제적 유명 브랜드의 기능과 외관을 모방하는 동시에 가짜로 진짜를 교란하는 전략으로 자체 브랜드에 'Nokir', 'Samsing', 'Suny-Ericcsun' 등의 이름을 붙였다. 산채 휴대전화는 정규 휴대전화를 모방하다보니 제품을 연구하고 개발하는 비용을 절약할 수 있어서 가격도 정품의 5분의 1밖에 되지 않았다. 심지어 그보다 더 낮은 경우도 있었다. 그러면서도 기능은 더 다양하고 복잡해졌고 외관도 더 참신하고 멋있어 빠른 속도로 중저가 소비시장을 장악했다.

이러한 산채 산업의 규모가 확대된 뒤로 다양한 산채 휴대전화 브랜드가 모습을 드러냈다. 그 가운데 가장 최근에 시장에 등장한 산채 휴대전화는 미국 하버드 대학의 이름을 빌린, 자칭 '하버드통신'에서 제조한 것이다. 이 휴대전화 광고에는 미국 대통령 오바마가 대변인으로 나와 환하게 웃는다. 오바마의 미소는 세계 각지에 두루 퍼져 있고, 이미 오늘날의 세계에서 가장 유명한 미소이자 가장 권위 있는 미소가 되었다. 그런데 그런 미소가 이제 중국의 산채 휴대전화 광고에 사용된 것이다. 오바마는 산채 휴대전화 광고에서 빙긋이 웃으며 말한다.

"오바마의 블록베리—나의 BlockBerry 선풍旋風 9500."

오늘날 오바마는 아주 오랜 아메리칸드림의 상징이긴 하지만 아마도 이처럼 기이한 일은 꿈에도 생각지 못했을 것이다. 미국인은 자신들의 대통령이 뜻밖에도 중국 산채 휴대전화의 광고 대변인이 되어 있는 것을 보면 눈만 동그랗게 뜨고 입을 열지 못할 것이다. 하지만 중국인은 그렇지 않다. 중국인은 오히려 오바마를 산채에 이용하는 것이 뭐 그리 잘못된 일이냐고 반문한다. 오늘날의 중국에서는 재임중인 당과 국가 지도자들은 건드릴 수 없고, 또 퇴임했지만 여전히 살아 있는 당과 국가 지도자들도 건드릴 수 없다. 하지만 그 밖의 사람들은 모두 산채에 적용할 수 있고 웃음거리나 못된 장난의 대상으로 삼을 수 있으며 마음대로 흉내 내거나 악의적으로 조롱할 수도 있다.

한때 위대한 영도자였고 위대한 통수이자 조타수였던 마오쩌둥도 세상을 떠난 지 43년 만에 오바마와 마찬가지로 중국 산채 광고의 주인공이 되었다. 2009년 10월 1일, 즉 건국 60주년 국경절에 즈음하여 저장 성 모 지역에 있는 어느 가라오케의 정문 양쪽에 커다란 붉은색 산채 포스터가 내걸렸다. 이 산채 포스터에는 군복 차림의 마오쩌둥이 머리에 군모를 쓰고 손에는 마이크를 잡은 채 소리 높여 혁명가를 노래하는 모습이 담겨 있었다. 노래하는 자태는 마오쩌둥이 생전에 보였던 지도자로서의 풍채와는 거리가 너무 멀었다. 마치 매일 밤 가라오케나 나이트클럽을 찾는 지방의 말단 관리 같았다. 포스터 오른쪽 하단에는 〈오늘은 당신의 생일〉을 비롯하여 〈나의 조국〉〈사랑한다, 그대 중국이여〉〈중국인〉〈조국을 노래하며〉 등 10여 곡의 혁명가 목록이 나열되어 있었다.

가라오케의 종업원은 자랑스러운 태도로 설명을 늘어놓았다. "이 포스터는 10월 1일에 내다붙인 겁니다. 우리는 이런 방식으로 전성시대를 맞은 조국의 국경절을 축하하고 있지요."

2008년, 마오쩌둥의 고향 후난에서는 관광산업을 대대적으로 발전시키기 위해 전국을 대상으로 산채 마오쩌둥 선발대회를 개최했다. 산채 마오쩌둥들을 미끼로 더욱 많은 관광객을 후난으로 불러들임으로써 현지 관광산업을 활성화하려는 목적에서였다. 이와 관련하여 현지의 문화 관련 부서 공무원은 이렇게 말했다. "이는 우리 성 문화체제 개혁의 새롭고 창의적인 조치의 하나입니다. 앞으로 성 문화여행 산업의 발전을 크게 촉진할 것입니다."

이리하여 산채 마오쩌둥 130여 명이 전국 각지에서 구름처럼 몰려들어 산채 영도자 경선 절차에 돌입했고, 최종적으로 열세 명이 마지막 결선에 올랐다.

이들 산채 마오쩌둥 열세 명이 기자간담회에서 무대에 나와 일렬로 나란히 섰다. 그들의 아래턱에는 하나같이 산채판 마오쩌둥 사마귀가 하나씩 붙어 있었다. 이 가운데 몇 명은 진짜 마오쩌둥의 생전 모습을 그대로 흉내 내며 손에 담배를 쥐고 다리를 꼬고 있었다. 진짜 마오쩌둥은 말을 할 때 샹탄湘潭, 중국 후난성 동부, 샹강湘江 하류에 있는 도시 억양을 약간 구사했다. 기자간담회가 열리는 동안 무대 위는 산채 마오쩌둥들이 내뱉는 샹탄 억양 때문에 시끄럽기 그지없었다. 이들 산채 마오쩌둥들은 대부분 중산복中山服, 1911년에 중국 신해혁명의 지도자 쑨원孫文이 생활의 편의를 위해 창안한 복장으로 쑨원의 호인 '중산'에서 유래되었다. 일명 인민복이라고도 한다이나 군복을 입었다. 마오쩌둥이 장정長征 때 썼던 팔각모를 쓴 사람을 제외하고 나머지 열두 명은 전부 머리를 마오쩌둥식으로 뒤로 빗어 넘기고 있었다. 산채 마오쩌둥 열세 명은 연령대도 제각기 달랐다. 그들은 자신이 서로 다른 시기의 마오쩌둥 산채판을 대표한다고 말했다. 징강산 시기의 산채 마오쩌둥이 있는가 하면 장정 시기의 산채 마오쩌둥도 있고 개국대전開國大典 때의 산채 마오쩌둥도 있었다.

한 산채 마오쩌둥은 자신의 생김새에 대단한 자신감을 갖고 있어 아예 분장도 하지 않았다. 다른 산채 마오쩌둥은 분장을 하긴 했지만 자신이 '꾸미지 않은 마오쩌둥'에 가장 가깝다고 말했다. 또 다른 산채 마오쩌둥은 손에 마이크를 들고 무대 아래를 새까맣게 메운 관중을 향해 유명 가수처럼 즉흥적인 재치를 발휘하여 큰 소리로 말했다.

"제 실제 나이가 115세이긴 하지만 오늘 여러분의 모습을 보니 다시 지금의 나이로 젊어진 것 같습니다!"

어떤 산채 마오쩌둥은 무대에 오르자마자 개국대전에서 연설하는 모습을 흉내 내며 관중에게 인사를 건넸다.

"동지 여러분, 안녕하십니까!"

이 산채 마오쩌둥의 산채 샹탄 억양이 현장의 분위기를 크게 고조시키면서 무대 아래 있던 관중들도 환호하기 시작했다.

"마오 주석님, 안녕하세요!"

그의 마오쩌둥 목소리 흉내는 계속되었다.

"인민 만세!"

무대 아래에 있던 관중들의 반응은 해일과 같았다. "마오 주석님 만세!"

최근 몇 년 동안 마오쩌둥은 끊임없이 산채화되었지만 그 가운데 가장 특이한 것은 중국 서남부의 모 지역에 놀랍게도 산채판 여자 마오쩌둥이 나타난 것이었다. 중국의 모든 매체가 '놀라운 등장橫空出世'이라는 말로 그녀의 출현을 묘사했다. 원래 이런 표현은 진짜 마오쩌둥에게만 쓸 수 있었다. 이 51세의 여성은 마오쩌둥으로 분장하여 대로에 나타나서는 손을 흔들며 군중을 치하했다. 그 동작은 마오쩌둥이 톈안문 성루 위에서 가두행진을 하는 군중을 향해 손을 흔들던 때와 조금도 다르지 않았다. 거리의 군중은 일제히 이 여자 산채판 마오쩌둥에게 몰려가 앞다투어 악수를 청했다. 거리는 한순간에 사람들로 가득 찼다. 그녀가 수백 미터밖에 안 되는 길을 통과하는 데 30분이나 걸렸다.

사람들은 이 여자 산채판 마오쩌둥이 자신들이 보았던 남자 산채판 마오쩌둥들보다 훨씬 더 진짜 마오쩌둥과 닮았다고 생각했다. 물론 그녀가 들인 공력과 대가도 보통 남자 산채판 마오쩌둥들에 비해 훨씬 컸다. 그녀는 온몸이 땀에 젖도록 마오쩌둥의 행동거지를 학습하여 정해진 기간 내에 외모와 정신까지 마오쩌둥과 똑같아지려고 노력했다. 그녀는 한 번 마오쩌둥으로 분장할 때마다 무려 네 시간이나 꼼짝하지 않고 몰두했고 매번 2천 위안이라는 거금을 분장 비용으로 지출했다. 키가 너무 작았던 그녀는 겉으로 드러나지 않도록 굽이 가장 높은 하이힐을 신었다. 진짜 마오쩌둥은 키가 183센티미터나 됐지만 이 여자의 키는 170센티미터밖에 되지 않았다. 하이힐을 신은 이 여자 산채 마오쩌둥은 진짜 마오쩌둥이 길을 걷는 자세를 세밀하게 관찰하고 학습한 다음, 이를 열심히 훈련했다. 그 결과 그녀가 길을 걸을 때면 사람들은 바닥이 평평한 헝겊 신을 신은 마오쩌둥과 걷는 자세가 완전히 똑같다고 느꼈다.

산채 휴대전화가 중국에 유행하게 된 뒤로 산채 디지털사진기와 산채 MP3, 산채 게임기 등 온갖 해적판과 모조품이 우후죽순처럼 등장했다. 이어서 산채 브랜드는 신속하게 국수를 비롯한 음식과 음료, 우유,

약품, 세제, 운동화 등 다양한 분야로 확장되었다. 이에 따라 '산채'라는 단어는 중국인의 생활 곳곳에 침투했다. 산채 스타가 있는가 하면 산채 텔레비전 프로그램, 산채 광고, 산채 유행가, 산채 춘절연환만회春節聯歡晚會, 매년 춘절에 CCTV에서 방영하는 대규모 연예 프로그램으로 이 무대에 서는 것이 모든 중국 연예인들의 꿈이다 산채 선저우神舟 7호 우주선, 산채 냐오차오 올림픽 주경기장 등이 줄줄이 인터넷에 그 모습을 드러내 하나같이 신통한 재간을 발휘하며 한 시기를 풍미했다.

산채 스타라는 것도 생겨났다. 이는 쇼를 모방하는 것으로 산채판 마오쩌둥 소동과 비슷했다. 다른 점이 있다면 산채 마오쩌둥은 외모의 그럴듯함을 추구하지만 산채 스타에서는 자세와 표정을 더 중시한다는 것이었다. 생김새는 좀 다르더라도 어느 스타와 자세나 목소리가 똑같으면 역시 사람들의 눈길을 끄는 효과를 거둘 수 있기 때문이었다. 어떤 산채 스타는 명성이 높아지자 자세와 표정이 진짜 스타와 유사한 것에 만족하지 않고 적지 않은 비용과 고통을 감수하고 성형수술을 함으로써 자신이 모방한 진짜 스타와 쌍둥이처럼 똑같아지기를 기대했다. 야심만만하게 자신을 산채판 스타에서 오리지널 스타로 발전시키고 오리지널 스타를 산채판 스타로 전락시키려는 사람들도 있었다.

산채 유행가와 산채 텔레비전 프로그램은 더욱 다양했고, 진짜 가요와 프로그램을 모방하거나 악의적으로 조롱했다. 유행가 가사를 마음대로 개사해 장엄한 노래를 웃기는 노래로 만들고 아름다운 가사를 추하게 만들어버리거나 노래를 할 때 일부러 멜로디를 바꾸곤 했다. 그 밖에 인터넷 텔레비전 방식으로 등장한 산채 텔레비전 프로그램도 있었다. 이런 프로그램들은 항상 관제 텔레비전 프로그램에 대한 조롱과 풍자를 주요 목적으로 삼았다.

CCTV가 매일 저녁 일곱시에 방영하는 '뉴스 네트워크 방송新聞聯播'이라는 제목의 뉴스는 지나치게 딱딱하고 교조적이어서 인터넷 산채 텔레비전 프로그램의 악의적인 조롱 대상이 되었다. 산채판 〈뉴스 네트워크 방송〉에서 네티즌은 완전히 낯선 진행자 두 사람을 만났다. 이 산채판 진행자 두 명은 멜라민 분유 사건을 보도하면서 서두에 〈뉴스 네트워크 방송〉이 일관되게 유지해온 장중한 어투를 그대로 흉내 냈다. 그러면서 진짜 방송 진행자들이 싼루三鹿 분유를 먹고 중독되어 지금 병원에서 한창 응급조치를 받고 있기 때문에 임시로 자신들 두 사람이 그날의 〈뉴스 네트워크 방송〉 진행을 맡았다고 밝혔다.

관제 텔레비전 뉴스 방송을 악의적으로 풍자하는 것 외에 인터넷에는 여러 가지 판본의 〈산채 뉴스〉도 등장해 민감한 사회문제를 날카롭게 지적하곤 했다. 〈산채 뉴스〉에서는 일부 관제 매체가 우물쭈물하면서 제대로 보도하지 못하는 문제에 대해서도 아무런 두려움 없이 말을 아끼지 않았다. 진실한 보도 뒤에는 웃음과 독설, 그리고 신랄한 조소와 풍자가 쏟아졌다.

웃음과 독설, 조소와 풍자는 〈산채 뉴스〉 특유의 신선한 풍격이었다. 멜라민 분유 사건이 폭로된 뒤, 스자창石家莊의 싼루 그룹이 생산한 영유아용 분유의 멜라민 함량이 기준치를 크게 초과했을 뿐만 아니라 다른 수많은 유제품 기업이 생산한 영유아용 분유 역시 정도의 차이가 있지만 기준치를 초과한 멜라민을 함유하고 있는 것으로 드러났다. 중국의 모든 유제품 회사들이 싼루 분유 때문에 곤욕을 치러야 했다. 중국산 분유는 거들떠보는 사람이 없어졌고 적지 않은 사람들이 아예 우유를 먹지 않았다. 〈산채 뉴스〉는 이 사건에 대해 논평을 제시하면서 이 사건으로 커다란 손해를 입은 유제품 생산기업을 가정하며 싼루 그룹을 질책했다.

"우리는 분유에 멜라민만 약간 넣었지만 당신들은 멜라민에 우유만 약간 넣었어. 젠장, 당신들은 우리보다 훨씬 더 부도덕하단 말이야."

2008년 8월, 중국의 관방 매체는 베이징 올림픽 개막식을 성공적으로 치른 뒤에 한목소리로 이를 찬양했고, 몹시 자랑스러워하는 태도로 이처럼 빛나는 올림픽 개막식은 전무후무하다고 호언했다. 〈산채 뉴스〉에서도 똑같은 내용의 논평을 내놓았지만 한 가지 다른 것은 논조가 조롱으로 변해 있었다는 점이다. 〈산채 뉴스〉는 논평에서 이렇게 말했다.

"이처럼 빛나는 올림픽 개막식은 과거에도 없었고 앞으로도 없을 것이다. 그 이유는 무엇인가? 중국처럼 인구가 많은 나라에는 돈이 많지 않고 돈이 많은 나라에는 인구가 많지 않기 때문이다. 또 인구도 많고 돈도 많은 나라에는 권리가 없기 때문이다."

CCTV가 매년 방영하는 〈춘절연환만회〉는 연예인들의 몸값을 하룻밤 사이에 몇 배로 올려주는 최고의 등용문이다. 괜찮은 여가수들이 평소에 하루 저녁 노래하고 천 위안을 받는다면 일단 〈춘절연환만회〉에 출연하기만 하면 즉시 몸값이 뛰어 이때부터는 노래 한 곡에 수십만 위안의 수입을 올릴 수 있다. 때문에 〈춘절연환만회〉의 무대에 오를 수 있는지 여부는 수많은 연예인들이 목숨을 거는 최대 관심사였다. 적지 않은 연예인들이 각자 자신들의 능력을 발휘하면서 기업가들에게 자신을 위해 돈을 대줄 것을 요청하기도 하고 권력을 갖고 있는 지도자들에게 자신을 위해 추천서를 써달라고 부탁하곤 한다. 금전과 성性의 거래, 권력과 성의 거래가 끊이지 않는 이유가 바로 여기에 있다. 〈춘절연환만회〉의 영향력이 갈수록 커지자 프로그램의 연출자들은 골머리를 앓게 되었다. 각종 이익의 평형을 맞추기 위해 프로그램이 갈수록 많아지고 가수들의 독창은 갈수록 줄어드는 대신 합창 조합이 해가 갈수록 늘어났다.

몇 년 전에는 이런 우스갯소리가 유행한 적이 있었다. CCTV의 높은 관리가 〈춘절연환만회〉를 축소하기로 결정했다. 만회의 예술적 품위를 지키기 위해서는 일부 사람들에게 욕을 먹는 것이 어쩔 수 없는 일이라고 생각했다. 이 간부는 서랍을 열어 안에 가득 들어 있는 쪽지를 책상 위에 쏟아놓고 하나하나 펼쳐가며 자세히 살펴보기 시작했다. 중요한 인물이 사인한 쪽지가 나올 때면 감히 그 사람에게 미움을 사서는 안 된다는 생각에 함부로 내칠 수 없었다. 이런 식으로 추리다보니 결국 미움을 사도 무방하다고 골라낸 쪽지는 세 장에 불과했다. 이 세 장 모두 자신이 연출자에게 써 보낸 것이었다. 그는 자신이 연출자에게 써 보냈던 쪽지 세 장을 들고 또 한참을 생각했다. '무얼 근거로 나 자신에게 미움을 산단 말인가?' 결국 그는 그 세 장의 쪽지마저 도로 서랍 속에 집어넣고 말았다.

바로 이런 현실에서 산채판 〈춘절연환만회〉가 CCTV의 정식 만회와 동시에 설 전날 밤 방영되었다. 2009년에는 10여 개의 산채판 〈춘절연환만회〉가 인터넷에서 동시에 방영되기도 했다. 산채판 〈춘절만회〉 제작자들은 춘절, 즉 설이 다가오기 전에 일제히 자신들의 산채 광고를 내보냈다. 산채 〈춘절연환만회〉의 지휘 차량이 거리를 돌아다녔고 도시의 광장에서는 산채 〈춘절연환만회〉의 뉴스발표회가 개최되는가 하면

손에 산채 〈춘절연환만회〉 광고문구가 가득 적힌 폐지상자를 들고 사람들이 시내 곳곳의 거리를 행진하는 일도 벌어졌다. 산채 〈춘절연환만회〉와 관련된 광고문구도 각양각색이었다. 어떤 광고에는 마오쩌둥의 필적으로 이렇게 쓰여 있었다.

"인민의 춘절만회는 인민이 개최해야 하고, 춘절만회를 잘 개최하는 것은 인민을 위해서이다人民春晚人民辦, 辦好春晚爲人民."

일찌감치 CCTV가 진행하는 〈춘절연환만회〉에 싫증이 난 관중, 특히 젊은 관중은 섣달그믐 밤이 되면 아예 텔레비전을 꺼버리고 음식물을 먹고 마시면서 인터넷에 들어가 풀뿌리들이 제작한 산채판 〈춘절연환만회〉를 즐겼다.

이런 사례를 통해 우리는 산채 현상이 오늘날 중국에 어떤 적극적 의미를 갖고 있는지 알 수 있다. 산채 현상은 풀뿌리문화가 엘리트문화에 던지는 도전장이자 민간이 정부에 던지는 도전장, 그리고 약자집단이 강자집단에 던지는 도전장이라고 할 수 있다.

1989년 톈안문 사건이 일어난 뒤로 이미 20여 년이란 세월이 흘렀다. 오늘날의 시각에서 보자면 톈안문 사건이 중국 사회에 미친 가장 큰 영향은 정치체제 개혁이 더이상 발전하지 못하고 정체되도록 만들었다는 것이다. 공정하게 말하자면 1980년부터 1989년까지 중국 정치체제 개혁의 발걸음은 경제체제 개혁에 비해 다소 뒤처졌지만 여전히 개혁 과정에 있었다. 그러다가 1989년 톈안문 사건이 발생한 뒤로 정치체제 개혁은 완전히 정체되고 경제는 빠른 속도로 발전하기 시작했다. 이는 보통 사람들이 예상할 수 없는 상황이었다. 중국인들은 이로 인해 곧장 갈등만 가득한 현실 속으로 내동댕이쳐졌다. 한쪽에는 보수 세력이 진을 치고 있고 한쪽에는 급진 세력이 버티고 있으며, 한쪽에는 정치권력이 집중되어 있고 한쪽에는 경제적 이익이 개방되어 있는 형국이 되었다. 한쪽은 교조주의가 점령하고 한쪽에서는 무정부주의가 활개를 치며, 한쪽에서는 규범을 잘 지켰지만 한쪽에서는 방탕과 무질서가 판을 쳤다. 지난 20년 동안 중국 사회의 발전은 전면적인 발전이 아니라 단편적인 발전이었다. 그리고 이런 단편적인 발전은 이미 사회가 마땅히 갖춰야 할 건강을 해치고 있다.

산채 현상이 폭풍처럼 일어나 구름처럼 중국 사회를 뒤덮은 것도 사회학적인 의미에서 말하자면 중국 사회의 단편적인 발전이 가져온 필연적인 결과이다. 더욱 넓고 깊어진 사회갈등이 세계관과 가치관의 혼란을 유발하고, 이어서 산채 현상을 촉진하는 것이다. 산채 현상은 다양한 종류와 형태의 사회정서가 누적되다 어느 날 갑자기 폭발되어 나온 것이라고 할 수 있다. 그리고 이런 현상은 끊임없이 반권위, 반주류, 반독점에 대한 소란스런 사회혁명으로 발전된다. 행위예술로 비유하자면 산채 현상의 맹렬한 기세와 엄청난 규모는 국가 전체를 산채라는 행위예술에 빠뜨릴 수 있을 정도이다.

베이징 올림픽 전날 밤. 정부에서는 진지한 고민 끝에 올림픽 성화 봉송 대열이 중국 국내에 들어선 뒤에 성화가 통과할 도시를 선정했다. 성화 봉송자들도 모두 정부 관리들이 고심하여 선발한 사람들이었다. 엄청난 자금이 들긴 했지만 선택된 도시는 하나같이 이를 대단한 영광으로 여겼고 선발된 성화 봉송자들도 하나같이 자랑스러워했다. 한편 허난 성 후이輝 현의 작은 산촌은 이 일로 인해 자랑스러워할 것이 아무것도 없었다. 하지만 그들은 성대하게 산채판 올림픽 성화 봉송 행사를 마련했다. 농민들이 직접 나무로 만든 간단한 횃불을 들고 이를 서로에게 전달하면서 올림픽을 경축하는 행사였다. 마을 사람들 누구에게나 참가할 수 있는 자격이 주어졌고 정부 관계부서의 허가를 받을 필요도 없었다. 이런 식으로 올림픽을 즐기면서 자랑스러워하는 그들의 애국심은 결코 공식 성화 봉송자들에게 뒤지지 않았다. 허난 성 후이 현의 산채 올림픽 성화 봉송 영상이 인터넷에 올라오자 네티즌의 박수갈채가 그치지 않았다.

서방 세계는 끊임없이 중국의 환경오염 문제를 비판해왔다. 그래서 중국 정부는 특별히 베이징 올림픽을 녹색 올림픽으로 규정했다. 하지만 중국 경내 공식 성화 봉송에는 녹색 올림픽을 실감할 만한 아무런 조치도 없었다. 공식 성화 봉송이 진행되는 동안 경찰 차량이 길을 열면서 앞서 나갔고 사람들은 좁은 길을 함께 달렸다. 공식 올림픽 성화 봉송이 끝나자 이 도시의 거리에 남은 것이라고는 엄청난 양의 쓰레기뿐이었다.

이와는 반대로 허난 성 후이 현의 작은 산촌에서 이루어진 성화 봉송 행사는 진정한 녹색 올림픽을 느끼게 했다. 자동차 매연도 없었고 사람들이 한데 몰려 이산화탄소를 배출하지도 않았다. 마을 사람들은 서로 간단한 나무 횃불을 전달하며 잔잔한 바람과 따스한 햇볕 속에서 산꽃이 흐드러지게 핀 봄날의 풍경 속을 달렸을 뿐이다.

산채 현상은 오늘날 중국 사회 어디에나 이미 존재한다. 장기간 금지 구역이었던 정치의 영역도 산채의 침입을 막아내지 못했다. 전국인민대표대회와 전국정치협상회의가 열리는 이른바 양회兩會 기간에 쓰촨 이빈宜賓 사람 하나가 '산채 전국인민대표대회 대표'를 자칭하면서 인터넷에 보험과 농민 양로 보장, 개인소득세 등의 문제에 관한 자신의 주장을 올렸다. 이 '산채 전국인민대표대회 대표'는 자신의 건의가 인터넷을 통해 모든 사람들에게 전달되기를 바랐다.

그의 당선에는 블랙 유머가 가득했지만 그는 더욱 원활한 의정활동 참여를 위한 것이라고 말했다. 그는 집안에서 가정 선거대회를 열어 선출된 '산채 전국인민대표대회 대표'였던 것이다. 게다가 만장일치로 선출된 대표였다. 이는 정부가 세심한 평가와 고찰 끝에 선발한 전국인민대표대회와 전국정치협상회의 대표들에 대한 작은 풍자라고 할 수 있다. 집안의 가정회의에서 실시한 선거 결과이긴 하지만 이 산채판 인민대표대회 대표는 공식 인민대표대회 대표들보다 선거의 민주성을 훨씬 더 잘 드러냈다. 가족 구성원들이 던진 표는 정부 지명에 따른 찬성표가 아니라 마음속에서 우러나온 찬성표였기 때문이다.

이보다 더 대담하고 황당한 사례도 있었다. 뜻밖에도 누군가 산채 방식을 이용하여 중국의 가장 엄숙한 정치체제를 방탕한 색정 사업 속으로 끌고 갔던 것이다.

2009년에 나는 인터넷에서 눈이 휘둥그레지고 입이 쩍 벌어지는 소식을 접했다. 중국 남부의 도시에 있는 어느 유흥업소가 장사가 너무 잘된다는 소식이었다. 그곳에서 몸을 파는 아가씨들은 하나같이 예쁜 데다 찾아오는 손님들에게 매우 주도면밀한 서비스를 제공한다고 했다. 손님들은 하나같이 그 집의 서비스가 '국내 최고, 세계 일류'라며 극찬을 서슴지 않았다. 그 이유는 무엇일까? 전하는 바에 의하면 관리가 아주 잘되고 있기 때문이었다. 업소 주인은 색정과 정치가 하나로 결합된 관리제도를 만들었다. 중국공산당 당 지부와 중국공산주의청년

단 단 지부의 관리체제를 다른 용도로 사용해, 기발하게도 성매매 아가씨들 사이에 공산당 지부나 공청단 지부와 똑같은 조직을 만든 것이다. 매춘활동에서도 공산당원과 공청단원의 선봉적이고 모범적인 기능을 충분히 발휘할 수 있다는 것이 그의 이론이었다.

중국에서는 누구든지 공산당이나 공청단에 가입하려면 세심한 고찰과 엄격한 심사 과정을 거쳐야 한다. 이 업소 사장은 공산당원도 아니었고 공청단원도 아니었다. 하지만 자신을 산채 당위원회 서기로 봉하고 그 아래 산채 당 지부와 산채 단 지부를 설립했다. 그런 다음 성性 서비스 경험이 있는 아가씨들을 산채 공산당원으로 만들고 경험이 없는 신참들을 산채 공청단 단원으로 설정했다. 산채 공청단원들이 경험이 풍부해져 손님들로부터 좋은 평가를 받으면 이들을 공산당원으로 승급시켜주었다. 이 사장은 이렇게 공산당 조직과 공청단 조직이라는 정치체제를 이용하여 아가씨들로 하여금 업무에 적극성을 발휘하게 만들고, 동시에 서로를 관리하고 감독하게 했다. 또 정기적으로 산채 공산당원들과 산채 공청단원들을 모아놓고 생활회의를 열었다. 회의에서는 서로를 비판하거나 자아비판을 진행하고 좋은 부분은 함께 학습하고 부족한 부분은 지적해 결점을 극복하고 장점은 최대한 살림으로써 업체의 서비스 수준을 한층 높일 수 있었다.

이 정식 색정산업 사장과 산채판 공산당 서기들은 공산당 체제 안에 있는 '선진 일꾼' 제도를 자신들의 관리방식에 도입했다. 매달 한 차례 선진 일꾼 평가 및 선발을 실시하여 손님을 얼마나 받았는지를 기준으로 우수 일꾼을 선발하고 산채판 '광영방光榮榜' 실적 우수자를 서열화한 명단의 형식으로 그달에 가장 많은 손님을 받은 아가씨의 사진을 산채판 선진 일꾼 광영방에 올려놓았다.

중국 사회에서 원본 '광영방'에 사진이 붙은 선진 일꾼들의 얼굴은 건전하게 위를 쳐다보며 웃고 있고, 모두 표준적인 상반신 사진이다. 하지만 이 색정 업소 안에 등장한 산채판 광영방에 붙은 선진 일꾼들의 사진은 전혀 달랐다. 광영방에 붙은 아가씨들의 사진은 패션잡지에 나오는 선정적인 여배우처럼 하나같이 요란하게 치장하고 꾸민 모습이었다.

오늘날 중국 사회의 생태는 기이하고 다양한 색채를 과시하고 있다. 아름다움과 추함, 선진과 낙후, 엄숙과 방종이 항상 같은 사물 안에 공존한다. 산채 현상도 바로 이런 사례라고 할 수 있다. 사회의 진보를 나타내면서 동시에 사회의 후퇴를 상징하는 것이다. 건강이 나빠졌을 때 염증이 나타나는 것과 마찬가지로 산채 현상은 오늘날 사회생태의 염증을 상징한다. 염증은 한편으로는 세균에 저항하지만 다른 한편으로는 부종과 고름을 동반하고, 조직이 문드러지거나 괴사하기도 한다.

산채 현상은 중국 사회의 단편적 발전이 부른 필연적인 결과로서 양날의 검이라고 할 수 있다. 그 적극적인 의미의 반대편에서는 중국 사회의 소극적인 의미가 충분히 표출되고 있다. 오늘날 중국 사회의 도덕성 상실과 시비의 혼돈이 산채 현상을 통해 유감없이 표현되고 있다고 할 수 있다. 바로 이러한 사회생태에 기초하여 '산채'라는 단어는 중국인들의 마음속 깊이 틀어박혔다. 표절과 모방, 악의적 조롱, 비방 등 원래는 불법적이고 저급한 것으로 간주된 행위에 존재 이유를 제공하고, 사회여론과 사회심리적인 측면에서 점차 합리적인 지위를 확보해나가고 있다. 이와 동시에 '산채'는 오늘날 중국인 사이에서 사용 빈도가 가장 높은 단어 가운데 하나가 되었다. 이 모든 것들이 토양에 따라 서로 다른 열매가 맺힌다는 중국의 옛말을 입증하고 있다.

4년 전에 나는 내가 사는 건물 아래 있는 육교에서 해적판『형제』위화의 장편소설를 발견했다. 나의 책이 다른 해적판 서적과 함께 노점에서 팔리는 현장을 목격한 것이다. 책을 파는 노점상은 내가 앞에 서 있는 것을 보고는『형제』한 권을 건네주면서 친절하게 추천해주었다. 그 책을 받아 들고 몇 장 뒤적거려보니 금세 해적판임을 알 수 있었다. 내가 노점상에게 말했다.

"이건 해적판이네요."

"해적판 아니에요." 노점상은 진지한 표정으로 내 말을 바로잡아주었다. "산채판이지요."

이와 비슷한 상황은 그전에도 경험한 적이 있었다. 오늘날의 중국은 일부 영역에 여전히 자유가 결핍되어 있는 반면, 또 다른 영역에는 말로 표현하기 어려울 정도로 자유가 넘쳐난다. 20년 전에 기자들의 인터뷰에 응하면서 나는 하고 싶은 얘기를 거침없이 다 했다. 하지만 인터뷰 기사가 신문에 실렸을 때는 엄격한 심사를 거쳐 상당 부분이 삭제된 뒤였다. 그러다 10년 전부터는 인터뷰를 할 때 특별히 조심하기 시작했다. 내가 말한 내용이 가감 없이 그대로 신문에 실린다는 사실을 알았기 때문이다. '젠장' 같은 욕설까지도 그대로 신문에 실렸다. 뿐만 아니라 지금은 각종 매체에 내가 하지도 않은 인터뷰 기사가 실려 눈이 휘둥그레진 채 입을 딱 벌리고 읽는 일이 비일비재하다. 기자들이 내가 하지도 않은 말을 내가 한 말이라고 조작한 것이다. 한번은 내 말을 거짓으로 꾸민 기자를 만나 엄숙하게 경고한 적도 있었다.

"나는 한 번도 당신과 인터뷰를 한 적이 없습니다."

이 기자는 나와 똑같이 엄숙한 어투로 말을 받았다. "그건 산채판 인터뷰였거든요."

나는 입을 쩍 벌렸을 뿐 달리 할 말이 없었다. 이것이 바로 오늘날 중국의 현실이다. 아무리 비합법적이고 불합리한 일을 만나도 '산채'라는 단어 하나면 곧장 사회여론과 사회심리적인 측면에서 합법적이고 합리적인 것으로 변하고 만다.

2009년 10월, 나는 유럽 4개 국가를 부지런히 돌아다니며 거의 매일 다른 침대에서 잠을 잤다. 월말에 베이징으로 돌아오니 피로가 극심했고 시차의 영향까지 더해져 이틀 연속 몽롱한 상태로 보냈다. 때때로 내가 아직도 유럽에 있는 듯한 착각에 빠져 있었다. 그런 와중에 컴퓨터를 켜서 인터넷에 들어가 여기저기 둘러보다가 산채판 뉴스 하나를 접했다. 양전닝楊振寧 교수의 부인 웡판翁帆이 임신을 했다는 뉴스였다.

2004년, 82세의 노벨물리학상 수상자 양전닝 교수는 28세의 웡판과 결혼한 뒤로 줄곧 산채판 뉴스의 목표물이 되어왔다. 그러다가 이번에는 산채판 뉴스에 웡판이 아이를 가졌다는 소식이 뜬 것이다. 게다가 이는 양전닝 교수가 기자들과 인터뷰를 하는 과정에서 밝혀진 사실이었다. 양전닝 교수는 산채판 인터뷰에서 미련한 말들을 적잖이 쏟아냈다. 예컨대 그는 미소를 지으면서 웡판이 임신한 아이가 이미 자신의 아이인 것으로 증명되었다고 말했다. 이는 대단히 익숙한 산채의 방식이다.

이 산채판 뉴스는 내게도 적지 않은 영향을 미쳤다. 몽롱한 상태에서 깨어나게 해준 것이다. 이 기사 덕분에 나는 내가 이미 중국에 돌아와 있다는 사실을 확실히 인식하게 되었다.

산채 현상을 사회 강자집단에 대한 약자집단의 혁명행위로 가정한다면 이런 혁명은 44년 전의 중국에서도 대규모로 발생한 적이 있다고 말할 수 있다. 바로 문화대혁명이다.

1966년에 시작된 문화대혁명에서 마오쩌둥은 '조반은 정당하다'는 구호를 외치면서 사회적 약자집단의 혁명적 본성을 자극했고, 그 결과 수많은 사람들이 열광적으로 조반에 나섰다. 그들은 당시의 강자집단, 즉 당권을 가진 자들을 하나하나 타도 대상으로 삼았다. 중국공산당의 전통적인 당위원회와 정부의 영도기구마저 한순간에 붕괴되고 산채판 영도기구가 우후죽순처럼 나타났다. 한 사람이 몇몇 추종자들만 거느리면 하룻밤 사이에 조반 사령부를 구성하여 자신이 직접 총사령관이 될 수 있었다. 산채 영도기구가 지나치게 많아지자 중은 많은데 먹을 수 있는 죽은 많지 않은 상황이 벌어졌다. 그래서 각 조반 사령부 사이에 폭력투쟁이 벌어졌다. 상하이에서는 조반파 사이의 투쟁에 총과 실탄이 사용되기 시작했고 우한의 조반파는 한술 더 떠서 대포를 동원하여 서로 상대방 진지를 포격하기도 했다. 산채 영도자들이 서로를 공격한 것은 권력을 위해서였다. 그들 사이의 무력충돌은 토비들의 혼전 양상과 다르지 않았다. 나중에는 승리한 조반파가 패배한 조반파의 잔여세력을 수용하여 자기 세력을 키우는 추세가 이어졌다.

각지 당위원회와 정부의 전통적인 권력체제가 문화대혁명에 의해 해체된 뒤로 새로운 권력체제를 대표하는 혁명위원회가 줄줄이 간판을 내걸었고 조반파 사이의 어지러운 싸움에서 승리를 거둔 산채 사령관들은 일제히 모습을 바꾸고 공식 혁명위원회의 주임이 되었다.

내가 오늘날의 중국을 얘기하면서 자꾸 문화대혁명 시기로 돌아가는 이유는 이 두 시대가 서로 긴밀하게 연결되어 있기 때문이다. 사회의 형태는 이미 판이하지만 일부 정신적 내용은 여전히 놀라울 정도로 닮은꼴이다. 예컨대 우리는 전민운동全民運動 방식으로 문화대혁명을 진행한 데 이어 똑같이 전민운동 방식으로 경제발전을 진행해왔다.

내가 여기서 강조하고자 하는 것은 민간경제의 빠른 성장이다. 문화대혁명 초기에 한꺼번에 수많은 조반파 사령부가 생겨났던 것처럼 1980년대의 중국 사회에서는 돈을 벌려는 광적인 열기가 혁명의 광기를 대신하면서 순식간에 무수한 민영기업이 생겨났다. 산채판이 정식판에 도전장을 던진 것처럼 민간경제는 대규모로 국유경제의 독점적 지위에 도전과 충격을 가했다. 소털처럼 많은 이들 민영기업은 한편으로는 신속하게 망해 사라지는 동시에 다른 한편으로는 신속하게 새로 생겨나 혁명처럼 끝없이 이어지면서 위세를 과시했다. 당나라 때의 시인 백거이白居易가 "들불로도 다 타지 않으니, 봄바람 불면 다시 살아나네野火燒不盡, 春風吹又生"라고 묘사했던 것과 다르지 않은 형국이었다. 중국의 경제 기적은 바로 이렇게 격발되었던 것이다. 민영기업은 자생과 자멸을 반복하며 죽었다가 다시 살아나는 운명 속에서 그 강인한 생존능력을 과시했다. 또한 경직되고 보수적인 국유경제를 시장경제의 잔혹한 경쟁에 적응하도록 이끌었다.

풀뿌리 계층은 지난 30년 동안의 빛나는 역사에서 전대미문의 업적을 이루어냈다. 그들은 모든 곳에서 스스로 정치적 역량을 발휘했다. 이를 서양 속담으로 말하자면 모든 길은 로마로 통한다라고 할 수 있고 중국 속담으로 표현하자면 팔선八仙이 바다를 건너 제각기 신통한 능력을 발휘한 것이라고 할 수 있을 것이다. 그들이 성공한 과정은 신기하면서 이상했고 그들이 실패한 과정도 신기하면서 이상했다. 이어서 그들은 신기하고 이상한 사회생태를 창조해냈다. 때문에 '산채'라는 단어가 환골탈태하여 옛 단어에 새로운 의미가 더해진 뒤로, 중국 사회가 20년 동안 발전하는 과정에서 줄곧 존재해왔던 각종 현상을 일깨웠던 것이다. 마치 군영 안의 집합 신호가 잠자던 사병들을 전부 깨우는 것과 같았다. 누군가 광장에서 큰 소리로 '산채'를 외치자 광장에 있던 모든 사람들이 그를 향해 몰려드는 장관을 연출했다. 그들은 모두 '산채'로 개명했던 것이다.

기적이 끊임없이 생겨나면서 필연적으로 욕망도 끊임없이 팽창되었다. 중국 권력의 상징인 톈안문 성루와 미국 권력의 상징인 백악관은 자연스럽게 '산채' 건축물들이 열렬히 추종하는 모방 대상이 되었다.

중국의 산채 톈안문 성루와 산채 백악관은 전국 곳곳에 생겨났다. 다른 점이 있다면 산채 톈안문 성루는 대부분 시골 간부들의 소행이었다. 조금 부유해진 시골 마을이 자신들의 촌 위원회를 톈안문 성루의 축소판으로 건축하고 중국 관직 체제의 가장 말단에 있는 촌 관리들로 하여금 그 안에서 업무를 보게 함으로써 스스로 국가 지도자라도 된 듯한 아름다운 착각에 빠지게 만드는 것이었다. 한편 산채 백악관은 부자들이 사무와 거주를 동시에 해결하는 장소로 지어졌다. 부자들은 낮에 산채판 미국 대통령의 타원형 사무실에서 업무를 보며 손에 전화기를 들고 자기 기업의 직원들을 지휘한다. 그러다가 저녁이 되면 예쁜 여비서를 끌어들여 산채판 링컨의 침실로 들어가는 것이다.

가난했던 풀뿌리 계층의 수많은 사람들은 30년 중국의 경제기적 과정에서 부호가 되자 갑자기 서양의 귀족생활을 동경했다. 이들은 넓은 별장형 집에 들어가 호화로운 고급 승용차를 타면서 유명 브랜드의 옷을 입고 유명 브랜드의 술을 마시며 발음이 영 듣기 거북한 영어로 말한다. 이렇게 운세에 편승한 산채 귀족들이 부지기수로 생겨난 뒤로 귀족 학교와 귀족 유치원, 귀족 상점과 귀족 음식점, 귀족 주택과 귀족 가구, 귀족 오락과 귀족 잡지 들이 줄줄이 생겨났고 각양각색의 이름을 가진 귀족적 사물이 중국 사회에 차례차례 끝없이 등장하고 있다.

여기서 진실한 산채 귀족의 이야기를 전할까 한다. 부유해진 풀뿌리 한 사람이 자신을 위해 호화 별장식 주택을 한 채 지었다. 수영은 할 줄 모르지만 집 안에 수영장도 마련했다. 부자의 별장에 수영장이 없어선 안 된다는 것이 그의 지론이었다. 하지만 수영장을 그대로 방치해 낭비할 수는 없다는 생각에 그는 수영장에 자신이 평소에 먹는 식용 물고기를 키웠다. 더 웃기는 것은 모든 5성급 호텔의 가장 호화로운 객실이 대통령을 위한 디럭스 룸이라는 사실을 생각해내고는 자신의 침실 문에 구리로 된 패를 하나 만들어 붙인 것이었다. 이 구리 패에는 '대통령 디럭스 룸'이라는 글자가 새겨졌다. 이 풀뿌리 출신 부자는 이처럼 득의양양하게 산채 귀족생활을 누리고 있다.

마지막으로 나 자신의 산채 이야기를 하나 하고자 한다.

내 첫번째 직업은 치과의사였다. 나는 1978년 3월에 이 직업을 배정받았다. 과거 중국에서는 치과의사라는 직업도 강호를 떠돌아다니는 하층 직업에 지나지 않았다. 이발사나 신발수선공과 같은 축에 속했다. 번화한 거리에 방수포로 된 우산을 하나 받쳐놓고 펜치와 망치 같은 기구를 탁자 위에 한 줄로 늘어놓고, 그에 더해 과거에 자신이 뽑은 치아를 늘어놓은 다음 고객을 불러 모으는 것이다. 이런 치과의사는 대부분 조수도 필요 없이 혼자서 영업을 했기 때문에 구두수선공과 마찬가지로 어깨에 짐을 메고 사방으로 돌아다닐 수 있었다.

나는 이런 장돌뱅이 치과의사들의 후계자였다. 국가가 운영하는 병원에 소속되어 일을 하긴 했지만 우리 선배들은 전부 방수포 우산을 받치고 병원 건물 안으로 들어가 이를 뽑았다. 의과대학 졸업생 출신은 한 명도 없었다. 내가 일하던 병원은 발치를 전문으로 했고 직원도 스무 명 정도에 불과했다. 환자들은 대부분 시골에서 온 농민이었다. 농민들은 우리 병원을 '병원'이라 부르지 않고 '치아점齒牙店'이라고 불렀다. 사실 그들의 이런 호칭이 더 정확했다. 우리 마을의 병원은 확실히 가게에 불과했다. 나는 이 병원에 견습생으로 들어가 발치와 치료, 의치 등 일련의 과정을 배웠다. 나이가 나보다 많은 의사들은 전부 사부師傅라고 불러야 했다. 정규 병원에서 쓰는 교수나 주임 따위의 호칭은 없었다. 이미 지식인화된 직업인 오늘날의 치과의사와 비교하면 나는 애당초 일개 점원에 지나지 않았다.

우리 사부님은 성이 선沈씨였다. 선 사부님은 상하이에서 퇴직한 나이 든 치과의사로 우리 마을에 와서 일하며 약간의 생활비를 벌었다. 당시에는 이런 상황을 일컬어 '남은 정력을 쏟는다'라고 말했다. 선 사부님은 나이가 예순이 넘었고 키가 크지 않았으며 몸집은 뚱뚱한 편이었다. 금테 안경을 썼고 숱이 많지 않았지만 머리를 아주 단정하게 빗고 다녔다.

내가 처음 선 사부님을 만났을 때 그분은 환자의 이를 뽑고 계셨다.

나이가 많아서 그런지 손에 힘을 줄 때면 얼굴이 약간 일그러지면서 고통스런 표정을 지으셨다. 마치 자신의 치아를 뽑는 것 같았다. 그날 원장은 나를 그분에게 데리고 가서 새로 온 직원이라고 소개했고 내게는 그분에게 발치 기술을 잘 배우라고 말했다. 선 사부님은 나를 향해 차갑게 고개만 끄덕이셨다. 그런 다음 내게 옆에 서서 자신이 솜뭉치를 알코올에 적셔 환자의 위턱이나 아래턱에 문지르고 프로카인procaine을 주사하는 것을 잘 보라고 지시하셨다. 마취제를 주사하고 나서는 잠시 의자에 앉아 담배를 한 대 피우셨다. 담배를 다 피우자 아무렇지도 않은 듯 편안한 어투로 환자에게 물었다.

"혀가 커지지 않았나요?"

환자가 혀가 커졌다고 말하면 마취 효과가 확실하다는 것을 의미했다. 그분은 천천히 몸을 일으켜 손을 쟁반 위로 뻗어 펜치를 집어 들고는 발치를 시작했다. 선 사부님은 내게 당신이 환자 두 명의 치아를 발치하는 모습을 구경하게 한 다음 의자에 앉더니 더이상 일어서지 않았다. 그러면서 내게 말씀하셨다.

"다음 환자는 자네가 처리하도록 하게."

나는 놀랍기도 하고 겁도 나서 부들부들 몸을 떨었다. 아직 발치의 모든 과정을 제대로 이해하지도 못한 상태에서 성급하게 적진에 나서게 된 것이다. 다행히 나는 두 가지 절차, 즉 솜뭉치를 알코올에 적셔 소독한 다음 프로카인을 주사하는 동작을 기억했다. 나는 거친 말투로 환자에게 입을 크게 벌리라고 한 다음, 이 두 가지 동작을 대충 해치웠다. 환자는 악어를 바라보듯이 놀란 눈으로 나를 쳐다보았다. 환자의 그런 눈빛에 나는 더욱 긴장되어 두 손을 떨었다.

마취 효과가 확실하게 나타나기 시작했지만 나는 손발을 움직일 수 없었다. 뭘 어떻게 해야 할지 몰랐기 때문이다. 이때 선 사부님께서는 내게 담배를 한 대 건네주시면서 부드러운 표정으로 말을 거셨다. 사부님은 우리 부모님이 어떤 일을 하는지, 집안에 형제는 몇이나 되는지 물으셨다. 담배를 다 태우고 나자 사부님과의 대화도 끝났다. 다행스럽게도 나는 사부님이 환자에게 했던 한마디를 기억해냈다. 나는 사부님의 억양을 그대로 흉내 내어 환자에게 혀가 커졌느냐고 물었다. 환자는 커졌다고 대답했다. 나는 조금씩 머리꼭지가 저려오기 시작했다. 마음속으로는 대체 이게 무슨 일인지 생각하고 있었다. 하지만 그럼에도 나는 이 운 나쁜 치아를 뽑지 않으면 안 됐다. 게다가 환자가 의심하지 않도록 사전에 충분한 훈련을 받은 것처럼 능숙하고 자연스러운 태도를 보여야 했다.

첫번째 발치 경험을 평생 잊지 못할 것이다. 당시 나는 환자에게 입을 최대한 크게 벌리라고 한 다음 뽑아야 할 치아를 정확하게 조준했다. 그러나 고개를 돌려 쟁반 위에 나란히 놓여 있는 펜치들을 보는 순간 또 다른 어려움에 부딪히고 말았다. 펜치의 크기와 모양이 제각각이었던 것이다. 어떤 펜치를 사용해야 할지 몰라 막막했다. 잠시 주저하던 나는 하는 수 없이 조용히 물러나 낮은 목소리로 선 사부님께 어떤 펜치를 써야 하는지 물었다. 사부님은 몸을 일으켜 앞으로 두 걸음 다가오시더니 크게 벌린 환자의 입안을 들여다보고는 어느 쪽 치아를 뽑아야 하느냐고 물으셨다. 그때 나는 그 치아를 어떻게 부르는지도 몰랐다. 나는 뽑아야 할 치아를 손가락으로 가리키는 수밖에 없었다. 선 사부님은 환자의 치아를 두루 살펴보고 나서 쟁반 위의 펜치 하나를 가리키고는 다시 엉덩이를 의자에 파묻고 신문을 보기 시작했다.

당시 내게는 혼자 싸워야 한다는 강렬한 각오가 서 있었지만 환자의 부릅뜬 눈은 감히 쳐다볼 수가 없었다. 환자보다 내가 더 두려워하고 있었다. 나는 마침내 펜치를 집어 들었다. 펜치를 환자의 입안으로 집어넣어 뽑아야 할 치아를 정확히 조준한 다음 펜치를 그 위에 고정시켰다. 운이 좋았는지 내가 처음 뽑은 치아는 이미 오래전부터 흔들리던 것이었다. 내가 펜치를 꽉 쥐고 한두 번 흔들자 치아는 어렵지 않게 빠졌다.

진짜 어려운 문제는 세번째 환자의 구강에서 만났다. 치아가 잇몸 안에서 부러지고 만 것이다. 의자에 앉아 있던 선 사부님께서는 한가하게 꼬고 있던 다리를 풀고 신문을 내려놓은 다음 직접 그 잇몸 안에서 부러진 치아를 처리했다. 치아 뿌리를 뚫는 것은 치아를 뽑는 것보다 훨씬 더 번거롭고 힘든 일이었다. 그때 선 사부님은 치근을 뚫느라 온몸이 땀에 흠뻑 젖으셨다. 나중에 내가 부러진 치아를 직접 처리할 수 있게 되고 나서야 정식으로 선 사부님의 편안한 세월이 시작되었다.

당시 우리 치과실에는 치과용 의자가 두 개였고 통상적으로 한 번에 환자 두 명을 입장시켜 의자에 앉혔다. 그런 다음 트러스트Trust, 직역하면 '상업신탁'이란 뜻이지만 여기서는 합병이란 의미를 갖는다처럼 동시에 알코올에 적신 솜으로 소독을 하고 마취주사를 놓았다. 나는 그 뒤에 잠시 이어지는 틈을 이용해 담배를 한 개비 피울 수 있었다. 담배 한 대를 다 피우고 나면 으레 환자에게 물었다.

"혀가 커졌나요?"

대개 환자 두 명이 동시에 대답을 했다. "혀가 커졌어요." 나는 또 트러스트처럼 그들의 치아를 뽑아준 다음 동시에 다음 두 명의 환자를 들어오게 했다.

그 시절 나와 선 사부님은 천의무봉처럼 손발이 잘 맞았다. 내가 환자들을 들어오게 해 병든 치아를 처리하고 나면 선 사부님은 의자에 앉아 병력을 기록하고 처방전을 끊어주었다. 번거로운 일이 생길 때만 선 사부님이 직접 출동하시곤 했다. 나의 발치 기술이 갈수록 발전함에 따라 선 사부님이 직접 출동하는 기회는 갈수록 줄어들었다.

여러 해가 지나 나는 작가가 되었다. 서양 기자들은 항상 호기심 가득한 표정으로 내게 과거 치과의사 경력을 묻곤 한다. 그들은 내가 고등학교밖에 나오지 않았고 어떠한 의료 분야의 교육도 받은 적이 없는데 어떻게 곧바로 병원에서 환자들의 치아를 뽑을 수 있었는지 의아해한다. 나는 한참을 생각하다가 그들에게 대답한다.

"한때 나는 맨발의 의사였거든요."

'맨발의 의사'는 마오쩌둥 시대에 생긴 것이다. 농민들 가운데 얼마간 학식이 있는 사람들을 선발해 그들에게 간단한 의학 교육을 한 뒤 약상자를 메고 여러 마을로 돌아다니며 의사로 활동하게 한 것이다. 왜 맨발의 의사라고 하는 것일까? 이들 농민 의사들에게는 의료행위가 겸직일 뿐이었다. 원래의 직업은 여전히 맨발로 밭에 들어가 일하는 것이었다. 그러다가 주변의 농민들에게 사소한 질병이나 부상이 발생하면 그들이 재빨리 나서서 간단히 치료를 해주곤 했다. 비교적 심각한 질병이나 부상의 경우에는 환자를 병원으로 이송하는 일도 도맡았다.

나도 '맨발의 의사'라는 대답이 충분히 정확하지는 않다는 것을 잘 안다. 의학 지식 분야에서 맨발의 농민 의사들과 우열을 가릴 수는 없겠지만 어쨌든 내가 전문적으로 치과의사 업무에 종사한 적이 있다는 것은 분명한 사실이다. 문제는 아주 오랫동안 나의 첫번째 직업을 표현할 수 있는 적절한 어휘를 찾지 못했다는 것이다. 그러다가 최근 몇 년 사이에 '산채'라는 단어가 중국에 유행하기 시작하면서 마침내 나는 서양 기자들에게 비교적 정확한 대답을 해줄 수 있게 되었다.

"저는 한때 산채 치과의사였습니다."

홀유 忽悠

홀유라는 단어는 빠른 속도로 전국을 풍미하면서 산채와 마찬가지로 오늘날 중국 사회의 윤리 및 도덕성 결핍과 가치관의 혼란을 선명하게 드러내고 있다. 이는 중국 사회가 최근 30년 동안 지속해온 단편적 발전의 후유증 가운데 하나라고 할 수 있다. 또한 홀유 현상이 사회의 각 분야에 광범위하게 퍼진 정도는 산채 현상을 크게 능가한다. 이처럼 홀유가 맹위를 떨치고 있다는 것은 우리가 진지하지 못한 사회, 또는 원칙이 중시되지 않는 사회에 살고 있음을 의미한다. 우리가 걱정하는 것은 홀유가 당당하게 사람들의 생활방식이 되고 있는 사이에 개인이건 국가건 누구나 홀유의 피해자가 될 수 있다는 점이다. 내 생각에 홀유하는 사람들은 최종적으로는 자신을 홀유할 가능성이 크다. 중국의 속담을 빌리면 돌을 들어 옮기다가 자기 발등을 찍는 격이라고 할 수 있다.

'홀유忽悠' 홀유의 본질은 수단을 가리지 않고 남을 속이거나 남에게 뭔가를 덮어씌우는 것이다. 하지만 '사기'라는 단어에 비해 비교적 부드럽고 장난스러운 함의를 지닌다. 때문에 사람들은 사기범에 대해서는 분노를 드러내지만 홀유하는 사람에 대해서는 그냥 웃어넘기는 경우가 많다란 무엇인가? 맨 처음 홀유의 의미는 매우 모호하고 확정적이지 않았다. 어선이 파도를 따라 위아래로 오르내리거나 나뭇잎이 바람에 흔들리는 것과 같았다. 그러다가 점차 하나의 속어가 되어 중국 동북 지역에서 유행하기 시작했다. 속어로서 홀유는 똑같은 발음의 '호유胡誘중국어 발음이 홀유와 같다, 즉 '어지럽게 잘못 인도한다'라는 단어에서 왔다. 유행병의 바이러스에 끊임없이 변이가 일어나듯 홀유도 그 이후에 끊임없는 변이가 일어나 어지러울 정도로 많은 뜻을 갖게 되었다. 과장해서 말하거나 말이나 글로 군중심리에 영합하는 것을 홀유라 하기도 하고, 교묘하게 함정을 설치해놓고 남을 그 안에 빠뜨리는 것도 홀유라고 한다. 전자는 허풍과 선동, 종용의 의미를 갖고 있고 후자는 허튼소리나 뜬소문, 사기 등의 의미를 지니고 있다. 해학과 조롱, 근거 없는 날조와 투기의 의미로 사용되기도 한다.

오늘날의 중국에서 훌유는 이미 중국어 어휘의 새로운 귀족으로서 강호江湖, 여기서는 무림이나 하층 사회가 아니라 포괄적인 의미의 일반 서민 사회를 의미한다에서의 지위가 '산채'와 맞먹는다. 훌유와 산채는 모두 중국어 어휘 중의 벼락부자라고 할 수 있지만 발전해온 궤적은 완전히 다르다. 산채 현상이 집단주의의 방식으로 우후죽순처럼 솟아난 데 비해 훌유는 개인의 영웅주의에서 시작되었다. 이 영웅은 바로 오늘날 중국 사회에 가장 큰 영향력을 행사하고 있는 동북 지방 출신 코미디 스타 자오번산趙本山이다. 자오번산은 자신의 유명한 코미디극 〈지팡이를 팔다賣拐〉에서 훌유라는 단어를 세상에 내놓았다. 그는 "나는 바른 것을 훌유하여 삐딱하게 만들 수 있고, 활기가 없이 축 늘어진 것을 훌유하여 웃기고 신나는 것으로 만들 수 있으며, 목소리가 카랑카랑한 사람을 훌유하여 나긋나긋한 사람으로 만들 수 있고, 서로 사랑하는 사람들을 서로 잘 지내게 하여 둘 다 훌유할 수 있다. 오늘 지팡이를 팔기 위해 멀쩡한 두 다리를 가진 사람들을 훌유하여 절름발이로 만들 수도 있다!"고 주장한다. 〈지팡이를 팔다〉는 여러 단계의 훌유를 통해 상대에 맞는 심리적 함정을 만들어 사기를 치고 사람들을 선동하며 특정한 사람들에게 어떤 행위를 하도록 종용하고 거짓말을 하는 등 다양한 내용을 망라하고 있다. 예컨대 두 다리가 건강한 사람을 절름발이라고 믿게 하여 값은 비싸지만 품질은 형편없는 지팡이를 사도록 만들기도 한다.

누구든 배를 움켜쥐고 웃게 만드는 이 코미디극이 몇 년 전 CCTV의

프로그램 가운데 시청률이 가장 높은 〈춘절연환만회〉에서 방영된 뒤로 홀유라는 단어는 중국 전역을 풍미하기 시작했다. 돌멩이 하나가 무수한 물결을 만들어내듯이 중국 사회에 존재하던 허풍과 선동, 헛소리, 헛소문, 사기, 조롱, 희롱 등의 현상이 모두 홀유라는 단어의 바닷속에서 거세게 일어났고, 동시에 온갖 비정상적 언행과 못된 장난 등의 정서도 홀유 안에서 기세를 떨쳤다. 원래는 부정적인 어휘였던 것들이 홀유의 깃발 아래 차례차례 신분 상승의 기쁨을 누렸다.

자오번산은 남녀노소를 가리지 않고 거의 모든 중국인들로 하여금 입만 열었다 하면 홀유를 하게 만들었다. 홀유는 침처럼 항상 사람들의 입에 붙어 다녔고, 아무 때나 입 밖으로 뿜어져 나왔다. 정치와 역사, 경제, 사회, 문화, 기억, 감정, 욕망 등 모든 것이 홀유 안에서 팔딱거리며 춤을 추었다. 홀유는 중국어의 만능열쇠가 되어 단어의 창고에 들어갈 때마다 관련된 단어의 말뜻을 하나하나 열어젖혔다.

물론 홀유가 항상 소극적인 것만은 아니다. 때로는 적극적일 때도 있다. 누군가 고개를 돌려 지난 일을 돌아볼 때 홀유라는 단어는 이전의 부정적 속임수를 바로잡아주곤 한다. 우리 어머니도 바로 이런 경우에 해당한다.

1950년대 후기, 마오쩌둥은 주혈흡충병을 박멸하기 위해 도시의 의사와 간호사로 구성된 의료대를 조직하여 의사와 의약품이 부족한 가난한 농촌 지역으로 가서 무료로 농민들을 치료하게 했다. 당시에는 이들을 '방역대대'라고 불렀다.

당시 우리 아버지는 아름다운 도시 항저우에 살았고, 저장 성 방역소에서 근무했다. 아버지는 평생 6년밖에 학교를 다니지 않았다. 3년은 사숙私塾에서 공부했고, 나머지 3년은 정규 대학교육이었다. 그 중간의 과정은 공산당 부대에서 위생원으로 근무하며 독학한 것이 전부였다. 아버지는 전쟁중에 자전字典을 한 권 얻어 행군 도중에 길을 걸으면서 단어를 외웠다. 아버지가 속한 부대는 한달음에 중국 남부의 푸젠福建 성까지 갔다가 다시 저장 성 항저우로 돌아왔다. 이때부터 아버지는 직업을 바꿔 병원에서 일하기 시작했다. 남자 간호사가 된 것이다. 아버지는 그곳에서 한 여자 간호사를 만났다. 바로 우리 어머니였다. 어머니는 아버지에게 수학과 물리, 화학을 가르쳐주었고 그 뒤로 아버지는 끊임없이 노력해 저장의과대학에 합격했다. 3년제 의과 전문대학이었다. 저장의과대학을 졸업한 아버지는 계속 저장 성 방역소에 남고 싶지 않았다. 아버지의 가장 큰 바람은 외과의사가 되는 것이었다. 하지만 아버지에게는 자신의 직업을 선택할 수 있는 권리가 없었다. 지도자들이 방역소로 가라고 하면 그곳으로 가서 일하는 수밖에 없었다.

바로 이런 배경에서 우리 아버지는 방역대대에 참여하며 외과의사가 되기 위한 첫걸음을 내딛었다. 아버지는 기필코 외과의사가 되겠다는 강렬한 소망이 있었다. 그래서 항저우에서의 생활을 포기하고 방역대대의 대장이 되어 멀리 자싱嘉興으로 간 다음 방역대대를 떠나 자싱의 병원으로 갔다. 하지만 자싱의 간부들은 아버지가 자싱 지역 위생학교에서 교무장직을 맡아주기를 희망했다. 아버지는 이를 거부하고 그보다 더 작은 지방인 하이옌으로 갔다. 마침 하이옌에서는 현 병원을 설립하고 있었고 외과의사가 결원인 상태였다. 마침내 우리 아버지의 소원이 이루어지는 순간이었다.

아버지는 하이옌의 병원에서 당신의 모든 재능을 동원하여 주혈흡충

병 환자들에게 비장牌臟 절제수술을 해주었다. 이는 대단히 큰 수술로 대도시의 대학병원에서도 복부외과의 주임의사만 집도할 수 있었다. 한번 수술을 할 때마다 온몸에 땀을 흘리면서 장장 일고여덟 시간을 집중해야 했다. 우리 아버지는 하이옌의 병원에서 매일 너덧 명의 환자들에게 비장 절제수술을 해주었고, 기술이 점차 숙달되면서 비장 절제수술을 한 번 하는 데 걸리는 시간은 서너 시간 정도로 단축되었다.

그때 어머니는 나와 형을 데리고 항저우에서 생활하고 있었다. 어머니는 주변 환경이 아름다운 저장병원에서 일했다. 항저우와 아름다운 시호西湖를 무척 좋아하셨던 어머니는 항저우를 떠나고 싶어하지 않았다.

우리 아버지는 매일 몇 차례 비장 절제수술을 마치면 수술실 밖에 있는 작은 사무실로 가서 처방전 용지에 어머니에게 보내는 편지를 쓰셨다. 아버지가 편지에서 묘사한 하이옌은 천국과도 같았다. 나는 이 편지를 읽어보지 못했지만 하이옌을 떠나 베이징에서 살 때 아버지가 내게 보내주신 편지를 보고 아버지의 문장이 상당히 훌륭하다는 것을 알게 되었다. 아마도 아버지는 이 훌륭한 문장과 항저우를 묘사하던 필치로 작고 허름했던 소도시 하이옌의 풍정을 그려냈을 것이다. 어머니는 끊임없이 이어지는 아버지의 미사여구를 사실로 굳게 믿었고, 하이옌이 정말로 항저우의 축소판이라고 여겼다. 그리하여 마침내 항저우에서의 생활을 포기하고 형과 나를 데리고 하이옌으로 가기로 결정하셨다. 대단한 용기가 필요한 선택이었다. 그 시대 중국 사회의 엄하고 가혹한 호적제도에서는 누구든지 한 지역에서만 거주하며 일할 수 있었고 죽은 뒤에야 다른 지역으로 갈 수 있었다. 영원히 못으로 박아놓고 그 못이 녹슬어 부러져야만 이동이 허락되는 셈이었다. 어머니가 항저우의 호구戶口, 주민등록과 호적이 결합된 것를 포기하고 나와 형의 항저우 호구를 포기한다는 것은 영원히 항저우를 포기한다는 것을 의미했다. 어머니가 두 아들을 데리고 하이옌으로 가는 장거리 버스를 탄 것은 돌아올 수 없는 곳으로 발걸음을 내딛은 것이나 다름없었다.

그해에 나는 세 살이었다. 나는 어머니가 나와 형의 손을 붙잡고 하이옌의 시외버스 터미널을 빠져나올 때 속으로 말로 다 할 수 없는 실망감에 젖었을 것이라고 믿는다. 어머니가 본 진짜 하이옌의 모습은 아버지가 편지에서 묘사한 하이옌과는 하늘과 땅 차이였다. 나중에 어머니는 걸핏하면 처음 하이옌에 도착했을 때의 감상을 입버릇처럼 내뱉곤 하셨다.

"길에 자전거 한 대도 보이지 않더구나."

가끔 항저우에서 생활할 때의 기억을 말씀하실 때면 어머니는 얼굴에 그리움이 가득한 표정을 지으셨다. 특히 우리가 살던 집과 주변 경관을 얘기하실 때는 행복한 웃음이 가득했다. 이럴 때면 나는 무한한 상상의 세계로 빠져들곤 했다. 짧지만 아름다웠던 우리의 항저우 생활은 내 기억에서 사라진 지 오래였다. 하지만 어머니가 자세한 설명과 함께 들려주시는 얘기들은 다시 내 유년과 소년 시절을 내 삶의 기억과 상상 가운데 가장 아름다운 부분으로 회복시켜주었다.

어머니는 이런 얘기를 마무리하실 때마다 끝내 참지 못하고 손을 들어 아버지를 가리키며 이렇게 말씀하시곤 했다.

"당신이 우리를 속여 하이옌으로 데려온 거예요."

지금은 어머니도 지난 일들을 얘기할 때 '속였다'라고 말하지 않는다. 어머니도 좀더 정확한 단어를 찾은 것이다. 이제 어머니는 이렇게 말씀하신다.

"당신이 우리를 홀유해서 하이옌으로 데려온 거예요."

중국에서는 홀유라는 단어가 이처럼 사람들의 마음 깊숙한 곳에 재빨리 파고들었다. 산채가 모조품과 해적판에 새로운 의미를 더해준 것처럼 홀유는 속임수나 헛소문 같은 단어에 합리성이라는 외피를 입혀주었다.

2008년 베이징 올림픽 개막식이 열흘 남짓 남았을 때 어느 지방 신문에 놀라운 기사가 실렸다. "8월이 되면 베이징이 전 세계에서 가장 화려하고 중요한 도시가 될 것이다. 전 세계 정상급 운동선수들이 베이징으로 집결하고 있을 뿐만 아니라 전 세계 최고의 부자들 사이에서도 베이징 올림픽 관람이 유행이 되고 있다. 그들 대부분은 이미 입장권까지 구입한 상태이다. 이 가운데는 세계 최고의 갑부인 미국의 빌 게이츠도 포함되어 있다. 억만 달러가 넘는 재산을 자선사업에 기부한 이 소프트웨어의 거인은 이번에 베이징에 와서 호텔에 묵지 않는다. 그는 자신을 위해 워터큐브에서 180미터 정도 떨어진 쿵중쓰허위안空中四合院, 베이징의 최고급 주상복합빌딩인 '판구다관盤古大觀' 주택동 꼭대기에 설치한 최고급 전통 주택을 선택했다. 이 쿵중쓰허위안에서는 창문을 통해 파란 워터큐브와 웅장한 냐오차오의 위용을 한눈에 볼 수 있다."

세계 최고의 부자 빌 게이츠가 올림픽을 보기 위해 인민폐 1억 위안을 들여 쿵중쓰허위안에 투숙하기로 했다는 내용의 기사였다. 이 신문 기사는 이렇게 홀유하고 있었다. "쿵중쓰허위안은 두 층으로 나뉘어 있고 면적은 대략 210평쯤 된다. 하지만 빌 게이츠처럼 돈이 많다 해도 아무나 그 집을 살 수 있는 것은 아니다. 쿵중쓰허위안은 임대만 하지 판매는 하지 않기 때문이다. 빌 게이츠도 이 쿵중쓰허위안을 1년 임대했고 임대료는 1억 위안에 달한다. '우리는 단기 임대는 하지 않습니다. 임대 기간은 최소 1년이고 임대료는 1억 위안입니다.' 영업부의 미스 이易는 기자에게 이렇게 설명했다."

보도방식은 새 건물의 영업 담당 아가씨를 인터뷰하는 식이었다. 그녀는 빌 게이츠의 씀씀이가 얼마나 호방한지 설명한 다음 이 건물이 얼마나 멋있고 고급스러운지를 좀더 길게 소개했다. 이 기사는 "건물 전체가 고개를 들고 비상하는 '거대한 백룡'을 상징하고 있어 기세가 웅장하고 생동감이 넘치며 용맥龍脈과 서로 호응한다"라고 묘사했다. 아울러 신비주의적 색채를 가미하며, 이 건물이 "고인高人의 가르침 아래 평범한 매물에서 엄청난 상징적 의미를 가진 최고급 매물이 되었다"라고 덧붙였다.

홍유는 계속됐다. "들리는 소문에 의하면 현재 적지 않은 부호들이 임대 신청서를 쓰고 있다고 한다. '빌 게이츠는 이미 임대료를 지불했고 이름을 공개할 수 없는 다른 고객들도 입주를 시작했다.' 신중한 미스 이는 무의식중에 쓰허위안 임대가 전부 끝난 것은 아니라는 사실을 노출하고 말았다. '쿵중쓰허위안에는 아직 빈방이 남아 있습니다. 임대를 원하시는 분들에게는 지금도 기회가 있습니다.' 기자가 빌 게이츠의 옆방을 임대할 수 있느냐고 묻자 미스 이는 이렇게 대답했다. '가능하지요. 하지만 쿵중쓰허위안을 임대하시려면 반드시 먼저 회사 상황을 팩스로 알려주셔야 합니다. 그런 다음 관계 기관의 심사를 받아야 쓰허위안을 둘러볼 수 있습니다. 빌 게이츠 선생의 옆방에 입주할 수 있는

지 여부에 대해서는 먼저 첫번째 절차를 통과하신 다음에 말씀 나누는 것이 좋겠습니다.'"

뉴스가 나가자 중국의 일부 주류 매체와 비주류 매체가 곧장 이를 퍼나르기 시작했다. 내 생각에는 적어도 1억 명 이상이 베이징에 새로 등장한 이 매물에 관해 알게 되었을 것 같다. 이 소식은 나중에 미국에까지 전해졌고 '빌 앤드 멜린다 게이츠 재단Bill&Melinda Gates Foundation'은 정식으로 중국의 매체에 편지를 보내 이 뉴스는 사실이 아니라고 밝혀왔다. 며칠 후 중국 마이크로소프트 사의 이사장 장야친張亞勤은 기자 간담회에서 이 가짜 뉴스가 아마도 올림픽과 빌 게이츠의 지명도를 영업에 이용한 부동산 개발회사의 전략이었을 거라고 넌지시 언급했다.

몇몇 매체가 집요하게 추궁하자 부동산 개발회사는 자신들이 기사를 제공한 것이 아니라 매스컴에서 스스로 지어낸 것이라고 밝혔다. 그러나 가장 먼저 이 뉴스를 발표한 매체는 부동산 영업 담당 아가씨를 인터뷰하는 과정에서 이런 소식을 접했다는 주장을 고집했다. 부동산 개발회사와 지방 매체가 서로 책임을 떠넘기는 사이 사람들의 관심은 이미 이 소문이 어디서 나왔느냐에 있지 않았다. 매스컴은 전국을 떠들썩하게 뒤흔들었던 이 홀유 사건을 계속 보도하면서 정확한 계산에 집착하기 시작했다. 빌 게이츠가 인민폐 1억 위안을 들여 건물 맨 위층에 있는 쿵중쓰허위안을 임대했다면 1평당 임대료가 인민폐 50만 위안에 달한다. 정말 황당한 수치가 아닐 수 없다. 이 쿵중쓰허위안을 빌리는 것이 아니라 산다고 해도 1평당 5만 위안이면 충분하기 때문이다. 계산 결과가 나오자 매스컴은 일제히 감탄을 금치 못하면서 이 사건을 '2008년 최고의 홀유 사건'으로 추천했다.

오늘날 중국의 매스컴에는 도처에 이와 유사한 가짜 뉴스가 등장한다. 이런 가짜 뉴스에 대해 법률적 책임을 묻는 사람들이 거의 없기 때문이다. 이런 가짜 뉴스를 공공연하게 배포하는 것은 사기행위에 해당한다. 하지만 중국에서는 이를 홀유로 간주해버린다. 이런 사건 속의 홀유는 사기뿐만 아니라 과대선전이라는 뜻, 또 오락이라는 뜻도 갖고 있다. 때문에 이런 사건을 진지하게 대하지 않는 것이다.

나는 오히려 이 사건을 통해 홀유에 담긴 지렛대 작용을 발견했다. 예컨대 베이징 올림픽과 빌 게이츠를 지렛대 삼아 사람들에게 잘 알려지지 않은 부동산 매물을 하루아침에 전국 방방곡곡 모르는 사람이 없을 정도로 유명한 부동산으로 홀유한 것이다.

이런 지렛대는 경제학자들에게는 단지 통화정책이나 수익과 손실의 위기관리에 지나지 않는다. 자본시장에서 지렛대는 적은 돈으로 커다란 액수의 거래를 성사시키는 것이다. 중국의 속담으로 표현하자면 '넉 냥으로 천 근을 만드는 것'이고 고대 그리스의 자연과학자 아르키메데스의 말을 빌리자면 "나에게 지렛대와 지렛목을 주면 지구도 들어 올릴 수 있다"라고 했던 의미와 서로 통한다.

대단하기 그지없는 중국인들은 이런 지렛대를 일상생활의 홀유에 사용한다. 홀유는 오늘날 중국인들의 생활에 없는 곳이 없고 이런 지렛대 작용도 없는 곳이 없다.

예컨대 중국의 출판업자나 작가는 곧잘 미국 할리우드를 지렛대로 활용하여 매체와 독자 들을 홀유한다. 몇 년 전에 막 출판된 중국 소설이 아직 영어로 번역되기도 전에 중국의 매체는 이를 광범위하게 홀유했다. 미국 할리우드가 3억 달러의 자금을 투자해 이 소설을 영화로 만들 계획이라고 밝힌 것이다. 할리우드의 영화에 3억 달러라는 거금이 투자되었다는 얘기를 들어본 적이 없는 내가 마음속으로 몹시 궁금해하고 있을 때 홀유의 지렛대는 이미 8억 달러로 높아져 있었다. 몇 년 전에도 소설 두 권이 홀유를 지렛대 삼아 베스트셀러가 된 적이 있다. 이들 소설 모두 할리우드에서 8억 달러를 투자해 영화화한다고 발표했다. 한편 3억 달러를 투자하여 영화로 만든다고 전해졌던 소설은 베스트셀러가 되지 못했다. 아마도 홀유라는 지렛대를 제대로 사용하지 않았고, 그 결과 넉 냥으로 천 근을 만들지 못하고 그저 4백 냥 정도로만 만들었기 때문이라는 생각이 들었다. 어차피 홀유를 할 것이라면 될수록 크게 하는 것이 바람직하다. 중국인들은 허풍을 떠는 데는 세금을 내지 않는다고 말한다. 어차피 세금을 내지 않아도 된다면 최대한 크게 허풍을 떨지 못할 이유가 어디 있단 말인가?

1958년의 대약진운동 때 "사람이 대담해야 땅의 생산성이 높아진다 人有多大膽, 地有多大産"라는 말이 유행했던 적이 있다. 이 한마디는 홀유의 본질을 여지없이 보여준다.

홀유의 지렛대란 어떤 것일까? "배짱이 있으면 배불러 죽지만 배짱이 없으면 굶어 죽는다撑死膽大的, 餓死膽小的"라는 중국인들의 속담에서 그 답을 찾을 수 있을 것이다.

이어서 CCTV를 지렛대 삼아 자신을 홀유하여 부호가 된 사람의 이야기를 하고자 한다. 이것은 한 민간기업의 성장사이기도 하다. 아마도 20년 전의 일일 것이다. 당시 중국은 아직 인터넷 시대로 진입하기 전이었지만 온갖 광고가 넘쳐나는 나라였다. 텔레비전과 신문에 다양한 광고가 쏟아지고 있었다. 광고는 이미 다분야, 다차원, 다기능, 다극화 상태에 도달해 있었다. 수입광고가 있는가 하면 국산광고도 있었고, 고상한 광고가 있는가 하면 저속한 광고도 있었다. 폭력적인 광고와 선정적인 광고도 있었다. 한마디로 말해 온갖 유형의 광고가 다 있었다. 도시의 밤을 수놓는 네온등과 고속도로 양쪽의 대형 입간판은 정규 기업의 광고이지만 이와 동시에 비합법적인 지하광고들이 작은 전단지 형태로 전신주나 사람들이 오가는 육교 계단 등을 가득 메웠다. 내 느낌으로는 광고가 천지를 온통 뒤덮고 있는 것 같았고, 그 정도는 결코 문화대혁명 시기의 대자보에 뒤지지 않았다.

그 시기 가장 가격이 비싼 광고 시간대는 CCTV에서 저녁 일곱시 〈뉴스 네트워크 방송〉이 방영되기 전 5초였다. CCTV가 경매방식으로 이 5초 광고를 팔기 시작한 탐색 및 시험 단계에서는 경매에 참여하는 기업에 대해 어떤 조사도 하지 않았다. 거지가 양복으로 갈아입고 나와도 얼마든지 억만장자 같은 표정으로 손을 들어 입찰 가격을 제시할 수 있었다. 어떤 기업이든 일단 최고 가격으로 낙찰을 받으면 즉시 전국 각지의 크고 작은 매체가 그를 '낙찰왕'으로 떠받들었다. 그리고 이 '낙찰왕'의 광고 효과는 〈뉴스 네트워크 방송〉 방영 전 5초간의 광고 효과를 훨씬 능가했다.

내가 얘기하고자 하는 이 민간 기업가의 자산은 당시 대략 수십만 위안이었다. 그는 그렇게 적은 돈을 가지고 사업을 하다가는 기껏해야 수백만 위안 정도밖에 안 되는 돈을 벌면서 피곤에 지쳐 몸만 버릴 것이라고 생각했다. 문득 영감이 떠오른 그는 CCTV의 5초 '낙찰왕'이 천재일우의 기회라는 사실을 깨닫게 되었다. 그는 중국의 다른 풀뿌리 출신 기업가들과 마찬가지로 두려울 것이 없었다. 일단 머릿속에 아이템이 떠오르자 그는 혈혈단신으로 베이징으로 갔다.

베이징에 도착한 그는 기가 죽은 모습으로 CCTV 광고 '낙찰왕' 경매장으로 들어섰다. 그런 다음 억만장자인 민간기업가들과 엄청난 재력가들 틈에 섞여 맨 뒷줄에 겸손한 자세로 자리를 잡고 앉았다. 경매가 시작되자 그는 고개를 푹 숙이고 눈을 가늘게 뜬 채 마치 조는 것처럼 조용히 앉아 있었다. 그러나 기업가들이 경매에 응해 가격을 제시하면 그도 오른손을 들어 더 높은 가격을 제시했다. 경매가가 높아질수록 물러나는 사람들이 늘어났지만 그는 아무렇지도 않은 듯 계속 손을 들어 올렸다. 결국 그는 인민폐 8천만 위안이라는 까마득히 높은 가격에 CCTV의 광고를 인수할 '낙찰왕'이 되었다.

자산이 수십만 위안에 불과한 이 사업가는 8천만 위안의 '낙찰왕' 타이틀을 갖고 자신이 사는 작은 도시로 돌아왔다. 그는 조금도 서두르지 않고 시위원회 서기와 시장을 찾아가 얼굴에 공손한 미소를 띠며 말했다.

"CCTV의 8천만 위안짜리 광고 '낙찰왕' 타이틀을 시 전체 인민에게 바치려고 합니다. 하지만 제게는 돈이 수십만 위안밖에 없으니 어찌해야 좋을지 모르겠습니다. 두 분께서 저를 도와주신다면 이 작은 도시는 전국적으로 유명한 기업가를 배출할 수 있을 테고, 저를 돕지 않으신다면 이 도시는 전국 최대의 사기꾼을 배출하게 될 겁니다."

그는 자리를 뜨면서 두 사람에게 한마디를 덧붙였다. "두 분께서 알아서 결정하십시오."

당시 중국의 지방 관리들은 오로지 국내총생산 증가만 추구했다. 관리들은 하나같이 자신의 관할 지역에서 전국적으로 유명한 기업가가 나와 자신의 승진에 도움이 되는 공적으로 삼을 수 있기를 바랐다. 만일 관할 지역에서 전국 최대의 사기꾼이 나온다면 벼슬길에 직접적인 영향을 미칠 수 있었다. 시위원회 서기와 시장은 긴급회의를 소집하고 진지하게 상의한 끝에 현지 상업은행이 '낙찰왕' 타이틀을 바치겠다고 찾아온 사업가에게 인민폐 2억 위안을 대출해주도록 조치할 것을 결정했다. 이는 중국에서만 볼 수 있는 특이한 대출 형태였다. 당시 중국 상업은행 지방 지점은 언제든지 지방정부의 지시에 따라야 했기 때문에 가능한 일이었다.

이 사업가는 이렇게 해서 홀유라는 지렛대를 두 차례나 이용했다. 첫번째로 CCTV 광고의 '낙찰왕'이라는 지렛대를 이용했고, 두번째로 중국 정부 관리들의 허영심이라는 지렛대를 이용한 것이었다. 이리하여 그는 녁 냥으로 천 근을 만들듯이 한순간에 2억 위안을 손에 쥘 수 있었다. 그 뒤로도 그는 홀유를 계속했고 결국은 자신을 홀유하여 전국적으로 유명한 기업가가 되었다.

홀유의 이야기는 꼬리에 꼬리를 물고 끝없이 이어졌고 지금도 계속되고 있다. 먼저 민중이 정부를 홀유한 두 가지 사례를 얘기한 다음, 정부가 민중을 홀유한 두 가지 사례를 얘기하고자 한다.

앞에서 나는 홀유의 지렛대 기능에 대해 말한 바 있다. 중국 사회에서 가장 평범한 보통 민중에게는 권력을 쥔 귀인이 되겠다는 야심이 없고 하루아침에 거부가 되고 싶다는 꿈도 없다. 그들은 현실에 만족하고 일상생활을 즐길 뿐이다. 때문에 정부를 홀유하여 지렛대 기능으로 녁 냥으로 천 근을 만들었을 때, 그들은 그 작은 성공에 얼마나 기뻐했는지 모른다. 게다가 그들은 스스로에게서 홀유의 지렛대를 찾았다. 그들은 지위가 높은 친구가 있었던 것도 아니고 넓은 사회적 관계망을 갖춘 것도 아니었기 때문이었다. 그들의 삶 속에는 가정과 혼인밖에 없었다. 때문에 항상 자신의 가정과 혼인을 홀유의 지렛대로 사용했다. 내가 이제부터 하고 싶은 이야기도 전부 자신의 혼인을 홀유의 지렛대로 이용한 경우였다.

약 3년 전에 어느 도시의 교육국에서는 현지 교사들의 수준을 높이고 이를 통해 고등학교 졸업생들이 전국 대학입시에서 더욱 큰 경쟁력을 갖출 수 있도록 한 가지 방안을 내놓았다. 바로 시 전체 교사들을 상대로 교사자질시험을 실시하는 것이었다. 이 시험에 합격한 사람은 계속해서 교육에 종사할 수 있지만 합격하지 못한 사람들은 교육계를 떠나야 했다. 이와 동시에 교육국에서는 인도주의에 입각하여 배우자가 사망했거나 이혼해서 혼자 자녀를 키우며 생활하는 교사들은 바쁜 교육 업무에 힘쓰면서 아이까지 돌보느라 생활이 어렵다는 점을 고려하여 한 가지 예외 규정을 마련했다. 배우자가 사망했거나 이혼한 상태에서 자녀를 양육하는 교사들은 시험을 면제해준다는 내용이었다.

내 아들이 중학교에 들어간 뒤에야 나는 중국 교육체제 내에서 시험이 얼마나 잔혹한 제도인지 실감했다. 내 아들은 거의 매일 시험 준비를 했다. 무슨 조기학습훈련부터 시작하여 전체시험, 쪽지시험, 월말고사, 중간고사, 기말고사에 이르기까지 시험 항목도 너무나 많고 복잡했다. 중국의 중학생들은 교문 안으로 들어서자마자 시험기계가 되도록 훈련을 받기 시작한다. 하지만 이렇게 매일 학생들에게 시험을 잘 치는 방법을 훈련하던 교사들도 자신들이 시험을 쳐야 하는 상황에 직면하자 모두 당혹감을 감출 수 없었다. 내 생각으로는 아마 고사장에 들어가기도 전에 모두 두 눈이 풀려버렸을 것 같다.

얼마 후 규모가 그리 크지 않은 이 도시의 교사들은 대규모 홀유 행동을 시작했다. 배우자가 사망했거나 이혼한 후 혼자 아이를 키우는 교사들에게는 시험을 면제해준다는 규정이 이들 교사들로 하여금 자신의 혼인 상태를 지렛대로 활용하여 교육국의 교사자질시험을 홀유하게 꼬드긴 것이다. 교사들은 일제히 이혼수속을 밟기 시작했다. 위장 이혼으로 교사자질시험을 피했다가 일단 시험이 끝나면 다시 재결합 수속을 밟는 것이었다. 현지 주민들은 교사들이 이혼과 재결합으로 정부를 홀유하는 것을 보고는 마음속에서 우러나오는 찬사를 보냈다. 그들은 이구동성으로 말했다.

"이런 게 바로 민중의 지혜이지요."

길거리에서나 학교에서 교사들이 서로 얼굴을 마주치기만 하면 상대방에게 건네는 첫마디는 이혼을 했는지 묻는 것이었다. 이 도시에서는 이런 인사가 유행했다.

"이혼하셨나요?"

결국 교사자질시험에 참가한 교사의 비율은 30퍼센트도 되지 않았고 그나마 참가한 사람들은 대부분 미혼자이거나 결혼을 했어도 자녀가 없는 사람들이었다. 물론 시험에 붙을 자신이 있어서 당당하게 참가한 교사들도 있었다. 시험이 끝나자 대규모 재결합 수속이 시작되었고 교사들은 매일 만날 때마다 또 다른 인사를 주고받았다.

"재결합하셨어요?"

민중이 혼인을 지렛대로 활용하여 정부를 홀유한 또 다른 이야기는 농촌에서 발생했다. 이는 중국의 도시화 과정에서 흔히 찾아볼 수 있는 사례이기도 했다.

중국은 장기간 엄격한 호적제도를 유지하면서 성진城鎭, 도시호구와 농업호구를 구별해왔다. 1980년대에 중국의 도시들이 신속하게 확장되기 시작한 이래로 도시 주변에 있는 대량의 농촌 토지가 정부에 의해 징발되었고, 이에 따라 해당 지역 농민들의 호구도 농업에서 비농업으로 전환되었다. 중국에서는 이를 줄여 '농전비農轉非'라고 불렀다. 농민들은 토지를 잃는 동시에 자신들이 대대로 살아오던 주택도 잃었다. 원래의 주택이 손실된 데 대한 보상으로 정부는 농민들을 도시 지역에 새로 건설된 주택으로 이주시켰다.

도시로 이주하여 살게 된 농민들이 어느 정도의 면적을 보상받아야 하는지를 결정하기 위해서는 대단히 복잡한 계산 과정이 필요했다. 이는 농민들이 원래 살던 주택의 면적과 가족구성원 수와도 관련된 문제였다. 가장 중요한 것은 혼인과 관련된 문제라는 사실이었다. 이리하여 결혼과 이혼, 재결혼과 재이혼이 수많은 농민들이 정부를 홀유하는 지렛대가 되기에 이르렀다.

몇 년 전, 중국 서남 지역 마을 농민들의 땅이 정부에 의해 강제로 수용되었다. 그 후 농전비의 주택분양과 더욱 많은 보상을 위해 거의 95퍼센트에 달하는 가정이 의도적으로 위장 이혼을 했다. 그런 다음 다른 상대를 골라 위장 결혼을 했다. 이리하여 단기간에 대규모의 위장 이혼과 위장 결혼이 이루어졌고, 덕분에 이혼 및 결혼 증서에 직인을 찍어주는 부서는 쉴 틈 없이 일을 해야 했다. 관련 사무소 직원들이 몇 달 동안 접수한 이혼 및 결혼 신청 건수가 지난 몇 해 동안 접수한 것을 전부 합친 것보다 많았다.

군중운동 같은 혼인 홀유에서는 신기한 사건들이 끊임없이 일어났다. 한 노부인은 이미 너무 늙어 걸음도 제대로 걷지 못하다가 갑자기 남자 복을 만나 몇 달 만에 남자 세 명의 등에 업혀 사무소로 실려 와 결혼증명서를 세 차례나 수령했다. 이 노부인은 대체 무슨 일이 어떻게 전개되고 있는지 완전히 파악하지도 못한 상태에서 세 번의 혼인을 경험했다. 게다가 세 남편 모두 젊고 인물이 괜찮은 편이었다.

한 남성은 위장 이혼을 한 뒤에 전처와 다시 결합하려 하지 않았다. 그는 먼저 그럴듯한 이유를 찾아 대충 둘러대면서 재결합 수속을 미루다가 그다음부터는 지연전술을 쓰기 시작했다. 하지만 전처의 완강한 의지에는 변함이 없었다. 반드시 재결합해야겠다는 것이었다. 결국 그는 진심을 털어놓을 수밖에 없었다.

"나는 오래전부터 당신과 이혼하려 했소. 마침 이번에 좋은 기회가 찾아와 당신을 홀유해서 이혼한 거요."

이런 홀유 분위기 속에서 여자 복을 만나 젊은 아가씨와 위장 결혼을 한 노인도 있었다. 일단 결혼이 성립된 뒤로 이 노인은 죽어도 다시 이혼하려 들지 않았다. 아가씨가 찾아와 울면서 애원해도 소용이 없었다. 심지어 경제적으로 보상을 해주겠다고 해도 노인의 마음은 움직이지 않았다. 친구들이 몰려가 노인을 타일렀다.

"이 혼인은 원래 가짜인데 어떻게 진짜 혼인으로 받아들일 수 있단 말인가?"

노인이 진지하게 대답했다. "난 이 아가씨에게 첫눈에 반했단 말일세!"

민중이 정부를 홀유하는 사이에 정부도 민중을 홀유했다. 지난 30여

년 동안 중국은 계획경제 체제에서 벗어나 시장경제 체제로 들어섰다. 그 과정에서 나타난 가장 두드러진 현상 가운데 하나는 지방정부가 경매활동에 적극적으로 나서게 되었다는 것이다. 예컨대 도로나 다리, 광장, 주택구역이나 고층건물의 유상명명有償命名을 공개적으로 경매에 부쳐 돈을 가장 많이 내는 기업의 이름을 이들 공공시설에 붙이는 것이다. 2006년 모 시에서는 시의 각 구역 명칭을 경매에 부치기로 결정하고 시정부가 공문을 발송했다가 뜻밖에도 민중의 거센 비난과 항의에 직면했다. 어떤 사람은 "그렇게 지명을 팔아버리면 앞으로 어떻게 도로를 기억할 수 있겠느냐?"라고 물었다. 또 어떤 사람은 "앞으로 우리 집이 '푸옌제婦炎潔' 지구가 되는 건가요? 앞으로 제 친구들이 제게 편지를 보낼 때 주소를 '나오바이진腦白金로'라고 써야 하나요?"라며 풍자했다. '푸옌제'는 소염성 살균제로서 여성의 질을 닦는 데 주로 쓰고 나오바이진은 내복약으로 불면증 치료에 효과가 있다고 한다. 가장 황당한 것은 누군가 아예 도시의 이름을 경매에 부치되, 가장 좋은 경우는 미국 코카콜라 회사에 팔아 '코카콜라시'가 되는 것이라고 건의한 일이었다.

정부 관리들이 해명에 나섰다.

"지명을 유상으로 사용하게 하려 했던 것은 정부의 구상일 뿐, 아직 실행되지는 않았습니다. 현재 시민들의 걱정은 기우에 불과합니다. 설사 앞으로 정식으로 유상명명을 시행한다 하더라도 관련 법규와 규정을 엄격히 지킬 것이고 마음대로 기업의 이름을 도로나 다리에 붙이는 일은 없을 것입니다."

이 지명 경매사건은 사회여론의 압력에 부딪혀 결국 아무런 결과도 맺지 못했다. 하지만 지방정부는 이제는 시장경제의 시대라 시장의 법칙에 따라 일을 처리하고 마케팅 활동을 펼치면 될 것이라고 말했다. 최근 몇 년 사이에 '마케팅 활동'은 이미 지방 관리들의 구두선이 되었고 때로는 지방정부가 민중을 홀유하는 지렛대로 활용된다.

이어서 보통 사람들은 생각해낼 수 없는 두 가지 기상천외한 이야기를 전하고자 한다. 두 가지 모두 정부가 '마케팅 활동'을 지렛대 삼아 민중을 홀유한 이야기다.

첫번째 이야기는 중국 서남부의 어떤 도시에서 일어났다. 이 도시의 성관국城管局은 떠돌이 노점상을 좀더 효율적으로 관리하고, 이를 통해 정부가 더욱 많은 관리비를 거둬들일 수 있기를 바랐다. 이를 위해 성관국은 공고문을 발표해 노점상에게 인도人道의 경영권을 경매로 팔겠다고 밝혔다. 인도는 전문적으로 사람들의 보행을 위해 마련된 도로이다. 그런데 이를 노점상에게 경매로 팔아버린다면 노점상의 물건이 인도를 점거했을 때 사람들은 차도로 통행해야 한단 말인가? 행인들이 빠르게 달리는 차량 사이로 재빨리 뛰어다녀야 한단 말인가? 이 황당한 뉴스를 읽는 순간 나는 입을 벌린 채 잠시 멍한 표정을 짓지 않을 수 없었다. 내가 한 정부 관리에게 이런 이야기를 전해주자 그는 나와 전혀 다른 반응을 보였다. 크게 문제될 것이 없다는 태도였다. 그는 내가 너무 민감한 반응을 보이고 있다면서 자신은 이 일이 조금도 황당하지 않다고 했다. 그가 말했다.

"실제로 수많은 도시의 성관국이 이런 식으로 인도를 경매로 팔고 있네."

두번째 이야기는 화중華中 지방의 어떤 도시에서 일어났다. 시정부의 관계 부서에서 상서로운 의미를 지닌 번호를 경매에 부치기로 결정했다. 중국인들에게는 숫자 '6'과 '8'을 특별히 좋아하는 미신이 있다. '6'중국어 발음이 흐를 유流와 같아서 모든 것이 물 흐르듯 순조로움을 의미한다은 모든 일이 순조로운 것을 상징하고 '8'중국어 발음이 '돈을 벌다發財'의 '발發'과 비슷해서 큰돈을 버는 것을 상징한다은 치부에 대한 기대를 의미한다. 그래서 사람들은 돈을 들여서 '6', '66', '666', '6666', 그리고 '8', '88', '888', '8888' 같은 문패번호를 사들인다. 그러다보니 일부 거리에 혼란이 발생한다. 더이상 순서대로 번호가 이어지지 않는 것이다. 문패번호가 뒤죽박죽 섞인 거리를 걸어간다고 가정해보자. 왼쪽은 문패번호가 전부 홀수이고 오른쪽은 전부 짝수라고 가정할 때, 3호와 7호 사이에는 5호가 오는 것이 정상인데 갑자기 8888이라는 거대한 번호가 나타나게 된다. 마찬가지로 오른쪽 거리를 걷다가 문패번호 792호와 796호 사이에 이르렀는데 794호가 나오지 않고 느닷없이 6이라는 작은 숫자가 나타난다. 정말로 이런 거리를 걷게 된다면 웃지도 울지도 못하는 야릇한 상황에 놓일 것이다.

이 두 도시의 민중 사이에 인도를 경매에 부치고 상서로운 문패번호를 돈을 받고 파는 것에 대한 의견이 분분해지고 비난과 욕설이 그치지 않았다. 하지만 지방 관리들은 추호의 부끄러움도 없이 홀유하여 말했다.

"이것이 바로 마케팅 활동이지요."

마치 부조리 소설을 읽는 기분이다. '코카콜라'라는 이름의 도시에 인도가 없다고 상상해보자. 인도는 노점상의 소형 점포가 점령해버렸기 때문이다. 사람들은 몸을 재빨리 움직여 빠른 속도로 달리는 차량의 틈새를 오간다. 하나같이 중국의 쿵후 영화에 나오는 사람들 같다. 도로와 다리, 광장과 주택지구마다 낯설고 이상한 이름이 붙어 있다. 예컨대 '흑매黑妹치약가'나 '제6감콘돔교', '쌴루분유광장', 'AB내의지구' 등이다. 이 도시의 지명에는 중국 유명 기업의 브랜드가 두루 망라되어 음식물과 의류, 주거용, 외출용, 섹스용, 출산 및 육아용 물건 등 없는 것 없이 다 갖춰져 있다. 거리의 문패번호는 일정한 순서 없이 뒤죽박죽이라 어떤 거리에 들어가든지 미궁에 들어선 느낌을 받는다. 어쩌면 찾으려는 사람을 영원히 찾지 못할지도 모른다. 이럴 때 이 부조리 소설은 신비주의의 분위기를 발산하게 된다. 나는 카프카나 보르헤스도 기꺼이 이런 도시에서 생활했을 것이라는 생각이 든다. 나중에 내가 이런 내용을 담은 장편소설을 쓴다면 책 제목이 '홀유의 도시'가 되지 않을까 하는 생각도 해본다.

홀유와 관련된 이야기는 얼마든지 더 이어나갈 수 있다. 홀유는 이미 우리 생활의 모든 분야에 침투해 있기 때문이다. 외국 원수가 중국을 방문한다면 사람들은 "중국에 홀유하러 왔다"라고 말할 것이고, 중국의 지도자가 외국을 방문하면 사람들은 또 "외국에 홀유하러 갔다"라고 말할 것이다. 기업가가 사업을 논의하러 가도 "홀유하러 갔다"라고 할 것이고, 학자가 강연를 하러 가도 "홀유하러 갔다"라고 할 것이다. 대인관계에서도 홀유하여 "우리는 그를 홀유하여 친구로 삼았다"라고 할 것이고, 사랑과 연애도 홀유로 규정하여 "내가 그녀를 홀유하여 나를 사랑하게 만들었지"라고 말할 것이다. 홀유의 아버지인 자오번산도 홀유를 당한 적이 있다. 2년 전에 1억 명이 넘는 중국인의 휴대전화에 똑같은 내용의 문자메시지가 전송되었다. "지금 그곳에 텔레비전이 있나요? 있다면 당장 켜서 CCTV 1번 채널을 보세요. 자오번산이 폭발사고로 사망했습니다. 경찰은 동북 지방을 봉쇄했습니다. 이 사고로 19명이 사망했고 11명이 실종되었으며 한 사람이 홀유당했습니다!"

"한 사람이 홀유당했다"라는 문구에서 한 사람이란 다름 아닌 그 문자메시지를 보고 있는 사람을 의미했다.

한번은 친구와 함께 출장을 갔다. 밤에 잠자리에 들기 전 이 친구는 내게 수면제를 두 알만 달라고 말했다. 그러면서 수면제를 먹지는 않을 것이라고 했다. 약을 머리맡에 두는 것만으로도 정신적인 안정작용을 일으킬 수 있다고 말했다. 그러더니 웃으면서 한마디 덧붙였다.

"나 자신을 홀유해서 잠들게 하려는 걸세."

홀유는 문학작품을 새롭게 정의할 수도 있다. 당나라 때의 시인 이백李白의 유명한 시구 가운데 폭포를 표현한 '비류직하삼천척飛流直下三千尺'이라는 구절이 있다. 중국문학사를 통틀어 뛰어난 상상력을 표현하는 전형적인 시구인데 오늘날의 사람들은 이 시구를 놓고 이렇게 평가한다.

"이백은 정말 홀유에 능한 시인이야."

이제 홀유는 일종의 유행이 된 것 같다. 놀랍게도 최근 2년 사이에 중국 일부 도시의 초등학생과 중학생 들에게 홀유증 구매 열풍이 불었다. 크기는 대략 운전면허증과 비슷하고, 도시의 길가나 육교 위의 노점상들이 목청을 높이며 카드를 팔았다.

"홀유증이요! 홀유증 한 권에 1위안이요! 홀유증 한 권만 있으면 홀유선 천하에 적수가 없어집니다."

홀유증을 펼쳐보면 위에 이렇게 쓰여 있다. "모모 동지는 독특한 홀유 수법과 풍부한 홀유 경험, 탁월한 홀유 수단을 갖고 있어 아무리 방비하려 해도 방비할 수 없으므로 이에 특별히 이 증서를 수여함." 증서

발급기관은 '전국홀유위원회 사무실'이라고 되어 있다. 중국의 다른 증서와 마찬가지로 홀유증 위에도 아주 그럴듯한 원형 직인이 찍혀 있다. 초등학생과 중학생 들은 이 홀유증을 구입하고 나서 서로 마주칠 때마다 주머니에서 홀유증을 꺼내 상대에게 들어 보인다. 마치 할리우드 영화에서 FBI가 특수공작원 신분증을 내보이는 것 같다. 어린 학생들은 이것이 아주 멋있고 자극적인 모습이라고 생각한다.

홀유라는 단어는 빠른 속도로 전국을 풍미하면서 산채와 마찬가지로 오늘날 중국 사회의 윤리 및 도덕성 결핍과 가치관의 혼란을 선명하게 드러내고 있다. 이는 중국 사회가 최근 30년 동안 지속해온 단편적 발전의 후유증 가운데 하나라고 할 수 있다. 또한 홀유 현상이 사회의 각 분야에 광범위하게 퍼진 정도는 산채 현상을 크게 능가한다. 이처럼 홀유가 맹위를 떨치고 있다는 것은 우리가 진지하지 못한 사회, 또는 원칙이 중시되지 않는 사회에 살고 있음을 의미한다.

우리가 걱정하는 것은 홀유가 당당하게 사람들의 생활방식이 되고 있는 사이에 개인이건 국가건 누구나 홀유의 피해자가 될 수 있다는 점이다. 내 생각에 홀유하는 사람들은 최종적으로 자신을 홀유할 가능성이 크다. 중국의 속담을 빌리면 돌을 들어 옮기다가 자기 발등을 찍는 격이라고 할 수 있다.

나는 거의 모든 사람들이 남을 홀유하려다가 결국 자신을 홀유한 경험을 갖고 있으리라 생각한다. 물론 나도 예외가 될 수 없다. 생각해보면 내게도 이런 경험이 적지 않았다. 여기서 그 가운데 한 가지 사건을 얘기해볼까 한다.

내 기억에 있는 최초의 홀유 대상은 아버지였던 것 같다. 아버지가 내게 뭔가를 하라고 말씀하셨는데 내가 그것을 하고 싶지 않았을 때, 또는 내가 뭔가를 잘못해 아버지가 나를 벌하려고 하셨을 때, 나는 항상 꾀병을 지렛대로 삼곤 했다. 이런 행위를 과거에는 속임수라고 했지만 오늘날에는 대부분 홀유라고 한다.

나는 부모를 속이거나 홀유하는 것이 아마도 모든 아이들의 천성이라고 생각한다. 당시 나는 이미 초등학교에 다니고 있었다. 나는 아버지와 나 사이의 특별하고도 아름다운 관계를 의식하고 있었다. 다시 말해서 나는 아버지가 나의 혈육이기 때문에 내가 천리天理를 그르친다 하더라도 나를 죽음으로 몰지는 않을 것이라고 믿었다. 최초의 꾀병은 아주 어리석은 생각에서 시작되었다. 지금은 대체 어떻게 꾀병을 부렸는지 잘 기억나지 않는다. 기억나는 것이라고는 아버지가 내게 내릴 벌이 무서워서 그랬다는 것뿐이다. 나는 몸에 열이 심하다고 꾀병을 부리면서 몹시 화가 난 아버지 앞으로 비틀비틀 걸어가며 아버지를 홀유했다.

내가 아프다는 말을 듣고 나서 아버지가 가장 먼저 보인 반응은 손을 뻗어 내 이마에 갖다 댄 것이었다. 거의 생각할 겨를도 없는 즉각적인 반응이었다. 그제야 나는 내가 치명적인 실수를 저질렀다는 사실을 깨달았다. 아버지가 의사라는 사실을 잊었던 것이다. 나는 속으로 큰일 났다고 생각했다. 눈앞에 닥친 처벌을 피할 수 없게 되었을 뿐만 아니라 새로운 처벌에 직면했기 때문이었다.

다행히 나의 홀유는 대충 넘어갈 수 있었다. 실수를 모르는 아버지의 손이 애당초 내 몸에 열이 없다는 사실을 통찰했을 때 아버지는 내가 당신을 홀유하고 있다는 사실을 의식하지 못했다. 그저 내가 하루 종일 아무런 활동도 하지 않는 것에 대해서만 극도의 불만을 드러내셨다. 아버지는 노기등등한 표정으로 나를 야단치시면서 하루 종일 집에만 앉아 있거나 누워 있어선 안 된다고 경고하셨다. 아무리 해가 쨍쨍 내리쬐는 날이라도 밖에 나가 좀 뛰어놀아야 한다는 것이었다. 이어서 아버지는 내게 아무런 병도 없고, 병이 있다면 그건 몸 움직이기를 너무 싫어하는 것이라고 확실하게 말씀해주셨다. 그런 다음 나더러 문밖에 나가 놀거나 하고 싶은 걸 하다가 두 시간 뒤에 집으로 돌아오라고 하셨다.

나에 대한 아버지의 노기는 내 몸에 대한 관심과 애정 때문에 완전히 방향을 틀었다. 아버지는 내가 조금 전에 저지른 잘못과 나를 처벌하려던 기억을 완전히 잊고는 갑자기 무죄석방이라는 최종결정을 내렸다. 나는 곧장 문밖으로 뛰어나가 아주 멀리 떨어진 안전지대로 가서야 걸음을 멈추고는 얼굴 가득 땀을 흘리며 방금 경험한 아찔한 순간에 대해 생각해보았다. 그 결과 앞으로는 아무리 다급한 일이 있어도 몸에 열이 나는 척을 해서는 안 되겠다는 결론을 내렸다.

이렇게 해서 질병과 관련된 나의 연기는 신체 내부로 깊숙이 파고들었다. 그 뒤로 1~2년 사이에 나는 걸핏하면 배가 아프다고 꾀병을 부렸고, 이런 방법은 확실히 효험이 있었다. 어린 시절 나는 음식에 대해 지나치게 까다로웠기 때문에 항상 변비에 시달렸다. 이것이 내가 복통을 핑곗거리로 삼는 주요 원인이 되었다. 뭔가 잘못을 저지르고 나서 아버지 얼굴을 생각하며 의기소침해질 때는 언제나 배가 아파오곤 했다.

처음에는 나도 내가 통증을 가장한다는 사실을 실감할 수 있었다. 그러나 뜻밖에도 나중에는 조건반사가 일어나 아버지가 화만 내셨다 하면 곧장 배가 아프기 시작했다. 나 자신도 그것이 진짜 통증인지 가짜 통증인지 구별하기 어려웠다. 하지만 내게 그건 이미 중요한 일이 아니었다. 중요한 것은 아버지의 반응이었다. 당시 아버지는 화만 났다 하면 그 분노의 방향이 음식에 대한 나의 편향된 선택으로 향했고, 계속 그렇게 까다롭게 굴면 변비로 고생할 뿐만 아니라 몸 전체와 대뇌의 성장에서 피해를 입을 거라고 경고하시곤 했다. 역시 내 몸에 대한 관심과 애정은 아버지로 하여금 내게 마땅히 내려야 할 처벌을 잊게 만들었다. 겉으로 보기에는 전보다 더욱 격분하신 것 같았지만 이 정도는 얼마든지 받아들일 수 있었다.

내 꾀병 기술은 갈수록 대단해져 나중에는 아버지의 처벌을 피하기 위해서뿐만 아니라 마당을 쓸거나 마룻바닥을 닦는 등의 가사노동을 피하기 위해서도 꾀병을 부리곤 했다. 한번은 재주를 부리려다 낭패를 본 적도 있었다. 내가 배가 아프다고 꾀병을 부린 순간 아버지가 내 오른쪽 아랫배를 만지시면서 아픈 곳이 그 부분이냐고 물었다. 내가 연신 고개를 끄덕이자 아버지는 가슴 쪽이 먼저 아프지 않았느냐고 물었다. 나는 여전히 고개를 끄덕였다. 이어서 아버지는 맹장염 증상이라는 진단에 근거하여 내게 질문을 계속하셨고 나는 그때마다 계속 머리를 끄덕였다. 사실 그때까지도 나는 내 복통이 진짜 통증인지 가짜 통증인지 구분할 수 없었다. 단지 아버지가 손으로 배를 세게 누르실 때마다 그곳이 심하게 아플 뿐이었다. 아버지가 내 이름을 부를 때 자동적으로 대답하던 것과 마찬가지 반응이었다.

그날 저녁 아버지는 나를 등에 업고 집을 나섰다. 나는 아버지 등에 편안하게 업힌 채 곧이어 무슨 일이 일어날지 전혀 눈치채지 못하고 있었다. 아버지가 나를 업고 병원 수술실로 들어서고 나서야 나는 일이 이상하게 전개된다는 사실을 예감할 수 있었다. 당시 내 마음속은 난감하기 그지없었다. 아버지의 확신에 찬 표정을 보자 나도 내가 정말 맹장염 발작을 일으킨 것이 아닌가 하는 생각을 갖게 되었다. 하지만 나는 이내 아버지가 손으로 배를 누를 때 통증이 좀 느껴지긴 했지만 맨처음에는 스스로 복통을 가장했다는 사실을 기억해냈다. 머리가 빠르게 돌아가기 시작했다. 하지만 앞으로 일어날 상황에 어떻게 대처해야 좋을지 알 수 없었다. 아버지는 나를 수술대 위에 내려놓았다. 그때 나는 기어들어가는 목소리로 이렇게 말했던 것 같다.

"지금은 안 아파요."

아버지가 내 몸을 수술대 위에 잘 고정시키자 두 명의 간호사가 달려들어 수술대에 달려 있는 가죽 끈으로 내 손발을 묶기 시작했다. 그 순간 나는 있는 힘을 다해 몸부림을 치면서 큰 소리로 외쳐댔다.

"지금은 안 아프단 말이에요!"

나는 아버지와 간호사들이 이미 준비된 수술을 포기해주기를 기대했다. 하지만 아무도 나의 이런 발악을 거들떠보지 않았다. 나는 계속 소리를 질러댔다.

"저 집에 갈래요! 집에 가게 해주세요!"

그때 우리 어머니는 수술실 간호장이었다. 내 기억으로는 어머니가 내 얼굴 위에 천을 한 장 덮어주었는데 입이 있는 부위에 구멍이 하나 뚫려 있었던 것 같다. 나는 그 구멍을 통해 목이 찢어져라 소리를 질러대면서 이 수술을 거부하는 내 결심을 확실하게 표현했다. 손발이 단단히 묶여 있던 나는 몸을 버둥거리면서 더 격렬하게 반항하는 수밖에 없었다. 어머니의 목소리가 들려왔다. 어머니는 내게 소리 좀 그만 지르라고 하셨다. 어머니는 계속 소리를 지르면 숨이 막혀 죽을 수도 있다고 경고하셨다. 나는 깜짝 놀랐다. 왜 소리를 지르면 숨이 막혀 죽는지 알 수 없었다. 내가 소리 지르는 것을 멈추고 이 복잡한 문제를 생각하는 사이에 쓴맛의 마취제 가루가 입안으로 들어왔다. 그 뒤 얼마 지나지 않아 나는 의식을 잃고 말았다. 그 뒤의 일은 하나도 기억나지 않았다.

다시 정신을 차렸을 때, 나는 이미 우리 집 침대 위에 누워 있었다. 형이 이불 틈새로 머리통을 밀고 들어오다가 곧장 머리를 빼는 것이 느껴졌다. 형이 연달아 소리를 질렀다.

"자식, 방귀를 뀌었잖아. 어휴, 냄새!"

이어서 부모님이 침대맡에 모습을 드러내셨다. 방금 형이 지른 소리 때문인지 두 분은 빙긋이 웃고 계셨다. 이렇게 내 맹장은 제거되었고 마취에서 깨어나기도 전에 나는 벌써 방귀를 뀌어대기 시작했다. 수술이 성공했다는 신호였다. 나는 아주 빨리 건강을 회복했다.

여러 해가 지나 나는 아버지께 내 배를 열었을 때 정말로 맹장을 제거해야 할 상태였느냐고 물었다. 아버지는 잠시 나를 물끄러미 쳐다보면서 말씀하셨다.

"어차피 잘라내야 했어."

나는 당시 내 맹장에 정말로 염증이 있었는지 알고 싶었다. 아버지는 아주 애매한 설명으로 대답을 대신하셨다.

"붉은 부종이 약간 있었던 것 같구나."

나는 속으로 '붉은 부종이 약간 있었던 것 같다'라는 말이 무엇을 의미하는지 생각해보았다. 아버지는 그 말이 약을 먹지 않아도 된다는 뜻이라고 하시면서도 수술이 가장 정확한 방법이었다는 주장을 굽히지 않으셨다. 그 시대 외과의사들에게는 '붉은 부종이 약간 있는' 맹장은 마땅히 제거해야 하는 것이었고 완전히 건강한 맹장도 꼭 보전해야 하는 것이 아니었다.

나는 한때 아버지가 하는 말을 믿었다. 하지만 지금은 아버지와 생각이 같지 않다. 나는 이것이 자업자득이라고 생각한다. 원래는 아버지를 홀유하려 했던 것인데 그 결과 나 자신을 홀유하여 몸에 칼을 대고 말았던 것이다.

1978년, 나는 첫번째 직업을 배정받았다. 중국 남부의 한 마을에서 치과의사가 된 것이다. 나는 병원에서 가장 젊었기 때문에 치아를 뽑는 일 외에 다른 업무도 도맡아야 했다. 매년 여름 밀짚모자를 쓰고 약상 자를 어깨에 멘 뒤 마을의 공장과 유치원을 오가면서 노동자들과 아이 들에게 예방주사를 놓는 일이었다.

여기서 설명이 약간 필요할 것 같다. 마오쩌둥 시대의 중국은 가난하 긴 했지만 강력한 공공위생 방역체계를 세워서 인민에게 무료로 백신 과 예방주사를 제공했다. 내가 했던 일이 바로 이런 것이었다. 당시에 는 일회용 바늘이나 주사기가 없었다. 물자가 부족하다보니 주삿바늘 과 주사기를 재사용해야 했고 소독도 극도로 간단했다. 사용한 주사기 와 주삿바늘을 깨끗하게 씻은 뒤 각각 천으로 잘 싸서 알루미늄으로 된 밥통 몇 개에 나누어 담은 다음, 이를 다시 큰 냄비에 넣어 안에 물을 채우고 조개탄을 때는 난로 위에 올려두는 것이 고작이었다. 만두를 찌는 방식으로 두 시간 동안 주사기를 찌는 셈이었다.

주사기를 반복 사용하다보니 바늘 끝이 구부러져 주사를 놓을 때마다 팔뚝에 바늘을 꽂는 것도 힘이 들었다. 주사기를 뺄 때는 작은 살점이 바늘을 따라 올라오기도 했다. 내가 이 일을 처음 한 곳은 어느 공장이었다. 노동자들은 팔을 걷고 줄을 서 있다가 자기 차례가 오면 내게 팔을 내밀어 주사를 맞았다. 노동자들의 팔뚝에 들어간 주삿바늘은 모두 작은 살점을 달고 나왔다. 그들은 극심한 고통을 참느라 이를 악물어야 했다. 심할 때는 신음 소리를 내기도 했다. 나는 그들의 고통에 아랑곳하지 않았고 속으로 모든 주삿바늘이 그렇게 끝이 구부러져 있겠거니 생각했다. 게다가 이런 주사기는 이전에도 사용했다. 매년 이렇게 끝이 구부러진 예방주사 바늘로 접종을 받았으니 이미 습관이 되었을지도 모를 일이었다. 그러나 다음 날 유치원을 찾아가 세 살에서 여섯 살 사이의 어린아이들에게 예방주사를 놓을 때는 전혀 다른 상황이 펼쳐졌다. 유치원이 온통 울음바다가 되어버린 것이다. 어린아이들은 살이 연하다보니 바늘에 달려 나오는 살점의 크기도 노동자들의 것보다 컸고 피도 더 많이 나왔다. 나는 당시의 정경을 지금도 생생하게 기억하고 있다. 모든 아이들이 목을 놓아 울어댔고 특히 아직 주사를 맞지 않은 아이들의 울음소리가 이미 주사를 맞은 아이들보다 더 우렁찼다. 나는 아이들의 그런 눈빛을 바라보는 고통이 내가 직접 겪는 고통보다 더 크다고 생각했다. 고통에 대한 공포가 고통 자체보다 더 무서운 것이기 때문이다.

나는 놀라움을 금할 수 없었지만 달리 손을 쓸 수도 없었다. 그날 병원으로 돌아온 나는 곧장 몸을 씻고 소독을 하거나 하지 않았다. 먼저 숫돌을 찾아 모든 주삿바늘의 구부러진 부분을 뾰족하게 갈았다. 바늘을 다 갈고 나서야 몸을 씻고 소독을 했다. 오래된 주삿바늘은 여러 해 동안 사용하다보니 금속이 부드러워져 평평하게 간 뒤에도 두세 번 사용하고 나면 또다시 구부러지기 일쑤였다. 이리하여 구부러진 바늘 끝을 평평하게 가는 일이 일상사가 되었고, 그 뒤로는 바늘의 길이가 점점 짧아지는 것을 목격해야 했다. 그해 여름 나는 매일 날이 어두워진 뒤에야 퇴근해서 집으로 돌아갔다. 이렇게 장기간 손을 물에 담그고 바늘을 갈다보니 손가락에 하얀 물집이 생기기도 했다.

그 뒤로 이 일을 회상할 때마다 언제나 마음이 괴로웠다. 나는 고통에 울부짖던 아이들의 모습을 보고서야 노동자들의 고통을 의식할 수 있었다. 나는 왜 아이들의 울음소리를 듣기 전에 노동자들의 고통을 생각하지 못했던 것일까? 내가 노동자들과 아이들에게 예방주사를 놓기 전에 먼저 구부러진 주삿바늘을 내 팔에 찔러보았더라면, 그리고 바늘에 달려 나온 나의 피와 살점을 보았더라면 어땠을까? 아이들이 고통으로 울부짖기 전에, 노동자들이 극심한 통증을 못 이기고 신음하기 전에, 그 고통이 어떤 것인지 느낄 수 있었을 것이다.

이런 느낌은 내 뼛속 깊이 새겨졌고, 그 뒤로 내 글쓰기에 그림자처럼 따라다녔다. 타인의 고통이 나의 고통이 되었을 때, 나는 진정으로 인생이 무엇인지, 글쓰기가 무엇인지 깨달을 수 있었다. 나는 이 세상에 고통만큼 사람들로 하여금 서로 쉽게 소통하도록 해주는 것은 없을 거라고 생각했다. 고통이 소통을 향해 나아가는 길은 사람들의 마음속 아주 깊은 곳에서 뻗어 나오기 때문이다. 이 책에서 나는 중국의 고통을 쓰는 동시에 나 자신의 고통을 함께 썼다. 중국의 고통은 나 개인의 고통이기도 하기 때문이다.

하나의 극단에서 또 다른 극단으로

저자가 이 책에서 지적한 것처럼 지난 30년 동안 중국 사회는 하나의 극단에서 또 다른 극단으로 빠르게 변화해왔다. 이른바 혁명사유가 모든 것을 주재하던 정치지상주의와 집단주의의 시대에서 개혁개방이라는 막강한 변화의 기폭제를 통해 돈이 모든 것을 주재하는 금전지상주의와 개인주의의 시대로 접어든 것이다. 이처럼 현기증이 날 정도로 속도가 빠른 변화를 통해 중국은 이제 명실상부한 G2에 등극했고 과거의 소련을 제치고 미국과 더불어 국제사회의 양대 축을 형성하는 국가가 되었다. 세계 질서가 중국을 축으로 재편되고 있는 것이 아닌가 하는 생각이 들 정도다. 중국과 미국의 밀월을 예견하는 '차이메리카 Chimerica'를 비롯하여 타이완과의 중화경제공동체 구상인 '차이완 Chiwan', 인도와의 대규모 경제협력을 가정하는 '친디아 Chindia' 등 중국이 조금만 움직여도 새로운 이름과 용어가 만들어지고 있다. 조선왕조

말기까지 중국의 외번外藩으로서 저들을 대국大國이라고 불렀을 뿐만 아니라 실제로 정치와 문화에서 저들을 우러르고 의지해야 했던 우리로서는 과거로의 회귀를 우려해야 하는 상황이 되었다.

하지만 중국의 화려한 변화 이면에는 엄청난 그늘이 존재한다. 더이상 방치할 수 없는 수준의 빈부격차와 도시와 농촌의 불균형 발전, 국가주의 전통에서 오는 인권의식 부재, 경제수준과 문화의식의 괴리, 금전만능주의에 따른 도덕적 기초 상실, 정치적 민주화의 미숙 등 헤아릴 수 없이 많은 문제들이 중국인들이 추구하고 있는 이른바 '조화 발전'의 행보에 걸림돌이 되고 있다. 이러한 중국 사회의 변화와 혼란은 일면 1970년대의 우리와 닮은 부분도 적지 않다. 우리와 마찬가지로 전통적인 농경사회인 중국이 짧은 시간에 산업사회로 옮겨 가는 과정에서 필연적으로 가치관 혼란과 노동인구의 대규모 이동, 새로운 하층 사회 형성, 상대적 박탈감 등 적지 않은 부작용을 경험하고 있다는 것을 충분히 짐작할 수 있다. 이러한 문제들은 우리도 이미 개발독재와 산업화를 거치면서 뼈아프게 경험했던 것들이다. 물론 우리 사회도 그 상흔은 물론, 상처의 뿌리를 그대로 지니고 있는 처지라 함부로 똥 묻은 개가 겨 묻은 개를 나무라는 우를 범할 수 없는 실정이다.

문제는 중국이 어떻게 이러한 그늘을 걷어내고 14억 인민이 환한 햇빛과 따스한 볕을 함께 누릴 수 있도록 할 수 있느냐 하는 것이다. 여기에 바로 중국 지식인들의 역할과 존재 이유가 있는지도 모른다. 최근 중국에는 량원다오梁文道나 쉬즈위안許知遠 같은, 본토와 홍콩, 타이완을 아우르는 이른바 '공공 지식인public intellectual'들이 등장하여 중국 사회의 수많은 문제점들에 대한 다양한 담론의 자장을 형성하고 있다. 대중

매체를 통해 적극적으로 공적 토론을 생산해내고 있다는 점에서 새뮤얼 헌팅턴(『문명의 충돌』)이나 프랜시스 후쿠야마(『역사의 종언』), 두웨이밍(『문명들의 대화』), 마이클 센델(『정의란 무엇인가』) 같은 미국계 공공 지식인들에 비해 전혀 손색이 없다. 이들은 주로 위성텔레비전 방송 프로그램의 진행자 또는 저술가로 활동하면서 중국을 비롯한 중화권 사회 전체의 변화와 그 배경이라 할 수 있는 세계의 정치, 경제, 역사, 문화에 관해 깊이 있는 사유와 시각, 실천을 위한 방법론을 제시하고 있다. 그러나 아쉽게도 극소수인 이들이 사회의 갖가지 문제에 대해 용기 있게 질의를 던지는 사이 전통적으로 지식인 집단으로 여겨지는 문인 계층, 즉 시인과 작가 들은 굳게 입을 다문 채 예술로서의 문학에만 침잠해 있다. 문학이 모든 가치로부터 독립적이어야 하는 숭고한 예술이라는 사실은 이론의 여지가 없다. 하지만 사회적 산물이기도 한 문학이 예술인 것이지 문학의 생산자들이 예술인 것은 아니다. 최근 중국 작가들이 중국에서 누리는 사회적 지위와 세계 문단에서 받는 예우를 생각하면 저들의 문학은 사회를 향해 열려 있지 않고 지나치게 개인화되어 있다는 인상을 지울 수가 없다. 옌롄커閻連科나 류전윈劉震雲, 비페이위畢飛宇, 톄닝鐵凝 같은 유명 작가들도 예외가 아니다. 그들과 나눈 사적인 대화에서 오늘날 중국이 안고 있는 문제를 먼저 제기하는 사람은 주로 이방인인 나였고 그들은 오히려 철저하게 방관자일 수밖에 없는 나의 질의에 편면적인 변명이나 해석을 내리는 데 그칠 뿐이었다. 개혁개방 초기 문학정신의 소생을 상징했던 지식청년 출신 몽롱朦朧시인들이 지금은 시를 쓰지 않는 것도 어쩌면 상상력의 고갈뿐만 아니라 개인적 영달에 집착한 나머지 지식인으로서의 사회적 역할을 잊은 데 그 원인이 있지 않나 하는 생각을 지울 수 없다. 요컨대 중국 지식인들의 보편적인 침묵을 문제 삼지 않을 수 없는 것이다.

오늘날의 중국 작가들 가운데 가장 잘나가는 작가, 가장 세계적인 작가로 인정받는 위화의 이 책은 그런 의미에서 무척 반갑고 의미 있는 글쓰기라고 할 수 있다. 2010년 여름, 중국작가협회 초청으로 국제 한학자 번역가 대회에 참석했을 때 간단히 인사를 주고받은 사이에 불과했던 그와 저자와 역자의 관계로 이어진 것이 무척 반가운 이유는 이 책을 번역하는 내내 그의 글에서 내가 기대하는 공공 지식인의 가능성을 보았기 때문이다. 오늘의 중국 사회를 단 열 개의 키워드로 담아낼 수는 없을 것이다. 따라서 이 책의 내용은 중국 사회의 일부분일 수밖에 없다. 하지만 동시에 그것은 가장 진실에 가까운 부분일 것이다. '언어는 존재의 집'이라는 하이데거의 명제가 없더라도 이 열 개의 키워드에 중국 사회의 참모습이 담겨 있는 것은 분명하다. 2011년 타이베이臺北 도서전에서 이 책을 손에 쥐었을 때만 해도 내가 직접 번역까지 하게 될 줄은 미처 생각지 못했다. 어쩌면 세상사는 이렇게 사소한 인연으로 가득한 것인지도 모르겠다. 이 책이 독자들에게 중국에 대한 새로운 지식이나 시각을 제공하기보다는 왜곡된 편견과 과장된 인식을 걷어내는 역할을 해준다면 더 바랄 것이 없겠다.

김태성

옮긴이 **김태성**

서울에서 태어나 한국외국어대학교 중국어과를 졸업하고 동 대학원에서 타이완문학 연구로 박사학위를 받았다. 중국학 연구 및 문화교류 공동체인 한성문화연구소(漢聲文化硏究所)를 운영하면서 중국문학 및 인문 저작물 번역과 문학교류 활동에 주력하고 있다. 중국 내 문학번역 전문사이트 CCTSS 고문, 『인민문학人民文學』 한국어판 총감 등의 직책을 맡고 있다. 『마르케스의 서재에서』『풍아송』『미성숙한 국가』『공산空山』등 중국 저작물 백여 권을 우리말로 옮겼다. 2016년 중국 신문광전총국에서 수여하는 '중화도서 특별공헌상'을 수상했다.

사람의 목소리는 빛보다 멀리 간다

1판 1쇄 2012년 9월 8일
1판 21쇄 2025년 4월 30일

지은이 위화 | 옮긴이 김태성

책임편집 오경철 | 편집 이연실
디자인 김선미 이주영 | 저작권 박지영 형소진 오서영
마케팅 정민호 서지화 한민아 이민경 왕지경 정유진 정경주 김수인 김혜원 김예진 나현후 이서진
브랜딩 함유지 박민재 이송이 김희숙 박다솔 조다현 김하연 이준희
제작 강신은 김동욱 이순호 | 제작처 영신사

펴낸곳 (주)문학동네 | 펴낸이 김소영
출판등록 1993년 10월 22일 제2003-000045호
주소 10881 경기도 파주시 회동길 210
전자우편 editor@munhak.com
대표전화 031) 955-8888 | 팩스 031) 955-8855
문학동네카페 http://cafe.naver.com/mhdn
인스타그램 @munhakdongne | 트위터 @munhakdongne
북클럽문학동네 http://bookclubmunhak.com

ISBN 978-89-546-1899-1 03820

www.munhak.com